EL

PROFUNDO

DESVANECER

ASTRID SCHOLTE

YOUNG KIWI, 2022
Publicado por Ediciones Kiwi S.L.

Primera edición, septiembre 2022
IMPRESO EN LA UE

ISBN: 978-84-19147-32-5
Depósito Legal: CS 608-2022
Copyright © 2020 Astrid Scholte
Título original: *The Vanishing Deep*
Diseño de cubierta: Kaitling Yang
Copyright © de la ilustración de cubierta: Jorge Luís Miraldo
Copyright © diseño inicio capítulos: Andrew Lejcak
Traducción de Yuliss M. Priego y Tamara Arteaga

Código THEMA: YF

Copyright © 2022 Ediciones Kiwi S.L.
www.youngkiwi.com

Para Andrew;
cruzaría el océano por ti.

Palíndromo: *m. Una palabra, número, frase o secuencia de símbolos o elementos cuyo significado puede interpretarse de igual modo se lea de izquierda a derecha o al revés.*

Comenzamos como terminamos;
terminamos como comenzamos.

Así es la vida.

Es a la experiencia a lo que debemos aferrarnos.

CAPÍTULO UNO

TEMPEST

Domingo, 08:00.

No quería reanimar a mi hermana porque la quisiera.

No quería despedirme de ella, susurrarle todo lo que se me había quedado en el tintero o quedarme con la conciencia tranquila por cualquier riña que hubiéramos podido tener. No quería oír su voz diciendo mi nombre, Tempe, una última vez.

Lo que quería mitigar la ira que corría ardiente por mis venas. Una ira con vida propia que me controlaba y que, en los días en los que me sentía agotada tras la inmersión matutina, me instaba a seguir adelante por muy harta que estuviera de vivir sola.

Quería reprimir los recuerdos de su largo cabello negro arremolinándose en el agua mientras se sumergía la primera porque siempre sabía dónde buscar. Quería borrar los recuerdos de sus brazos y piernas de bailarina oscilando por encima de su cabeza los días de tormenta. Quería olvidar su voz resonante, ya silenciada, de una vez por todas.

Por mucho que me cabrease pensar en su nombre, la mera idea de no volverlo a oír me enfurecía todavía más.

Apenas lo había oído en estos dos años desde su muerte, como si se tratara del último rumor de una tormenta. Al principio, los amigos de Elysea decían «tu hermana», como si su nombre fuera a provocar que las lágrimas volviesen a caer por mis mejillas enrojecidas.

Luego, conforme los días se tornaban semanas, pronunciaban su nombre con tiento y en voz baja, como si estuviesen indicándome que ya era hora de pasar página. De salir de la cama, de vivir mi vida.

Cuando las semanas se volvieron meses, la gente directamente dejó de hablar de ella. Como si nunca hubiera existido.

Entonces, oí algo que cambió lo que sentía por ella y transformó la pena en ira.

Así que ahora *necesitaba* oír su voz una última vez. Necesitaba la verdad. Y para eso tenía que reanimarla.

Ninguna de las dos descansaría hasta entonces.

El barco se bamboleaba con las olas, así que hice presión con los pies para no caerme al agua. Mis padres habían utilizado el *Amanecer* para ir a trabajar. Era pequeño, pero rápido. La cubierta era triangular, estaba pintada con pintura acrílica y tenía dos «alas» debajo de la popa que se enganchaban y se hundían en el agua para mantener el equilibrio a alta velocidad. Contaba con un camarote estrecho en la zona inferior, hundido en el mar cual barriga de un familpez cebado.

Eché un vistazo a las aguas profundas. Desde arriba se podían ver unas ligeras turbulencias en el interior; un indicio de algo aparte de la arena, la sal y el mar.

Una ciudad hundida en la que había estado hurgando durante años y de la que nunca volvía con las manos vacías. Mi piel, tremendamente morena, hablaba de los años que me había pasado en el agua rebuscando restos.

Hoy bucearía aquí por última vez. Elysea había encontrado este sitio cuando yo tenía doce años y, cinco después, ya me conocía cada pequeño rincón del laberinto de acero, cristal y piedra. Solo quedaba una zona sin explorar, y no pensaba marcharme hasta hacerlo. Después, hallaría un nuevo lugar que escarbar y rezaría por que no lo hubiesen arrasado ya, como tantísimas otras ciudades sumergidas en esta parte del mar.

Apreté las tiras de mis aletas, hechas de hojas romas de cuchillos del Antiguo Mundo. Las delgadas láminas de metal oxidado chirriaron cuando flexioné el pie para evaluar el movimiento.

—Ay, cállate ya —dije. Las aletas eran de mi madre y no podía permitirme comprar otras nuevas. No pensaba malgastar billetes en nada más que no fuera reanimar a mi hermana, o en mejorar mi equipo de buceo.

«Una última inmersión», pensé mientras me colocaba el regulador en la boca y el maleable domo transparente sobre la cabeza. Mientras lo encajaba en el cuello del traje de submarinismo, el domo se infló.

«Un último adiós». Otro recuerdo que archivar, otro vínculo con Elysea que cortar para siempre. Aquel pensamiento tendría que haberme provocado una profunda tristeza, pero solo sentí una determinación férrea. Pronto yo también podría olvidar el nombre de Elysea.

Respiré de manera superficial para comprobar el nivel de oxígeno en el pequeño cilindro encajado en el cinturón.

El regulador pitó dos veces.

«Nivel de oxígeno bajo».

Me quité el domo de un tirón y escupí el regulador. Aparte de la comida, el gas para buceo era el siguiente lujo más caro. Nos permitía buscar reliquias del Antiguo Mundo, cualquier cosa que nos resultara útil en el nuevo. Lo que encontraba en cada expedición apenas cubría los costes de vivir en el Arrecife Equinoccio, y lo que me quedaba iba directamente al fondo para la reanimación de mi hermana. Esperaba desenterrar algo de la zona que quedaba para poder financiarme un equipo mejor que me permitiera localizar otras ruinas sin tener que hacer uso de mis ahorros.

Me volví a colocar el regulador en la boca y el domo en la cara. El oxígeno tendría que bastar.

Hice repiquetear en la mano unas cuantas piedrecitas negras con espirales azules iridiscentes, como galaxias en miniatura. Arrojé una al océano a la vez que murmuraba una plegaria a los Dioses de abajo para que me dejaran entrar en su mundo, su santuario sagrado, y sobrevivir. Era una costumbre infantil. Cuando Elysea y yo éramos pequeñas, pensábamos que era la voluntad de los Dioses de abajo la que se hacía con las almas de los barcos en una tormenta y con el aire de los pulmones de los submarinistas. No éramos conscientes de que solo era cuestión de casualidad, mala suerte o inexperiencia. Los riesgos de nuestro mundo.

Juntas aprendimos a conquistar el océano. O eso había creído yo. Hasta que Elysea se ahogó hace casi dos años.

Antes de que cualquier otra duda empañara mi mente, agarré el bolso de hule, lo enganché al cinturón y me lancé al mar de espaldas.

El agua estaba helada, pero solo noté el frío en las puntas de los dedos; el resto de mi cuerpo yacía protegido por el traje de submarinismo, de un material hecho de placas azules delgadas y elásticas hilvanadas como escamas que siempre llevaba bajo la ropa. Meneé las aletas de metal, que me impulsaron hacia abajo.

«Respira de forma superficial y regular». No podía evitar oír la voz de mi hermana en la cabeza. Al fin y al cabo, ella había sido la que me había enseñado a bucear.

—La caída libre es fácil —diría. Guárdate el aire para la vuelta. Te hará falta. Tú solo sígueme a la oscuridad, Tempe. —Ella nunca me llamaba por mi nombre completo, Tempest, porque decía que era demasiado brusco para su hermanita—. Tempe suena más dulce —me había explicado.

Apenas era capaz de recordar a la niña pequeña que fui.

Por el rabillo del ojo capté un hilillo de luz; mi mapa hacia el mundo inferior. Nadé hacia él conforme descendía. Enseguida vi brillitos azul, morado y rosa dispersos por los postes de metal oxidado. Desde las Grandes Olas hace unos quinientos años, el coral bioluminiscente había crecido por todas las ruinas de la ciudad iluminando el camino hacia el suelo marino como las luces del Antiguo Mundo en las calles adoquinadas, o las estrellas en el cielo nocturno. Era una constelación sumergida.

Aquella imagen siempre me dejaba sin aliento. Y aunque el edificio llevaba ya mucho tiempo abandonado, resplandecía de vida. Era precioso.

Seguí el camino hacia abajo.

Cuando pasé junto a una torreta de metal marrón rojiza, giré levemente hacia la izquierda. De cada borde colgaban carámbanos de óxido como algas fosilizadas. Los huecos que una vez fueron puertas y ventanas a un mundo vivaz ahora solo eran los ojos vacíos de una tumba acuática y vigilante.

Una ciudad perdida. Una sociedad ahogada. La cosecha perfecta.

El regulador volvió a pitar. Respiré más superficialmente todavía con la esperanza de que los Dioses estuvieran a favor de mi presencia. Muchos submarinistas habían tratado de buscar a los Dioses de abajo. De encontrar un templo, un santuario, un palacio. Cualquier cosa... pero no había habido suerte. Lo cual daba a los detractores munición para dudar de la existencia de las deidades.

En un mundo casi enteramente marino necesitábamos a nuestros guías. El Antiguo Mundo creía en los Dioses de arriba y usaban las estrellas para desplazarse por tierra. Pero como ahora quedaba tan poca, mirar al cielo no tenía sentido. El mar era nuestro señor.

Ojalá hubiésemos empezado por los niveles inferiores del edificio cuando descubrimos este sitio. Dado que aquella había sido mi primera inmersión, Elysea prefirió empezar más cerca de la superficie aunque yo defendiera que ya estaba preparada. Ella solo era dos años mayor que yo, pero, tras la muerte de nuestros padres, empezó a comportarse más como mi tutora que como una hermana. Por aquel entonces, apenas me valían las antiguas aletas de mi madre.

—Ya te quedarán bien —me dijo Elysea, abrochándolas tan fuerte como pudo alrededor de mis piececitos—. Es mejor que te estén grandes para que te duren más.

No discutí con ella; estaba ilusionadísima por poder salir a bucear con ella.

Cinco años después me había convertido en una de las mejores submarinistas del Equinoccio. Mientras que otros niños iban a la escuela, navegaban con sus padres, nadaban con sus amigos o bailaban con sus hermanos, yo buceaba y buceaba.

Ya no quedaba nada para mí en la superficie.

Me sumergí más aún y traté de seguir respirando de manera superficial para ahorrar oxígeno.

Por mucho que echara de menos bucear con Elysea, me gustaba estar sola. Con solo el agua como guía, protegida por los Dioses de abajo y el silencio calmando mi mente inquieta. Mi ira.

Elysea había tenido suerte de encontrar estas ruinas. Este lugar seguramente se hubiera separado de otra mayor agrupación de edificios a causa de las Grandes Olas. La mayoría de las ciudades sumergidas estaban a rebosar de submarinistas y ya solo quedaban muy pocas reliquias que encontrar. Pero no en este edificio. Estas ruinas eran solo mías.

Este lugar se encontraba ubicado cerca de la isla de Palindrómena, y casi todos los submarinistas se mantenían alejados de las brutales olas que rompían contra su costa escarpada. Mucha gente se había ahogado allí. Además, los que vivían en el Equinoccio eran supersticiosos. La isla estaba envuelta en un halo de misterio y muerte.

Pero yo no le tenía miedo a Palindrómena. Aquel lugar siempre había sido un fantasma en mi vida, pero nunca me había afectado directamente, sino que era como una sombra amenazante.

Cuando alcancé el suelo marino, atravesé el hueco de una ventana. El coral había crecido alrededor de la estructura e iluminaba la entrada. Mucha gente creía que los Dioses de abajo habían creado el coral que había aparecido a lo largo de los años desde las Grandes Olas para mostrarnos el camino a los tesoros hundidos. Sin los Dioses y sus corales, el Antiguo Mundo habría permanecido oculto en el océano.

El regulador emitió otro pitido de advertencia. Tenía que darme prisa.

En la planta baja del edificio había una ristra de tiendecitas diminutas, todas interconectadas. Dentro había florecido más coral, que iluminaba las estancias. La primera tienda era una especie de restaurante. Había mesas bocabajo, trozos de platos de cerámica y tazas de cristal que ahora no eran más que detritos en el agua.

Atravesé la habitación atenta a cualquier cosa que se me hubiera podido pasar. Cualquier cosa *valiosa*. Las tazas viejas eran interesantes, pero no valían muchos billetes. Necesitaba algo útil que me proveyera de más oxígeno y que sirviera para financiar la reanimación de Elysea.

Aquí abajo, los esqueletos eran tan comunes como los familpeces amarillos que viajaban en bancos de cientos cerca del Equinoccio. El coral había crecido en los huecos de los huesos desintegrados, uniendo los esqueletos y fortificándolos para evitar que se descompusieran más. Flotaban a través de las puertas y las habitaciones como si continuaran viviendo y respirando, mientras que su carne y músculos habían desaparecido hacía mucho.

Tenía doce años cuando vi un esqueleto luminiscente por primera vez y protagonizó mis pesadillas durante toda una semana. Ahora eran mis amigos. Les había dado nombres, un pasado, personalidad. De esa manera eran menos espeluznantes. Un poquito, al menos.

A mí nunca se me había dado bien hacer amigos, pero aquí abajo, a los esqueletos no les quedaba más remedio.

Saludé con la cabeza a Adrei. Su cráneo calcificado de color rojo y rosa yacía contra la barra de la cafetería, y la mano huesuda se encontraba pegada a su rostro como si lo hubiese pillado sumergido en sus pensamientos. Había muy poco movimiento en el suelo marino; no había corrientes ni peces que lo molestaran. Pasé junto a él nadando, mis aletas ondearon en el agua y sus dedos luminosos se agitaron como si me saludara.

Proseguí hasta la siguiente habitación.

—Qué tal, Celci —le dije al esqueleto atrapado flotando entre dos pasillos. Lo había llamado como a mi tía, que falleció de salitrosis cuando yo era pequeña. Aún recordaba que tenía los dientes demasiado grandes para su cara, como este esqueleto. Le di un pequeño empujoncito a Celci cuando pasé por su lado para que estuviera en la misma estancia que Adrei. Ni los muertos deberían estar solos.

La tienda contigua había sido una librería; pasé sin detenerme a mirar. Habían sellado la habitación antes de que yo hubiese abierto la puerta a la fuerza. Aunque me las había arreglado para salvar algunos libros, el resto se habían desecho y habían enturbiado la habitación. Los libros que ya había sacado no valieron gran cosa; en cuanto los llevé a la superficie, las páginas empezaron a descomponerse debido al aire húmedo y salino. Tal vez hubiese sido mejor dejarlos aquí abajo. De esa manera las palabras atrapadas en sus páginas y las historias sin revelar habrían seguido a salvo.

Gran parte de nuestra historia había desaparecido. La mayoría de los cuentos sobre los Antiguos Dioses ya había caído en el olvido, dando pie a los Nuevos Dioses. La gente creía que los Antiguos Dioses nos habían dado la espalda tanto a nosotros como a nuestro egoísmo y por eso no nos advirtieron de las olas que estaban por venir.

Cuando las Grandes Olas nos alcanzaron, a la gente le costó mantener la fe.

Creían que nos habíamos quedado solos hasta que el coral comenzó a florecer. Al final resultó que los Dioses no nos habían abandonado. Al igual que las estrellas en el cielo, el coral nos guiaría hasta los tesoros hundidos.

Podíamos sobrevivir en este nuevo mundo gracias a los remanentes del pasado.

Mi madre había creído en los Dioses de abajo, pero mi padre no. ¿Fue su falta de fe la causante de sus muertes? ¿Fue incapaz de observar con atención las aguas revueltas y los cielos oscurecidos que se convirtieron en la despiadada tormenta que destruyó su barco? Pero entonces Elysea…

El regulador soltó unos cuantos pitidos frenéticos. «Ya te he oído», pensé. «Pero aún no he acabado».

Llegué a la última habitación intacta y conseguí abrir la puerta con unas tenazas. Contuve la respiración no solo para ahorrar oxígeno, sino a causa de la anticipación. No veía nada dentro. Arranqué un trozo de coral del marco de la puerta y entré.

Solté un suspiro de decepción.

Tejidos de un material antaño colorido colgaban hechos jirones desde tubos oxidados desprendidos del techo.

Una tienda de ropa.

Esperaba que la habitación, ubicada al fondo del edificio, no hubiese sufrido tanto el impacto de las olas como le había pasado a la librería, pero el escaparate daba a un patio interior. Y el cristal había desaparecido hacía mucho tiempo.

Aparté los retales de ropa con la esperanza de encontrar joyas, baratijas o cualquier cosa, pero las Grandes Olas habían extinguido toda vida en esta habitación.

El regulador empezó a pitar con más insistencia. Me quedaban minutos y aún tenía que empezar a ascender paulatinamente para evitar sufrir el síndrome de descompresión rápida. Iba a tener que comprar más oxígeno y rezar por no tardar mucho en encontrar otro sitio que explorar.

Entonces, algo llamó mi atención. Algo sujeto en el interior de un trozo de coral rosa chillón. Algo verde. Un color extraño, sobre todo aquí abajo.

Nadé a través del escaparate y levanté la mirada. Parte del edificio se había derrumbado y había sellado el patio interior. Con razón nunca lo había visto.

Pero eso no fue lo que me llamó la atención.

Avancé a la vez que mi corazón latía a ritmo de los pitidos insistentes del regulador. «No puede ser. No puede ser».

Cuando mis dedos tocaron la superficie verde y cerosa, respiré peligrosamente hondo. El regulador empezó a plañir, pero yo casi ni me percaté.

Era una planta. ¡Una planta! ¡Gracias a los Dioses de abajo!

Prácticamente jadeaba. Una planta valdría cientos o incluso miles de billetes.

Estaría preparada. Preparada para ir a Palindrómena y para despedirme de Elysea por fin.

Acerqué las manos a la planta, temerosa de que fuera a desintegrarse por el contacto.

¿Cómo era posible? Sí, muchos submarinistas encontraban plantas, pero la mayoría eran especies de algas. Esta era diferente. Las algas no crecían aquí abajo en la oscuridad. Esta era una planta terrestre. Y, por alguna razón, había sobrevivido.

Aparté los detritos de la planta. Algo se le había caído encima y había cubierto la mayor parte del ramaje. Algo orgánico, a juzgar por la textura suave y granular de los escombros. ¡Un árbol! Debió de caerse con las olas y evitado que la planta se descompusiera.

Respiré con emoción, solo que al instante se me cortó. El pitido del regulador se había convertido en un ruido constante.

Me había quedado sin aire.

Hundí los dedos en el suelo de tierra y rebusqué las raíces. Ahí estaban. Tiré de la planta levemente y esta salió sin problema. Se le cayeron unas cuantas hojas y ramas. Si conseguía llevar esta planta intacta a la superficie, sería un milagro.

Empecé a sentir un ardor en el pecho mientras sacaba una funda del bolso y la envolvía alrededor de las raíces. El calor me atravesó, corrió por mis venas y burbujeó en mis labios.

«Aire. Necesito aire».

No iba a ser capaz de volver a través de todas las tiendas y llegar a la superficie. Necesitaba una salida más rápida.

Alcé la mirada. Era mi única oportunidad.

Me guardé la planta debajo del brazo y aleteé. Con fuerza. La quemazón empezó a incendiarme los músculos.

«Llega a la superficie. Ya».

Nadé hacia arriba y alcancé la obstrucción que había sellado el patio. Era una sección de yeso que se había desprendido de una pared cercana. Empujé el yeso con el hombro con la esperanza de que cediera y me llevara hacia la superficie, hacia la luz. El edificio se había portado bien conmigo. Seguro que no me decepcionaba. No ahora.

El regulador dejó de pitar; ya no tenía la necesidad de advertirme. O bien había muerto o estaba en la superficie. Aun así, tenía tiempo. Los años de experiencia buceando habían agrandado mis pulmones. Aguanté una pequeña cantidad de oxígeno en mi pecho. Me quedaban unos cuantos minutos.

El yeso empezó a ceder conforme lo embestía, frágil después de haber estado cientos de años bajo el agua. Rompí la pared hasta atisbar el brillo del sol. ¡La superficie!

Nadé a través de la abertura, pero no había tiempo para ascender de forma paulatina. Cuando llegara a la superficie, tendría que tomarme una pastilla recompresora para neutralizar las burbujas que ya se me estaban formando en los músculos y en el riego sanguíneo. Aunque ese era el menor de mis problemas.

La pequeña cantidad de oxígeno en mis pulmones había desaparecido. Mis pulmones ya no podían más. Mis piernas tampoco. Pensé en Elysea. Así debió de sentirse en sus últimos momentos. Todo azul a su alrededor. Igual que yo ahora. La quemazón. El dolor. El terror.

Pero a mí nadie me encontraría aquí. Ya no me quedaba nadie. Tendría que haberme quedado abajo con Adrei. No quería morir sola, como mi hermana.

Pataleé y pataleé, pero la luz seguía demasiado lejos. Traté de inspirar otra vez, a pesar de que ya no quedaba nada. Escupí el regulador dentro del domo, derrotada.

Hasta aquí había llegado. Pensé en mi madre y en mi padre. Y en Elysea, pese a todo lo que había hecho. Esperaba volver a verla donde sea que acabáramos después de la muerte.

Mientras mi visión se atenuaba, mis obstinados pulmones lo intentaron una última vez y respiré.

¡Aire! Casi me ahogué en él. ¡Pues claro! Se había usado una pequeña cantidad de aire para inflar el domo.

Mis pulmones se expandieron con alivio. Y entonces el aliento de oxígeno se acabó.

Pero fue suficiente.

Nadé hacia la superficie.

CAPÍTULO DOS

LOR

Domingo, 14:00.

Traté de ignorar la presencia de los cuerpos mientras estos me observaban desde los tanques. No lo logré. Como siempre.

Odiaba este sitio. Odiaba el olor. Odiaba la luz tenue. Odiaba todo lo que representaba. Y, sobre todo, odiaba la muerte, aunque no los cuerpos. Formar parte de los planes de los científicos de Palindrómena para salvar el planeta no era culpa suya. Creían tener el futuro del planeta en las manos porque se encargaban de los cultivos y, si estos morían, todos lo haríamos.

A estas alturas ya debería estar acostumbrado a este lugar. Llevaba dos años trabajando y viviendo en el sótano de Palindrómena, el Acuario —como lo había apodado cariñosamente el personal—, pero jamás llegaría a acostumbrarme a los muertos.

La isla de Palindrómena recibía su nombre por las instalaciones apostadas aquí, las cuales habían desarrollado un método para reanimar a aquellos que habían fallecido por ahogamiento, aunque solo durante veinticuatro horas. La mayoría quería una última oportunidad para despedirse de sus seres queridos y Palindrómena te ofrecía ese servicio, si es que podías permitirte el lujo de pagar tres mil billetes. Los que pagaban decían que merecía la pena, pero yo siempre había considerado ese precio un chantaje en toda regla.

Sabía que el resto de los empleados creían que el hecho de darles más tiempo era un milagro, como un regalo de los Dioses de abajo, pero a mí no me parecía que fuera milagroso en absoluto. Al fin y al cabo, la muerte era una desgraciada que nunca jugaba limpio.

Entonces, ¿por qué había elegido rodearme de muertos?

Porque no merecía estar entre los vivos.

Había llegado la hora de admitir la derrota y salir de la cama. Llevaba despierto desde bien temprano después de la pesadilla de siempre. Tras dos años soñando lo mismo, cualquiera pensaría que el impacto sería menor a estas alturas, pero siempre despertaba gritando el nombre de Calen. Ni dormido descansaba. Aunque no es que lo mereciera. A mi subconsciente le encantaba recordarme lo que había hecho y anoche no fue una excepción.

Cuando por fin sucumbí al sueño, en torno a las cuatro de la mañana, reviví aquel día. Parecía que hubiese pasado ayer en lugar de hace dos años.

Estaba en los acantilados de Palindrómena. El único momento en el que me sentía yo mismo era escalando. Entonces dejaba de ser «el isleño». Solo era Lor. Cuando escalaba, elegía el ritmo, el destino y el camino. Era una sensación de control que en cualquier otra situación se me antojaría inalcanzable. Nadie dictaba mis acciones ni generaba expectación. Era algo totalmente mío. Algo que quería. A diferencia de la isla de Palindrómena, en la que me sentía preso.

Mi mejor amigo Calen no tenía tanta experiencia escalando, pero siempre me acompañaba e imitaba lo que hacía yo. A veces lo veía distinto: con el pelo corto, castaño o negro en lugar de rubio y largo; en ocasiones era consciente de que estaba soñando, pero siempre se encontraba allí. En todos los sueños. Cada noche.

Éramos mejores amigos desde pequeños y siempre salíamos a explorar la isla mientras nuestras madres trabajaban. A pesar de que la mayoría de los empleados de Palindrómena vivían cerca, en el Equinoccio, y venían en barco todos los días, nuestras familias se hospedaban en las casitas de la isla para poder echarle un ojo al centro. Con el tiempo, Calen se mudó al Equinoccio para ir al colegio allí y yo me quedé en la isla con mi madre. Les había prometido a mis abuelos que cuidaría de ella cuando ellos ya no estuviesen. Yo era la única persona que le quedaba.

Calen me visitaba todos los fines de semana y a menudo venía con amigos del Arrecife para ver la famosa isla de Palindrómena. Mientras él se interesaba por las chicas y las fiestas, yo buscaba conquistar la isla. El último obstáculo era la Montaña Sagrada, el acantilado más alto. Hacia la cima casi se invertía el ángulo del todo y escalarla estaba prohibido, pero aquello no nos disuadió.

En el sueño, al igual que ocurrió en la realidad, nuestros amigos nos observaban desde abajo. Nos llamaban a gritos avisándonos de una nube amenazadora que había empezado a rodear la isla.

—Deberíamos volver—dijo Calen, con el miedo visible en los ojos.

Pero, al igual que hice dos años atrás, respondí:

—Ya casi estamos. Llegaremos a la cima antes de que se desate la tormenta.

Seguí escalando, desesperado por ver el mundo más allá de la isla. Llevaba a Calen atado a mí. Pero me equivoqué.

No lo logramos.

La lluvia empezó a caer y a mojarnos con agua caliente. Me limpié la cara con el dorso de la mano y sentí algo salado cubrir mis labios. Bajé la cabeza. Tenía las manos cubiertas de sangre.

Miré a Calen, pero vi que la lluvia de sangre no lo había rozado siquiera. Cuando hizo fuerza para seguir escalando hacia arriba, se resbaló. La roca estaba bañada en sangre. Trató de agarrarse a algo antes de caer. A nuestros pies, nuestros amigos chillaron.

Aseguré deprisa el amarre de seguridad de la cuerda para detener la caída de Calen. Di una sacudida cuando la cuerda se tensó. Su peso casi consiguió que me precipitase por el acantilado.

—¡Aguanta! —grité mientras él colgaba a mi lado sin poder hacer nada.

No me respondió; tenía una expresión impasible en el rostro y los ojos, sin vida. Fue entonces cuando me di cuenta.

Estaba soñando. Calen ya estaba muerto. Sin embargo, me esforcé por cambiar el final.

Traté de recuperar cuerda y de acercar a Calen a las rocas, pero me resbalaban tanto las manos por culpa de la sangre que me fue imposible tirar de ella.

—Es culpa tuya —dijo Calen con la expresión dolorosamente plácida.

—¡No, no, no, no!

Pero la cuerda se aflojó. Y, como siempre, Calen desapareció; cayó al agua cerca de nuestros amigos, que lo presenciaron todo horrorizados.

Había sido un estúpido. Un arrogante. Un infantil. Un egoísta. Estaba convencidísimo de poder escalar cualquier superficie de la isla. De poder conquistar Palindrómena. Y, después, el mundo.

Solo hizo falta una roca resbaladiza, una grandísima caída al agua y uno de mis mejores amigos murió. A causa de mi bravuconería. Por mi culpa.

Cuando desperté, me alivió ver que estaba de vuelta en el Acuario. No volví a cerrar los ojos a sabiendas de que, de hacerlo, regresaría de nuevo a aquel acantilado.

Roté los hombros para deshacerme de la tensión y estiré el brazo hacia una de las baldas de detrás de mi catre para coger un libro. La colección había pertenecido a mis abuelos, una vasta selección de libros del Antiguo Mundo. Eran historias sobre lugares a los que podías desplazarte andando y en vehículos en lugar de en barco. Por aquel entonces la vida era distinta. No se basaba en la supervivencia, sino en disfrutar. Vivir de verdad.

Esta nueva vida estaba más bien dedicada a los muertos.

Para distraerme hoy, escogí un libro sobre las maravillas arquitectónicas del Antiguo Mundo y sobre cómo los gobiernos ordenaron a las ciudades erigir edificios más altos para hospedar a la población. Algunos de los edificios del Antiguo Mundo se alzaban a cientos de metros de altura. Y, por supuesto, fueron los primeros en derrumbarse a causa de las Grandes Olas.

Después, comencé mi rutina de pasear por los pasillos del Acuario para comprobar si había fugas, pero sin perder ojo al contenido del libro. Había cientos de ahogados aquí abajo, a la espera de una última despedida con sus seres queridos. Debido al océano turbulento, las inmersiones arriesgadas y las tormentas frecuentes, la mayor parte de los decesos ocurrían por ahogamiento y, por lo tanto, reanimarlos era factible. El centro conservaba los cadáveres durante diez años y después se deshacía de ellos.

Dado que era una de las pocas islas que quedaban, el espacio era todo un lujo. Palindrómena no podía alojar a los muertos para siempre.

El centro se convertía en el dueño de tu cuerpo una vez morías, incluso aunque tus seres queridos no se pudieran permitir reanimarte o si morías por causas ajenas al ahogamiento. Formaba parte del acuerdo con los conservadores de los Arrecifes. A cambio de obtener sujetos humanos para las investigaciones científicas, los Arrecifes recibían productos frescos y los medicamentos necesarios para la vida sobre el agua. Era un intercambio justo, ¿verdad? Al fin y al cabo, ¿para qué necesitaba uno su cuerpo después de muerto?

Mientras paseaba por los pasillos iluminados, mantuve la vista fija en el libro e intenté no prestar atención a los movimientos en la periferia. Aunque los fallecidos tenían el pelo recogido bajo un gorro ceñido y translúcido, era inevitable que algunos mechones se escapasen y flotasen delante de sus caras como algas. El agua luminosa de los tanques estaba hecha de corales machacados, lo cual prevenía la descomposición de los cuerpos. Se mecían en el líquido y parecían despiertos.

Lo peor eran los ojos. Los tenían abiertos, con los irises incoloros y las pupilas contraídas. Al doblar una esquina, uno de esos ojos parpadeó.

Tropecé hacia atrás, se me cayó el libro al suelo y choqué contra un carrito de productos químicos. Las botellas tintinearon y rodaron por el suelo. Por suerte, no se rompió ninguna.

Mi metedura de pata resonó por todo el sótano. El cuerpo estalló en carcajadas.

—¡Raylan! —lo amonesté, percatándome de que aquella cara era de alguien tras un tanque vacío. Recogí el libro y me lo guardé en el bolsillo trasero—. ¿Qué demonios estás haciendo?

Raylan salió de detrás del tanque y se dobló de la risa. La luz de los tanques iluminaba su tez morena y parecía darle a su pelo rizado y corto un tono negro azulado.

—¡Tendrías que haberte visto la cara! —Se llevó la mano al pecho e imitó mi expresión burdamente abriendo mucho los ojos. Llevaba el típico uniforme de vigilante que constaba de una camiseta beis con el logo de Palindrómena en la parte delantera: dos manos acunando una hoja. Había personalizado el conjunto colocándose un cordoncito negro en torno al cuello del que colgaba un diente de garfoca. Parecía más un arma que una joya y contrastaba con su sonrisa relajada, que normalmente esbozaba a mi costa.

—Jugar con los muertos no tiene gracia, Ray. —Pero no pude ocultar lo mucho que me alegraba de verlo. De tener a alguien con quien hablar aparte de los muertos. Aunque Ray tenía dieciocho años y solo me sacaba uno, parecía mucho más joven que yo. Supuse que se debía al cargo de conciencia que acarreaba y a tener siempre a los muertos como acompañantes—. ¿Qué tonterías estás haciendo aquí abajo? —pregunté.

—Te he traído croquetas de pescado —explicó mientras me ofrecía un táper pequeño de metal como si fuese algún tipo de ofrenda de paz—. He pensado que tal vez te apeteciese probar mi última receta.

Me obligué a no arrancárselo de las manos y devorar la comida. Las croquetas de pescado de Ray eran lo mejor de este húmedo mundo.

—Gracias —respondí con la boca llena sin poder evitarlo—. Están deliciosas.

Él sonrió.

—Las hice para la fiesta de anoche. Deberías haber venido.

Me tensé y tragué saliva.

—Ya te dije que estaba ocupado.

—¿Haciendo qué exactamente?

—Lo de siempre: vigilar el sótano.

Odiaba mentirle, pero no podía revelarle por qué estaba aquí. Mis amigos habían sido testigos de todo lo sucedido aquel día. Fui yo el que obligó a Calen a escalar esa montaña e hizo oídos sordos cuando me dijo que quería bajar. A pesar de que a mi subconsciente le gustaba añadir elementos sangrientos, mis sueños, por desgracia, se asemejaban mucho a la realidad. A menudo me preguntaba si olvidaría aquel recuerdo alguna vez o si iba a revivirlo cada día durante el resto de mi vida.

Aunque no pudiera esconderme de lo que sucedió, sí que podía evitar a las personas de mi entorno, así que desaparecí.

Ray me contempló durante un momento antes de preguntar:

—¿Por qué nunca te dejan tomarte la noche libre? Sé que la directora puede parecer intimidante, pero seguro que es comprensiva. Necesitas hacer vida fuera de este sitio.

Pero esa era precisamente la razón por la que me encontraba aquí. No podía, ni quería, salir del Acuario. No merecía tener una vida fuera de este sótano húmedo y sombrío. No merecía disfrutar del mundo exterior, no cuando se lo había arrebatado a Calen. Lo cierto era que tampoco merecía la amistad de Ray, a pesar de no conseguir distanciarme de él.

La primera vez que bajó al Acuario hacía medio año estaba buscando un sitio donde esconderse después de haber presenciado su primera reanimación. El dolor de la familia del paciente había resultado ser demasiado para él. Aunque mi primera opción hubiera sido ignorar a Ray, me descubrí saliendo de las sombras para consolarlo. Le dije que era este sitio, que atraía la muerte como la costa a la marea. Y que lo único que podíamos hacer era esperar al futuro y desear que fuera mejor.

Menuda ironía, teniendo en cuenta que me obligaba a mí mismo a no salir del sótano. Vivir aquí abajo, lejos de casi todos, era mi penitencia.

—Tengo una vida —repliqué—, pero necesito la pasta.

Era una excusa de mierda y no del todo cierta, pero esperaba que se la tragase. Como hacía siempre.

—¿Para qué? ¿Más libros del Antiguo Mundo? Creo que el cupo ya está cubierto —dijo antes de soltar una carcajada—. ¿Lo pillas? *Cubierto.*

—No me hace ninguna gracia.

Aunque sonreí. Cuando Ray estaba cerca, era imposible no hacerlo.

Me dio en el antebrazo con la mano.

—¡Estás tan pálido que empiezas a parecerte a ellos!

Él era de uno de los Arrecifes, del Equinoccio, y su piel morena se había oscurecido debido a los años que había pasado en el agua.

—Gracias por el cumplido, Ray.

Ya me había dicho algo así en otras ocasiones. «Estás más pálido que un muerto». O mi favorita: «Tienes piel de muerto».

Su sonrisa se esfumó. ¿Había mantenido las distancias demasiado tiempo? Al fin y al cabo, llevábamos medio año siendo amigos; al final terminaría cansándose de mí, así que le dije:

—Puede que a la próxima sí vaya.

Aunque no pensaba hacerlo ni de broma.

—¡Genial! —Por suerte, era un tío fácil de contentar. Me preocupaba el día que quisiese respuestas.

—Bueno, ¿y qué tal la fiesta? —pregunté para cambiar de tema.

—Increíble —respondió con una sonrisa de oreja a oreja—. Conocí a un chico supermono. ¡Tendrías que haber venido! Había muchas chicas guapas.

—Ajá —contesté de forma evasiva. No recordaba siquiera cómo hablarle a una, y mucho menos tontear con ella.

Ray me siguió; sus pisadas resonaban en el suelo. Hacía unos años había tenido un accidente. Dos barcos de pesca habían chocado y su pie izquierdo quedó atrapado entre ellos, por lo que los huesos del tobillo se le hicieron añicos. A pesar de haberse recuperado, a menudo lo veía haciendo muecas de dolor al final del día.

—¿Estás bien? —le pregunté.

—¿Yo? —Me lanzó una de sus típicas sonrisas en las que se le veía el hueco entre las paletas—. Yo siempre estoy bien, colega.

Sabía que no le gustaba hablar del accidente, pero odiaba verlo sufrir. No por la lesión, sino por haber perdido aquello que definía quién era.

La pasión por el océano de Ray se remontaba a sus antepasados, que fueron marineros antes de las Grandes Olas. Ray había sido pescador submarino y solía pasar más horas debajo del agua que encima de ella. Pero tras el accidente no había querido volver al mar a sabiendas de que no podría nadar como antes. Necesitaba la fuerza de dos piernas robustas para poder moverse con las aletas para aguas profundas, o eso me había dicho. Y para eso tendría que sanar los tendones afectados de su pie, y el mejor lugar de investigación médica era Palindrómena.

A pesar de que los científicos habían hallado la manera de reparar el daño cerebral y pulmonar después de un ahogamiento, no era permanente; el tejido regresaba a su estado anterior pasadas veinticuatro horas. Cuando Ray no trabajaba de vigilante, se pasaba la mayor parte del tiempo ayudando en el departamento médico con la esperanza de poner en práctica lo que los científicos habían descubierto acerca de la reparación del cerebro y de los pulmones para conseguir regenerar las células dañadas y el tejido de las vivas.

—¿Qué cliente te ha tocado hoy? —pregunté para cambiar de tema.

—Una señora muy agradable —respondió Ray en tono cariñoso. A pesar de estar continuamente rodeados de muertos, empatizaba con los clientes y los pacientes. Me preguntaba si con el tiempo dejaría de hacerlo. Una consecuencia de trabajar en este sitio era que empezabas a normalizar la muerte como algo rutinario. Como si esta no destruyera familias o futuros.

—¿Y el paciente? ¿El reanimado?

—Su hijo. —Esta vez suavizó el tono—. Falleció de salitrosis. La madre quiso que me quedase con ella al final.

—¿En serio? —Normalmente los clientes preferían quedarse a solas con sus seres queridos reanimados.

—Le he tenido que explicar que el protocolo no es ese. Que no queremos que los pacientes se den cuenta de lo que está sucediendo. Y ya sabes que no me gusta estar cerca de los reanimados. —Puso una mueca—. Me dan repelús.

Enarqué una ceja.

—¿Cuántas veces tengo que decirte que no huelen? Reviven durante veinticuatro horas.

Hasta que se les agota el tiempo.

—Pues a mí me huelen distinto. —Se dio un toquecito en la nariz—. Mi madre dice que tengo un sexto sentido para eso.

—A tu madre le da miedo hasta respirar.

Él alzó un dedo y abrió la boca para rebatirme, pero se lo pensó mejor y contestó:

—Tienes razón.

Ray me había comentado que su madre aún creía en los Antiguos Dioses. Que odiaba Palindrómena y cómo usaban a los difuntos a cambio de dinero. Había visitado la isla poco después de que Ray comenzase a trabajar aquí y le suplicó que lo dejase y volviese al Equinoccio. Apenas pasó una hora en la isla antes de regresar a su barco. Afirmaba que el lugar apestaba a muerto.

No se equivocaba. Esta isla era sinónimo de muerte, y la muerte era sinónimo de esta isla. No había forma de separarlas.

Yo no creía en los Dioses de abajo ni en los Antiguos. Era una pérdida de tiempo. Nosotros decidíamos nuestro destino. Yo lo sabía mejor que nadie.

—Aprovechando que estoy aquí… —empezó a decir Ray antes de carraspear—. Necesito que me hagas un favor.

—No —contesté sin mirarlo.

—¡Anda, venga! —Me pasó un brazo por el hombro. Tuvo que ponerse de puntillas para llegar—. No te va a costar nada, colega.

—Lo dudo.

Por lo que Ray me había contado, siempre estaba metiéndose en problemas. Su sinceridad contrastaba con la inclinación de Palindrómena de guardar secretos.

—En serio. Te lo juro por los Dioses de abajo. —Su voz sonó inusitadamente seria mientras que su rostro denotaba una cautela sorprendente.

Le preocupaba mi reacción. Esto no pintaba bien.

—Venga, dime.

Su mirada se desvió hacia el horno a mis espaldas. Estábamos en la parte trasera del Acuario, donde antiguamente se almacenaban los cuerpos reanimados antes de que los enterraran en el templo en el fondo del mar. Como quedaba poco espacio, que te enterraran allí todo era un honor; no obstante, había pocos que pudieran permitírselo, lo cual creaba una brecha entre la gente que vivía en los Arrecifes y los empleados de la isla, que sí podían.

Los difuntos no podían revivir dos veces; sus corazones no lo soportaban. Si los familiares no podían enterrarlos en el templo, los incineraban en el horno. Por suerte, eso no me correspondía a mí. Nessandra, la directora de Palindrómena, se encargaba de deshacerse de los cuerpos.

—Pues… —empezó Ray esquivándome la mirada—. Mañana viene una clienta…

—Ni hablar. —Metí las manos en los bolsillos del pantalón al caer en a qué se refería.

—Vengaaaaa. Solo es una. Una mísera clienta. Lo único que tienes que hacer es vigilarla. Está chupado. Se hace solo. —Sonrió y le dio un toquecito a la pantalla del ecoenlace de metal que llevaba en la muñeca, tecnología con la que los vigilantes monitorizaban el regreso de un paciente. Odiaba verlos.

—Genial, entonces podrás hacerlo tú mismo mañana. —Reanudé el paseo.

Ray dio un traspié.

—Necesito que le des la bienvenida a la clienta, te asegures de que está tranquila y...

—Yo me encargo del mantenimiento de los tanques, no soy vigilante. Y ya sabes que está prohibido. —Un vigilante se responsabilizaba del paciente durante su reanimación. Se cercioraba de que no se percatara de que había muerto ni huyera del centro. Los puestos de trabajo en Palindrómena eran muy codiciados porque se ganaba cinco veces más que en cualquier otro, pero lo pagabas caro. Cosa que Ray ya sabía, como aprendiz de vigilante que era—. No me puedo creer que me estés pidiendo algo así. Nessandra te mataría.

—No hace falta decírselo a la directora —respondió suavemente.

Nessandra, o la Reina de la Muerte, como la llamaban los empleados, había estipulado unas reglas estrictas para proteger al centro de los recensores de los Arrecifes. Aparte de Ray, ella era la única otra persona que sabía que yo estaba aquí abajo. No podía poner en riesgo mi único refugio.

—No. —Bastante muerte veía aquí ya; no pensaba verla tan de cerca como los vigilantes. Lo que Palindrómena hacía estaba mal. Fingían ser una empresa preocupada por los difuntos, pero no era así. Tu dolor era un medio para obtener un fin muy lucrativo. Todos pagaban el precio, tanto los muertos como los vivos.

—Por favor, Lor —insistió Ray con voz suplicante.

Me detuve y me giré. Ray casi nunca se ponía tan serio.

—¿Qué pasa?

Él frunció el ceño.

—Una médica de los Arrecifes del norte va a venir al Equinoccio. Pedí cita con ella hace semanas. —Inspiró hondo—. Se especializa en rehabilitación.

Miré su pierna izquierda. Antes de venir a Palindrómena, a Ray lo habían visto todos los médicos en tres mil kilómetros a la redonda.

Ninguno le ofreció una solución. Aunque Ray guardaba la esperanza de recuperar el pie aquí, era la primera vez que mencionaba la rehabilitación en lugar de investigar una posible cura. ¿Acaso estaba preparándose para pasar página? ¿Se había dado cuenta de que podía hacer otras cosas y que no tenía por qué seguir anclado en el pasado? ¿Se había dado cuenta de que no tenía que hacer lo mismo que yo?

—Se suponía que mañana no me tocaba trabajar —me explicó—, pero acaban de solicitar una reanimación. Yo soy el más adecuado porque tengo casi la misma edad que la clienta y el resto de los vigilantes jóvenes ya están ocupados. Sabes que no te lo pediría si no hiciera falta, pero ya estoy en la cuerda floja con la directora. No puedo perder el trabajo.

Una parte del misterio de Palindrómena era deliberado. Los científicos querían que el procedimiento resultase místico y como bendecido por los Dioses de abajo. La semana pasada habían puesto a Ray en periodo de prueba por revelarle a un cliente que, si sacabas un cuerpo de los tanques durante varias horas sin revivirlo, empezaría a descomponerse y a licuarse delante de ti. Cuanto más tiempo hubiera pasado desde la muerte, más rápido se descomponía; eso se lo había comentado yo una vez de pasada. Raylan no había pretendido asustarlo, pero debido a su incapacidad para ocultar información, Nessandra había perdido a un cliente muy valioso. Ya de por sí había mucha gente que no confiaba en Palindrómena. El boca a boca era esencial. Tenían que creer que aquí sus seres queridos estaban a salvo y que sus impuestos estaban bien invertidos.

—Lo siento —contesté—, pero no puedo abandonar mi puesto.

Durante años, Calen había sido mi única conexión con el mundo exterior. Ahora que estaba muerto era como si ese mundo ya no existiera.

Ray era el único que me recordaba qué había más allá de las paredes de este sótano.

—Por favor. —Juntó las palmas de las manos, suplicante—. Solo son veinticuatro horas, y después podrás volver a este sótano sucio a esconderte del mundo.

Me crucé de brazos.

—No me estoy escondiendo.

—¿En serio? Entonces, ¿por qué nunca sales del Acuario? —preguntó desafiante.

Siempre había pensado que lo tenía engañado, pero debía admitir que quizá no lo conociese lo suficiente.

—Claro que salgo. —Me obligué a soltar una carcajada—. Constantemente, no seas ridículo.

—Lor —dijo despacio—. He visto la cama en la parte de atrás.

Me entraron ganas de explotar y decirle que se fuese. Que se equivocaba. Que no vivía aquí. Pero titubeé porque no me salían las mentiras.

—No se lo contaré a nadie —me prometió rápidamente al percibir mi miedo—. Te guardaré el secreto. Si no quieres hablar de ello, lo pillo.

Resoplé. No pillaba nada de nada. ¿Cómo podía hacerlo? Me había pasado el último medio año mintiéndole, mintiendo a mi amigo. Un amigo que me estaba suplicando ayuda.

Atisbaba la desesperación en su mirada ante la posibilidad de no poder hablar con esa doctora. Sabía lo que era que el pasado te atormentara. Deseaba ayudarlo.

Tendría que haberme negado. Tendría que haberlo alejado de mí y no volver a verlo.

Pero imaginarme un futuro solitario durante años y años me abría un hueco gigantesco en el pecho. Necesitaba aferrarme a algo. Y ese algo era Ray.

Si le demostraba que podía salir del Acuario, tal vez pudiéramos seguir siendo amigos un poco más. Sabía que no podría seguir con esta farsa para siempre, pero por ahora tendría que bastar.

—De acuerdo —le concedí—. Te cubriré. Pero solo esta vez.

Se le iluminó el rostro.

—¿En serio?

Asentí como si no fuera gran cosa. Como si salir de esta cárcel autoimpuesta no fuese un insulto a la memoria de Calen. Cuando murió, me prometí que nunca lo olvidaría y que pagaría por haberle arrebatado la vida.

—¡Gracias! —Ray me dio un golpe en la espalda—. Simplemente tienes que fingir ser yo durante veinticuatro horas. Como vigilante, te encargarás de guiar a la clienta a través del proceso de reanimación y en caso de que surja algún problema. Pero no pasará nada. Todo irá viento en popa, colega. Irá viento en popa.

El tiempo diría si me arrepentiría de haber aceptado o no.

CAPÍTULO TRES

TEMPEST

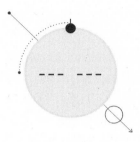

Lunes, 10:00.
Dos horas antes de la reanimación

Seguía sin creerme que los conservadores del Equinoccio hubiesen adquirido mi planta por la friolera de cuatro mil billetes. Por norma general, tenía que suplicar que alguien me comprara la mercancía que encontraba: libros empapados, esquirlas de platos, tela hecha jirones... y nada de aquello valía mucho. Pero una planta... Una planta lo era todo. Valía más que lo había conseguido ahorrar durante los últimos cinco años juntos. Elysea habría estado orgullosa.

Aunque no creyera que la planta fuera a producir nada comestible, implicaba que algo había sobrevivido allí abajo. Daría esperanza a los conservadores. Mientras que los cultivos en Palindrómena abastecían a los Arrecifes cercanos, incluyendo el del Equinoccio, no había suficiente para alimentar a la creciente población. Teníamos que encontrar una fuente de comida alternativa. Y si las plantas podían vivir bajo el agua, entonces no estaríamos supeditados a la isla de Palindrómena.

El Equinoccio llevaba años pasando penurias. Aunque fuésemos el Arrecife más cercano a Palindrómena, necesitábamos algo con lo que comercializar a cambio de comida. Todas las ruinas submarinas cercanas ya estaban más que saqueadas. En los próximos años subsistiríamos solo a base de peces y algas de las profundidades. Bastaría, pero sería no muy satisfactorio. No si lo comparábamos con los Arrecifes meridionales, que aún tenían ciudades sumergidas al alcance de la mano, gracias a las cuales podían adquirir verduras, arroz, frutas y hierbas. Todo cultivado en Palindrómena.

No tenía ni idea de cómo iba a sobrevivir el Equinoccio durante la siguiente década. Pero ese no era problema mío. Al menos, no ahora mismo.

Ayer, cuando llevé la planta a la subasta del mediodía, los conservadores del Equinoccio se mostraron exultantes. Me atosigaron a preguntas.

«¿Has encontrado más tierra?».

«¿Dónde has encontrado la planta?».

«¿Hay más?».

«Llévanos. ¡Ya!».

Vale, no todo fueron preguntas.

Les di las coordinadas de las ruinas a sabiendas de que ya no tendría ninguna necesidad de volver.

Mientras que eran los ciudadanos del Equinoccio los que se ocupaban de todo el trabajo de campo, si había algo verdaderamente valioso, los conservadores bloqueaban el acceso y enviaban a su propio equipo para asegurar que se tuviera el cuidado necesario a la hora de sustraer un objeto. En menos de una hora, el edificio estaría inundado de submarinistas, aunque ya no quedase nada más que encontrar.

Le deseé a mi planta verde y cerosa todo lo mejor antes de entregarla. Aunque debería significar más para mí que los trozos de algas entretejidos que tenía en la mano, no era así. Ahora lo único que me importaba eran los billetes.

La mayoría irían directos a la reanimación de Elysea. Todas las decisiones que había tomado en los últimos dos años habían sido con vistas de reanimar a mi hermana. No sabía qué sería de mí una vez dejara su recuerdo en el olvido. No sabía quién *quería* ser.

Negué con la cabeza. Ya me preocuparía por el mañana más adelante. Hoy tenía una cita con Palindrómena.

No había pegado ojo en toda la noche. Mi cuerpo rebosaba anticipación. Iba a volver a ver a Elysea. Por fin me enteraría de la verdad sobre nuestros padres.

Al volver a mi cuarto, volqué los billetes del bolso en la cama. Conté tres mil billetes y los metí en mi joyero de almeja. Pasé los dedos por los mil que me quedaban. Ya no tendría que hurgar en busca de algas mohosas y restos de peces en la basura de la cantina.

Guardé el joyero en el bolso de hule y eché otro vistazo a la habitación. Tal vez hubiera quitado gran parte de las pertenencias de Elysea, pero, a mi pesar, seguía estando muy presente. Fue ella la que pintó las paredes oxidadas de metal en verde con pasta de algas para que recordáramos los tiempos en los que había habido bosques enteros y no solo unos cuantos árboles sueltos en las islas que quedaron. En aquellos tiempos crecían campos de flores. Pero de eso hacía siglos. Ahora el azul era nuestra realidad. Y el agua, nuestro hogar. El verde había desaparecido en las profundidades. O eso pensaba... hasta que encontré aquella planta.

Incluso la forma en que estaban colocados los vasos en los estrechos estantes de metal me recordaba a ella. Siempre me regañaba por colocar las tazas bocarriba, afirmando que su preciado café sabía salado por el polvo salino que impregnaba el aire. Si las colocábamos bocabajo, el salitre no se adheriría a ellas.

Yo no entendía el problema. ¿El café salado estaba malo? Nuestro mundo no solo estaba bañado en azul, sino también cristalizado en sal. Todo estaba crujiente, seco y duro. Nuestra madre nos había enseñado a quitar el salitre de las mantas cada noche antes de irnos a la cama, aunque era inevitable que esta se pegara a nuestros labios y ojos mientras dormíamos.

Cogí su taza de concha favorita y le di la vuelta para que la sal se acumulara dentro. Elysea ya no estaba para regañarme. Ni ella ni nadie.

Salí de casa y me dirigí al puerto, tan atestado como siempre.

El sol se elevaba bien alto en el cielo y el aire estaba cargado de humedad y sal, tanto que era como respirar a través de una manta mojada. Mis pulmones trataron de llenarse de aire, pero los sentía entorpecidos y pesados, como cuando aguantaba la respiración bajo el agua. Me coloqué unos mechones de pelo negro, seco y salado detrás de las orejas.

Caminé por una plancha de metal oxidada que antaño componía el esqueleto de un edificio del Antiguo Mundo. Tras las Grandes Olas, los supervivientes se congregaron en las pocas islas que quedaron en pie y fusionaron las culturas, pero enseguida cayeron en la cuenta de que era mejor dejar la tierra para los cultivos, así que construyeron los Arrecifes con trozos y materiales recuperados de las ciudades sumergidas. Ahora contábamos unas anclas enormes que fijaban la estructura de metal flotante a la tierra que mis antepasados consideraron su hogar.

Hoy día existían alrededor de quince mil Arrecifes, cada uno situado junto a la isla más cercana en un radio de ocho mil kilómetros. Esa era la distancia máxima que podían recorrer los cultivos antes de malograrse. El Equinoccio era el Arrecife más grande de su tipo, el hogar de más de diez mil personas.

Pasé por el centro del Equinoccio, un edificio circular que albergaba el consistorio de los conservadores en la planta baja y, encima, una aurícula para la cantina comunitaria. En el tejado había un imponente pararrayos que generaba energía para las turbinas bajo el Equinoccio; nuestra única forma de electricidad. A partir del edificio principal se extendían varias ramificaciones abarrotadas de casas de metal. Sus tejados eran curvos como el lado convexo de una cuchara para ayudar a recolectar el agua de lluvia, usada para beber y para lavar.

A lo largo de los bordes de las planchas entrecruzadas entre barriadas se veían a niños demasiado pequeños como para ir a la escuela con cañas de pescar en las manitas. Tendrían suerte si pescaban algún pezúcar minúsculo. Había que alejarse del puerto para coger algo decente; los peces se asustaban por el ruido de las turbinas.

Los más mayores sí que asistían al colegio del Equinoccio: un aula al aire libre anexada al consistorio de los conservadores. La sala estaba a rebosar; apenas se veía la rejilla sobre la que se sentaban los alumnos. Escuché a la profesora mencionar el nombre de Ilani mientras pasaba. La Nación de Hielo.

Mis antepasados vivieron cerca de allí. Fue una de las primeras tierras en hundirse bajo el agua. El Antiguo Mundo estuvo al borde de la guerra debido a la escasez de tierras y a la extrema superpoblación. El único terreno virgen se hallaba bajo un bloque de hielo —Ilani—, que en el pasado había cubierto más de un tercio del planeta.

Los gobiernos llegaron a un acuerdo para acceder a aquella tierra y acabar con la crisis de población y de recursos globales. Su plan había sido descongelar solo una parte de tierra, pero la explosión de calor resultó ser demasiado efectiva. El hielo de Ilani se derritió por completo, por lo que el nivel del océano en todo el mundo subió y miles de millones de personas murieron.

Algunos dirían que los gobiernos consiguieron justo lo que buscaban, que era reducir la población. Aunque yo no me atrevería a insultar a los muertos afirmando tales cosas.

Estando en la escuela, vi fotos de la tierra en la que mis antepasados vivieron y me costó asimilar algo tan vasto y seco. Existieron tantas regiones a lo largo del enorme continente con millones y millones de edificios poblando su superficie...

Ya no quedaba nada de esa tierra aparte de las cincuenta nuevas islas que se habían creado tras las Grandes Olas. En el pasado fueron montañas o acantilados que habían conseguido permanecer en la superficie. La mayoría de las islas eran ahora propiedad de centros de investigación privados que albergaban la esperanza de hallar la forma de prolongar nuestra vida en este mundo inundado.

Una de esas islas era Palindrómena: mi destino.

Mis padres trabajaron allí; mi padre había sido el vigilante jefe a cargo del programa de reanimación y mi madre, la jefa de botánicos, que se ocupaba de los escasos cultivos que quedaban para alimentar a esta parte del mundo. Aunque mis padres trabajaran allí, a ninguno le gustaba hablar demasiado de su trabajo. Siempre que mi madre arrancaba una flor de los campos de Palindrómena, me decía que no me obsesionara con la muerte y que solo pensara en la luz.

No mucho después murió en una tormenta junto a mi padre. Y Elysea se ahogó tres años más tarde. Ojalá mi madre me hubiese contado más cosas acerca del lugar que estaba a punto de visitar. Puede que eso hubiese apaciguado el miedo que había empezado a treparme por la espalda.

El *Amanecer* sobresalía entre los cientos de barcos atracados en el puerto. Mientras que la mayoría estaban hechos con restos de los vehículos terrestres del Antiguo Mundo, el *Amanecer* era brillante y refinado. Un barco caro proporcionado por Palindrómena. Un regalo de despedida de mis difuntos padres. La noche en que se vieron atrapados en una tormenta y arrojados contra el lateral del Equinoccio se habían llevado el antiguo barco que teníamos. Supongo que podría decirse que tuve suerte de que hubiesen cogido ese y no el nuevo, pero yo no creía en la suerte; creía en los Dioses de abajo y en sus designios. ¿Por qué habían decidido llevarse a mis padres y también a mi hermana? No tenía ni idea.

Esperaba poder averiguarlo hoy.

Aunque hubiera vendido todas las pertenencias de mi familia, no podía desprenderme del *Amanecer*. Conservaba demasiados recuerdos ligados a ese barco, como los percebes adheridos al casco. Cuando mi hermana y yo éramos pequeñas, mis padres nos llevaban a ver a las garfocas plateadas saltar en el aire durante la puesta de sol. Y tras su muerte, Elysea y yo nos pasábamos los días con los pies metidos en el agua imaginándonos una vida distinta. Una mejor.

Desprenderme del *Amanecer* implicaría romper todo lazo con mi pasado. Necesitaba sentir el pulso regular del barco bajo mis pies, como el de un corazón.

Subí a la cubierta y arranqué el motor. El *Amanecer*, como la mayoría de las embarcaciones, funcionaba con energía solar.

Mientras me alejaba del muelle, una vibración se envió automáticamente a través de las olas; una señal que llegaría a la torre de control. Nadie entraba ni salía del Equinoccio sin ser detectado.

—Torre de control del Equinoccio —oí la voz suave de una mujer a través del transmisor antes siquiera de que haber salido del muelle—. Torre de control del Equinoccio a muelle B20. Responda.

—Aquí el azogue *Amanecer* —respondí—. La recibo.

La torre de control registraba los viajes de los barcos, asegurándose así de que la isla flotante de metal nunca sobrepasara el peso de diez mil personas. Había que imponer restricciones de peso, así como controlar el número de peces que se criaban y que se podían comer por familia. Los conservadores no querían arriesgarse a mandar el Equinoccio al fondo del océano igual que los edificios del pasado.

Si una familia daba a luz a más de dos hijos, tenían dos opciones: intentar sobrevivir por su cuenta, desligados a cualquier Arrecife, o rezar por que otro Arrecife aceptara nuevos residentes. Pero de un modo u otro, debían abandonar el Equinoccio.

—¿A dónde se dirige, *Amanecer*? —me preguntó.

—A Palindrómena —repliqué con un suspiro. Aguardé su respuesta. A casi todos en el Equinoccio bien les desagradaban o temían dichas instalaciones. Y aunque necesitaran los suministros médicos, como las pastillas recompresoras, o los alimentos de la isla, pensaban que reanimar a los muertos iba en contra de los deseos de los Dioses, tanto de los Antiguos como los Nuevos. Pero, a menos que aprendiéramos a cultivar alimentos bajo el agua, aquellos que lo hacían en la tierra ostentaban todo el poder.

—De acuerdo. —Su voz sonó brusca. Yo tan solo era otra persona más dándole a Palindrómena justo lo que quería. Más dinero. Y más poder sobre el futuro del Equinoccio—. ¿Cuándo regresará?

—Antes de mañana por la noche.

—Anotado —dijo la mujer—. La estaremos esperando entonces.

No hacía falta que lo dijera. Si no regresaba a la hora indicada, nadie vendría a buscarme. No les importaba si mi barco se veía atrapado en una tormenta, si me caía por la borda al mar revuelto o si me veía apresada entre los dientes de alguna criatura. Mucha gente desaparecía en el oleaje buscando una vida mejor. El océano entre los Arrecifes era impredecible; las tormentas acechaban casi en cada horizonte, por lo que era fácil acabar ahogado.

También había historias sobre algo *más*. Algo insaciable bajo el agua. Pero eran meros cuentos. El océano ya era bastante peligroso de por sí; no hacía falta que los que se emborrachaban durante la Marea de Primavera se inventaran más razones por las que temerlo.

Si no regresaba al Equinoccio para mañana por la noche, registrarían mi muerte, confiscarían mis pertenencias y reasignarían mi casa a otra persona. Nadie movería un solo dedo. De hecho, los conservadores lo verían como otra prueba más de que no deberíamos valernos de los servicios de Palindrómena.

—Recibido —respondí a la torre de control.

—Prosiga su camino, *Amanecer*.

Una vez me alejé de los barcos amarrados en el puerto, eché la vista atrás hacia el Equinoccio. Los numerosos brazos residenciales que conectaban con el edificio circular del consistorio de los conservadores le daban a la estructura el aspecto de una criatura marina con largos y peligrosos tentáculos. Pese a las enormes anclas, se podía apreciar el sutil balanceo de la ciudad flotante.

Al sur del Equinoccio pude ver una serie de titilantes boyas plateadas que comprendían el sonar perimetral de Palindrómena y que se extendían por todos los límites de su territorio. Mientras que las demás islas usaban sistemas de rastreo para controlar la actividad naval, Palindrómena usaba el suyo para detener a cualquier navío que procediera de otras regiones. En las décadas previas al perímetro, los barcos viajaban a Palindrómena, emboscaban a los trabajadores y robaban los cultivos para sí mismos. Desde entonces, Palindrómena impuso una ley en la que los únicos que podrían cruzar esa línea de delimitación fueran aquellos barcos construidos en las instalaciones y que tuvieran sensores incrustados; cualquier otra embarcación tendría que vérselas con su flota armada.

Más allá de las boyas plateadas se hallaba el único lugar desgobernado del océano, conocido como el Mar Desatado. Lo regían los remoranos, despiadados nómadas que saqueaban embarcaciones en busca de partes y dejaban un rastro de barcos hundidos a su paso. Había que estar muy desesperado, o ser muy estúpido, para cruzarlo.

Me volví a girar en dirección a Palindrómena. La llamativa isla podía atisbarse a través de una neblina de sal. Cuatro acantilados escarpados sobresalían del agua como dedos decididos, como si la tierra hubiese estirado la mano hacia el cielo con su último aliento. En la «palma» se hallaban los cultivos que alimentaban a los Arrecifes cercanos. Mi madre solía pasarse horas hablando de sus plantas, como si fueran hijas suyas. Me contaba que cada una necesitaba una cantidad distinta de agua, luz solar y abono. Cuando era pequeña, quería ser botánica como ella. Me gustaba la idea de traer algo nuevo al mundo.

Rechiné los dientes y aparté el recuerdo de mi mente. Hoy conseguiría respuestas. Averiguaría lo que les ocurrió a mis padres.

Por algún motivo, no dejaba de preguntarme si Elysea sabía que iba en camino, o si percibía mi ira.

45

CAPÍTULO CUATRO

TEMPEST

Lunes, 11:00.
Una hora antes de la reanimación

Tras una hora navegando, llegué al muelle de Palindrómena. Mi corazón retumbaba como el motor del barco a mis pies.

Pum. Pum. Pum. Pum. Pum.

Me daba miedo que mi corazón no lo soportase, pero, si estos eran mis últimos momentos, no había mejor lugar para morir porque, ¿quién sabía más de la muerte que Palindrómena?

A pesar de que al Equinoccio no le importaban los habitantes desaparecidos, a Palindrómena sí. Eran los responsables de peinar su territorio en busca de ahogados. Los barcos de rescate de Palindrómena se encontraban encallados en varios puntos en torno al perímetro del sonar para explorar el océano por la noche y sacar los cuerpos que se encontraran del agua. Después, los conservaban en tanques y esperaban a sus seres queridos.

Como Elysea. Pero no mis padres. Pasó toda una noche antes de que encontraran los restos de su barco y para entonces sus cuerpos habían desaparecido. Seguramente alguna criatura marina los hubiera devorado.

Y todo por culpa de Elysea.

Cuatro meses después de su muerte, me dijeron que los había visto antes de chocar con el lateral del Equinoccio. Ella no me lo había contado. Tuve que enterarme por su mejor amigo una vez Elysea falleció. Y encima le confesó que había sido ella la causante del accidente.

Mis padres habían muerto por su culpa.

Hoy me enteraría de qué había pasado exactamente.

Recé una breve plegaria a los Dioses de abajo deseando que mi corazón aguantase lo suficiente como para ver el rostro de Elysea una última vez. Me mordí el interior de la mejilla y extinguí el entusiasmo con ira; no pensaba dejar que los sentimientos me distrajeran de lo que tenía que hacer.

Mientras me acercaba a la dársena, unos brazos metálicos y larguiruchos guiaron mi barco por el agua. Palindrómena me aguardaba y analizaba mi navío con tanta facilidad como lo hacía con el coral de abajo.

El muelle estaba construido con metal reciclado y pulido, parecido al del *Amanecer*. Tanta aglomeración plateada resultaba cegadora. Apagué el motor y levanté la mano para protegerme los ojos. A pesar de no poder ver las instalaciones tras el acantilado escarpado, seguro que no estaban muy lejos. La isla apenas contaba con kilómetro y medio de diámetro.

El muelle estaba abarrotado de barcos, incluyendo dos enormes de rescate con redes por todo el casco. Me estremecí al pensar que habían sacado a Elysea en uno como esos. Seguro que mis padres nos habían ocultado la verdad sobre Palindrómena para que no le diésemos muchas vueltas a los peligros del océano y a que la muerte siempre estaba al acecho.

En cuanto el casco del *Amanecer* rozó el muelle, los brazos de acero afianzaron el barco a pesar de la marea.

Una mujer de pelo negro y brillante por los hombros se acercó a mi navío. Vestía un traje beis casi del mismo color que su piel. Tenía las mejillas sonrosadas debido al calor del mediodía.

Tuve la sensación de haber venido con ropa inapropiada; llevaba puesto un vestido de hilos de algas entrecruzadas que no ocultaba mucho mi traje de submarinismo.

—Buenos días —saludó la mujer. Entrecerró los ojos marrones mientras leía algo en su tableta—. ¿Tempest Alerin? —Seguramente estuviese echándole un vistazo a mis pintas, que contrastaban con las del papeleo que había rellenado ayer con el representante de Palindrómena.

Tuve suerte de que hubiera un hueco libre con tan poca antelación. Justo después de vender la planta, fui al barco del representante, que estaba encallado cerca del Arrecife. Los conservadores no permitían que Palindrómena negociase en el Equinoccio. Una vez le expliqué los detalles, me dio un dossier con información para que me lo mirase por la noche. Contenía técnicas para conseguir que Elysea creyera que seguía viva, como la fecha en que murió, el tiempo y las últimas noticias de entonces. Era como una ventana al pasado, un pasado al que desearía volver para evitar que mi hermana se subiese a ese barco.

—Sí, soy yo —respondí al tiempo que recogía mi bolso de hule.

—Me llamo Selna. —Esbozó una sonrisa cálida mientras yo ponía un pie en el muelle—. Bienvenida a Palindrómena. Tenga. —Me ofreció dos pastillas opacas—. Son equilibrantes. Prevendrán la cinetosis.

Me miré, confusa. Entonces, sentí un ligero mareo. Tropecé y Selna me agarró del brazo.

—Es algo completamente normal —dijo a la vez que me las ponía en la mano—. Se disuelven bajo la lengua. La ayudarán. —Me dio una palmadita en el brazo mientras yo trataba de mantenerme erguida—. Confíe en mí.

Salvo por las pastillas recompresoras, no solía ver muchos medicamentos. A pesar de que mi madre hubiese trabajado en Palindrómena, solo confiaba en lo que ofrecía la tierra: huevas de pescado para el sistema inmunitario y polvo de algas secas para prevenir la salitrosis. Le había prohibido a papá que trajera medicinas a casa.

Alcé una pastilla contra el reflejo del sol.

—¿De qué está hecha?

—De magia —contestó Selna con una sonrisilla y un guiño.

Llevaba sin creer en la magia desde los cinco años, cuando pensaba que los bancos de peces baliza eran estrellas fugaces hundidas en el mar. Me sentaba en el borde del muelle con mis padres con las piernas colgando sobre el agua y observaba a los peces. Desde su muerte, la luz de los peces baliza se había mimetizado con la oscuridad; ahora se me antojaban un sinsentido, como las constelaciones que nuestros antepasados veneraban.

—¿Tiene el importe? —inquirió Selna.

—Sí. —Le entregué los billetes del interior del joyero. Jamás volvería a ver tanta cantidad de dinero junta.

Ella los contó y después escribió algo en la tableta.

—Por aquí —dijo mientras se la guardaba en el bolsillo. Nos alejamos del muelle y nos dirigimos hacia la zona verdosa entre las rocas.

Intenté seguirla, pero a punto estuve de caerme para atrás, hacia el barco. Selna sonrió, pero no dijo nada. Tras varios pasos tambaleantes, me puse las pastillas bajo la lengua.

Me condujo hacia un vehículo aparcado parecido a los automóviles terrestres del Antiguo Mundo. Tenía dos brazos a cada lado con unos tubos conectados a un tanque oxidado en la parte trasera. Era un fertilizador. ¿Mi madre había conducido uno de estos? ¿Por qué me resultaba familiar?

—Suba —dijo Selna al ver que vacilaba. Le hice caso.

Tosí al tiempo que el vehículo levantaba tierra del camino seco que salía de la playa. La vibración del motor se parecía a la del *Amanecer*. En cierta manera, me tranquilizó un poco.

—Es la primera vez que viene a la isla, ¿verdad? —preguntó Selna por encima del ruido del motor.

Quise responderle, pero tuve que toser.

—No se preocupe, el polvo desaparecerá dentro de poco.

Y tuvo razón. Giramos y entramos en un campo enorme de cultivo.

Había una cúpula de color obsidiana abrigada entre los acantilados tras los cultivos, como una perla negra a la que la isla se aferraba con uñas y dientes. Pero no fue eso lo que me llamó la atención. Jamás había visto tanto verde junto excepto en sueños.

Mi madre solía denominarlos «sueños de los olvidados»; recuerdos que nuestros antepasados nos habían legado para recordarnos nuestra historia. ¿Cómo, si no, reconocía el aroma a fresco de un bosque? ¿O la imagen de un campo extenso cubierto de flores moradas?

Mi padre no creía en mis sueños ni en los Dioses de abajo.

—¿Cómo sabemos que los sueños de Tempe reflejan el Antiguo Mundo? ¿Cómo demostramos que ve el verde igual que tú? —Y me tocaba la frente con una carcajada—. Tal vez lo que vea sea de color rosa percebe.

Mamá lo chistaba y me volvía a arropar, diciéndome que siguiese soñando con el pasado.

—Un día volveremos a ese mundo —solía susurrarme contra la mejilla—. Sé feliz entre sueños, pequeña.

Y, durante una buena temporada, lo fui.

En cuanto alcanzamos la cúpula, Selna detuvo el vehículo. Habíamos llegado. Palindrómena.

Debido al cristal tintado no podía ver nada. Tragué varias veces para humedecerme la garganta.

—No tema —dijo Selna mientras rodeaba el vehículo para ayudarme a bajar—. Vamos a apoyarla durante estos complicados momentos.

No me daba miedo. O al menos, no de la forma que ella se pensaba. No me asustaba despedirme de Elysea; lo que me asustaba era no conseguir aquello por lo que había venido.

Selna me escoltó por la zona de seguridad y me condujo a través del vestíbulo con el techo alto y abovedado. Me detuve, atónita por lo que se alzaba delante de mí.

—Precioso, ¿verdad? —comentó Selna mientras retrocedía. Juntó las palmas de las manos en señal de rezo—. Alabados sean los Dioses de abajo por proteger nuestra isla.

Me tapé la boca con la mano, estupefacta.

En el centro del vestíbulo había un árbol; sus ramas negras se extendían como brazos en espiral y señalaban los distintos niveles en los que se dividía el vestíbulo. Las ramas eran curvas; muy distintas de los bordes metálicos del Equinoccio. Y el aire olía diferente.

«No hay sal», deduje.

Inspiré hondo y disfruté del aire puro introduciéndose en mis pulmones. La humedad causaba esa sensación de respirar a través de un trapo húmedo durante todo el año. Aquí me sentía más liviana, más fuerte... como cuando me sumergía.

Las flores y las vides se enredaban en torno a las altas columnas blancas y por encima de los azulejos brillantes de las paredes. ¿Era aquí de donde sacaba mi madre las flores? Entre el follaje del árbol y el techo de cristal pude captar un atisbo del cielo azul. El verde y el azul volvían a juntarse.

Como mi planta.

—¿Cómo...? —Me mecí sobre la parte posterior de los talones—. ¿Cómo ha podido sobrevivir este árbol?

Selna me lanzó una sonrisa evasiva.

—Se lo explicaremos durante la orientación.

Antes de poder mirar más detenidamente, me condujo hacia un auditorio apenas iluminado. En cuanto entré, la pantalla se encendió y unas letras rojas aparecieron en ella.

Un planeta al borde de la muerte.

La banda sonora me golpeó de lleno.

—Siéntese —susurró Selna al tiempo que señalaba un asiento vacío. Había más personas embelesadas por la pantalla parpadeante.

En el vídeo se representaba la tragedia de las Grandes Olas, las cuales prácticamente destruyeron la sociedad moderna. Los edificios se derrumbaron, la tecnología dejó de funcionar, los animales murieron y nos vimos obligados a escarbar entre los restos para construir un nuevo mundo sobre el océano.

Aunque el Nuevo Mundo no es cruel.

Resoplé. Que se lo dijeran a mis padres, a mi hermana y a todos los que habían perecido debido al mar turbulento.

Un nuevo poder surgió con la marea: los Dioses de abajo. Han bendecido nuestra isla. Nos han dado Palindrómena. Nos han ofrecido un nuevo comienzo. La muerte ya no es la última despedida.

Ya me sabía el cuento. Una madrugada había oído a mis padres discutir sobre las creencias de Palindrómena acerca de tener que agradecerles a los Dioses de abajo la posibilidad de reanimar a los muertos. Mi padre le dijo que nunca había visto pruebas de que existieran esas deidades de las profundidades que Palindrómena afirmaba que evitaban la destrucción de la isla. Le rebatió diciendo que el proceso de reanimación era algo puramente científico.

Me preguntaba si tuvieron tiempo de pensar en los Dioses de abajo cuando su barco volcó y los mandó al agua. ¿Irían sus últimos pensamientos para la traidora de su hija? ¿Tuvieron tiempo siquiera de pensar en mí?

El resto del vídeo se centró en las etapas del duelo y en cómo me sentiría cuando me encontrara con mi ser querido, temporalmente devuelto a la vida, pero no desvelaba nada sobre el proceso de reanimación. No obstante, lo que sí sabía era que el agua de los tanques prevenía la descomposición de los cadáveres.

Tras el vídeo, Selna me dejó sola en una sala de espera junto a la «sala de recuperación» de Elysea. Estaba rodeada de cuadros de rostros felices. De familias reuniéndose. De seres queridos unidos. Cuando me giré, sentí que me tambaleaba y la cabeza me empezó a doler. ¿Se estaría desvaneciendo el efecto de los equilibrantes?

Apenas llevaba unos minutos allí cuando otra mujer entró. Tenía la piel pálida, el pelo rubio y corto, los pómulos altos, los rasgos elegantes y los ojos azules y separados. Era preciosísima, aunque parecía bastante seria.

Se alisó la chaqueta blanca.

—Tempest Alerin —anunció—. La última vez que te vi eras así de alta —pronunció mientras ponía la mano a la altura de la zona superior de sus pantalones negros.

—¿Disculpe?

—¿No te acuerdas de mí?

Sacudí la cabeza.

—Perdóname —se disculpó antes de apretar los labios—. Supongo que eras demasiado pequeña. Trabajé con tus padres. —«¿Mis padres me traían aquí?»—. Soy Nessandra, la directora de Palindrómena —se presentó.

—¿En serio? —Cuando mis padres hablaban de su jefa, siempre me había imaginado una anciana con el pelo canoso; una científica con bata.

Pero a esta mujer parecía que nunca le hubiera dado el sol. No se pasaba los días en barco o sumergiéndose en el océano en busca de restos del Antiguo Mundo. Era evidente que Palindrómena prosperaba a costa de los muertos, como mis padres.

—Así es. —Sonrió—. Tengo la suerte de estar al cargo de toda la operación. —Su voz se tiñó de calidez y sus mejillas, de color fruto del orgullo.

—Ah. —No sabía qué más decir. No esperaba conocer a alguien tan importante como la directora de Palindrómena. Rezaba por que no viese a través de la máscara de hermana afligida. No creía que los interrogatorios formaran parte del lema de la empresa.

—Al enterarme de que venías he querido venir a saludarte. —Tomó mis manos entre las suyas con suavidad—. Te acompaño en el sentimiento.

Casi le pregunté a qué sentimiento se refería, pero supuse que no le haría mucha gracia mi humor negro.

—Gracias.

—Seguro que encuentras lo que buscas. —Cuando la miré confusa, añadió—: Pasar página.

No me gustó la forma en que sus ojos azules me observaban, como analizándome. Me solté y me abracé a mí misma.

—No esperabas algo así, ¿verdad? —Señaló a nuestro alrededor—. Palindrómena.

—No.

No recordaba venir a estas instalaciones de pequeña, aunque por lo visto sí que lo había hecho. ¿Acaso mis sueños sobre bosques eran simples recuerdos de este árbol y los cultivos?

—Ya. —Percibió mi interés por el árbol, que se atisbaba a través de la puerta abierta—. Es precioso, ¿verdad? Es el último árbol cortez negro y tiene más de quinientos años. Mis padres construyeron este sitio en torno a él; fueron los fundadores de Palindrómena —explicó con los ojos rebosantes de recuerdos—. Hace medio siglo descubrieron una proteína en el coral que prevenía la descomposición de la materia orgánica muerta y que además mostraba indicios de reparar el daño. La regeneración se multiplicaba por diez si se reiniciaba el ciclo vital de un organismo al reiniciar su corazón. —Me sonrió como si la hubiese entendido—. ¿Sabías que los árboles tienen pulso? —preguntó.

—¿Tienen corazón?

Ella se rio, aunque no a malas.

—No, pero algunos sí que tienen latido. —Posó una mano sobre su pecho—. Al igual que la sangre que corre por nuestros cuerpos, distintos fluidos lo hacen en torno al árbol en ciclos de veinticuatro horas. Lo que controla el proceso es un centro de mando celular parecido a nuestro cerebro. Tratando de revivir los cultivos, mis padres descubrieron que, cuando se reanimaba un árbol, el centro de mando volvía a activarse. El «cerebro» se curaba. Sin embargo, solo duraba una noche. Y veinticuatro horas no bastaban para que un árbol diera sus frutos. —Volvió a reírse.

Al ver que no la imitaba, prosiguió:

—Así que mis padres trasladaron esa forma de pensar a otros organismos en los que veinticuatro horas de vida sí dejaran momentos valiosos en lugar de solo decepciones. Pero no nos damos por vencidos. Seguiremos hasta que no haya retroceso. Para las plantas y, algún día, para nuestros pacientes.

Tanto Palindrómena como los Arrecifes buscaban lo mismo: conseguir que los cultivos crecieran en el agua. Ninguno lo había logrado aún.

—Pero no has venido por eso, ¿a que no? —dijo la directora. Era evidente que le encantaba contar esa historia por muchas veces que la hubiera repetido ya—. ¿Estás lista para las mejores veinticuatro horas de tu vida? —Señaló una puerta detrás de mí con un letrero que rezaba el número dieciséis.

No supe cómo responderle.

—Seguro que sí. —Esbozó una sonrisa que no le llegó a los ojos. ¿Le perturbaba mi silencio acaso?—. Tu vigilante llegará en cualquier momento y te acompañará durante las veinticuatro horas. Se llama Raylan Bassan. Es del Equinoccio, como tú. Tal vez os conozcáis. Antes era pescador submarino —me susurró con complicidad, como si eso me fuera a impresionar—. Era uno de los mejores.

No conocía a nadie que se llamara Raylan. Elysea y yo apenas nos relacionábamos con los niños de nuestra edad después de dejar la escuela cuando murieron nuestros padres. Pese a todo, no quería que me acompañara nadie. Necesitaba hablar a solas con mi hermana.

Ella debió de haber malinterpretado mi silencio.

—No hay nada que temer, señorita Alerin.

Me encogí de hombros y asentí a la vez.

—Y ahora —empezó a decir con expresión consternada—, prométeme que harás todo lo posible para que tu hermana no se entere de que murió.

—¿Por qué? —Aunque no tenía pensado decírselo.

—Resulta menos traumático para todos —respondió—. Imagina cómo te sentirías tú si descubrieses que solo te quedan veinticuatro horas de vida.

—¿Qué va a creer que le ha pasado? Nuestros padres trabajaban aquí en Palindrómena. ¿No lo intuirá?

—Cuando despierte, los médicos le dirán que ha sufrido un accidente. Le explicarán que ha estado unos días en coma y que tiene que quedarse en observación en la enfermería del Equinoccio. Hemos transformado su habitación para que parezca que sigue en el Arrecife.

—¿Y suele funcionar? —No me lo tragaba, no cuando toda la gente del Equinoccio sabía a qué se dedicaba Palindrómena—. ¿No sospechará?

—Reanimamos a gente de todo el mundo —contestó—. En comparación con los habitantes del Equinoccio, la mayoría no conoce nuestros servicios. A aquellos pacientes que han vivido cerca les damos algo para que olviden sus recuerdos más recientes. Elysea no recordará haber muerto, confía en mí.

Esperaba que sí recordase la noche de la muerte de mis padres; si no, ¿para qué hacía esto?

—¿Y si lo descubre?

—Entonces los científicos la sedarán para cerciorarse de que no entre en pánico. Obviamente no es lo mejor, porque queremos que paséis la mayor parte del tiempo juntas. Te aseguro que, aunque lo mejor para todos es que no se entere de la verdad, estamos preparados para cualquier imprevisto. Contad con Palindrómena para aliviaros la pena. —Sonrió amablemente—. Y, un día, esperamos erradicar la muerte por completo para que nadie sufra más.

Por el dolor que se reflejaba en sus ojos percibí que ella también había perdido a alguien.

Me gustaría vivir en ese mundo.

—Espera aquí —dijo, y se le cambió el humor—. Tu vigilante llegará en breve.

—Gracias.

Ella me dio un apretón en la mano.

—Me recuerdas tanto a tu madre.

Por cómo lo dijo, estaba segura de que trataba de tranquilizarme, pero lo que consiguió fue que la echase más de menos.

—Gracias —repetí.

La directora asintió, comprensiva.

—Tempest, tu viaje en Palindrómena acaba de empezar.

CAPÍTULO CINCO

LOR

Lunes, 11:00.
Una hora antes de la reanimación

Lunes. El día que por fin saldría de las sombras del Acuario. Ojalá pudiera convencerme de salir de la cama primero.

No me moví cuando Nessandra me dejó un bol de bayas cerca de la entrada. Como sabía que no subiría a la cantina, siempre me traía comida antes de empezar a trabajar. Que usara el sótano como escondite no significaba que aprobara lo que hacía su empresa. Como siempre, fingí estar dormido cuando vino a visitarme.

Había evitado hablar con ella durante casi dos años. Me había obligado a pasar por el proceso de reanimación con Calen alegando que eso nos ayudaría a despedirnos, cosa que ella no había tenido oportunidad de hacer con sus padres. Pero el miedo en los ojos de Calen cuando supo lo que estaba a punto de suceder me atormentaría para toda la vida. Saber que solo te quedaban veinticuatro horas antes de volver a perderte en el olvido no era un destino fácil de aceptar.

El miedo fue lo último que sintió. Y, aunque lo fácil sería culpar a Nessandra, la decisión había sido mía.

Lo de hoy iba en contra de todo lo que había jurado dos años atrás. Me había prometido a mí mismo permanecer aquí abajo, apartado, viviendo con los muertos hasta el final de mis días como penitencia. Pero Ray me había pedido ayuda. Esta vez lo escucharía. Antepondría su bienestar por encima del mío propio, como tendría que haber hecho con Calen. Haría las cosas bien.

Como solo había unos cincuenta vigilantes —y tarde o temprano se darían cuenta de que yo no era uno de ellos—, Ray repasó anoche el procedimiento previo a la reanimación con los científicos. Habían configurado el ecoenlace para la reanimación y le habían entregado una tableta con la información sobre la muerte de la paciente. Ray me había dejado ambos allí anoche. Yo los guardé bajo la almohada con la esperanza de despertarme a la mañana siguiente y no encontrarlos. Nuestro trato no habría sido más que otro mal sueño.

Pero no me había quedado dormido y la almohada seguía abultada.

Al final me senté en la cama y saqué el ecoenlace y la tableta de su escondite. Me quedé mirando la pantallita negra del primero durante unos segundos, reuniendo el coraje para ponérmelo. Con esto no habría vuelta atrás. Vacilé mientras lo sostenía sobre la muñeca; mi mente trataba de advertirme que no lo hiciera. Ya me había puesto uno una vez. El día que me despedí de Calen.

Antes creía en el programa de reanimación y en los Dioses de abajo. Al haber crecido en la isla, solo escuchaba maravillas sobre Palindrómena; nunca había cuestionado lo que hacían. Pero tras el accidente en la Montaña Sagrada, no soportaba lo que este lugar le hacía pasar a la gente. Me entraron ganas de romper el ecoenlace en un millón de pedazos.

Pero esto no solo me incumbía a mí. Había reconocido la mirada atormentada en los ojos de Ray. No podía dejar que se convirtiera en mí. Triste, amargado y solitario. Ray necesitaba que le echara una mano hoy. Llevaba muchísimo tiempo sin sentir esperanza; a veces eso era lo único que hacía falta para poder sobrevivir.

Apreté los dientes cuando los dos alfileres bajo la banda de metal me perforaron la piel y accedieron a mi riego sanguíneo. Un círculo de luz azul iluminó el borde de la pantalla a la vez que se conectaba a mi pulso.

Antes de las Grandes Olas, la electricidad se desplazaba bajo tierra, iluminando los hogares y las calles. Pero ahora solo contábamos con el sol, el viento y el agua para generar energía. Eso y nuestros cuerpos.

Mientras trataban de reanimar a aquellos que tenían sueños propios, los científicos de Palindrómena descubrieron que la gente era su propia fuente de electricidad. Al acceder al riego sanguíneo, el pulso se podía usar no solo para mantener vivo al organismo, sino también para hacer funcionar pequeños dispositivos como el ecoenlace. Era más fiable que el sol. A menos que estuvieras muerto, claro.

No quería mirar la pantallita más de la cuenta. Fingiría que no era más que un accesorio como otro cualquiera. Me cambié deprisa a la camiseta beis de Palindrómena que Ray había cogido «prestada» para mí y me guardé la tableta en el bolsillo trasero del pantalón, detrás de un libro.

Las últimas palabras que me dedicó Ray anoche fueron que, si mantenía la cabeza gacha, todo saldría bien. No fue muy reconfortante que digamos.

Me recordé que estaba haciendo lo correcto. Lo que más quería Ray en este mundo era volver a la pesca submarina. El deseo de cazar corría en su sangre. Hacía una década más o menos, su padre había atrapado una garfoca gigante con la que el Equinoccio entero se dio un festín esa noche e intercambiaron con Palindrómena valiosas medicinas como las pastillas recompresoras. El padre de Ray se convirtió en un héroe.

Ray había crecido escuchando tantas veces la historia de la garfoca que se volvió parte de él, como si fuese su propio recuerdo y no el de su padre. Nadie podía culparlo por perder toda cordura al atisbar la sombra de un leviatán hundirse bajo su barco. Había estado tan centrado en la criatura que no vio el navío que se aproximaba hasta que ya fue demasiado tarde.

Esperaba que a partir de hoy empezara a pasar página. No es que no comprendiera su deseo por regresar al pasado. Ojalá yo pudiera volver a los acantilados hace dos años.

Pero era imposible, y tampoco quería seguir adelante. Aun así, aquí estaba, a punto de salir al mundo.

En el sótano era más fácil olvidar lo que había hecho, por mucho que estuviera rodeado de muertos. Cuando regresara al mundo exterior, recordaría cómo eran las cosas. Cómo solía contar los días hasta el fin de semana, cuando veía a Calen y a sus amigos del Equinoccio. Cómo hacíamos carreras en la arena, asábamos pescado sobre una hoguera en la playa o hablábamos hasta tarde sobre el mundo más allá de la isla. Ahora ni siquiera me apetecía salir de aquí.

Debería olvidarme del trato que había hecho con Ray. La clienta aparecería y no habría vigilante alguno que la asistiera. La cita se cancelaría y Nessandra la cambiaría a otro día. Pero castigarían a Ray. Probablemente lo echaran, y su futuro —y el pasado al que tanto quería volver— se haría trizas para siempre.

No podía hacerle eso.

Cogí un trozo de tela blanca del mueble de suministros y subí antes de perder el valor. Improvisé una bandana con la tela para cubrirme el pelo rubio y oculté la parte inferior de mi rostro con una mascarilla. No era raro que un vigilante la llevara: proteger a los clientes y a los pacientes era la prioridad número uno de Palindrómena.

Respiré hondo. Me temblaba la mano cuando abrí la puerta. Tenía que hacerlo. Por Ray. Era lo correcto. Lo menos egoísta. Regresaría al Acuario pasadas veinticuatro horas y todo volvería a ser como siempre.

—No seas cobarde —me susurré.

Ordené a mis piernas que dejaran de temblar y me encaminé hacia el vestíbulo. Mis movimientos eran poco naturales, como si mi cuerpo se hubiese olvidado de cómo andar. Apreté los puños. Podía hacerlo.

Entrecerré los ojos mientras entraba en el vestíbulo, deslumbrado por la luz del sol que penetraba a través del cristal de la pared y del techo. Por un momento había olvidado lo brillante que era este lugar. Me quedé quieto durante un momento. Los recuerdos del sol regresaron a mi mente de golpe, tan vívidos que hasta podía sentirlos abrasándome la piel.

Mi madre siempre me regañaba por no llevar camisetas de manga larga. Con mi tez clara era facilísimo quemarme, pero me encantaba sentir el calor del sol en la piel.

—Disculpe —dijo una mujer, pasando junto a mí.

Me aparté a un lado.

No podía permitirme recrearme en los recuerdos.

Los vigilantes se habían congregado alrededor del árbol cortez negro. De niño me encantaban los árboles. Me pasaba horas escalando los pocos que quedaban en la isla. Luego, cuando me aburrí de ellos, empecé a escalar acantilados.

Las voces susurrantes de los vigilantes resonaban en la estancia. Me vibró la muñeca, avisándome de que la clienta aguardaba mi llegada.

—Despertad a aquellos de las profundidades —coreaban los vigilantes—. Traedlos a la luz. Permitid que se despidan de los suyos antes de descender de nuevo a vuestro abrazo acuático. Vuestra es nuestra fe. Os seguiremos... para toda la eternidad.

Un vigilante con la piel marrón oscura y con el pelo rizado y largo me vio pasar, pero solo me sonrió. Antes de que nadie pudiera acercárseme, me dirigí deprisa hacia las salas de recuperación. Incluso con mascarilla y bandana no podía permitir que nadie me mirara demasiado de cerca. Ray y Nessandra eran los únicos que sabían que dormía en el sótano, y quería que siguiera siendo así.

Mientras me aproximaba a la puerta dieciséis —mi destino durante las siguientes veinticuatro horas— oí una voz familiar proveniente del final del pasillo.

Nessandra.

Mierda. No podía dejar que me viera. Por mucho que llevara mascarilla y bandana, me reconocería. Volví a doblar la esquina para ocultarme.

Le dijo a la clienta que las próximas veinticuatro horas no tendrían desperdicio. Rechiné los dientes. El programa de reanimación era una farsa. No ayudaba a nadie. Ni a los muertos, ni a los vivos.

Permanecí escondido detrás de la pared hasta que oí el clic clac de los zapatos de Nessandra desaparecer por el pasillo. Solo entonces me acerqué a mi clienta.

Tempest Alerin.

CAPÍTULO SEIS

TEMPEST

Lunes, 11:30.
30 minutos antes de la reanimación

Me temblaba la pierna al mismo ritmo que el tic tac del reloj de la pared. A pesar de haber transcurrido apenas unos minutos, parecía que hubieran pasado horas desde que la directora me hubiese dejado esperando al vigilante.

Abría y cerraba las manos para tratar de aliviar la tensión. Después de tantos años oyendo rumores sobre Palindrómena, todavía se me antojaba extraño. No me imaginaba a mis padres recorriendo estos pasillos. Ni siquiera podía recordar sus caras. A veces me daba miedo olvidarlos del todo. El tiempo se llevaba los recuerdos igual que todo lo demás.

Por fin, la puerta del pasillo se abrió y un chico alto entró en la sala. Me sentía como un pez al que acabaran de pescar y que pasara de unas manos a otras.

Parecía unos años mayor que yo, aunque una mascarilla le tapaba parte de la cara. Su tez era igual de pálida que la de la directora y mostraba un puñado de pecas por encima de la nariz.

Sus ojos azul claro encontraron los míos y, por un momento, nos quedamos mirando.

—Hola —saludó unos momentos después al tiempo que extendía la mano. Le temblaba un poco—. Soy L... —Tragó saliva— ...el afortunado de supervisar el proceso.

65

Apreté los labios. «Afortunado, ajá». Pues no parecía muy contento que digamos. A pesar de que llevaba casi toda la cara tapada, sí que podía intuir que estaba apretando la mandíbula.

Era mucho más joven de lo que esperaba. Pensaba que todos los vigilantes eran como mi padre; hombres delgados y de sonrisa alegre. Con la capacidad de calmar sin parecer condescendiente, de dar consejos y no sermones, y de hacerte sentir como si llevaseis siendo amigos toda la vida. Admiraba su talento para hablar con la gente que acababa de conocer, porque yo no hice ni un solo amigo durante mi primer año escolar.

Era demasiado callada. Demasiado seria. Demasiado sensible.

Y nunca me comportaba como querían.

Elysea y su mejor amigo, Daon —que se había visto obligado a aguantarme porque estaba encaprichado de mi hermana— habían sido mis únicos amigos. Y las peores noches, cuando me quedaba tumbada en la cama mirando al techo, me preguntaba cómo cambiar; ser más amistosa, mejor. Me preguntaba si Elysea era mi amiga de verdad o si simplemente le tocaba pasar tiempo conmigo por ser mi hermana.

¿Acaso había sido una carga para ella?

—Soy Raylan —se presentó mi vigilante, rompiendo el silencio—. Raylan Bassan. Tú eres Tempest, ¿verdad?

—Tempe —lo corregí, accediendo a estrecharle la mano. Sabía que por costumbre incomodaba a la gente, pero hace tiempo descubrí que, si me quedaba callada más tiempo del esperado, la gente revelaba más de lo que quería. Y a veces necesitaba esos segundos de más para organizar mi mente.

Raylan contempló el contacto de nuestras manos; mis dedos bronceados y morenos contra los suyos pálidos. Llevaba una banda metálica decorativa con una pantallita negra y redonda incrustada. Aparte de un circulito azul, no mostraba nada más.

Solté su mano de golpe y ahogué un grito.

Un ecoenlace.

Llevaba sin ver uno desde la muerte de mi padre. Era un dispositivo exclusivo de los vigilantes para supervisar la reanimación de los fallecidos. De pequeñas, a Elysea y a mí nos fascinaba y nos asustaba a la vez. Papá nunca nos dejó que lo tocáramos.

—No es para los niños —decía.

—¿Qué hace? —le preguntaba yo.

Y siempre le lanzaba a mi madre una mirada significativa antes de responder:

—Nada que debas saber por ahora.

Elysea y yo solíamos creer que albergaba el poder de la vida y la muerte y que, si lo tocabas, el corazón se te volvía tan negro como la pantalla circular; que se te abría un agujero en el pecho. De pequeñas, solíamos retarnos a entrar a hurtadillas al cuarto de nuestros padres mientras papá dormía y tocar la pantalla. Siempre nos íbamos corriendo antes de acercarnos demasiado.

Raylan carraspeó y yo aparté la mirada de su muñeca.

—Soy el encargado de ayudarte durante la reanimación de tu hermana.

¿Qué sabía este chico de la muerte y el luto? Había notado que su mano era suave, frágil. No lo necesitaba.

Arqueé las cejas y esperé que se pusiera a ello.

—¿Te han dado los equilibrantes ya? —Debido a la mascarilla la voz se le oía ligeramente distorsionada.

—Sí. —Decidí mostrarme amable—. Cuando he llegado a la isla.

—Bien —se limitó a contestar. Parecía igual de hablador que yo, y mira que pensaba que los vigilantes tenían que mostrarse tranquilizadores. Volví a acordarme de mi padre y de su forma de conseguir que todo el mundo se sintiera importante, escuchado.

Se pasó muchísimas noches sentado junto a mi cama cuando tenía un mal día en el colegio. Le hablaba de los niños que me insultaban, que aseguraban que estaba contaminada por los muertos porque mis padres trabajaban en Palindrómena, cuando la mayoría lo hacía en zonas de inmersión, en barcos o como pescadores de caña. Un año, mis compañeros difundieron el rumor de que yo había nacido en un tanque y que era un experimento fallido.

Mi padre me decía que se mofaban de lo que no entendían, de la gente que no era como ellos. Que era especial. Y que era ese miedo lo que provocaba que me atacasen. Me decía que yo era su precioso pececito baliza que iluminaba hasta los mares más oscuros. Seguro que ahora no diría lo mismo.

Aparté el recuerdo de mi mente y me centré en Raylan.

—La sala de recuperación está por aquí. —Señaló a la puerta a mi espalda—. Tu hermana permanecerá ahí durante todo el periodo de reanimación.

Ojalá hubiera podido pasar un momento más con mi padre. Decirle lo mucho que lo quería. Pero Elysea me había privado de eso.

—Yo ya he pasado por esto —me contó mientras señalaba a su alrededor—. Sé que es difícil.

—¿Has perdido a alguien? —le pregunté, notando que su expresión se llenaba de dolor. ¿Acaso Palindrómena requería que los vigilantes pasasen por el proceso de reanimación? Supuse que generaba empatía con los clientes. Tal vez sí que hubiese sentido dolor, que supiera cómo nos perseguía en todo momento y cómo, tras unas maravillosas horas de sueño en las que conseguíamos olvidarnos de todo, la realidad se volvía aún más dolorosa.

Como mi padre era vigilante, ¿también había pasado por aquel proceso con sus padres? Nunca nos había mencionado el tema. Ambos murieron mucho antes de que mi hermana y yo naciésemos.

Raylan asintió.

—La reanimación me permitió poder pasar más tiempo con un amigo.

Pude ver, o más bien notar, su tristeza.

—¿Valió la pena verlo?

Exhaló un suspiro trémulo.

—Sí.

No fue muy convincente que digamos.

Jugueteó con el pañuelo. Le temblaban los dedos como si estuviera nervioso.

—¿Cuántas reanimaciones has supervisado? —pregunté. Se comportaba como si fuese él quien estuviese a punto de soportar las siguientes veinticuatro horas. Aunque, al fin y al cabo, puede que quien lo pusiera tan nervioso fuera yo. Por mucho que mi padre me considerase su pececito baliza especial, todos decían que bien me quedaba mirándolos fijamente durante demasiado rato, o que no lo hacía lo suficiente. Los niños pensaban que era rara porque me quedaba callada y era seria y tranquila. No sabían qué pensaba, así que suponían que estaría tramando solo lo peor.

Me acorralaban, me tiraban arena al pelo y cantaban «¡bruja de agua, bruja de agua, bruja de agua!» mientras corrían en torno a mí. Querían que los Dioses de abajo los protegieran. De mí.

Pero yo nunca les deseé nada malo. A menudo ni siquiera pensaba en ellos; estaba abstraída preguntándome cómo acercarme a unos niños que me odiaban. ¿Cómo convencerlos de que era igual que ellos? Y mientras rumiaba, decidieron que era rara, que daba miedo y que no querían tener nada que ver conmigo.

—Diez —respondió Raylan. Casi se me había olvidado la pregunta.

—¿Y diez son muchas?

Nunca le había preguntado a mi padre cuántas había monitorizado él. No creí que hubiese un límite de tiempo para hacerlo. Pensaba que tendría toda la vida para disfrutar de mis padres. Para preguntarles cosas que no se te ocurren de pequeña. En mi mente siempre los había tenido como las personas que me querían y que me habían criado, no los veía como Minda y Deren: la pareja que se conoció gracias a Palindrómena y que se enamoró. Y ahora ya era demasiado tarde.

—Sí —contestó Raylan, y eso hizo que volviera en sí—. Apenas llevo seis meses trabajando aquí.

—¿Eres del Equinoccio? —Nessandra me había dicho eso, pero su cara no me sonaba. Ahora que estábamos más cerca pude atisbar una barbita incipiente tras la mascarilla. Debió de ir algunos cursos por delante en el colegio y yo lo dejé a los doce, cuando mis padres murieron. Como no teníamos dinero, Elysea y yo nos pusimos a trabajar para poder pagar los impuestos. Y esos impuestos habían conservado a Elysea en un tanque estos últimos dos años.

—Sí —dijo.

Confusa, observé su piel pálida. La mayoría de la gente que vivía en el Arrecife tenía la piel tostada debido a la exposición constante al sol.

—Sé lo que estás pensando; que soy tan pálido como un macabí, ¿no? —Extendió los brazos y yo traté de esbozar una sonrisa—. Supongo que eso es lo que pasa cuando te quedas la mayor parte del tiempo en casa estudiando para ser vigilante.

—Claro.

Nunca había conocido a alguien con la piel tan clara. Incluso las clases en el Equinoccio eran a la intemperie.

—Ya es casi mediodía —murmuró Raylan al tiempo que señalaba la sala de recuperación a nuestras espaldas. Parecía deseoso de perderme de vista—. A esa hora Palindrómena reanima a los pacientes —me explicó—. Justo a esa hora existe la misma distancia del inicio del día que del final, como un palíndromo. Es como una broma privada.

No tenía gracia, así que me limité a asentir.

Raylan se mordió el labio; no sabía si era porque estaba pensativo o inquieto.

—Un palíndromo es una palabra o frase que significa lo mismo leyéndola del derecho que del revés —explicó—. La empresa se llama Palindrómena porque se invierte la muerte: el paciente resucita y luego vuelve a morir.

Suspiré, molesta.

—Ya sé por qué se llama Palindrómena.

Él cuadró los hombros y se aclaró la garganta de nuevo. Lo estaba incomodando, sí, pero no me importaba.

—Vale, bueno, llevarán a tu hermana a esa sala —volvió a señalar la que estaba detrás de mí— y yo me quedaré en la de espera —señaló esta en la que estábamos— por si me necesitas.

—¿Durante veinticuatro horas? —pregunté—. ¿No te dormirás? ¿Ni te irás a comer? —Al ver que ni se inmutaba, añadí—: ¿O a mear?

Él levantó la comisura de la boca casi a regañadientes.

—Si me necesitas, no.

Vale, parecía extremo, pero a saber. Igual la gente necesitaba que les ayudasen todo el rato. El vídeo explicativo advertía que era posible que me quedara conmocionada al ver a mi hermana, pero eso no entraba en mis planes. El *shock* solo supondría una distracción.

—¿Lista? —Tenía el pulgar sobre la pantalla del ecoenlace. ¿Acaso estaba transmitiéndoles a los científicos que despertaran a Elysea? Ojalá mi padre me hubiese explicado cómo iba todo.

Me imaginé a mi hermana tumbada plácidamente en una cama con los labios azules y los ojos blanquecinos mirando fijamente al techo. Con percebes cubriendo su piel, cual sarpullido. ¿Qué movería primero? ¿Los ojos? ¿Los dedos?

Sentía como si algo me arañase el pecho. «Es miedo. Solo miedo».

Cuando por fin logré asentir, convencida, se me secó la boca. Raylan tocó la pantallita del ecoenlace y un segundo círculo apareció. Cerró los ojos, pensativo, y hundió los hombros durante un momento.

En cuanto los volvió a abrir, dijo:

—Ya viene.

CAPÍTULO SIETE

LOR

Lunes, 11:50.
Diez minutos antes de la reanimación

Una sola mirada de Tempest Alerin conseguía que quisiera regresar corriendo al Acuario.

Sus ojos registraban todos mis movimientos. Era perspicaz y severa. Me sentía expuesto. Una sensación que no había experimentado en casi dos años. Sí, Ray venía a verme, pero esta chica me miraba de verdad. A conciencia.

Sus ojos eran de una tonalidad marrón cálida, pero no había calidez tras ellos. Tenía la mandíbula estrecha apretada. Era delgada; le sobresalía la clavícula y los pómulos se le marcaban. La tez olivácea se le había oscurecido debido al mucho tiempo que se había pasado en el agua, y su largo cabello era del color del cielo sin estrellas. Era una de las chicas más guapas que hubiera visto nunca. En otra vida, mi antigua vida, hasta le hubiese pedido salir.

No sabía qué esperar de un cliente, pero había algo en su conducta que no cuadraba. Una sensación que era incapaz de identificar.

«No tendría que estar haciendo esto. Me van a pillar. Se va a dar cuenta de que no soy vigilante de verdad».

O tal vez es que se me había olvidado cómo conversar con las personas aparte de Ray. O cómo era que me miraran. Que me tocaran. Casi había apartado la mano de golpe cuando las habíamos estrechado. Tenía una mano pequeñita, pero con bastante fuerza, entonces se percató del ecoenlace. A juzgar por su expresión sorprendida, supe que presupuso que formaba parte de la reanimación de su hermana. Pero ¿cómo? No parecía haber pasado por esto nunca.

Entonces, el momento pasó y fue como si nada la desconcertara. Como si no estuviera a punto de ver a su hermana muerta. A pesar de la intensidad de su mirada, parecía estar ocultando sus verdaderas emociones. ¿Le preocupaba llorar delante de un extraño? No parecía triste. No mostraba... nada, en realidad. Pero tenía que estar sintiendo algo. Nadie lidiaba con la pena con tanta valentía. O sin algo de conmiseración.

—¿Ya la han despertado? —preguntó Tempest. No estaba reaccionando como Ray me había explicado que lo haría un cliente normal. Había esperado lágrimas, emoción, nervios. No... a ella.

Estaba demasiado tranquila. Demasiado controlada. Y eso me ponía de los nervios.

—Sí —dije, rotando la muñeca para soltar la tensión. Sentía el ecoenlace como un ancla. No quería mirar la pantallita; no quería mirar los dos círculos porque sabía lo que significaban—. Elysea llegará enseguida.

Pulsé el panel junto a la puerta para abrirla. Esta se cerró tras nosotros una vez pasamos a la sala de recuperación. Había una cama estrecha en mitad de la estancia y una ventana al fondo con vistas al océano en vez de las paredes de roca entre las que habían construido el centro. Las vistas que Elysea Alerin esperaría ver si se despertaba en la enfermería del Equinoccio después de un accidente. Una treta cruel, como toda esta pantomima.

Aunque odiaba tener que participar en ella, no perdí detalle de la escena, tan distinta a la oscuridad y a la humedad del Acuario.

Tempest examinó la habitación en silencio, con las manos entrelazadas a la espalda.

¿Por qué no decía nada?

Saqué la tableta del bolsillo trasero y eché un vistazo rápido al informe de su hermana por hacer algo.

FALLECIDA: ELYSEA ALERIN
EDAD: DIECISIETE AÑOS
MADRE: MINDA, FALLECIDA
PADRE: DEREN, FALLECIDO
HERMANA: TEMPEST, DOS AÑOS MENOR

CAUSA DE LA MUERTE: AHOGAMIENTO.
SACADA DEL AGUA POR LOS BARCOS DE RESCATE.
PROBABLEMENTE CAYERA POR LA BORDA DEBIDO A LA
TORMENTA DE LA NOCHE ANTERIOR.
ESTADO FÍSICO: APTO. CUERPO PRESERVADO A LAS
SEIS HORAS DE SU MUERTE.

APROBADA PARA LA REANIMACIÓN.

Incluía un montón de imágenes de Elysea. Muerta. Con la mirada perdida, el cabello castaño alrededor de los hombros, la piel blanquecina y los labios azulados.

Apagué la pantalla antes de que Tempest pudiera ver nada.

Para romper el silencio, señalé una bandeja plateada y dije:

—Ahí tienes comida para tu hermana. Y si necesitas cualquier otra cosa, pulsa el botón de la puerta y yo la desbloquearé desde el otro lado.

—Vale. —Su voz sonó distante.

La muñeca me vibró y envió una sacudida por todo mi brazo. Desvié la vista hacia la puerta de la habitación contigua. La entrada al ala de reanimación. La luz sobre la puerta cambió de roja a ámbar.

—Tu hermana ya casi está —dije. El rostro de Tempest palideció. Era la primera vez que mostraba preocupación, y me encontré dando un paso hacia ella—. Todo irá bien.

Ella se apartó de mí como un pececillo asustado.

—Estoy bien.

Debería haberme marchado, pero no quería que pasara por esto sola.

—Sé lo que se siente —comencé, pero ella ya no me oía; tenía los ojos fijos en la luz ámbar.

—¿Por qué tarda tanto? —preguntó.

—Llegará en un momento. —Ojalá pudiese quedarme por si me necesitaba, pero Ray había sido muy claro: tenía que marcharme antes de que el paciente llegara. Ocultar la verdad.

Aun así, me resultó difícil mover los pies. ¿Era porque el mero olor de esta habitación me recordaba a hace dos años, cuando pude ver a Calen por última vez?

Desterré las imágenes de su cuerpo sin vida de mi mente y me centré en Tempest. Tenía los ojos vidriosos y no parpadeaba.

—Ahí está el cuarto de baño. —Señalé la puerta estrecha en el rincón—. Y si necesitas hablar, estaré fuera. Si no, te quedarás aquí sola.

—¿Sola?

¿Quería que me quedara?

—Con tu hermana, claro.

Ella apretó los labios y volvió a girarse hacia la puerta.

—En cuanto entre Elysea —empecé a decir; Tempest se encogió al oír el nombre de su hermana—, la cuenta atrás comenzará. —Señalé al reloj sobre la pared—. Nos la llevaremos momentos antes de que se cumplan las veinticuatro horas. —No tendría que ver morir a su hermana.

Me encaminé a la sala de espera.

—Buena suerte, Tempest.

Ella apartó la mirada de la luz ámbar para mirarme muy brevemente antes de cerrar la puerta.

Tenía la sensación de que su rostro me perseguiría mucho tiempo después de que se fuera.

CAPÍTULO OCHO

TEMPEST

Lunes, mediodía.

Cada vez escuchaba más mi respiración, hasta que se mezcló con un ruido que se asemejaba al del océano. Lo último que escuchó Elysea antes de morir.

Elysea.

La única familia que me quedaba. La hermana que me había enseñado a bucear. Que me cantaba hasta que me quedaba dormida cuando las tormentas sacudían las paredes de nuestra casa. La que había conseguido que volviera a sentirme viva tras la muerte de nuestros padres.

Y, sin embargo, escondía muchos secretos y mentiras. Necesitaba verla una vez más. Y que lo confesara en voz alta.

«Papá y mamá murieron por mi culpa».

Reprimí las emociones. Era fuerte. Podía con esto. Llevaba mucho tiempo esforzándome para llegar aquí. Aquellos días interminables en las zonas de inmersión y sobreviviendo gracias a lo que encontraba. Sola.

«No flaquees ahora, Tempe. No te desmorones. Recuerda por qué estás aquí. Recuerda el daño que te causó. Mereces saber la verdad».

Me empezaron a temblar las piernas y, cuanto más trataba de evitarlo, más lo hacían. Me clavé las uñas en las palmas.

«Puedo hacerlo».

La luz ámbar se volvió verde.

Mi hermana. Aquí. Viva.

No pasó nada. Después escuché un clic a mi espalda. Me di la vuelta. El reloj de la pared había empezado a correr. Y eso significaba que...

—Hola, Tempe.

Vi a mi hermana en el umbral de la puerta.

Lucía exactamente igual que el día que se ahogó. Tenía los labios rosas y las mejillas coloreadas contrastaban con su piel aceitunada. El pelo castaño le caía en ondas por la espalda. No solo parecía viva, sino que tenía buen aspecto. Me costaba imaginarla muerta. Como si estos dos años solo hubiesen sido una pesadilla horrible.

—Hola, Elysea. —Me tembló un poco la voz.

—Espero no haberte asustado —dijo al tiempo que se acercaba a mí.

¿Que mi hermana hubiese resucitado? Anda, anda, cómo iba eso a asustarme.

Inspiré varias veces para calmarme. No podía desmoronarme. Todo lo que había estado planeando durante años se estaba cumpliendo. Tenía que distanciarme. Esta no era mi hermana, o por lo menos no la real; solo era un medio para llegar a un fin.

—¿Te han contado lo que pasó? —le pregunté.

Su expresión se tiñó de confusión. Se miró el camisón azul que llevaba y jugueteó con la pulserita médica en torno a su muñeca.

—El médico me ha dicho que tuve un accidente en el barco hace dos días y que llevo desde entonces en coma inducido.

—Te ahogaste.

Tosió como si pudiese recordar cómo se le habían llenado los pulmones de agua. Tal vez así fuera. Sentí un ardor en el pecho debido a la pena.

—Casi —me corrigió con una sonrisa.

—Eso —reculé—. Casi.

Se acercó a la cama y se subió a ella.

—Estoy un poco mareada —se dio un toquecito en la frente con dedos temblorosos—, pero el médico me ha dicho que es por el coma. Por lo demás me siento bien.

—Me alegro.

—¿Y tú? ¿Cómo estás? —Se acercó las rodillas al pecho y el camisón se le juntó en los tobillos—. Me estás mirando de forma rara.

—Estaba preocupada por ti.

—¡Es verdad! —Se llevó la palma a la frente—. Seguro que has estado pensando que te había dejado sola. Lo siento mucho.

—Sí. Sigo en *shock*. —Era consciente de lo distante que sonaba, pero no sabía cómo mostrarme natural sin bajar la guardia.

¿Sería un buen momento para preguntarle por lo de papá y mamá? Tal vez solo necesitase unos minutos de las veinticuatro horas. Pero, entonces, ¿por qué se me quedaban atascadas las palabras en la lengua?

Elysea cerró los ojos con fuerza. Me sentía mejor cuando no me miraba. Me resultaba más fácil mentirle.

—Ojalá pudiera acordarme —dijo en tono suave—. ¿Qué ha pasado?

—Te desmayaste hace dos noches. Encontraron tu barco volcado. —Decir la verdad era lo más sencillo.

Volvió a abrir sus ojos verdes; eran de un color tan vivo como el de la planta que había encontrado.

—¿Por qué salí sola?

La pregunta del millón. Nessandra me había dicho que sus últimos recuerdos estarían algo borrosos. Esperaba que no hubiese olvidado lo demás.

—¿Cómo me encontraron? Los conservadores no salen a buscar a los barcos desaparecidos. —Vi el miedo en sus ojos. Lo sabía. No, no era posible.

Inspiré hondo y recité la historia que me había preparado.

—Había otro barco cerca. —A pesar de que salir por la noche era peligroso, la gente lo hacía. Al fin y al cabo, los peces baliza solo brillaban bajo la luz de la luna, como fantasmas bajo la superficie. Un buen pez podría alimentar a diez personas. Valía la pena; sobre todo con lo que últimamente sufría la gente del Equinoccio—. Te encontraron. —Un barco de rescate de Palindrómena halló su cuerpo al cabo de unas horas—. Tuviste mucha suerte —dije con una sonrisa. Esperaba sonar sincera.

—Ah. —Las arrugas de su frente desaparecieron—. ¿Me reanimaron?

Asentí y desvié la mirada, incapaz de mantenérsela. Hacía calor. Demasiado. Ojalá hubiera una ventana que poder abrir. Ojalá no llevara el traje de submarinismo bajo el vestido; la tela no transpiraba.

—¿Por qué estás tan lejos? —preguntó con la voz teñida de preocupación.

Necesitaba hacerlo mejor. Convencerla de que seguía viva. Si sospechaba la verdad, perdería la ventaja que tenía.

Esbocé una sonrisa llena de arrepentimiento.

—Ya me conoces. No aguanto el olor de la enfermería. Y tú apestas.

Soltó una carcajada aguda.

—Ven aquí, peque.

Gruñí ante el apodo.

—No soy pequeña —murmuré, acercándome. Y era verdad. Ya desde los doce años apenas había diferencia de altura entre nosotras, tan solo cinco centímetros. Pero, si te fijabas, en realidad no éramos tan parecidas. Yo había salido más a nuestro padre; tenía sus mismos ojos marrones, el pelo oscuro y una nariz más alargada, mientras que ella había heredado los ojos de mamá y sus mejillas redondeadas.

Me senté en el borde de la cama y estiré la mano después de cerciorarme de que no me temblaban los dedos. Llevaba más de dos años sin verla. Dos años desde la última vez que la había tocado. No recordaba la sensación.

Cuando sus dedos calientes se cerraron en torno a los míos, dejé escapar un suspiro trémulo.

—Tranquila —dijo con lágrimas en los ojos—. No pienso irme a ninguna parte. —«No como mamá y papá», no tuvo ni que decirlo.

Pero sí que se había ido. Y lo peor era que ni siquiera lo sabía.

La sentía igual, la veía igual y olía igual. En parte me molestó. Deseaba que fuera distinta; eso lo haría todo más fácil. No sentiría como si mi corazón se estuviese rompiendo en añicos.

«Recuerda que te mintió. Estás sola por su culpa».

—Estoy deseando salir de este sitio —dijo con un suspiro moviendo los dedos de los pies—. Yo tampoco aguanto la enfermería. —Cuando empecé a bucear, pasé muchas horas allí con Elysea. Palindrómena había hecho muy buen trabajo a la hora de emular la sala—. Quiero volver a casa y bailar esta noche —añadió.

No pude evitar imaginarme a Elysea de vuelta en el Equinoccio apreciando cómo habían cambiado las cosas durante los años que había estado muerta. Su mejor amigo, Daon, había empezado una relación con alguien. Su habitación estaba vacía; había vendido todas sus pertenencias para sacar lo que pudiera. Y ahora su clase de baile la dirigía su sustituta. Y, bueno, yo tampoco era la misma. No porque hubiese muerto, sino porque me había enterado de algo que no podía olvidar. De la verdad.

Cuatro meses después de su muerte, Daon me contó el secreto que Elysea me había estado ocultando. Estuvo en el agua la noche en que nuestros padres fallecieron. Fue la causante de su muerte. Aquello no solo cambió cómo me sentía respecto su muerte, sino que también manchó los recuerdos que tenía de ella. La pena se transformó en rabia, y durante años me quemó por dentro hasta que solo quedaron cenizas.

Antes, habría hecho cualquier cosa por pasar más tiempo con mi hermana. Ahora solo estaba desesperada por descubrir la verdad.

—¿Dónde está Daon? —preguntó, como si me hubiera leído la mente—. Supuse que vendría.

Me encogí de hombros.

—Ocupado con el trabajo, como siempre.

Ella sonrió y yo sentí una punzada de algo en el pecho. Se preocupaba por él, pero no de manera romántica. Nunca se lo había confesado porque le preocupaba perderlo como amigo.

A menudo quise que se lo confesara. Pero ¿quién era yo para decirle qué hacer? Había albergado la esperanza de que se lo dijera en algún momento, pero entonces murió.

Me dio un apretón en la mano.

—Gracias por haber venido.

Estuve a punto de echarme a reír ante lo absurdo que era todo. Yo era la razón por la que ella estaba aquí.

¿Cómo soportaba la gente algo así? ¿Cómo miraban a sus seres queridos reanimados? ¿Cómo podían fingir que durante veinticuatro horas solo los estaban visitando y que volverían a casa al día siguiente? Ese día nunca llegaría.

¿Los mantenían despiertos toda la noche para estar con ellos? ¿Acaso eso no lo revelaba todo? ¿O los observaban dormir, deseando y esperando que esos momentos robados se alargaran hasta convertirse en un futuro que nunca sería real?

Entendía que era necesario encubrir la farsa, pero no quería desperdiciar el tiempo que me quedaba con ella.

Antes Elysea lo era todo para mí, e incluso con la rabia de estos últimos dos años, no me había sentido preparada para esto. Pensaba que no querría quedarme cerca de ella, tocarla. Pero estaba igual. Era Elysea. Mi hermana mayor y, durante los últimos años, mi tutora.

Me quedé mirando nuestras manos entrelazadas. La mía estaba más oscura que la suya por haber pasado dos años más en el océano. La solté y escondí la mano bajo las sábanas de la cama con la esperanza de que no se hubiese percatado de la diferencia.

—Casi te pierdo. —No tuve que fingir que se me rompía la voz; recordé el momento en que me comunicaron que había fallecido. No salí de la cama en dos semanas. Daon vino todos los días a traerme comida y me obligó a no desistir; me dijo que Elysea querría que me mantuviera fuerte.

—Lo siento —se disculpó ella con expresión triste—. No debería haber salido. No recuerdo nada de estos dos días. —Ojalá pudiese. Ahora que estaba aquí conmigo, quería saber por qué lo había hecho. Por qué se había arriesgado a salir por la noche y se había sacrificado inconscientemente.

—Como mamá y papá —dije.

—¿Qué? —Ella levantó la cabeza de golpe—. No, es distinto.

—¿Por qué lo dices? —Me la quedé mirando, esperando que cediera—. ¿Sabes por qué salieron la noche que murieron? —Dejé el tema en el aire, esperando que mordiera el cebo—. Siempre me has dicho que no.

Ella giró la cabeza.

—No lo sé.

«Mentirosa».

—Dijiste que te enteraste de su muerte la mañana siguiente, cuando nos despertamos y vimos que se habían ido. —Tomé aire—. Pero mentiste. Estuviste con ellos. No lo niegues.

—¿De qué hablas? —Su voz, suave y tranquilizadora, se había tornado seria, a la defensiva. Cuando se enfadaba se parecía a mamá.

—Daon me ha contado tu secretito. —Me incliné hacia ella y me entraron ganas de soltárselo de sopetón—. Salisteis al mar aquella noche, pero la única que volvió fuiste tú.

La acusación quedó en el aire como un mástil partido y listo para aplastarnos a las dos. Yo temblaba a causa de la rabia, pero Elysea permaneció quieta. Como un muerto.

No aguanté el silencio.

—¡Murieron por tu culpa!

—No. —Ella sacudió la cabeza con vehemencia—. No fue así.

—¡Entonces dímelo!

Pensaba que mis palabras harían que destapase todos los secretos que había guardado durante años y que se había llevado a la tumba, pero se mantuvo callada. Por lo menos al principio. Clavó sus ojos sorprendidos en los míos con tanta intensidad que supe que me había metido en problemas.

—¿A qué vienen esas preguntas? —Enarcó las cejas—. ¿Por qué ahora, después de todos estos años?

—Daon me lo ha confesado mientras tú estabas… en coma. Me ha dicho que esa noche los viste y que murieron por tu culpa.

Se le habían empezado a tensar los hombros, lo que causó que los elevara. Empezó a respirar de forma agitada.

—¿Por qué me preguntas eso ahora? —insistió mirando en derredor, como si no quisiera centrarse en mí.

Regulé el tono de voz.

—Porque necesito saber exactamente lo que les pasó. ¿Por qué le contaste la verdad a Daon en vez de a mí? ¡Soy tu hermana! ¡También eran mis padres!

Entonces, me miró.

—¿A qué día estamos, Tempe?

Sentí que ambas aguantamos la respiración. El silencio entre nosotras era agobiante. Éramos conscientes de que nos acercábamos a un momento que estaría a punto de cambiarlo todo. El momento de la verdad.

Sabía que había muerto. Había perdido la ventaja que tenía.

CAPÍTULO NUEVE

LOR

Lunes, 12:30.

A cada minuto que pasaba fuera del Acuario sentía pinchazos en la piel como miles de agujas diminutas. Al principio pensé que estaba sufriendo una reacción alérgica a la luz natural que penetraba por el techo de cristal. Luego caí en que solo se trataba de ansiedad.

Jamás lo hubiera pensado, la verdad; antes solía pasarme los días suspendido a miles de metros por encima de la costa sujeto únicamente de pies y manos. Permanecer calmado y tranquilo era indispensable para sobrevivir. Ahora me sentía acalorado y nervioso y me hormigueaban los brazos. Esperaba no desmayarme.

Llevé a cabo unos cuantos ejercicios de respiración que había aprendido escalando. Poco a poco, mis manos dejaron de temblar y la sensación de hormigueo desapareció.

No iba a morir. Al menos, hoy no.

Pasó media hora y mis ojos se adaptaron a la claridad, como si solo hubieran pasado días, y no años, desde la última vez que había atisbado la luz del sol. Recordaba como, después de pasar un día fuera, me salían marcas en los hombros y en los brazos. Recordaba el dolor que se me formaba en los músculos conforme escalaba un precipicio.

Allí permanecía tanto tiempo como pudiera; el mundo de más allá me resultaba muchísimo más interesante que esta isla en la que estaba confinado. Era irónico que hubiese terminado recluido en su sótano. Aunque no fuera muy fan del océano y de los mares tormentosos que rodeaban la isla, una vez soñé con viajar por el mundo, o lo que quedaba de él. Quería visitar las Islas Cavalcade, las islas del desenfreno, ubicadas fuera de la influencia y la jurisdicción de Palindrómena. O ver los Arrecifes errantes de occidente, que nunca amarraban y no dejaban de registrar los mares en busca de suministros en una carrera a contrarreloj por sobrevivir.

Quería ir a algún lugar donde mi familia no hubiese estado. Quería ser libre.

Y ahora ya nunca lo sería.

Aunque mis pecas prácticamente habían desaparecido durante estos dos últimos años, el recuerdo de Calen y de nuestra última escalada perduraba.

Traté de leer el libro que me había traído, pero estaba demasiado inquieto y me fue imposible centrar la mirada en las palabras de aquella vieja narración.

Subí y bajé los hombros. No estaba acostumbrado a quedarme sentado durante mucho tiempo. Moverse por el Acuario era mejor, conseguía que los rostros no fueran más que un borrón en el interior de los tanques.

No oía nada de las otras salas de espera. ¿Qué hacían los demás vigilantes mientras aguardaban? ¿Eran como Ray e investigaban todo lo que podían sobre la vida y la muerte en sus tabletas? ¿O perdían el tiempo sin darse cuenta realmente de lo valiosa que era la vida?

Por mucho que lo intentara, no lograba quitarme de la cabeza el rostro de Tempest. Y quedarme aquí sentado sin hacer nada tampoco ayudaba. Ahora sabía por qué me visitaba Ray tan a menudo; su trabajo no era el más divertido que dijéramos.

Respiré hondo. Al menos aquí el aire no apestaba a productos químicos. La gente con problemas respiratorios solicitaba trabajar en Palindrómena con la esperanza de que el aire limpio aliviara sus síntomas, pero Palindrómena recibía incontables solicitudes y solo aceptaban a aquellos que destacaban en el examen de acceso. Como Ray.

—A nadie le hace daño que traiga ragar a la isla me rebatió una vez. Aunque yo nunca había probado esa bebida fermentada de algas, había oído que era muy popular. Aun así, Ray restaba importancia a su inteligencia. Había estado investigando cómo reparar las células y los nervios muertos durante meses antes de que le ofrecieran el puesto de vigilante en prácticas.

Pese a tener el futuro asegurado aquí, no lo deseaba. Él quería salir al mar, seguir los pasos de su padre, reconectar con sus antepasados. Estar en el mar formaba parte de quién era y decía que, sin él, se sentía incompleto. Aprender el oficio de vigilante era una solución temporal, una forma de ganar billetes a la vez que aprendía de los mejores médicos y científicos del mundo. Era un cabroncete optimista. Pero, a veces, ese optimismo le perjudicaba. Aún guardaba la esperanza de regresar a su antigua vida. Y, pese a ello, hoy había dado el primer paso en la dirección contraria. Esperaba que la médica contara con algún plan de rehabilitación.

Tamborileé los dedos contra el ecoenlace. Sin tener nada más que hacer, pensé en mi propio futuro. Sabía que lo mejor era dejar Palindrómena; marcharme a donde nadie conociera mi nombre o mi cara, y no regresar nunca. Pero no podía. ¿Qué derecho tenía yo a vivir mis sueños cuando había privado a Calen de los suyos? Eso sería darle la espalda a Calen y a la culpa que cargaba por su muerte. Y, aunque no podía esconderme en el sótano para siempre, tampoco iba a marcharme de la isla.

Si solo me quedaran veinticuatro horas, ¿qué cambiaría? ¿Qué *podría* cambiar?

No importaba. Nunca saldría de este lugar. Nunca viviría otra vida distinta a esta. Tenía el trabajo y las visitas diarias de Ray y con eso me bastaba para seguir adelante. La mayoría de los días.

Una parte de mí envidiaba a los clientes en estas habitaciones. Estaban aquí por amor o pasión, o incluso dolor. Yo ya no recordaba cómo era sentir nada de eso.

La tableta en mi regazo emitió un pitido y la pantalla se iluminó.

Dime que no la has cagado. Era un mensaje de Raylan.

Solté una risita.

¿Qué tal la médica?, le pregunté.

Pasaron unos cuantos minutos antes de que apareciera la respuesta.

Bastante mona. Te gustaría. Deberías venir al Equinoccio. ¿Y tu clienta?

Cogí aire. Eso significaba que la consulta no había ido bien. «Mierda».

También es mona.

Insistir en el tema era inútil. A Ray no se le podía obligar a hablar si no le apetecía. Un rasgo que compartíamos.

Bien, me respondió. *¡Las veinticuatro horas se te pasarán volando!*

Yo no estaba tan seguro.

¿Vienes ya?, le pregunté.

Pronto. La contestación llegó enseguida. *He decidido ir a ver a mi familia aprovechando que estoy aquí. Podría tardar un buen rato. Ya sabes cómo se pone mi madre.*

Ojalá pudiera estar allí para darle apoyo moral. Aunque su madre lo quería, siempre le daba la tabarra por haber abandonado a la familia. No comprendía por qué quería trabajar para Palindrómena ni su obsesión por sanar la lesión y volver a la pesca submarina. Ella era de las que opinaban que estar con la familia era más importante.

¿Tú vas bien, colega?, preguntó Ray.

Una parte de mí deseaba comentarle el extraño comportamiento de Tempest, pero no quería que se preocupara. Probablemente le estuviera dando demasiadas vueltas. No conocía a la chica. No sabía qué era extraño o normal en ella.

Genial, le envié.

CAPÍTULO DIEZ

TEMPEST

Lunes, 12:45.

No, no, no, no, no. Elysea no podía sospechar la verdad. No después de todo lo que había sacrificado para estar aquí. No llevaba reanimada ni una hora.

Me separé de ella. Recordaba el día que se ahogó como si fuera ayer. Las autoridades del Equinoccio llamaron a mi puerta y me comunicaron con expresión seria, pero no sorprendida, que había fallecido. Como cada vez costaba más encontrar cosas en el fondo del mar, la gente se había vuelto muy temeraria. Algunos intentaban hallar una vida mejor en otro Arrecife. Otros cruzaban el Mar Desatado esperando encontrar zonas de inmersión nuevas y nunca regresaban. Seguramente hubieran acabado en la tripa de alguna criatura, con los huesos hechos astillas entre sus dientes.

Tardé un momento recordar que Elysea me había preguntado que qué día era hoy.

—Faltan veinte días para la marea de luna llena —le dije sin inmutarme. Recordaba la información que Palindrómena me había facilitado tras rellenar los formularios para que me la estudiara anoche—. Has estado dos días en coma.

Ella me tomó la mano.

—¿Has seguido explorando el edificio mientras yo no estaba? —Sus ojos rebuscaron algo en los míos, pero ¿el qué? ¿No me creía?

Asentí y aparté el nerviosismo de mi mente.

—Adrei te manda saludos.

Ella compuso una sonrisa leve y se recostó en los cojines.

—No quiero que nos peleemos, Tempe. —De repente, la notaba exhausta.

—Claro. —En lo que a ella respectaba, yo seguía siendo su cariñosa hermanita de quince años. Pero habían pasado tantísimas cosas en los dos que no había estado que la ira volvió a resurgir.

No podía volverla a asustar. La había presionado demasiado y muy deprisa. Tenía que hacerle creer que todo iba bien.

No podía fallar.

Me acerqué a su lado.

—¿Cómo te sientes?

En cuanto las palabras abandonaron mis labios me di cuenta de que tendría que haberle preguntado eso al principio. No estaba comportándome tan cariñosa como siempre. Ni siquiera recordaba cómo era ser así. El Equinoccio ya no necesitaba a esa chica. Y yo tampoco. Pero Elysea sí.

—No me duele nada. —Sonrió—. Imagino que eso es bueno. ¿No me han quedado secuelas graves?

Le apreté el hombro.

—Ya verás que dentro de nada volverás a estar bailando en la Marea de Primavera.

En cuanto pronuncié las palabras, hubo algo que hizo que me escocieran los ojos. Había venido decidida a obtener respuestas, pero no me había preparado para lo que sería ver a mi hermana viva. ¿Cómo hacerlo?

«Entrará en *shock*», me había advertido el vídeo.

Pues Palindrómena tenía razón. Sí que habían previsto este momento, pero no la reacción de mi hermana. Lo que diría o cómo me iba a sentir.

Seguía siendo mi hermana.

Por primera vez aquello caló en mí. No era ninguna desconocida con la cara de mi hermana. Era Elysea. Y aunque hubiese sido la causante de la muerte de mis padres, la quería.

Y le estaba mintiendo.

¿Por qué venía la gente a Palindrómena? Dolía demasiado. ¿Cómo podía Raylan hacer esto todos los días? ¿Y mi padre?

—¿Tempe? —me llamó con timidez—. ¿Estás llorando?

Había llorado veces contadas, y la mayoría había sido contra el hombro de mi hermana. No pude evitar inclinarme hacia ella.

—Te he echado de menos —dije.

Su mano se hundió en mi pelo.

—Siento haberte asustado. —Su voz también me dijo que estaba llorando—. ¿Tempe? —volvió a llamarme.

—¿Sí? —murmuré.

—Tú nunca me mentirías, ¿verdad? —preguntó con voz temblorosa.

Yo me tensé.

—No.

Aunque ella sí lo había hecho.

Oculté el rostro tras una cortina de pelo para evitar que me viera. Olía a sal y flores. A Elysea. La única que me entendía, la que nunca pensaba que me quedaba mirándola demasiado tiempo o que era demasiado callada o rara. Siempre había sido su «peque».

—Vale —respondió—. Y yo siempre te diré la verdad.

Cuando dijo eso, me separé de ella.

—Entonces, ¿qué pasó la noche en que murieron mamá y papá?

Elysea me lanzó una sonrisa triste.

—¿Qué me ha pasado?

—¿A qué te refieres? Creía que ya te lo habían dicho.

—¿Los médicos del Equinoccio? —Enarcó una ceja.

Asentí, aunque tal vez puse demasiado entusiasmo.

—Sí.

El labio inferior le tembló.

—Tempe. —Ay, por los Dioses de abajo, no—. Tempe, estoy en Palindrómena, ¿verdad?

Me quedé sin aire. ¿Debería llamar a Raylan? Si la sedaban, no descubriría la verdad.

—¿Qué dices?

Los ojos se le anegaron en lágrimas.

—Tienes la piel más morena y el pelo un poco más largo que antes. —Me lo corté ayer con la esperanza de dejarlo igual que el día en que murió, pero no podía saberlo con seguridad—. Y no pareces la misma. No me miras como si fuera tu hermana; me miras como si... —No pudo acabar la frase.

Tendría que haber imaginado que lo descubriría. Sabíamos más cosas de las reanimaciones que el resto de la gente. De pequeñas nunca habíamos dejado de oír la palabra Palindrómena.

—No digas estupideces. —Le di una palmadita en la mano—. Estás confundida por el accidente. Ya sabes que no aguanto estar en la enfermería.

—Has dicho que nunca me mentirías.

—Y tú que tampoco lo harías. —No pensaba dejar que le diese la vuelta a la situación. No después de estar ahorrando durante casi dos años, de vender todo lo que teníamos y de sumergirme sin descanso todos los días y a todas horas. No después de quedarme sola. Era su reanimación, y también la mía. No pensaba dejar que me la estropease.

—¿Qué pasó la noche en que murieron papá y mamá? —insistí—. Estabas en el mar. ¿Qué viste? ¿Qué hiciste?

Elysea saltó de la cama y corrió hacia la puerta. Tiró de la manilla, pero vio que estábamos encerradas.

—¿Qué haces? —No me moví de la cama—. ¿Por qué no me contestas?

Ella se giró y vi que las lágrimas resbalaban por su piel suave y olivácea.

—¿Por qué no me contestas tú?

—Dímelo. —Me había hartado de este juego. Llevaba esperando demasiado tiempo para saber la verdad. Me bajé de la cama—. ¿Qué pasó esa noche? ¿Qué hiciste?

Ella se llevó la mano a la zona del pecho y se agarró el camisón.

—¿Qué me ha pasado? Por favor, dime que no es verdad. Dime que estoy en la enfermería. Que no me he muerto. No quiero estar muerta.

—No lo estás. Estás en la enfermería. ¡Mira a tu alrededor!

Ella resopló, afectada.

—Siempre se te ha dado fatal mentir.

Apreté los puños a los costados. Todo estaba yendo de mal en peor. ¿Por qué no me hacía caso y, aunque fuera solo esta vez, me contaba lo que yo quería saber?

Di un paso hacia ella.

—¿Qué estabas haciendo en el mar esa noche? —Y otro—. ¿Qué le dijiste a mamá y papá? —Uno más—. ¿Qué hiciste? —Y otro.

Elysea no me miraba, sino que se estaba observando las manos.

—Me siento viva, Tempe, pero no lo estoy, ¿verdad? No realmente.

Ya me había hartado de tratar de tranquilizarla.

—¡Que me digas la verdad!

Ella seguía llorando, pero no se secó la cara.

—Tu primero, hermanita. ¿Qué pasó? ¿Cómo morí?

Desvié la mirada, incapaz de mantener contacto visual con ella. Ya no era su hermanita. Ahora era la mayor.

Vino corriendo hacia mí y me agarró de los brazos. Tenía los ojos bien abiertos.

—¿Por qué me haces esto? ¿Por qué me reanimas para dejar que muera otra vez como un desecho?

Trastabillé hacia atrás.

—¡Para! Estás bien, estás aquí, viva.

—No —dijo al tiempo que sacudía la cabeza—. Nada de esto está bien. No te comportas como mi hermana. —Me miró—. ¿Cuánto tiempo ha pasado desde que morí? ¿Semanas? ¿Meses?

La presión iba en aumento en mi pecho, como una burbuja bajo la superficie que amenazaba con explotar, pero no tenía fuerzas para rebatirle.

En *shock*. Sí, estaba en *shock*. No estaba preparada para volver a ver a mi hermana o para que ella descubriera la verdad. El *shock* me estaba afectando y había hecho que me olvidase de los planes que tenía. Tal y como el vídeo había predicho.

Fui corriendo hacia la puerta y pulsé el botón de salida.

Esta se abrió unos segundos después.

Salí y cerré la puerta, dejando encerrada a mi hermana dentro.

CAPÍTULO ONCE

LOR

Lunes, 13:15.

Un chispazo me sacudió la muñeca, avisándome de que Tempest había apretado el botón de salida. Pero apenas había estado con su hermana poco más de una hora. Me puse de pie de un salto y abrí la puerta.

Las mejillas de Tempest estaban encendidas y sus ojos, húmedos.

—¿Qué pasa? —pregunté.

Cerré la puerta a su espalda. Ella abrió la boca para contestar cuando otra voz resonó en el interior de la habitación.

—¡Déjame salir! ¡Tempe! ¡No me dejes morir aquí! —Tenía que ser Elysea.

«Mierda». Lo sabía.

Tempest se deslizó por la pared hasta el suelo y se abrazó las piernas.

Me la quedé mirando durante un buen rato, muy tentado de salir corriendo. Esto no se me daba bien.

Me miré la muñeca, donde los dos circulitos de luz eran un claro recordatorio de que ya no podía huir. Había aceptado esta responsabilidad en el momento en que me había colocado el ecoenlace. Se lo había prometido a Ray.

Me senté junto a ella en el suelo.

—¿Estás bien? —le pregunté. No sabía cómo actuar como vigilante, pero al haber pasado por lo mismo, sabía cómo podía estar sintiéndose. Como si la estuvieran partiendo en dos. Su vida antes y después de Palindrómena. Una vida que no incluiría a su hermana. Algo que el centro no mencionaba en su pequeño vídeo de bienvenida.

Rechiné los dientes. Odiaba por lo que estaba pasando Tempest. Y a Palindrómena por causar más dolor a aquellos que ya sufrían.

Tempest negó con la cabeza y escondió el rostro en sus rodillas.

Elysea siguió gritando y aporreando la puerta. No sabía muy bien si el ruido llegaría hasta las otras habitaciones. Tenía que controlar la situación. Y rápido.

Leí la información en la tableta. Era bastante clara: si la paciente se enteraba de que estaba muerto, había que notificar a los científicos, que la sedarían. Pero debía de haber otra manera. Tempest ya había pasado por el dolor de reanimar a su hermana, debería al menos poder verla hasta el final; sacar algo bueno de todo esto.

—Tienes que convencerla de que se equivoca —le dije, leyéndolo de la pantalla—. Dile que está confusa. Que se golpeó la cabeza en el accidente.

Tempest no se movió; dudaba que hubiera oído una palabra de lo que le había dicho.

Tendría que haber sabido que la pifiaría. Yo no era como Ray. Me pasaba los días cuidando de los muertos, ¿qué iba a saber sobre los vivos? Nunca se me había dado muy bien eso de analizar a la gente. Quizás fuera porque estaba más pendiente de lo que *yo* quería que de lo que querían los demás.

Tendría que haberle pedido a Ray que regresara de inmediato, pero no me moví. No quería quitarle tiempo de estar con su familia por haber fracasado.

Dejé que Elysea siguiera aporreando la puerta mientras Tempest lloraba en silencio a mi lado. Me daban ganas de alargar la mano y tocarla, consolarla, pero me contuve. Debía de haber algo más que pudiese hacer para ayudarla.

—Lo siento —susurré. No sabía muy bien por qué me disculpaba. Por su pérdida, por su hermana o por no saber cómo consolarla.

Solo que, en realidad, sí podría. Tempest estaba sufriendo y yo sabía mucho de eso. El dolor era lo único que conocía de primera mano. Y, por mucho que prometiera Palindrómena, nunca desaparecía. Era como un moratón sensible al más mínimo contacto.

—Cuéntame qué ha pasado —le pedí.

—¿Que qué ha pasado? —espetó, levantando la cabeza—. Elysea está muerta. ¡Eso pasa!

Me acerqué un tanto más a ella.

—No malgastes el tiempo, Tempest. Luego te arrepentirás.

Yo había desperdiciado las últimas horas con Calen. Me había quejado a Nessandra alegando que estaba mal usar el programa de reanimación para intentar arreglar lo que había hecho, cuando debería haberme centrado en lo que importaba de verdad: en cómo Calen debió de sentirse en las horas previas a su muerte.

Esas horas perdidas aún me atormentaban.

—Tienes que tranquilizar a tu hermana —le aconsejé—. Mentirle.

La expresión de Tempest se hizo añicos.

¿Cómo hacía esto Raylan? Quería apartar la vista de su rostro surcado de lágrimas, pero sus ojos me habían atrapado como un remolino.

—No puedo. —Su voz sonó ronca debido a las lágrimas—. No hay nada que pueda decirle para arreglar la situación.

Se equivocaba. Había demasiado que decir cuando sabías que las palabras, y el tiempo del que disponías, eran limitados. Ahora era el momento de sacarlo todo.

Traté de preguntarle de nuevo qué había sucedido, pero ella volvió a ocultar el rostro en las rodillas. Tenía que confiar en mí. No contaba con nadie más. No obstante, por lo visto, no era de las que confiaban con facilidad. Debía de sentirse muy sola.

Pero no lo estaba. No realmente. Tenía a su hermana, aunque solo fuera durante veinticuatro horas. Y Elysea necesitaba a

Tempest tanto como Tempest a ella. Lo sabía. No era justo para ninguna de las dos. La muerte había elegido llevarse a Elysea demasiado pronto. El dolor había destrozado la vida de Tempest y Palindrómena las tomaba a ambas por tontas.

Tempest no me necesitaba a mí. Las hermanas se necesitaban la una a la otra.

Me quité la mascarilla. Primero le demostraría que confiaba en ella.

—Elysea te necesita ahora mismo. Tú eres lo único que tiene. —Me di cuenta de lo que había que hacer, de lo que me había dado demasiado miedo hacer—. No le mientas, Tempest. Cuéntale la verdad. Dile lo que pasó.

Ella me miró con confusión.

—Pero la directora me ha dicho que...

—No te preocupes por eso. —Acerqué la mano a su hombro—. Dile que la has echado de menos. Cómo te sientes. —Se me empezó a cerrar la garganta. No iba a llorar—. No la dejes sola en sus últimos momentos. Si no por ti, hazlo por ella. Tiene miedo de morir. Pero tú puedes ayudarla. Puedes calmarla. No dejes que pase sus últimos momentos con miedo.

—Como cuando se ahogó —susurró. Estaba batallando consigo misma. Ya no me miraba directamente, sino que tenía la mirada perdida.

El miedo te lo quitaba todo. No veías con claridad. No disfrutabas de lo que tenías delante. Aquel día en los acantilados yo sentí muchísimo miedo. Cometí un error gigantesco y seguía pagando por ello. No iba a permitir que Tempest se arrepintiera de sus decisiones.

Nada te destrozaba más la vida que el arrepentimiento.

—Palindrómena no ayuda solo al cliente. A ti —le dije—. También ayuda al reanimado. Esta es su última oportunidad de vivir. Su última oportunidad de verte. Puedes hacer las cosas bien. Solo tú puedes darle la vuelta a la situación.

Sus ojos marrones flaquearon.

—No sé si puedo.

—Sí que puedes. —Esta vez coloqué la mano en su antebrazo. Quería que supiera que estaba aquí para ella. Que la entendía—. Eres la única que puede. Sé que eres capaz. Eres fuerte. No estarías aquí de no serlo. —Y lo decía en serio. Había venido aquí, sola, y había pagado la exorbitada cantidad que el centro requería. Pensé en la información que había leído en el informe de Tempest—. Has sobrevivido a los dos últimos años sin tu hermana y tus padres. Puedes hacerlo.

—Creía que sí —repuso con la voz suave y la mirada gacha—, pero la echo de menos. No quiero despedirme.

Elysea había dejado de aporrear la puerta. No sabía por qué, pero el silencio era peor.

Comprendía que quisiera huir del dolor de la realidad. Al fin y al cabo, yo llevaba dos años escondiéndome en el Acuario. Pero no siempre podíamos rehuir la verdad. A veces teníamos que abrazar lo que más daño nos hacía; a veces teníamos que hacer lo correcto para la otra persona a expensas de lo que nos costase, como cuando decidí cubrir hoy a Ray.

—Ya te has despedido —dije con tiento. No quería molestarla—. Al dejarla sola, le has dejado claro que tus sentimientos son más importantes que los suyos.

—No, yo... —rebatió.

Levanté la mano.

—No pretendo ser borde. Solo trato de hacerte ver lo que pasa. Tienes la oportunidad de estar con tu hermana. Por última vez. Tienes la oportunidad de despedirte en condiciones. ¿Pudiste hacerlo la otra vez?

Negó con la cabeza.

—Entonces no desaproveches esta oportunidad. —Odiaba sonar justo como un vigilante, como alguien que aún creía en el bien de Palindrómena, pero Tempest había llegado hasta aquí, así que tenía que sacarle el máximo partido. Si no, nunca se lo perdonaría.

—No vivas el resto de tu vida arrepentida. —Las palabras me arañaron el pecho cuando las dije.

Tempest se me quedó mirando fijamente y a mí me latió muy fuerte el corazón. De repente, me entraron ganas de conocer a esta chica. Quería saber qué pasaría con su hermana. Ayudarla.

Tempest se puso de pie.

—Vale —respondió con voz más firme—. Entraré.

—Estás haciendo lo correcto —le aseguré, abriéndole la puerta. Ella la cruzó sin mirar atrás.

Suspiré y cerré los ojos.

CAPÍTULO DOCE

TEMPEST

22h 00m

Lunes, 14:00.

Era cruel. Raylan no tuvo ni que decirlo, lo vi en su cara. Le horrorizaba. Siempre había temido que el dolor me hubiera convertido en alguien distinta, en alguien a quien mis padres no reconocerían. Y ahora sabía la verdad.

Era cruel, borde y desagradable.

Tal vez esos niños hubiesen hecho bien al evitarme de pequeña.

Elysea había dejado de aporrear la puerta. El silencio provocó que me doliera el pecho. Como si se hubiese marchado. Otra vez.

Eran las dos de la tarde. Había desperdiciado casi dos horas desde su reanimación. Ojalá no supiera cuánto tiempo había pasado, pero en este sitio se veían relojes por todos lados. No querían que me olvidara del «valioso» tiempo que me quedaba.

El valioso tiempo que ya no podría usar como quería.

Llevaba años preparándome para este momento y todo para nada. Todos esos años sola en la zona de inmersión. Todos esos billetes malgastados. Ahora ya nunca descubriría la verdad sobre la muerte de mis padres.

Elysea no respondería a ninguna pregunta.

Estaba molesta. Enfadada. Conmigo. Y no la culpaba. No me imaginaba lo sorprendente que sería descubrir que habías muerto y que solo te quedaban veinticuatro horas para volver a ese sueño eterno. Sin embargo, necesitaba saber la verdad. Me había mentido sobre mis padres y me había abandonado. Me lo debía.

Y tampoco podía darle la espalda. Raylan tenía razón. No podía dejar que pasase sus últimas horas sola. Sus palabras habían calado en mí como una red de pesca, atrapándome. Sus ojos azules se veían duros y amables a la vez. Comprendía lo que estaba pasando.

Era la única oportunidad que tenía. Elysea ya no podría volver a revivir, y todavía le quedaban 22 horas de esta brevísima segunda vida.

Me quedaría a su lado, pero también descubriría la verdad.

Elysea había vuelto a la cama y se estaba abrazando la tripa. Tenía los ojos y las mejillas rojos y el pelo revuelto, como si se hubiera tirado de él. Estaba hecha un desastre.

—¿Me vas a decir la verdad? —preguntó con voz temblorosa, revolviéndose inquieta.

Asentí levemente.

—He venido a hacer un trato contigo.

—¿Qué tipo de trato? —Parecía aterrada.

—Si me cuentas lo de mamá y papá, yo te diré lo que quieras —señalé a nuestro alrededor— sobre este sitio. Y sobre lo que pasó.

—¿Sobre mi muerte? —Su expresión se tornó ansiosa.

Vacilé.

—Sí.

Elysea dejó escapar un suspiro trémulo.

—Lo sabía. En cuanto entré, lo sabía. —Me miró—. ¿Me has reanimado para saber lo que pasó con papá y mamá?

¿Era dolor lo que detectaba en su voz? ¿Porque no quería pasar tiempo con ella sin más?

—Y por qué saliste la noche que moriste.

Ella se pasó las manos por el pelo.

—No recuerdo nada de esa noche. Ojalá lo hiciera.

Esperaba que ahora que le estaba contando los detalles, la confusión desapareciera. Quería que me lo revelara todo.

—Entonces empieza por lo de mamá y papá.

Ella se bajó de la cama como si el cuerpo le pesara un quintal y sin su erguida y habitual postura de bailarina.

—¿Qué quieres saber?

Se acercó a mí como si no supiera cómo iría a reaccionar yo. ¿Le preocupaba acaso que fuese a marcharme otra vez?

—Todo. —Mantuve la voz firme.

—Has dicho que yo soy la culpable de sus muertes.

—Daon me contó que se lo confesaste. Que esa noche estabas buceando y viste a mamá y a papá. Que murieron por tu culpa.

Me sorprendió que asintiera. Por fin me decía la verdad. Me preparé para su respuesta.

—Sí —repitió despacio, con cautela—, pero no es lo que piensas.

—¡Entonces explícamelo!

Ella se apartó el pelo de la cara. Tenía las manos rojas de haber estado aporreando la puerta.

—No quiero que me odies.

Enarqué una ceja.

—Estás suponiendo que te quiero.

Frunció el ceño y los ojos se le anegaron en lágrimas.

—Lo siento mucho, Tempe.

Apreté los dientes.

—No lo sientas. Dime la verdad.

Inspiró, pero lo hizo como si le costara llevarse aire a los pulmones.

—Esa noche estuve buceando. Quería encontrar algo para tu cumpleaños. Algún colgante del Antiguo Mundo o piedras bonitas. Quería darte una sorpresa.

Me quedé quieta. Cumpliría años dentro de unos días; llevaba casi dos años sin pensar en ellos. Sin mi familia ya no importaban.

Elysea cerró los ojos y prosiguió.

—Cuando emergí, mamá y papá habían acercado su barco al mío. Habían rastreado el *Amanecer* con el localizador de su barco y se habían detenido a su regreso de Palindrómena. Pero algo iba mal. Me dijeron que teníamos que irnos de inmediato.

—¿Irnos? —repetí.

Ella asintió.

—Querían marcharse del Equinoccio.

—¿Adónde?

El Equinoccio había sido nuestro hogar durante generaciones y, antes que eso, lo había sido la tierra bajo el mar.

—No lo sé. Dijeron que era cuestión de vida o muerte. Cuando les pregunté a qué se referían, papá dijo que no tenían tiempo de explicármelo. Me dijeron que me llevase el *Amanecer* a casa, te recogiese y los siguiera. Pero no quise. Les rebatí diciendo que me gustaba la vida en el Equinoccio. Las clases de baile. Que yo... —nos señaló a ambas— que nosotras éramos felices allí. Nos habíamos adaptado. Sin embargo, papá y mamá me prometieron que seríamos felices en nuestra nueva casa siempre y cuando estuviésemos juntos.

Se atusó el pelo.

—No sabía qué hacer. Era joven y estaba confundida. Tenía miedo. Mamá y papá estaban comportándose de forma rarísima, así que accedí. Me dieron un mapa que había dibujado mamá para llegar al destino que tenían planeado ir.

El *Amanecer* estaba hecho solo para llevar a tres pasajeros, así que no podríamos habernos ido juntos. Pero yo nunca había visto ese dichoso mapa. Aguanté la respiración y las ganas de avasallarla a preguntas y esperé a que me contase más. A que revelase lo que había causado la muerte de mis padres.

—Cuando volví a casa, estuve a punto de despertarte, pero parecías estar tan tranquila... Habías pasado un mal día en la escuela y necesitabas descansar —explicó—. En lugar de eso, me fui a dormir, pensando que no importaría que saliésemos temprano al día siguiente. Pero entonces...

—Nuestros padres murieron a causa de una tormenta aquella noche y su barco volcó.

Ella se tapó la boca con la mano.

—Fue culpa mía. Si nos hubiéramos marchado de inmediato, como querían ellos, nunca nos habríamos separado.

Por eso le contó a Daon que se sentía responsable. Pensaba que podríamos haberlos salvado de haber salido aquella noche.

La carga que había estado soportando sobre los hombros durante esos dos años empezó a desaparecer.

—Podríamos haber muerto todos en esa tormenta —rebatí, acercándome a ella—. Nos salvaste, Ely.

—Tal vez —contestó. Antes de que pudiera añadir nada más, me preguntó—: ¿Nos están grabando?

—¿A qué te refieres?

—¿Escuchan lo que estamos diciendo? —Señaló la puerta donde Raylan estaba esperando fuera—. Palindrómena, me refiero.

—No, no creo. —Nadie había mencionado nada de estar grabando—. ¿Por?

—Te tengo que contar algo. Pero, primero… —Bajó la voz— tienes que sacarme de aquí.

Pegué un bote.

—¿Estás loca?

Ella me agarró las manos reprimiendo las lágrimas.

—¡Por favor, Tempe!

Me deshice de su agarre.

—No puedo sacarte de aquí. No pienso hacerlo.

Elysea frunció el ceño.

—¿Porque te mentí? ¿Porque te abandoné yo también? —Sacudió la cabeza—. Lo siento, Tempe.

—¡Porque no hay forma de salir! —Ni siquiera podía salir de esta sala sin el permiso de Raylan—. Y porque volverás a estar muerta mañana.

Su expresión se tornó esperanzada y volvió a cogerme de las manos.

—Pero, si hubiera una forma, ¿me sacarías?

Volví a soltarme.

—Primero dime eso que ibas a contarme.

Vi que mi rechazo le dolió, pero ahora mismo no me importaba. Estaba hasta las narices de las mentiras. Llevaba dos años confundida por lo que les había pasado a mis padres y a mi hermana.

Elysea se retorció el pelo, cosa que solía hacer cuando estaba nerviosa.

—Te vas a enfadar conmigo.

Dudaba que pudiera enfadarme con ella o sentirme más confundida de lo que ya estaba hablando con mi hermana muerta.

Hice un gesto con la barbilla para que prosiguiese.

—Todo lo que te he dicho es cierto —explicó—. Vi a mamá y papá esa noche y ellos querían que los siguiéramos, pero no les hice caso. Y murieron. —Sacudió la cabeza—. Nunca he pronunciado esto en voz alta porque sabía que parecería imposible, pero te lo tengo que contar...

Sentía como si me estuviese ahogando y el agua burbujeara en mi pecho y en mi garganta.

—¿Contarme qué?

—Mamá y papá... —empezó— están vivos.

CAPÍTULO TRECE

TEMPEST

21h 45m

Lunes, 14:15.

Nuestros padres... ¿vivos?

—¿De qué hablas? —Sentía las piernas tan endebles como las algas—. Encontraron su barco hecho astillas. Nadie habría sobrevivido a eso.

—Eso creía yo —dijo Elysea—. Hasta que encontré el collar de mamá dos años después de su muerte.

—¿Qué? —Aparte de la alianza, mi madre solo llevaba collares. Recordaba sentarme en su regazo de pequeña y toquetear la cadena de piedrecitas azules mientras me cantaba. Entonces, se la arrancó y las piedrecitas cayeron en mi mano.

—Para ti —me dijo, antes de darme un beso en la sien—. Para que te den buena suerte.

Yo guardé las piedras y tiraba una al mar cada vez que buceaba con la esperanza de que mi madre me protegiera allá donde estuviera.

—El collar de oro con perlas negras —especificó Elysea—. El favorito de mamá. Lo llevaba la noche que desapareció.

—¿Dónde lo encontraste? ¿Cerca de donde naufragaron?

—No. —Hablaba tan bajito que tuve que inclinarme para oírla—. Esa es la cosa, Tempe. Lo encontré a cientos de kilómetros de allí. En unas ruinas. Las nuestras.

—Eso no tiene sentido. ¿Cómo pudo llegar hasta allí?

—¡Exacto! —Me agarró por los brazos y, por primera vez, su rostro y su postura rebosaban confianza—. ¿Es que no te das cuenta? Era un mensaje. Un mensaje para nosotras de que siguen vivos y quieren que los encontremos.

—No sé… —Aunque quería creer en esa preciosa fantasía—. Tal vez sea un collar parecido…

Ella asintió.

—A mí también me preocupaba estar imaginándome cosas por las ganas que sentía de que hubiesen sobrevivido de alguna manera. No te lo conté porque no quería darte falsas esperanzas. Unos meses después encontré el ecoenlace de papá.

—No —dije en un susurro—. Imposible. —Mientras que el collar podría haberse movido con la marea, un ecoenlace se adhería a la piel. Era muy poco probable que se soltara, ni siquiera tras un naufragio. No recordaba ver a mi padre sin él—. ¿Dónde…? —No pude acabar la frase.

—En el mismo lugar. —Una sonrisa apareció en su rostro—. Otro mensaje, seguro. Después de encontrar el ecoenlace, empecé a salir de noche y a pasar tiempo en las ruinas para ver si los pillaba.

—¿Y eso cuándo fue? —Mi cuerpo empezó a temblar.

—Hace un mes. —Bajó las manos junto a sus costados—. Un mes antes de morir, me refiero.

—Hace casi dos años. —Cualquier esperanza que tuviera me abandonó de golpe. Si nuestros padres seguían vivos, ¿por qué no había encontrado nada suyo en las ruinas?

—¿Dos *años*? —repitió, trabándose con las palabras.

—Lo siento. —¿Qué más podía decirle?—. ¿Por eso habías salido la noche que moriste?

—Tal vez. —Frunció el ceño—. Ojalá me acordara. Aun así, debe de haber alguna explicación. Eran las posesiones más preciadas de mamá y papá.

—Además del *Amanecer*.

—Cierto. —Señaló—. Y lo dejaron la noche en la que supuestamente murieron. No puede ser una coincidencia que tanto el collar como el ecoenlace terminaran donde nos sumergíamos todos los días. ¿Y si seguían rastreando el *Amanecer*?

—En el caso de seguir vivos —dije—, ¿por qué no han regresado? ¿Por qué dejarnos pistas así?

—No sé. —Endureció la expresión—. Pero solo hay una forma de saber la verdad. Sácame de aquí y averigüémoslo juntas.

—Yo… —¿Era todo un plan para escapar? ¿Con qué propósito? Volvería a estar muerta en menos de veinticuatro horas—. No sé.

—Por favor, no me dejes morir aquí.

—Ya estás muerta. —Mi voz sonó como la espuma de mar.

No desvió sus ojos brillantes de mi rostro.

—Yo no me siento muerta.

Me mordí la lengua. «Lo estarás. Pronto».

—Por favor, Tempe. Sé que no me queda mucho, pero no quiero quedarme aquí durante mis últimas horas de vida. Quiero volver a casa. —Se le quebró la voz al pronunciar la palabra, y también lo hizo mi resolución. Una parte de mí también quería que lo hiciera.

No estaba acostumbrada a ver a mi hermana tan derrumbada. Con el pelo desordenado y los ojos empañados. Ella siempre había sido la más calmada. La más fuerte de las dos. Era ella la que debería consolarme a mí, no al revés. Ojalá pudiera retroceder a hace dos años. Antes de que muriera y de que todo cambiara.

—¿Cómo vamos a averiguar si siguen vivos?

—El mapa —me dijo con un asentimiento—. Es el mejor lugar por donde empezar.

Miré por encima del hombro. No podíamos salir sin que Raylan desbloqueara la puerta. Y Palindrómena no iba a dejarnos marchar por la puerta principal sin más, y menos con Elysea en una bata de hospital. La directora me había dejado claro que sedarían a Elysea si descubría la verdad.

Pero no podía dejarla aquí. Yo también quería creer que nuestros padres estaban vivos y que nos habían dejado pistas. Si no la sacaba, siempre me quedaría con la duda de saber si me había dicho la verdad. Y esa duda me carcomería por dentro.

—¿Dónde está el mapa? —le pregunté.

—Lo escondí en un lugar seguro. —Su expresión era cautelosa. Era la única ventaja con la que contaba—. Sácame de aquí y te llevaré él.

¿Podía confiar en ella? ¿Después de todos los secretos que me había ocultado?

—Quería contártelo —se excusó como si pudiera leerme la mente—. Quería contártelo todo, pero no sabía cómo. Pensaba que, si te decía la verdad sobre la noche en que mamá y papá se fueron, entonces tú también me abandonarías. —Soltó un suspiro trémulo—. Pero entonces fui yo la que te abandonó. Entiendo que no confíes en mí.

Quería hacerlo. De verdad. Y no iba a rechazar tan a la ligera la oportunidad de volver a ver a mis padres, si es que seguían vivos, claro.

—Vale. Trato hecho.

Elysea me echó los brazos al cuello.

—Gracias, Tempe. Gracias.

La separé de mí; aún no estaba preparada para ceder a las emociones que amenazaban con sobrepasarme.

Y aún nos quedaba la complicación de salir. La única ventana de la habitación era falsa. Tendríamos que hacerlo por la puerta principal. Necesitábamos convencer a Palindrómena de que no presentábamos ningún peligro para ellos. Que Elysea no era otra paciente tratando de escapar. Que solo era una visitante más.

—¿Dónde está la comida? —pregunté, buscando la bandeja de plata que Raylan me había señalado antes.

—¿Tienes hambre? —Sonaba incrédula mientras me aproximaba a la bandeja.

Me reí de un modo casi histérico.

—Hay que buscarte algo de ropa si queremos salir de aquí.

Levanté la tapa de la bandeja y hallé debajo una botella de agua de lluvia, snacks de algas y un tazón de pudin de pezúcar: la comida favorita de Elysea. No era una coincidencia; había rellenado sus preferencias anoche cuando solicité su reanimación.

—Perfecto. —Abrí el pudin verdoso y me lo esparcí por el vestido antes de mancharme también los labios.

Antes de darle tiempo a preguntarme si había bebido demasiado ragar, corrí hacia la puerta y pulsé el botón de salida.

—¡Raylan! —grité con un temblor en la voz—. ¡Raylan!

Abrió la puerta y salí enseguida.

—¿Estás bien? —No se había vuelto a poner la mascarilla y la mirada de preocupación que me dirigió casi me remueve la conciencia. No quería engañarlo, pero tampoco me quedaba más elección.

Me llevé una mano a la boca y hablé a través de los dedos.

—No he podido soportarlo. —Solté un quejido—. He vomitado.

Él arrugó la nariz con asco cuando se percató de la mancha en mi vestido, pero luego cambió la expresión a otra de absoluta comprensión.

—No pasa nada —me dijo—. Vamos a limpiarte.

Apoyé una mano en la puerta a mi espalda.

—No. No quiero perder más tiempo. Tienes razón. Elysea me necesita. —Y ahora yo también la necesitaba a ella.

Él debió de confundir la ferocidad de mis palabras con dolor, porque me sonrió con empatía.

—Te traeré ropa limpia.

—Por favor. Pero nada de batas de hospital. No quiero que me confundan con una paciente.

En sus labios apareció una leve sonrisa.

—Por supuesto que no.

Él dejó que volviera a entrar en la habitación sin preguntarme nada más.

Ahora ya tenía un plan de fuga.

Elysea se paseaba por la estancia con los brazos en jarra.

—¿Qué has hecho?

—He pedido que me traigan ropa —repuse mientras buscaba cualquier cosa que nos pudiera ayudar a escapar. Todo el mobiliario estaba atornillado. No había nada que pudiéramos usar como arma—. Vamos a tener que usar el factor sorpresa.

Elysea sacudió la cabeza.

—No quiero que te hagas daño. —Esa era la Elysea que conocía, la que se preocupaba más por mí que por su propio bienestar.

—No, tranquila. —Pero no sabía con certeza cómo reaccionarían los guardias de seguridad de Palindrómena. Había pagado la reanimación de Elysea. ¿Qué más les daba dónde pasara sus últimas horas viva?

Y, aun así, les importaba. La insistencia con que me habían pedido que mintiera a Elysea era prueba de ello. Aunque Raylan me había dicho que le contara la verdad...

Se oyeron unos golpes en la puerta. Elysea pegó un bote.

—La ropa —le expliqué.

No vi ningún signo de sospecha en el rostro de Raylan cuando abrió la puerta. Me tendió unos pantalones impermeables y bastante anchos y una camiseta con la palabra PALINDRÓMENA en la espalda.

—Siento que sean un poco grandes. Los pantalones tienen un cordón para regularlos. —Se encogió de hombros—. Son los únicos que he podido encontrar. La tienda de regalos está cerrada.

¿La tienda de regalos? Como si este lugar no le sacara bastante dinero ya a sus clientes. Me mordí la lengua y acepté las prendas.

Le dediqué una sonrisilla para que no sospechara.

—Gracias.

—¿Cómo estás? —Su preocupación parecía genuina. Bajó la mirada hasta la mancha de pudin en mi vestido—. ¿Mejor?

Me sentía mal por mentirle. El pobre solo había tratado de ayudarme.

—Sí. —Retrocedí—. Mucho mejor. —Ya está, le había respondido a ambas preguntas.

—Mucha fuerza —me deseó con un movimiento de la cabeza. Comprendía que quisiera regresar con mi hermana.

En cuanto la puerta se cerró, le arrojé la ropa a Elysea.

—Póntela.

Empezó a colocarse los pantalones enormes sin más discusión. En cuanto se enfundó la camiseta, le expliqué:

—Necesitamos que Raylan piense que eres yo.

Frunció el ceño.

—Yo tengo el pelo más largo y claro.

—No creo que se dé cuenta. Funcionará. —No sé si estaba tratando de convencerme más a mí misma que a ella. Tú mantén la cabeza gacha, ¿vale? Tenemos que conseguir que desbloquee la puerta que da al pasillo.

Me dio un apretón en la mano.

—Confío en ti.

La empujé hacia la puerta y pulsé el botón.

—¿Raylan? ¿Puedes volver a abrir la puerta? —Me habría gustado esperar un poco más para que no sospechara, pero ya habíamos perdido dos horas. Y me preocupaba echarme atrás si me tomaba más tiempo para pensar las cosas.

—¿Va todo bien? —me preguntó a través de la puerta.

Me aseguré de responderle con voz firme.

—Sí, necesito ir al baño.

Se quedó callado un momento.

—Hay uno dentro. —¿Eso que oía ahora en su voz era sospecha?

Elysea torció el cuerpo para mirarme, la aprehensión evidente en sus ojos. Levanté una mano para indicarle que se mantuviera callada.

—Eh... —titubeé hasta que el olor agrio del pudin invadió mis fosas nasales—. Ahí es donde he vomitado. Está un poco asqueroso. —Ya está. Ahí tenía una excusa lo bastante razonable.

—Ah. —La tensión desapareció de la voz de Raylan—. Claro. Dame un segundo.

La puerta hizo clic y se abrió.

—Prepárate —le susurré a Elysea.

Elysea dio un paso hacia Raylan y salió a la sala de espera. Pero todavía necesitábamos que Raylan desbloqueara la puerta del pasillo. Permanecí agachada. Cuando la puerta de la sala de recuperación fue a cerrarse, deslicé la bandeja de plata en la jamba para evitar que el mecanismo encajara. Me quedé quieta, a la espera de que saltara alguna alarma.

Respiré de forma entrecortada.

«Nada».

Me asomé por el hueco que había dejado la bandeja. Raylan se movía hacia la puerta exterior, que conectaba con el pasillo. Me clavé las uñas en las palmas de las manos cuando toqueteó el otro panel. La puerta se desbloqueó y la luz penetró en la sala desde el pasillo. Casi podía saborear la luz del sol. Y la libertad.

—Gracias —dijo Elysea, con la voz más grave para imitar la mía. Mantuvo la cabeza gacha para que Raylan no reparara en las diferencias entre nosotras.

Raylan señaló el pasillo.

—El baño de visitantes está por... —comenzó—. Oye, ¿qué les ha pasado a tus zapatos?

«¡Por las profundidades!». No había pensado en eso.

Antes de poder hacer nada, Elysea tropezó y cayó al suelo. Nadie tenía mejor control de su cuerpo que mi hermana. Su caída parecía real.

—¿Estás bien? —Raylan se agachó a su lado y acercó la mano a su hombro. No me gustaba tener que usar la amabilidad en su contra, pero no vacilé. Aparté la bandeja y abrí de nuevo la puerta de la sala de recuperación. Esta se deslizó sin problema.

Raylan, sorprendido, levantó la mirada. Parpadeó varias veces al verme, y entonces cayó en la cuenta de que la chica agachada a su lado no era yo realmente. Alargó el brazo hacia el panel.

Antes de poder manipularlo, Elysea salió al pasillo. Yo estampé la bandeja de plata contra él. Este chispeó y soltó humo y entonces me lancé hacia la puerta justo antes de que se cerrara, dejando a Raylan encerrado dentro.

—¡Vamos, Elysea! —susurré.

Traté de no pensar en la expresión confundida de Raylan mientras nos alejábamos de allí.

Ve más despacio —ordené a Elysea—. Das mucho el cante.

Elysea emanaba mucha tensión.

—¿Eso es...? —empezó.

—Un árbol —finalicé por ella cuando pasamos junto al cortez negro que ocupaba todo el centro del edificio—. El último cortez negro en el mundo.

Elysea apartó los ojos del árbol.

—Sácame de aquí, Tempe.

Nos encaminamos hacia el vestíbulo con pasos rápidos, pero cortos. ¿Era imaginación mía o los ojos de los guardias de seguridad nos siguieron cuando pasamos por delante de ellos? ¿Era yo o habían movido las manos a sus cinturones y envuelto los dedos alrededor de sus armas?

Cuando alcanzamos el vestíbulo, miré en derredor, pero no vi ni a la directora ni a Selna. Nadie que nos reconociera. Íbamos a conseguirlo. Pero antes de poder marcharnos, tendríamos que pasar por el control de seguridad.

Respiré hondo varias veces y recordé que a Palindrómena le preocupaba más evitar que la gente se colara dentro, y no al revés. O eso esperaba.

Nos acercamos a un hombre de mediana edad delgado, con una barba negra y rizada y el color de piel de los acantilados ámbar de Palindrómena. Estaba sentado en un escritorio blanco y brillante no muy lejos de la entrada. Nos sonrió conforme nos aproximamos. Decidí que lo mejor era aparentar ser inofensivas y amables, aunque mis piernas se morían por salir corriendo de allí.

—Tempest Alerin —dije.

El hombre comprobó la información en la pantalla de su tableta.

—¿Y ella? —Clavó la mirada en Elysea—. Aquí tengo registrado que ha llegado usted sola.

Eché un vistazo a los guardias apostados a cada lado de la puerta de cristal, impidiendo nuestra salida. Y con porras colgando de sus cinturones.

—Eh... —Pero no se me ocurría nada.

Estábamos tan cerca del mundo exterior. Tan cerca de la libertad.

Solo esperaba que Palindrómena no decidiera enviarme a la Prisión Arrecife por lo que había intentado hacer. Nunca saldría de aquella fortaleza flotante circundada por un banco de peces navaja hambrientos.

«Piensa, Tempe, piensa».

Elysea dio un paso hacia el hombre tratando de mostrarse valiente y fuerte, como si no tuviese nada que ocultar, pero tenía los hombros tensos.

Este era el momento. El momento en que habíamos fracasado. No, no ella, sino *yo*. Y, por primera vez, la culpa me atenazó el estómago como una serpiente de mar.

¿Y si todo lo que decía era verdad? ¿Y si se había culpado tanto por la muerte de nuestros padres y años después había encontrado mensajes que sugerían que seguían vivos?

La había traído de vuelta por un delito que no había cometido. Y ahora iba a pasarse las últimas horas de su vida en una habitación de enfermería sabiendo que la muerte la aguardaba. O tal vez Palindrómena decidiera acabar con ella antes de regresar a aquella cama estéril de hospital. ¿A eso se referían realmente cuando decían que los sedaban? ¿Ese era el castigo por romper las normas de Palindrómena? ¿Por eso nunca había oído hablar de otros pacientes reanimados que hubieran conseguido escapar de la isla?

No permitiría que pillaran a Elysea. Ahora no. Le quedaban veinticuatro horas; a mí, toda una vida.

Elysea cuadró los hombros, preparada para cualquier cosa que fuera a suceder a continuación. Ahí fue cuando reparé en su camiseta de Palindrómena. Ella no parecía una paciente, sino...

—Mi vigilante —dije, asintiendo en dirección a Elysea.

El guardia se encogió de hombros como si nada, pero comprobó la información.

—Aquí dice que el vigilante de Tempest es Ray*lan* Bassan —dijo, enfatizando el nombre de chico—. Vaya, qué raro. —Los dos guardias de la entrada miraron en nuestra dirección.

Estábamos acabadas. Solo hacía falta que el hombre comprobara la foto real de Raylan para darse cuenta de que Elysea no era el chico rubio y de ojos azules que salía en ella.

Me preparé para sus acusaciones.

Le dio unos golpecitos a la pantalla.

—Tu foto no sale para la reanimación de hoy.

Miré a mi hermana. ¿Tan bendecidas estábamos por los Dioses de abajo?

—Es Ray*la*, en realidad. —Elysea soltó un suspiro exagerado—. Escribieron mal mi nombre cuando entré por primera vez en Palindrómena.

—Vaya, qué mal —dije antes de reírme para aligerar el ambiente.

Elysea sonrió a modo de respuesta. Ella era mucho mejor actriz que yo; todas sus actuaciones la habían preparado para este momento.

—Ya ves. Y sí que me hice la foto. ¡Ay, la tecnología! —Levantó las manos en el aire en señal de derrota—. ¿Qué podemos hacer?

—¿Y si llama a la directora? —sugerí con la esperanza de que el guardia no fuera a hacer nada parecido. Si no me equivocaba, a las personas como Nessandra no se las molestaba con problemas administrativos tan insignificantes. Me obligué a no mirar a mi hermana. Hice como si fuera mi vigilante. Nada más.

El hombre se rascó la barba y puso una mueca.

—No quiero causar un revuelo. —Cogí aire y lo retuve en los pulmones; no quería que se me viera demasiado aliviada—. ¿Adónde va? —me preguntó—. Tengo aquí puesto que no saldría hasta mañana al mediodía.

—Ese es otro error —repuse—. Al final he decidido no seguir adelante con la reanimación. Quiero volver a casa.

—¿De verdad? —El hombre me miró como si hubiese bebido demasiado ragar.

—Sí. No estoy preparada para despedirme de mi hermana. Aún no. —La verdad resonó clara en mi voz. Nadie podía decirme que estuviera mintiendo, porque no lo estaba haciendo. Necesitaba a mi hermana a mi lado.

—Tiene sentido —dijo—. Bueno, tiene las puertas abiertas si desea volver. —Pulsó algo en la tableta y la puerta de cristal de la entrada se abrió. Los dos guardias a cada lado se apartaron para dejarnos pasar.

Ya casi estábamos.

—Espera —dijo antes de poder marcharnos—. ¿Y tus zapatos?

Elysea soltó una carcajada de esas suyas resonantes y cientos de recuerdos de las dos jugando en el océano se reprodujeron en mi mente.

—Soy del Equinoccio —explicó—. Estar descalza me ayuda a mantener el equilibrio en el agua.

Él se la quedó mirando por un momento antes de sonreír con amplitud.

—Te entiendo. Yo acabo de empezar a trabajar aquí y aún no me acostumbro a estar en tierra firme.

Le sonreí y me despedí con la mano.

—¡Gracias!

—Enseguida vuelvo —dijo Elysea por encima del hombro.

Habíamos tenido suerte. Casi demasiada. Pero no cuestioné a los Dioses de abajo ni por qué hoy habían decidido ponerse de nuestro lado. Como rezaba el dicho: a pescado regalado...

Nos encontrábamos a medio camino del puerto cuando una alarma resonó a nuestra espalda. Seguro que Raylan había conseguido escapar y había alertado a las autoridades.

«Huid. Huid. Huid», chillaba la alarma. Elysea y yo estábamos completamente de acuerdo.

CAPÍTULO CATORCE

LOR

Lunes, 15:15.

Había fracasado. Le había fallado a Tempest. Y a Raylan. Él había confiado en mí y yo le había defraudado.

Ojalá pudiera arrancarme el ecoenlace de la piel, aunque eso no cambiaría nada. En cuanto me lo puse, decidí mi destino.

¿Habría sacado Tempest a su hermana de haber sabido la verdad acerca del proceso de reanimación?

Existía una razón por la que encerrábamos a los pacientes en las instalaciones y les ocultábamos que estaban muertos, para toda esa cháchara de Nessandra sobre que era lo mejor para el paciente y que el cliente debía mentir.

Los vigilantes estaban vinculados a sus pacientes.

Si en las próximas veinticuatro horas le ocurría algo a Elysea, me pasaría lo mismo a mí. Nuestras vidas estaban conectadas gracias al ecoenlace, y vinculadas por el pulso.

Si ella moría, yo también lo haría.

Pero eso era lo que menos me importaba. Lo que más me inquietaba era Ray. Había puesto en peligro su futuro; el mío se había esfumado el día en que Calen dejó de respirar.

Como vigilante, tenía la responsabilidad de mantener al paciente a salvo en Palindrómena. No estaba seguro de qué consecuencias le acarrearía esto a Ray, pero sí que serían graves. Era el precio que pagar por trabajar aquí, para asegurarse de que el programa de reanimación se desarrollaba sin contratiempos y de que Palindrómena controlaba una de las pocas islas que quedaban. Los conservadores del Equinoccio buscaban continuamente algo con lo que cuestionar la autoridad de Nessandra; si suficientes Arrecifes dudaban de sus métodos y motivos, podían aunarse y destituirla.

Debería haberme dado cuenta de lo que Tempest estaba planeando. A veces parecía estar triste o dolida, pero sobre todo decidida. Centrada.

Y ahora sabía por qué.

Había planeado rescatar a su hermana desde el principio.

Me miré la muñeca.

Eran las tres y cuarto de la tarde.

Tenía tres opciones.

Una: avisar de lo sucedido, por lo que descubrirían lo de Raylan y lo que habíamos hecho; dos: esperar a que pasaran veinticuatro horas y abandonarme al destino que me aguardara; o...

Bueno, en realidad solo había esas dos. Y ninguna me venía bien. Por mucho que me quedase callado, el tanque de Elysea permanecería vacío y Ray, como mínimo, perdería su trabajo. Por mi culpa. Porque no pude conseguir que dos chicas se quedaran en una sala durante veinticuatro horas.

A menos que... A menos que encontrara a Tempest y trajera a Elysea de vuelta sin que nadie se enterase de lo sucedido; así el puesto de Ray no peligraría. Me quedaban aproximadamente veinte horas y después podría volver a la quietud del Acuario.

Tenía que salir de esta sala y encontrar a esas chicas.

Empujé la puerta, pero esta no se movió. Aunque Tempest había roto el mecanismo de bloqueo, tenía que haber otra forma de abrir la puerta desde fuera sin necesidad de llamar a los de seguridad. Miré en la tableta en busca de información sobre cómo desbloquear la puerta. La única referencia que encontré era en caso de incendio. Releí el párrafo:

En caso de emergencias tales como un incendio, las puertas de las instalaciones se desbloquearán y todos los empleados se reunirán en el patio. Los pacientes permanecerán encerrados en las salas de recuperación para asegurarse de que no descubren su estado. En cuanto se haya solucionado el problema, todos los empleados deberán regresar a sus puestos.

Observé el techo. Había un detector de humo en mitad de la sala de espera. Qué pena que no tuviera nada que quemar. Lo único inflamable era el árbol del vestíbulo. O el papel.

¡Pues claro! ¡Mi libro!

Me lo saqué del bolsillo trasero y rasgué una hoja. Miré en derredor en busca de algo con lo que crear fuego, pero no había nada en la sala de recuperación o en la de espera. Entonces me acordé del sensor de la puerta. Había soltado chispas cuando Tempest lo destrozó.

Contemplé el panel estropeado. Había unos cuantos cables ennegrecidos curvados hacia dentro. Cogí la bandeja que había soltado Tempest e inspiré hondo.

«Es mi única oportunidad».

La agarré con tanta fuerza como pude y la estampé contra el panel, esperando que las partes electrónicas todavía funcionasen.

Mis esfuerzos se vieron recompensados con una pequeña chispa. Pegué el papel contra el cable y soplé. Aunque la chispa desapareció al momento, el calor empezó a oscurecer el papel. Apreté los labios para no gritar de felicidad. Unos segundos más tarde, el papel empezó a soltar humo.

Me subí enseguida a una de las sillas de la sala de espera y acerqué el papel humeante al detector.

Durante un momento no pasó nada, pero, a continuación, escuché el maravilloso ruido de la alarma contra incendios.

Fui corriendo hacia la puerta y tiré de la manilla, pero la puerta no se abrió.

«Mierda». Tal vez el cerrojo de fuera también estuviese roto.

La alarma resonó por las paredes y llegó hasta mi cerebro. Sonaba tan fuerte que casi no escuché el clic de la puerta al abrirse. Casi.

Volví a empujarla y se abrió del todo. Corrí por el pasillo, perdiéndome entre la multitud de empleados que salían del edificio.

Bajé hasta el sótano. Me quité la mascarilla y el pañuelo; pasaba de los disfraces ya. Los rostros imperturbables en los tanques me observaron mientras me dirigía a mi catre. Me pregunté si esperaban que también los dejara escaparse a ellos en caso de reanimarlos.

Por mucho que detestara lo que hacía Palindrómena, no pensaba hacer campaña para que los reanimados pasasen sus últimas veinticuatro horas al aire libre. Era demasiado egoísta. Siempre lo había sido. Una vez mi madre me dijo que solo me preocupaba por mí mismo y por lo que me pasaba.

En parte, tenía razón. Era egoísta. El luto era egoísta. Me escondía en el sótano lamentando la muerte de la vida que había tenido. Pero había tratado de cambiar; me preocupaba por los cadáveres en los tanques como no lo había hecho con Calen. Dejé mis sueños y mi futuro atrás.

Tempest había sido altruista. Se había puesto en peligro para rescatar a su hermana. Para darle la oportunidad de pasar sus últimos momentos fuera de las instalaciones. Tuve que admitir que lo que había hecho era de valientes.

La parte de atrás del sótano estaba a oscuras y en silencio. Por un momento, dudé si esconderme aquí abajo y fingir que las últimas horas no habían acontecido. Sin embargo, fingir no arreglaría lo que había hecho Tempest. La única manera de solucionarlo era trayendo a Elysea de vuelta a Palindrómena.

Cogí unas cosas del catre. Ojalá hubiera tenido un arma, pero los de seguridad las asignaban y comprobaban todos los días, y eso implicaría que los demás descubrieran que vivía aquí abajo. Si quería regresar al sótano, tenía que mantener en secreto que estaba involucrado en la reanimación de Elysea.

Salí por la puerta trasera, por la que traían los cadáveres al edificio antes de meterlos en los tanques. Palindrómena no quería exhibirlos delante de los clientes.

Pestañeé al salir bajo la luz del sol. El calor se deslizó sobre mi piel como la arena áspera. La alarma seguía sonando a todo volumen, reverberando por toda la isla. Debería haber escapado, pero tenía los pies pegados al suelo. Me inundó el olor de las algas y el abono. Sentí el sabor del salitre en el aire. Una pequeña brisa meció los mechones delante de mi cara. Cerré los ojos y respiré.

Me había olvidado de esta sensación. La de estar al aire libre. Y de sentirme vivo. Aunque no contaba con el tiempo ni con el lujo de poder disfrutarlo, mi cuerpo parecía tener vida propia. Los pulmones se me hincharon de aire, aliviados. Mis zapatos se hundieron en la tierra. Y se me crisparon las manos con el deseo de sentir las rocas bajo los dedos. Con la tentación de escalar a la cima de las montañas que nos rodeaban.

Pero no podía. Si me permitía a mí mismo pasar página, daría a entender que la muerte de Calen no había significado nada para mí.

La alarma insistente me recordó por qué estaba aquí fuera. Tenía problemas más urgentes. No podía seguir ocultándoselo a Ray.

Escribí un mensaje en la tableta y pulsé «enviar».

Necesito que vuelvas a Palindrómena. ¡Ya!

CAPÍTULO QUINCE

TEMPEST

20h 30m

Lunes, 15:30.

Sin el fertilizador, habíamos tardado unos quince minutos en regresar corriendo al muelle. El *Amanecer* se mecía en el agua como un hijo perdido que no dejara de buscar, histérico, a sus padres en la multitud. Subí a bordo y me quité el vestido sudado y manchado de pudin de algas para dejar a la vista el traje de submarinismo. Arrojé el vestido al agua.

Unos nubarrones negros se habían formado en el horizonte. Una tormenta.

Arranqué el motor del barco y el zumbido me calmó los nervios. Ya casi habíamos salido de aquí. Lo conseguiríamos.

Elysea seguía mirando a Palindrómena a nuestra espalda. Aunque desde aquí no se veía el edificio, sí que podíamos oír el sonido de la alarma. Por ahora, nadie se nos había acercado desde el puerto. Al menos, no todavía.

—No te preocupes —le dije, pulsando el acelerador. Voy a sacarte de aquí. —No sabía a quién estaba tratando de convencer más. No podía sacarnos a las dos de la realidad.

—¿Sabemos el tiempo que nos queda? —preguntó Elysea—. Bueno, que *me* queda.

Un problema de abandonar Palindrómena era que ya no estaríamos rodeadas de relojes. Dirigí la vista al sol tras la tormenta inminente.

—Solo han pasado unas horas desde que te reanimaron —contesté—. Tenemos tiempo de sobra.

¿Tiempo de sobra para qué? ¿Para que Elysea demostrara que nuestros padres seguían vivos? Si tenía razón, ¿tendríamos tiempo de encontrarlos? ¿De verlos una última vez?

Mis pulmones trastabillaron como si no quedara más oxígeno en el regulador.

—¿Estás bien? —Elysea apoyó una mano en mi hombro.

Quería decirle que no. No estaba bien desde su muerte.

—Tendremos que movernos rápido. Antes de que... —Pero no pude pronunciar las palabras.

—Antes de que muera.

No respondí. Simplemente me alejé de la orilla y de Palindrómena.

Las olas chocaban con la proa del barco y nos empapaban las piernas y los pies. Me limpié la espuma de la mejilla. Casi parecía que estuviésemos nadando.

—¿A dónde vamos? —pregunté, virando hacia los nubarrones negros—. ¿Dónde está el mapa?

—En el Equinoccio —replicó, oteando el horizonte como si nuestro hogar fuera a aparecer de repente—. Lo escondí en un lugar seguro.

—Pues de vuelta al Equinoccio, entonces. —Viré de nuevo hacia la derecha.

—Palindrómena enviará a los guardias de seguridad tras nosotras. —Se retorció el pelo como una serpiente de mar—. Hemos roto sus normas.

—Lo sé.

Miré hacia atrás para comprobar si había movimiento en la playa.

Nada. Tan solo una fina línea de arena blanca.

Pero los últimos ecos de la alarma y la flota atracada en el puerto eran la promesa de Palindrómena de que vendrían.

En el *Amanecer* no cabían muchas personas —tres a lo sumo—, pero era rápido. El barco atravesaba las olas como un cuchillo al cortar un familpez recién pescado.

«Que lo intenten».

Elysea se aproximó a mí en la cubierta.

—¿Cuándo has crecido tanto, Tempe?

Me giré para contemplar el océano que teníamos por delante.

—Mientras tú no estabas, Ely —repuse con suavidad.

Pude sentir su aliento contra mi cuello.

—Lo siento mucho —me dijo—. Siento haberte abandonado.

Carraspeé antes de responder.

—No pasa nada. —Ahora mismo no quería hablar de ello. Tenía que salvaguardar las fuerzas que me quedaban, como una boya en aguas revueltas.

Elysea no despegó los ojos de mi rostro. Parecía estar buscando algo… Algo que le dijera que seguía siendo la chica que conocía. Su hermanita pequeña.

Pero ya no lo era. Su muerte me había obligado a convertirme en otra persona. Sin ella, sin mamá ni papá, había tenido que crecer rápido. No me quedaba más familia en el Equinoccio. No había nadie que pudiera hacerse cargo de mí. Nadie más que yo misma.

Regresé al timón porque no quería decepcionarla.

—Tardaremos una hora en llegar al Equinoccio —dije.

No respondió. Sentía la distancia que había entre nosotras. Aunque hubiera regresado —por un breve espacio de tiempo—, yo ya no iba a volver a ser la niñita que conocía. Esa niña que buscaba a su hermana para todo. Para sobrevivir a estas veinticuatro horas tenía que convertirme en la tormenta, no sucumbir a ella.

Miré a Elysea de soslayo. Se había sentado en la popa.

—¿Por qué te quedaste con el mapa? —le pregunté—. Si creías que nuestros padres habían muerto…

Arrugó el ceño.

—Fue lo último que me dieron, pues claro que me lo quedé.

—Pero no me lo enseñaste.

—Ya te lo he dicho —repuso—. Me sentía culpable por no marcharnos cuando me lo pidieron. Al igual que tú, creía que habían muerto esa noche… y que podría haber estado ahí para salvarlos. No quería que me culparas. No quería perderte a ti también.

Tragué saliva y respiré el aire salado. Necesitaba aire puro para aclararme las ideas, no la pesada humedad del mar.

—Lo siento. —Agachó la cabeza—. Creí estar haciendo lo correcto. Solo tenía catorce años; cometí un error. —Suavizó la voz—. Siento habértelo ocultado.

Me tragué el dolor que sentía en el pecho.

Ahora que sabía que no era la responsable de la muerte de nuestros padres, me costaría muchísimo más dejarla marchar.

Palindrómena mentía.

Veinticuatro horas nunca serían suficientes.

CAPÍTULO DIECISÉIS

LOR

20h 00m

Lunes, 16:00.

Me escondí en las sombras que creaban los acantilados mientras esperaba a que Ray llegara.

Antaño fueron un lugar que apreciaba mucho y en el que pasaba la mayor parte del tiempo. Ahora se erigían como la sombra de la muerte. El final de mi antigua vida.

Una hora después, Ray llegó en su barco a la playa.

—¿Qué ha pasado? —preguntó en cuanto me acerqué a él. Me daba rabia haber tenido que obligarlo a venir por esto.

—Me han engañado —le conté.

—¿A qué te refieres?

—Las hermanas Alerin. Se han escapado. —Bajé la cabeza—. Lo siento mucho, Ray.

Él soltó un hatajo de insultos.

—¿Que se han escapado adónde?

—No lo sé —respondí.

Ray se pasó las manos por la cara.

—Ya sabes lo que va a pasar.

—Que te echarán.

Volvió a maldecir.

—Peor. Mi familia perderá su casa en el Equinoccio.

—¿De qué hablas?

—Cuando me inscribí para el puesto de vigilante, le prometí a la directora que trataría a todos los pacientes como si fuesen de mi familia. Y que, si pasaba algo malo, tendría que pagar los impuestos de toda mi vida de golpe. Mis padres no tienen tanto dinero. No les quedará más remedio que vender la casa para conseguirlo. Es una de las razones por las que a mi madre no le hace gracia que trabaje aquí; cree que es demasiado arriesgado. Pero como mi padre se está haciendo mayor y yo ya no puedo pescar, era la única opción que me quedaba.

—No sé qué decirte, lo siento mucho —susurré.

—¿Que lo sientes? —Me miró la muñeca y enarcó las cejas—. Llevas el ecoenlace por mi culpa y la paciente se ha escapado, tú...

—Eso no me importa.

—¿Quieres morir o qué? —Resopló—. Si le pasa cualquier cosa —entrecerró los ojos mirando hacia el mar— serás picadillo para peces, colega.

—Lo sé. —Durante las siguientes veinticuatro horas el destino de Elysea estaba ligado al mío.

Tragué saliva varias veces. Necesitaba beber agua. El sol abrasaba y ya sentía que me ardía la piel.

—Tenemos que dar parte al equipo de seguridad de Palindrómena —dijo Ray—. Es la única manera de poder rescatarla deprisa y de forma segura.

—No. Perderás el trabajo y tu familia, la casa. No pienso permitirlo.

—¿Y qué hacemos si no? —respondió con la respiración agitada.

—Encontrarlas. Traerlas de vuelta. Nosotros dos.

—Es demasiado arriesgado.

—Lo arriesgado es no hacerlo.

Me agarró del brazo.

—Tú no quieres comprometer mi futuro y yo no pienso jugar con el tuyo. Estoy dispuesto a probar suerte y cruzar los dedos por que Nessandra me perdone. Lo más importante es recuperar a la paciente. Y nuestra mejor oportunidad es con los barcos de rescate de Palindrómena.

—No. —Si Palindrómena se enteraba de que había estado involucrado en este asunto, no me quedaría más remedio que enfrentarme y asumir las consecuencias de la muerte de Calen. Pero no estaba preparado. Todavía no.

—¿Por qué? —preguntó—. ¿Qué pasa, Lor? —Nunca me llamaba por mi nombre, lo cual me dio una idea. Podía revelarle algo para me entendiera sin necesidad de confesárselo todo.

—Mi nombre completo es Lor Ritter —dije, encogiéndome de hombros levemente y esperando aligerar la situación —. Soy el hijo de Nessandra.

—¿Nessandra? —Ray parpadeó—. ¿Nessandra la directora?

Asentí.

—Pero Nessandra no tiene hijos —replicó.

Solté una carcajada. Pues claro que nunca me había mencionado. A veces pensaba que Nessandra quería más a Palindrómena que a mí. Mi madre la heredó de mis abuelos. A pesar de que ellos terminaron cuestionando la moralidad de lo que habían creado, mi madre no opinaba igual.

Cuando mis abuelos fallecieron, mi madre se centró en resolver el acertijo de la muerte con tal de que nadie más tuviera que perder a un padre, hijo o amigo. Parecía una causa noble, pero lo cierto era que no le importaba sacrificar a todo y a todos con tal de conseguir sus propósitos.

Ray echó un vistazo a los acantilados a mis espaldas, como si realmente pudiera ver las instalaciones.

—Me estás vacilando, ¿no?

—Ojalá.

Envidiaba la infancia de Ray. Su madre no era la Reina de la Muerte; había ido al colegio; tenía amigos; se lo pasaba en grande en las fiestas y hacía las típicas cosas de los jóvenes, mientras que yo me pasé la niñez viendo cadáveres a los que mi madre clavaba agujas para reanimarlos.

La decepcionaba constantemente porque prefería pasar el tiempo escalando los acantilados que aprendiendo cosas sobre la reanimación. No quería heredar Palindrómena. Tampoco conocí a mi padre; mi madre me contó que fue pescador, pero que falleció.

De pequeño me moría por escapar de esta isla y descubrir el mundo; ahora ansiaba permanecer escondido en el sótano. El problema era que ese futuro tranquilo y seguro corría peligro.

—¿Por qué no me lo has dicho hasta ahora? —Se cruzó de brazos—. No lo entiendo.

—Mi madre y yo no compartimos la misma postura con respecto a Palindrómena. Deberíamos dejar a los muertos en paz, pero ella cree que brindamos paz a los demás. No puede enterarse de que he dejado escapar a una paciente. Me echará del Acuario y no tendré adónde ir. —Con suerte, Ray no me preguntaría por qué.

Ray apretó los labios y se quedó callado.

—No quería decepcionarte, Ray. Deja que lo arregle. Puedo solucionarlo, de verdad. —No quería que otro amigo sufriera por un error que había cometido yo—. Confía en mí.

—No debería haberte pedido que me sustituyeras —dijo al final—. Y todo para nada.

No quería preguntarle, pero acabé haciéndolo.

—¿Qué tal con la doctora?

Él ni siquiera alzó la mirada.

—Me ha dicho que una rodillera me ayudaría a moverme por el Equinoccio, pero que en el agua se oxidaría. —Permaneció en silencio un momento—. Me ha sugerido hidroterapia para fortalecer los músculos y que me alivie algo de dolor, pero que ni se me ocurra bucear o someterme a la presión del agua en mar abierto.

—Lo siento mucho. —Ya solo le quedaban Palindrómena y su equipo médico. Necesitaba el trabajo—. Por favor, deja que te ayude. Confía en mí.

Ray no contestó, sino que se encaminó hacia su barco. No lo culpaba por querer irse. ¿Volvería a verlo alguna vez?

—Sube —me dijo por encima del hombro. Al ver que no me inmuté, añadió—: No te quedes ahí parado, nos vamos de pesca.

Me subí a trompicones.

—Lo siento, de verdad —repetí—. Siento mucho todo. Debería...

Él levantó la mano.

—El que te ha metido en este lío soy yo.

—No sabías que soy un incompetente.

Se le crisparon los labios.

—Debería haberlo supuesto.

Me eché a reír. Parte de la tensión que sentía en los hombros se me alivió. A pesar de todo, Ray seguía confiando en mí.

Aunque no debería.

—Encontremos a Tempest —sugerí, aplacando a esa maldita voz interior—. No pueden haber llegado muy lejos.

—¿La clienta se llama así?

Asentí y él aceleró. El barco se alejó de la orilla cual bestia enjaulada por fin en libertad.

El sol vespertino se reflejaba en el océano. Mantuve la cabeza gacha para evitar mirar a los rayos directamente.

—¿Estás bien? —preguntó Ray, observándome desde la cubierta y con las manos en el timón—. ¿Te sientes mareado?

Sacudí la cabeza. Estaba bien. Mejor que bien. Era libre. Y cuanto más atrás se quedaba la isla, mejor me sentía. Ojalá me fuese porque quisiera. Ojalá no tuviera que volver nunca.

—¿Qué ha pasado exactamente, Lor?

Dudé si mentir. Si contarle a Ray que no había sabido distinguir a las hermanas y ceñirme a la historia con la que me habían engañado. Pero, en cuanto Elysea salió de la sala de recuperación, supe que no era Tempest.

Tempest me había estado observando durante toda la mañana, al igual que yo a ella. No pude evitarlo. Tenía algo que no era capaz de descifrar, como un puzle.

Entonces, ¿por qué no había reaccionado al instante cuando fue Elysea la que salió por la puerta y no Tempest? No lo sabía. Tal vez me hubiera quedado petrificado por verme frente a una chica que hacía unas horas había estado muerta. O tal vez porque quería ver qué pasaba después. Quizá incluso porque nuestras vidas estaban vinculadas, por lo que se había creado cierto grado de afinidad entre nosotros.

Apoyé las manos en el lateral del barco. Estaba muy pálido. Las olas me salpicaban y me humedecían los labios. Recordaba el sabor salado por haber conducido antes vehículos en la playa. Recordaba el viento que mecía mi pelo en los acantilados. Recordaba cómo era vivir.

Y ahora sabía la verdad.

Una parte de mí había querido que Elysea escapara porque yo no podía.

Ray me contemplaba, serio.

Merecía saber la verdad.

—Creo que las he dejado escapar —dije.

—¿Qué? —Casi arrancó el timón del barco.

Me pasé una mano por el pelo.

—Durante un segundo estuve mirando a Elysea, viva, y... supongo que dudé a sabiendas de lo que le pasaría. —No había otra manera de expresarlo. Lo sabía de buena tinta al haber pasado por el mismo proceso de reanimación con Calen.

—¡Por todos los Dioses, Lor! —Jamás lo había visto rojo de ira. Parecía más joven, y yo me sentí peor—. ¡Sabías que perdería el trabajo!

—¡Lo siento! No estaba en mis cabales. —Llevaba dos años sin interactuar con nadie aparte de Ray.

—Te has involucrado demasiado —dijo, suspirando—. Te lo has llevado al terreno personal. No querías ver morir a la chica.

No fue por eso. En ese momento pensé en mí y en mi experiencia con la reanimación. En que Palindrómena no se dedicaba a reunir a las familias, sino a destrozarlas. Pero Ray no lo entendería. Nunca había vivido una. Y esperaba que no tuviera que hacerlo nunca.

—Todo irá bien. —Me ofreció una sonrisa tensa—. Encontraremos a las hermanas Alerin y traeremos a Elysea de vuelta a Palindrómena. Nessandra no se enterará de lo que ha pasado. Todo irá bien. —Miró el ecoenlace en mi muñeca—. ¿Cuánto tiempo nos queda?

Eché un vistazo a la pantalla.

—Diecinueve horas y media —respondí—. Después trataremos de olvidar lo que ha pasado hoy.

Ray no contestó. Sabía que quería decir algo más, pero, por primera vez, se reprimió.

—¿Cómo vamos a encontrarlas? —pregunté.

Él se dio un toquecito en la muñeca.

—Localizándolas con el ecoenlace.

—Genial, dime cómo.

Sonrió y el antiguo Ray reapareció.

—Todavía no hace falta.

—¿A qué te refieres?

—Llevo medio año trabajando en Palindrómena y solo hay un sitio al que los pacientes desean volver cuando reviven.

Asentí, comprendiéndolo.

—A casa —dijimos a la vez.

CAPÍTULO DIECISIETE

TEMPEST

Lunes, 16:30.

Dirigí el *Amanecer* hacia el puerto del Equinoccio. Elysea permaneció en silencio. Contempló nuestro hogar como si estuviera tratando de memorizar su imagen.

Una botavara magnética bajó y detuvo el barco antes de que pudiéramos avanzar más.

—Torre de control del Equinoccio al azogue *Amanecer* —dijo una voz a través del transmisor—, responda.

Pulsé el botón del radiotransmisor.

—Aquí el *Amanecer,* la recibo.

—Ha regresado pronto. Según nuestro registro, su llegada estaba prevista para mañana por la tarde.

Traté de controlar el miedo.

—Sí, ha habido un cambio de planes. —Los conservadores no permitían la entrada a los guardias de seguridad de Palindrómena en el Equinoccio. Aquí deberíamos estar a salvo. *Deberíamos.*

Tras un momento larguísimo y eterno, la voz repuso:

—Nuestro escáner detecta a dos personas a bordo. ¿Puede confirmarlo?

«¡Por las profundidades!». No había pensado en eso. Con suerte habría sido un día tranquilo en el mercado y nos dejarían desembarcar.

—Confirmado —dije mientras le echaba una miradita a Elysea—. Una visitante de otro Arrecife. —Estuve a punto de decir Palindrómena, pero eso no nos beneficiaría en absoluto.

—La Marea de Primavera es esta noche —dijo la voz—. Y habrá mucha gente. No esperábamos que regresara tan pronto.

Sabía lo que estaba insinuando. Las limitaciones de peso eran estrictas. Dos cuerpos de más podrían no parecer mucho, pero cada kilo contaba.

«Cuatro horas», articuló Elysea en silencio al percibir mi pánico.

—Solo nos quedaremos cuatro horas añadí—. Luego nos marcharemos hasta mañana, como estaba previsto.

Elysea me tocó el codo para consolarme mientras aguardábamos su decisión.

—Gracias, azogue *Amanecer* —dijo la mujer—. Puedo permitirle el acceso al Equinoccio hasta las ocho y media a más tardar. Si no se marchan para entonces, desamarraremos su barco. —Un castigo justo. Perder tu barco significaba no tener fuente de ingresos. Básicamente nos estarían expulsando.

La botavara se elevó. Una boya roja se acercó flotando y tocó la proa del *Amanecer* antes de tirar de él hasta el puerto. En cuanto atracamos, apagué el motor y bajé a la plataforma de metal oxidado de un salto. Elysea permaneció a bordo.

—¡Eh! —la llamé. Como si hubiera estado sumida en sus pensamientos, ella se espabiló y me miró—. No tenemos tiempo que perder, ¿recuerdas?

Tenía los ojos empañados y distantes. Le tendí una mano.

—¿Estás bien? —Aún le quedaba mucho tiempo. El vídeo de orientación decía que no debería sentirse aletargada hasta la última hora.

Tomó mi mano.

—Aquí todos creen que estoy muerta.

¿Eso era lo que la preocupaba?

—Entraremos y nos iremos sin que nadie se dé cuenta.

Se estremeció mientras la ayudaba a bajar a la plataforma. Tal vez no fuera eso lo que quisiera. Este era su hogar —el único que había conocido—, y la había traído solo para llevármela otra vez.

Y no solo tendría que abandonarme a mí, sino toda su vida.

¿Era más fácil que se te llevara la muerte sin previo aviso? ¿O saber cuándo lo haría para poder pasar tus últimas horas, meses o años con la gente que te importaba?

Palindrómena parecía inclinarse más por lo segundo.

El puerto era un hervidero de actividad con los barcos que regresaban después de otra jornada más. Llamamos la atención de unos cuantos buceadores cansados que arrastraban sus pertenencias hacia el muelle. Su piel morena relucía debido al agua y sus melenas negras se veían endurecidas por el salitre. Sus expresiones sombrías dejaban entrever que habían regresado de otra inmersión infructífera.

Esperaba que no reconocieran a Elysea. Si lo hacían, ¿nos entregarían a Palindrómena a cambio de unos cuantos billetes fáciles? ¿O nos dejarían vivir estas veinticuatro horas en paz?

La mayoría de las personas en el Equinoccio conocía a alguien que se hubiera ahogado. Seguro que nos dejaban tranquilas. Aún no comprendía por qué era tan importante que los reanimados pasaran sus últimas horas encerrados en una habitación de hospital. Deberían poder volver a casa una última vez. ¿Era porque querían controlar la eliminación de los cuerpos? Para conseguir que te enterraran bajo el agua había que pagar más billetes junto con los impuestos anuales. Al fin y al cabo, Palindrómena no era más que un negocio. Tal vez simplemente no quisieran perder su mercancía.

Elysea no se alejó mucho de mi lado mientras cruzábamos el puerto.

—Todo parece igual —comentó.

Me encogí de hombros.

—Nada cambia mucho por aquí.

—Tú sí que has cambiado —repuso sin mirarme.

Volví a encogerme de hombros.

—Han pasado dos años. —Vi que mis palabras le dolieron—. ¿Dónde está el mapa? —Cambié de tema.

Ella me dedicó una sonrisa cargada de tristeza.

—En casa.

Una sensación amarga me embargó. Había vendido casi todo lo que teníamos y nunca había visto un mapa. Le lancé una mirada de soslayo.

—¿Dónde exactamente?

—Te lo enseñaré. —Pegó los labios, decidida a no revelarme nada más.

Por su bien esperaba que no se tratara de una artimaña para poder ver el Equinoccio una última vez.

Elysea se movía despacio, casi lánguidamente, puesto que no quería perderse detalle de nada, hasta que alcanzamos la entrada a nuestra casa. Entonces, se me adelantó como si algo la hubiera propulsado hacia adelante.

Recorrió la estancia principal con la boca abierta.

—¿Qué ha pasado? —Extendió los brazos a los lados—. ¿Dónde están las cosas de mamá y papá? ¿Dónde está *todo*?

—Lo vendí. —Mamá y papá conservaban unos cuantos efectos personales, pero, quitando eso, no nos habían dejado gran cosa. Había demasiadas restricciones de peso en el Equinoccio.

Aunque me había dolido deshacerme de sus pertenencias y perder más de mis padres, necesitaba todos los billetes que pudieran darme por ellas.

Elysea clavó la mirada en las paredes vacías.

—¿Y los cuadros?

—Vendidos.

—¿Las joyas de mamá?

—Vendidas.

Antes de que mamá empezara a trabajar para Palindrómena había formado parte de la organización del Equinoccio para limpiar el océano, retirando la basura que mataba a la fauna marina. Había guardado una pequeña colección de joyas que encontraba en sus inmersiones y que no valía gran cantidad de dinero, pero que sentía que nos ayudaba a conectar con nuestro pasado. Ella decía que, si nos olvidábamos de dónde veníamos, estábamos destinados a cometer los mismos errores previos a las Grandes Olas. Como lo de guerrear por las tierras, los recursos y, lo peor de todo, por nosotros mismos.

—Los conservadores se llevaron ese —dije, señalando la pared desnuda que Elysea examinaba con tanto pesar. A Elysea siempre le había gustado aquella pintura de una ciudad bajo la lluvia. Pensé que la haría feliz saber que ahora colgaba en el conservatorio.

—¿Y qué hay del cofre del tesoro de mamá? —Su tono de voz se elevaba a la vez que estudiaba la casa vacía.

—Lo vendí. Ya sabes que no había ningún tesoro ahí dentro.

Cómo había encontrado nuestra madre aquel cofre era una de nuestras historias favoritas para dormir.

—Estaba en plena inmersión —solía narrarnos mamá—, no muy lejos de la costa de Palindrómena, cuando encontré algo.

—¡Un tesoro! —exclamaba yo con entusiasmo. Me sabía la historia tan bien que podría haberse tratado de un recuerdo mío y no de ella.

Mi madre me señalaba y se reía.

—¡Sí! Un cofre del tesoro. Pensé que los Dioses me lo habían enviado especialmente a mí y que dentro encontraría una fortuna.

—Pero solo me encontró a mí —añadía papá, haciéndole cosquillas a Elysea en los pies mientras se sentaba en nuestra cama—. Había encontrado esa antigualla en la orilla de Palindrómena y, al ver que no había nada dentro, lo volví a arrojar al mar.

—¡Y llegó hasta mamá! —decía Elysea con una sonrisa de oreja a oreja.

—Le grité por haber estado a punto de golpearme en la cabeza —proseguía nuestra madre—. Le dije que formaba parte del equipo del Equinoccio para limpiar los océanos, y ahí estaba él, desechando reliquias del Antiguo Mundo como si no fueran más que basura.

Papá entonces rodeaba a mamá con un brazo.

—Me puso de vuelta y media, y entonces me di cuenta de que quería que esa mujer me insultara durante el resto de mi vida.

Y mi madre besaba a papá hasta que nosotras les gritábamos que pararan.

Aunque a mamá le encantaba bucear, terminó aceptando el trabajo en Palindrómena para estar más cerca de él. Al fin y al cabo, el océano era impredecible y peligroso, y los dos querían empezar una familia.

Mi madre siempre nos había advertido que nos mantuviéramos alejadas del océano, pero a Elysea y a mí no nos había quedado más remedio cuando nos quedamos solas. Ninguna de las dos nos graduamos en la escuela; la dejamos con catorce y doce años respectivamente para ganar billetes y así poder seguir viviendo en nuestra casa. Y aunque me hubiera graduado, no me interesaba estudiar medicina para trabajar en Palindrómena; convertirme en historiadora del Antiguo Mundo; aprender la política de los conservadores o poseer un negocio en el mercado. Me gustaba estar bajo el agua, el único lugar al que podía escapar de los abucheos y de las burlas de mis compañeros. El único lugar en el que me sentía en paz conmigo misma.

Las expectativas de futuro de Elysea también eran limitadas. Ella consideraba las sonrisas de sus alumnas y los aplausos del público compensación suficiente por sus actuaciones. Se negaba a recibir ningún pago.

Y aunque me había resultado doloroso vender el objeto de unión de nuestros padres, tenía piedras preciosas incrustadas en la tapa que valían varios billetes. Habría vendido el metal de las juntas del techo de haber podido soltarlas.

Elysea enterró el rostro en las manos y gimoteó.

—El mapa estaba en el cofre del tesoro de mamá, junto con su collar y el ecoenlace de papá.

—No. Allí dentro no había nada. Lo comprobé antes de venderlo.

Se sentó en mi cama, o lo que hacía las veces de cama: un cajón y varias mantas. Hacía meses que había vendido el colchón de hilo de algas.

—Hay un compartimento secreto en la tapa —dijo.

La desesperación me embargó.

—No...

—Tenemos que recuperarlo. —Le empezaron a temblar las manos. Ambas sentíamos la presión del pasar de las horas sin necesidad de mirar un reloj—. Tenemos que... —Pero las palabras se perdieron entre jadeos y temblores. Se estaba desmoronando.

Elysea siempre había sido la más fuerte de las dos. Solía bromear con que sus emociones eran tan estables como su postura de bailarina, perfeccionada por todos los años de mantener el equilibrio de puntillas. Esta chica rota y agitada no era la hermana que recordaba.

No me quedaba más remedio que ser el ancla de Elysea en estos momentos, como ella había sido el mío durante los años en los que no estaban nuestros padres. No estaba en condiciones de tomar decisiones. Ahora yo era la mayor. Tenía que hacerme cargo de la situación.

—Elysea —la llamé, tratando de que se centrara en mí. Por la ventana a su espalda se veía el cielo cada vez más oscuro. Aparté la preocupación de mi voz—. Averiguaremos quién compró el cofre. Aún tenemos tiempo.

Mi hermana no respondió. Sus ojos miraban más allá de mí y supe que lo que veía era su final inminente.

La muerte venía a por ella y no había forma humana de huir ni de esconderse de ella.

CAPÍTULO DIECIOCHO

LOR

Lunes, 17:15.

El barco de Raylan se aproximó al Equinoccio a las cinco y cuarto, mientras el sol se ponía. El Arrecife anclado estaba formado por un enorme edificio circular de metal con cientos de espacios más pequeños conectados a él. El metal estaba oxidado debido a la sal del agua y el aire.

El edificio parecía casi esquelético, como la espina de una garfoca encallada. Se cernía una tormenta tras el Equinoccio. El aire olía a algas y a sal. No era muy agradable que digamos.

—Es una preciosidad, ¿a que sí? —comentó Raylan al tiempo que llevaba el barco al muelle. Jamás había visto tantos navíos juntos. Palindrómena tenía doscientos trabajadores y todos se reunían en contadas ocasiones. Incluso a lo lejos podía escuchar el sonido de la música, la gente y la vida. Todo lo opuesto a los pasillos silenciosos de Palindrómena y el Acuario.

Se me aceleró el pulso, pero no por los nervios, sino por el entusiasmo.

—Ajá. —No sabía qué decir.

Conocía los Arrecifes, como todos, pero jamás me imaginé algo así. Pensaba que eran balsas atadas unas a otras. Un lugar primitivo y frágil. Tal vez se debía a que mi madre hablaba de Palindrómena como un lugar sofisticado y que era afortunado por vivir en tierra firme, rodeado de tecnología avanzada. Hasta ahora no me había dado cuenta de hasta qué punto la había creído.

Sin embargo, el Equinoccio era un lugar imponente. Parecía sacado de una novela fantástica, erigiéndose como olas de metal sobre el agua. Brusco, decidido, como si retase a que se burlaran de él.

Por un momento me olvidé de las hermanas Alerin.

Ray sonrió orgulloso al observar su hogar. Era una emoción que yo jamás había sentido con Palindrómena.

—Mis antepasados construyeron este sitio —dijo—. Eran marineros antes de las Grandes Olas y siempre estaban en el agua. Dado que eran hábiles nadadores, fueron capaces de sacar los restos del Antiguo Mundo a la superficie. —Frunció el ceño durante un momento—. El Equinoccio antes era el Arrecife más próspero, pero, como todo, los recursos no son ilimitados.

—¿Qué pasará cuando no haya nada más que sacar del agua? —pregunté.

Ray se frotó la ceja.

—O dejamos nuestro hogar o destrozamos el Arrecife, levamos anclas y buscamos otro sitio. Pero, si nos vamos, abandonaremos todo lo que tenemos aquí. La sociedad armoniosa desaparecerá.

Había leído acerca de las divisiones del Antiguo Mundo y que a menudo habían entrado en guerra por los recursos y los terrenos. A pesar de lo horribles que habían sido las Grandes Olas, habían obligado a la gente a unirse para sobrevivir.

—Lo siento.

Él enarcó una ceja.

—¿Por qué te disculpas?

—Por mi madre. —Suspiré—. Si no obligase a la gente a pagar unos impuestos tan elevados, el Equinoccio no estaría pasándolo tan mal.

Me sorprendió que se echara a reír.

—Si no fuese tu madre, lo haría otra persona. —Me dio un empujoncito—. Así es la economía. Y los seres humanos. Damos, pero no recibimos nada gratis.

—Suenas muy cínico —opiné—. Como...

—¿Como tú? —Alzó la comisura de la boca—. Es una consecuencia de pasar tiempo contigo, colega.

—Espero que todo vaya bien. —Me refería al Equinoccio y a él.

—Si regreso al agua —dijo con voz suave—, podré ayudar a mi familia. Podré pescar algo más grande que un pezúcar. —Seguiría los pasos de su padre—. Protegeré el hogar de mis antepasados. Mantendré el Equinoccio a flote. —Y sonrió—. En ambos sentidos.

—Sé que lo harás. —Quería creerlo, aunque eso significara no verlo todos los días en Palindrómena. Si eso era lo que elegía, yo lo respetaría.

Mi madre solía decir que las cosas cambiaban. Para todos. La gente cambiaba y eso provocaba cambios. Pero no eran más que chorradas. Los cambios ocurrían. La vida y la muerte ocurrían. Y no se podía hacer nada. Bien lo aceptabas o te dejabas ir.

A veces desearía creer en los Dioses de abajo, pero había muchísimas tormentas, accidentes graves y ahogamientos inexplicables en estas aguas malditas. ¿Por qué nos impondrían las deidades este tipo de vida? ¿O se trataba acaso de un castigo por cómo nos habíamos comportado unos con otros en el Antiguo Mundo? ¿Nos responsabilizarían para siempre? ¿Sería posible liberarse del yugo de las atrocidades del pasado?

Ojalá conociera la respuesta. Tal vez llegase un momento en que no me atormentaran ni Calen ni sus últimas palabras.

«Asesino».

Ray posó una mano sobre mi hombro e hizo que volviera en mí.

—La encontraremos, colega.

Eso esperaba. Por Ray.

—¿O es que estás preocupado por si te caes al mar? —Sonrió y se acordó de lo mal que me había subido al barco—. Puedes agarrarte a mí si quieres. —Abrió los brazos para provocarme.

Le di un empujón en los hombros y agradecí que intentara aligerar el ambiente.

—Tú navega.

Nos acercamos a una botavara entre dos torres de control que bloqueaba el acceso al muelle.

El barco vibró y se detuvo.

—¿Qué pasa? —pregunté.

—Nos están escaneando —respondió Ray antes de llevarse un dedo a los labios.

Se escuchó la voz de una mujer a través del transmisor.

—Torre de control del Equinoccio a la embarcación. Detectamos a dos personas a bordo a pesar de que esta tarde solo se fue una. ¿Qué intenciones tienen? Responda.

—Aquí *Del charco al barco*—anunció Raylan con una sonrisa avergonzada cuando lo miré confuso por el nombre del barco—. Venimos de Palindrómena por cuestiones de negocios. No nos quedaremos mucho.

—¿Qué tipo de negocios? —El tono se recrudece. Me habían dicho que el Equinoccio no veía con buenos ojos la presencia de Palindrómena. Más que los otros Arrecifes incluso; no les gustaba lo que hacía mi madre en la isla, y no los culpaba.

—Contrataciones —contestó Raylan de repente, casi gritando—. Hemos pensado que la Marea de Primavera nos brindaría una buena oportunidad para encontrar reclutas.

Alcé un pulgar. Sonaba mejor que cualquier cosa que hubiese ideado yo.

—Se le permite la entrada hasta las ocho y media de la tarde —anunció la torre de control. La botavara se elevó y el barco avanzó—. Los desamarraremos a partir de esa hora. Prevemos que la Marea de Primavera estará en pleno apogeo a las nueve.

Eché un vistazo al ecoenlace. Eran las cinco y media. El Equinoccio no era muy grande y con el ecoenlace encontraríamos pronto a Elysea.

Asentí hacia Ray.

—Recibido —dijo Ray.

Un rayo de la luz solar que estaba desapareciendo iluminó el mundo marino bajo nuestros pies. Los peces se desperdigaron y las formas más grandes nadaron despacio hacia aguas más oscuras.

Se me erizaron los vellos de la nuca. Jamás había visto lo que había bajo la superficie del agua, lo que quedaba del Antiguo Mundo. Por instinto, me acerqué al borde del barco para verlo mejor. Cuando este se meció, volví al centro.

Ray soltó una risita.

Apreté los dientes. Tenía que centrarme, encontrar a las hermanas Alerin y alejar cualquier otro pensamiento de mi mente. Ahora no era el momento de hacer de turista.

—Veamos dónde está Elysea —dijo Ray al tiempo que dejaba que el barco navegara con el piloto automático. Me giró el brazo, tocó algo en la pantalla del ecoenlace y un puntito azul apareció—. Esto es un ecolocalizador; está conectado al corazón de Elysea durante la reanimación. Mientras que su corazón lata, podremos rastrearla. —Entonces me di cuenta de que el puntito parpadeaba al ritmo de sus latidos—. Parece que se dirige al este, al otro extremo del muelle. Seguro que van a la Marea de Primavera.

—¿Qué es la Marea de Primavera?

Raylan sonrió.

—Un mercadillo nocturno con restaurantes y bares, donde la gente del Equinoccio pasa las horas. Lo cierto es que es el único sitio que hay —dijo con una carcajada—. Es un muy buen sitio para ligar y que te liguen —añadió a la vez que guiñaba el ojo.

—¿Por qué ir allí? —Observé cómo se movía el puntito por la pantalla.

—Para divertirse. Solo les quedan diecinueve horas juntas antes de que Elysea muera. —Y se encogió de hombros—. Eso haría yo. Antes no echaba de menos la Marea de Primavera, pero ahora… —Apretó los labios—. La gente hace que me cueste caminar. Y mis movimientos de baile ya no son lo que eran —repuso.

—¿Crees que se han ido de fiesta?

—Mejor eso que contar las horas que les quedan en Palindrómena.

Me pregunté qué estaría pensando Tempest en este momento. Seguro que contaba con que las seguiríamos hasta aquí. ¿Valía la pena haberse escapado solo para que Elysea viese el Equinoccio una última vez?

Pero sabía de primera mano que la pena a veces te movía a comportarte de forma distinta, desesperada. El negocio de mi madre dependía de ello. El dolor era como una nube; lo enturbiaba todo. Se te colaba hasta los huesos y te asfixiaba con su peso. Y uno haría cualquier cosa por aligerarse la carga.

Ray se dirigió al frente.

—Deberíamos planear cómo atacarlas.

—¿Atacarlas? —No quería hacerles daño, aunque sabía que al final así sería.

Él sacudió la cabeza.

—¿Qué esperabas? ¿Que Elysea vendría con nosotros de buenas? ¿Que Tempest dejaría que nos llevásemos a su hermana después de todo lo que han hecho para escapar?

Tenía razón.

—¿Qué has pensado?

—Hacer lo que haga falta —respondió con una sonrisa amenazadora. No pensaba dejar que estas chicas ganasen. Había demasiado en juego.

Contemplé el ecolocalizador.

—Ya no se mueve —le informé mientras miraba el puntito en la pantalla—. Demasiado fácil. —Me obligué a sonreír.

Esperaba tener razón.

CAPÍTULO DIECINUEVE

TEMPEST

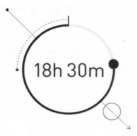

Lunes, 17:30.

Elysea y yo nos dirigimos hacia el extremo más lejano del Equinoccio, tras el consistorio de los conservadores y hacia una pasarela al aire libre suspendida entre dos de los brazos residenciales. El suelo estaba hecho de red de pescar, lo cual permitía que la fría brisa marina penetrara sin problemas, y el techo de algas entrecruzadas evitaban que el clima estropeara las festividades. Unos cuencos de coral fluorescente pendían sobre nuestras cabezas para iluminar el espectáculo que pronto inauguraría la Marea de Primavera: una celebración en honor a la marea tranquila que sucedía dos veces al año, cuando el sol y la luna se encontraban en el ángulo correcto.

Los comerciantes habían recogido toda su mercancía para abrir paso al laberinto de tabernas y restaurantes. Las paredes que separaban cada puesto eran simples sábanas que permitían que los distintos olores se entremezclaran y crearan un nuevo olor distintivo, el de la Marea de Primavera. Las sardinas chisporroteaban en platos calientes, las algas pendían de los techos y las conchas rebosaban de ragar: un licor hecho con algas fermentadas que te golpeaba en la cara con el olor de un familpez podrido.

En mitad del mercado yacía un escenario circular.

Por un momento, desee fingir que solo era una chica que iba a pasar la tarde con su hermana. Que solo pretendíamos comer, bailar y beber. Tal vez luego hasta fuéramos a nadar bajo la luz de la luna para quitarnos la humedad de la piel, todo ello mientras nos tomábamos el pelo la una a la otra por ser unas olominas y no atrevernos a aventurarnos más adentro en el agua. Solo nos preocuparían las criaturas que no veíamos hasta estar cara a cara con sus dientes gigantescos. Pero esas criaturas no eran más que simples historias. Fantasías. Al igual que la vida de esa chica común y corriente del Arrecife.

Mi estómago dio una sacudida al oler el intenso aroma a pescado y sal. Llevaba todo el día sin comer nada aparte del pudin que me había restregado por los labios. Mientras pasaba por un puesto que vendía algas secas, descolgué una pieza y le di la mitad a Elysea. Deslicé un billete sobre el mostrador y luego me fui antes de que nadie me viera. Todos en la Marea de Primavera conocían a Elysea, por lo que teníamos que evitar llamar la atención. Aunque no sabía con certeza si nos entregarían a las autoridades de Palindrómena, era mejor no arriesgarse.

Un relámpago cruzó el cielo ennegrecido. Los clientes en un antro cercano exclamaron al verlo. Los días más húmedos solían terminar con un espectáculo de rayos; otra razón por la que no había pared por un lado del puente. Entretenimiento gratis.

Elysea se detuvo frente al escenario cuando este bajaba hacia el mar. Solo se detuvo cuando el agua cubría treinta centímetros del suelo. Los preparativos para la actuación de esta noche.

Tiré de su brazo.

—Vamos.

Serpenteamos entre los puestos en busca de Daon. Elysea se había atado un pañuelo alrededor de la cabeza para ocultar su identidad. Yo habría preferido que se quedara en casa, pero me dijo que no quería estar sola. Sabía que esa no era la razón. Quería un último vistazo de su antigua vida. Esperaba que no hiciera ninguna locura.

Durante el día, Daon vendía artículos recuperados del mundo hundido. Por la noche, servía ragar y raciones del mejor ceviche del Equinoccio. Los clientes acudían tanto por la conversación como por el ceviche. Había un dicho popular en el Equinoccio que decía que Daon caía bien a todo el mundo excepto a quien no lo conocía.

Ubicado en el extremo más alejado del puente, su bar contaba con las mejores vistas del océano y de las tormentas.

—Quédate aquí —dije, tirando de Elysea del codo hasta una esquina a oscuras entre puestos.

Sus ojos relucieron.

—Quiero oír qué dice Daon.

—No. Lo que quieres es verlo, pero no hemos venido aquí para eso.

Se mordió el labio.

—¿Está bien?

Resoplé. Lo sabía.

—Sí, está bien. Y, ahora, quédate aquí.

No discutió conmigo.

—¡Daon! —lo llamé por encima de la creciente tormenta mientras me sentaba, por muy raro que pareciera, en un taburete libre en el bar. Habíamos tenido suerte de venir al comienzo de la noche; una hora o así más tarde y los clientes borrachos se estarían peleando por los pocos asientos que había.

—¡Tempe! —El rostro de Daon se iluminó cuando me vio—. ¡Cuánto tiempo!

Llevaba el cabello largo y del color de la paja recogido en un moño flojo; varios mechones se le habían soltado y caían por su cara bronceada. Sus ojos avellana brillaban bajo las luces de coral como si conociera un secreto al que los demás no tuviéramos acceso. Aunque Daon nunca había convencido a Elysea de tener una cita, los dos solían pasarse las noches en el mercado; Elysea encabezando su grupo de baile y Daon manteniendo a los demás bien alimentados e hidratados. El rey y la reina de la Marea de Primavera.

Pasé el dedo por un arañazo de la vieja barra de madera.

—Sí, siento haber estado un poco perdida últimamente.

Él soltó una carcajada como si le hubiese contado el mejor chiste del mundo.

—Tú no formas parte de mi clientela habitual, chica. —Señaló el letrero a su espalda que rezaba: «SOLO MAYORES DE 18»—. ¿A menos que se me haya pasado tu cumpleaños...? —Su rostro se ensombreció.

Cuando mis padres desaparecieron, Daon se convirtió en un hermano mayor para mí. Y aunque había intentado consolarme después de la muerte de Elysea, el recuerdo constante de mi hermana hacía mella en él.

—No, aún tengo diecisiete —dije con una sonrisa, rezando por aligerar el ambiente—. Al menos por unos cuantos días más.

Se le suavizó la expresión.

—¿Qué puedo hacer por ti, pues? —Señaló el cuenco con pescado crudo cortado en finas rebanadas de un cliente. El fuerte olor a cítricos predominaba en el ambiente. ¿Ceviche?

—No tengo tiempo —repliqué, aunque mi estómago disentía.

—Siempre hay tiempo para comer —dijo riéndose. Aquel sonido me puso de mejor humor al instante. Y, por un momento, la presión del día desapareció.

Eché un vistazo a mi espalda, hacia donde Elysea me esperaba en las sombras, pero no fui capaz de entrever su silueta.

—Tengo que preguntarte algo, Daon.

—Puedes preguntarme mientras comes. —Se dio la vuelta para preparar el ceviche.

Mi estómago volvió a protestar, así que decidí aceptar su oferta y guardar un poco para Elysea. Con suerte, Daon no se daría cuenta de que el plato había desaparecido. Rebusqué algunos billetes en el bolso.

Él me instó a que los guardara con un cuchillo enorme para filetear.

—Las chicas Alerin siempre han comido, y seguirán comiendo, aquí gratis.

Sonreí. Se me empezó a hacer la boca agua.

—Gracias, Daon.

—¡No hay de qué! —Sacó un pez grande y fresco de un recipiente bajo la barra y lo soltó sobre su mesa de trabajo con un golpe seco. Fileteó rápidamente la carne blanda y translúcida con amplios y certeros movimientos de la hoja. De ser bailarín, el cuchillo habría formado parte de su actuación. Colocó unos cuantos trozos de pescado en un platito de concha de ostra y desparramó algunas tiras de algas secas en lo alto. Para finiquitar el plato, estrujó un poco de zumo cítrico por encima. Sin duda, esos cítricos provenían de los cultivos de Palindrómena.

Fue como si un sudor frío empapara mi camiseta, filtrándose a través de mis músculos y de mi piel. Por un segundo me había olvidado de Palindrómena, de la situación. Todo se había reducido al rugido de mi estómago y al olor y la visión de la comida.

—Tengo que preguntarte algo —repetí mientras me llevaba la comida a la boca como si no hubiera un mañana. Traté de bajar el ritmo, pero en cuanto el pescado tocó mi lengua, ya no hubo vuelta atrás.

—¡Tranquila! —exclamó Daon—. ¡Se supone que los cubiertos no se comen! —Su actitud entonces cambió. Frunció el ceño—. ¿Cuándo fue la última vez que comiste? —Me pegó un pellizco en el brazo, por lo que solté el tenedor.

—¡Oye! Eso me ha dolido.

—No has estado comiendo bien. —Entrecerró los ojos—. ¡Estás en los huesos!

—¿Y entonces esto qué es? —Me metí otro trozo del deliciosísimo pescado en la boca. El sabor fuerte del cítrico se extendió por mi lengua antes de que la carne se deshiciera. Solté un suspiro. El ceviche de Daon era la perfección más absoluta. No recordaba la última vez que había comido otra cosa que no fueran sobras que había robado de detrás de la cantina. Y el Equinoccio nunca desechaba demasiada comida; no se lo podían permitir.

Daon señaló mi plato.

—Eso no cuenta.

—Daon —le dije para obligarlo a centrarse. Aparté el plato para poder centrarme yo también—. Necesito recuperar algo que te vendí.

—Has estado buceando mucho últimamente —comentó—. Una mente ocupada es una mente sana, ¿eh?

Sí, que siga pensando que esa era mi forma de lidiar con la muerte de Elysea. Mejor eso que la verdad: que había ahorrado bastante dinero para reanimarla y que ahora estaba aguardándome a meros metros de distancia.

—¿Recuerdas una de las cosas de mis padres que te vendí? Era un pequeño cofre del tesoro. —Le indiqué el tamaño con las manos—. Con gemas incrustadas en la tapa. No estaba en muy buenas condiciones. Me diste unos cinco billetes por él.

—¿Lo quieres recuperar? —Podía adivinar lo que estaba pensando: me había deshecho de todo y ahora me había dado cuenta de que había cometido un error. El año pasado intentó convencerme de que no lo hiciera, pero estaba decidida.

Curvé los labios hacia abajo en un intento de parecer arrepentida.

—Sí. ¿Recuerdas quién lo compró?

Arrugó la frente un momento y luego chasqueó los dedos.

—Se lo vendí a Marsa Keena.

Elevé las cejas. Marsa era profesora en la escuela, pero se había jubilado hace mucho.

—¿Y por qué lo querría ella? Las gemas son falsas.

Se encogió de hombros.

—Vale. —Al menos era alguien a quien conocía. Seguro que Marsa me dejaba sacar el mapa sin demasiado jaleo—. Gracias.

—No hay de qué, chica —dijo Daon con una sonrisa.

Fui a bajarme del taburete cuando alguien se aclaró la garganta.

—Tempest Alerin —dijo la voz a mi espalda.

Me quedé helada. Aunque hacía un calor asfixiante bajo el techo de algas, se me pusieron todos los pelos del cuerpo como escarpias.

«Por los Dioses de abajo».
Me había encontrado.

CAPÍTULO VEINTE

LOR

Lunes, 18:00.

En cuanto Ray y yo desembarcamos en el Equinoccio, seguimos el puntito parpadeante en el ecoenlace en dirección a la Marea de Primavera.

El sol se acababa de poner y el mercado nocturno apenas estaba iluminado gracias a cuencos colgantes de coral. Se respiraba un aire húmedo, salado y con olor a pescado. Unas finas paredes de tela separaban un puesto en el que se vendía pudin dulce de pezúcar de otro con entrañas de pescado fresco. Era tanto fascinante como asqueroso.

Antes de encerrarme en el Acuario, solía comer en la cantina de Palindrómena mientras mi madre trabajaba. Y aunque conseguíamos los productos más frescos, las porciones eran escasas y precisas. Varias verduras al vapor y un filete de pescado. No eran tan deliciosos como las croquetas de pescado de Ray o el olor tan apetecible de la Marea de Primavera.

Mis sentidos no sabían cómo tomárselo.

Había muchísimo ruido. La gente gritaba para hacerse oír por encima de los demás. En la isla solo había silencio. Si alguien hablaba, había que escuchar lo que decían. De no haber estado tan preocupado por perder la pista de las hermanas Alerin, habría deambulado por aquel laberinto de puestos.

A pesar de que no había mucha distancia entre el Equinoccio y Palindrómena, eran dos mundos muy distintos. Aquí todo se reducía a la comida, la bebida y la cultura. A vivir.

En Palindrómena todo giraba en torno a la muerte.

No me extrañaba que Ray prefiriera este sitio.

—¿Dónde está Elysea? —preguntó Ray. Iba mirando por el mercadillo; se moría de ganas de adentrarse entre la gente en lugar de tener que quedarse conmigo.

Levanté la muñeca para echar un vistazo al ecoenlace. Veía los dos círculos, pero el azul del ecolocalizador había desaparecido.

—No funciona. —Sacudí el brazo como si eso sirviera de ayuda.

Ray señaló las nubes plomizas en el cielo.

—La electricidad de la tormenta debe de estar interfiriendo con el sensor. Tenemos que separarnos. Tú ve por el norte y yo iré por el sur. Si no nos vemos, quedamos en el barco en dos horas y media.

Accedí y Ray desapareció.

La tormenta siguió tronando en el cielo. El suelo de metal bajo nuestros pies temblaba. ¿No era peligroso estar aquí fuera durante la tormenta, rodeados de metal? Aunque, ¿qué otra opción tenían? No podían refugiarse en la isla.

Una vez, Ray me contó que su madre creía que los truenos eran la voz de los Antiguos Dioses.

—Solo la usan cuando nos negamos a escuchar sus mensajes más sutiles —me dijo.

—¿No hay tormentas todas las semanas? —inquirí.

Él se echó a reír.

—Escuchar no se nos da bien.

Me pregunté qué mensaje oiría Ray en la tormenta de hoy.

Mientras caminaba entre la multitud, los destellos de luz iluminaban sus rostros.

—¿Ha visto a Tempest Alerin? —le pregunté a una mujer de tez tostada y pelo negro y trenzado.

—¿La hermana de Elysea Alerin? —Curvó las comisuras de los labios hacia abajo—. Pobre chica.

No le pregunté a quién compadecía.

—¿La ha visto esta noche?

Ella se sorprendió.

—Elysea murió.

Gruñí por la frustración.

—¿Ha visto a su hermana? A Tempest.

La mujer señaló al extremo más alejado, donde la plataforma ofrecía vistas al mar.

—Se ha ido por allí hace poco.

—¡Gracias!

Me precipité hacia los puestos del final de la Marea de Primavera.

La música empezó a resonar entre el ruido de la tormenta. Todos dejaron lo que estaban haciendo y se volvieron hacia el centro del mercadillo. O casi todos. Una persona no se había movido de su asiento.

Tempest.

Estaba sentada en un bar cerca del borde de la plataforma.

Rebusqué entre la gente, pero ni rastro de su hermana.

Me aproximé y carraspeé a su espalda.

—Tempest Alerin —dije.

Ella se tensó. Por un momento no se movió, como si desease que me esfumara.

Un tabernero robusto de tez olivácea alzó la barbilla hacia mí desde el otro lado de la barra; se le tensaban los músculos contra la camiseta y portaba un cuchillo en la mano.

Me obligué a sonreír y me senté junto a Tempest.

—¿Disfrutando de la comida? —pregunté, fingiendo mostrarme casual.

—No está aquí —respondió ella de forma acalorada—. Se ha ido.

El tabernero se acercó y yo saqué varios billetes.

—Ragar. Gracias. Me hace falta un poco de coraje en vena. —Sonreí esperando que creyera que solo estaba intentando ligar con una chica guapa en el bar. Intenté recordar cómo mostrarme natural.

—Claro —contestó, y lanzó una sonrisilla a Tempest.

Ella hizo amago de levantarse del asiento, pero yo la agarré por la muñeca.

—¿No quieres quedarte a tomar algo?

—Soy menor de edad —rezongó ella echando chispas por los ojos.

No la solté.

—Me interesaría hablar con tu hermana —mantuve el tono ligero. Si nos escuchaba alguien, sonaría a una conversación de bar cualquiera.

—No está aquí —contestó rechinando los dientes.

El bar estaba a rebosar y la gente chillaba por encima del ruido de la música y la tormenta.

Nuestra conversación se perdía en el ruido.

—Dime dónde está y te soltaré —le dije.

Ella alzó la barbilla.

—Mi hermana no va a irse a ningún lado contigo.

Se escuchaban tambores entre el sonido de los truenos.

«Encuéntrala, encuéntrala, encuéntrala», decían.

—No pienso irme de aquí sin ella.

Ella se cabreó.

—¿Por qué? ¿Por qué no nos dejas en paz? ¿Por qué no puedes dejar que mi hermana viva sus últimas horas en paz?

¿Vendría conmigo si le dijera que mi vida estaba ligada a la de Elysea?

—No accediste a eso.

No podía arriesgarme a contarle la verdad.

—¿Qué quieres? —preguntó—. ¿Billetes? Te puedo dar más de mil. Quédatelo todo.

¿Cómo podía tener tanto dinero una chica de su edad?

—Ojalá fuese así de simple.

Y lo dije en serio. Ojalá todos pudieran marcharse vivos, pero no era eso lo que Palindrómena prometía.

—Los billetes hacen que todo lo sea. Si trabajas en Palindrómena, deberías saberlo ya. Es lo único que os importa.

Relajé el agarre de su muñeca.

—Lo siento, Tempest, de verdad. Siento que tu hermana falleciera, pero sabías a lo que te exponías cuando firmaste la reanimación de Elysea. Tienes veinticuatro horas en Palindrómena y después Elysea debe volver a irse.

—Con una palabra que diga, Daon te partirá en dos. —Señaló el cuchillo del tabernero con la barbilla.

—Mientras hablamos, la flota de seguridad de Palindrómena está atracando aquí —mentí—. No tienes escapatoria. El tiempo se ha agotado.

—Pues me arriesgaré. —Cuadró los hombros—. Todavía me queda bastante tiempo.

Pasé la mano por el ecoenlace.

—Hagamos un trato: si ambas volvéis a Palindrómena, podrás pasar el tiempo que te queda con ella tal y como estaba previsto. No se te sancionará. —Eso no pasaría en la vida, pero ella no tenía por qué saberlo.

Tempest pareció considerar la oferta.

—No te culpo —añadí—. El proceso de reanimación no es algo fácil. Lo entiendo, créeme.

Ella asintió y yo relajé el agarre aún más. Pero entonces ella se liberó. Ambos nos tambaleamos en las sillas. Yo hice amago de volver a agarrarla, pero alguien se nos unió.

—Hola —saludó Elysea. Avanzó y se interpuso entre su hermana y yo—. ¿Me buscabas?

Tenía algo tapándole la cara para ocultar su identidad, pero cuando estaba junto a su hermana, era inconfundible.

—Elysea —murmuré con un suspiro.

La había encontrado. Y todavía quedaba tiempo de sobra para que regresara a Palindrómena antes de que se agotase el tiempo.

—¿Qué estás haciendo? —le dijo Tempest a su hermana.

—Me apetecía venir a saludar —dijo ella con una leve sonrisa. No parecía tan segura de sí misma como pretendía aparentar.

Saqué la tableta con la esperanza de que hubiera cobertura para mandarle un mensaje a Ray y que viniera a ayudarme.

—No —me suplicó Tempest—. Déjanos. Por favor.

—No te preocupes, Tempe —dijo Elysea antes de volverse hacia mí—. Volveré contigo.

Tal vez Elysea creyese que ya había tenido suficiente de su antigua vida. O tal vez mi madre tuviera razón. La gente sí que necesitaba despedirse. No se trataba de recordar algo para siempre, sino de pasar página.

—Pero antes de irme, quiero algo —añadió Elysea. Se retiró el pañuelo de la cara y alzó la voz—. Daon, ¿me pones un cuenco de tu ceviche?

El tabernero desvió la mirada hacia ella con una sonrisa dispuesto a saludar a una nueva clienta, pero cuando vio quién era, se quedó helado con la punta del cuchillo apuntando hacia arriba. Los truenos iluminaron el cielo y la hoja afilada de Daon refulgió en la noche.

—¿E-Elysea? —tartamudeó—. ¿Cómo...?

Mierda.

—No —susurré.

—¿Me has echado de menos? —preguntó con una sonrisa, aunque parecía a punto de llorar—. Ya me ha dicho Tempe que ha pasado tiempo.

El tabernero parecía estar a punto de sollozar.

—¡Para! —Intenté agarrar el brazo de Elysea.

—¿Qué está pasando aquí? —inquirió el tabernero.

Tempest me señaló.

—¡Quiere matarnos!

La expresión aturdida del tabernero se volvió iracunda. Envolvió los dedos en torno al cuchillo para filetear y dio un paso hacia mí.

—¿Has amenazado a mis chicas?

Levanté las manos.

—Es un malentendido. Soy de Palindrómena y Elysea...

—¡Ya me mató una vez! —chilló Elysea—. ¡No dejes que vuelva a hacerlo!

—¿Qué? —rugió el tabernero.

Era mentira, pero bastó para volverlo loco. Me lanzó el cuchillo y, mientras volaba por el aire, pensé en algo. Tal vez me lo merecía. Puede que lo mejor fuera que las chicas escapasen.

El cuchillo aterrizó en la barra. Me arañó el brazo y clavó la camiseta a ella.

La multitud se dispersó en varias direcciones. Varias personas gritaron.

—¡Marchaos! —le gritó el tabernero a Elysea—. ¡Huid!

Traté de soltar el cuchillo para liberarme, pero ya era demasiado tarde. Las hermanas Alerin habían escapado.

CAPÍTULO VEINTIUNO

TEMPEST

Lunes, 19:00.

Salimos corriendo a través de la muchedumbre. Mi mano agarraba la de Elysea para evitar que cambiara de parecer y regresase al lado de Daon. Fuera del bar, la gente parecía no estar al tanto de la conmoción; la tormenta y la música enmascararon nuestra huida. La marabunta había aumentado como una nube a punto de romper a llover.

Eché la vista atrás. Los ojos de Daon rebosaban de dolor. No quería dejar marchar a Elysea. ¿Se había dado cuenta de que nunca la volvería a ver?

Elysea flaqueó, pero yo le agarré el brazo y tiré de ella.

El tintineo de unas campanitas nos indicó que los bailarines llegarían pronto. Aunque no fuera su intención, Elysea viró hacia el escenario, como si las campanas la hubieran convocado. Odiaba tener que llevármela de allí.

El ritmo de los tambores se incrementó y un grupo de bailarines apareció en el mercado; iban ataviados del color del océano, con cascabeles atados en las muñecas y los pies.

Entre los bailarines divisé a alguien cruzar la multitud con determinación. Tenía el pelo corto y negro, la piel del color del atardecer y llevaba una camiseta con el logo de Palindrómena en el pecho. Mientras que los demás observaban con interés la entrada de los bailarines, él rebuscaba entre la muchedumbre con decisión.

Debía de ser parte de los refuerzos que Raylan había mencionado. El guardia se detuvo a hablar con algunos clientes y ellos señalaron el bar de Daon.

Me oculté tras uno de los puestos y me llevé a Elysea conmigo. Me mordí el labio hasta rasgar la piel. Los restos de cítrico del ceviche penetraron en la herida.

Habíamos incumplido el protocolo de Palindrómena y no iban a dejarme, a dejar*nos*, salirnos con la nuestra.

—No pinta bien —dije, inclinando la cabeza hacia esa nueva amenaza.

Los ojos de mi hermana estaban anegados en lágrimas.

—¿No crees que podamos pasar inadvertidas?

—He comerciado con casi todo el mundo en este mercado durante los últimos dos años. Es imposible que no me reconozcan.

Me aferró la mano.

—No nos reconocerán. —Apreciaba que estuviésemos metidas en esto juntas, pero eso no nos ayudaba ahora mismo. Tal vez si nos separábamos y rezábamos como nunca…

Eché un vistazo por el lateral del puesto. En el centro del mercado, el antiguo grupo de baile de Elysea seguía bailando, ajeno al hecho de que su querida profesora se encontraba a meros pasos de distancia.

—Marsa no vive lejos —dije.

Elysea parpadeó para contener las lágrimas.

—¿Marsa?

—Ella compró el cofre del tesoro de mamá.

Elysea asintió, distraída. Se estaba retrayendo. Las últimas horas habían sido demasiado para ella. Teníamos que salir de aquí.

Podríamos intentar escaquearnos, pero con todos buscándonos y la gente tan apelotonada sería como dispararnos en el propio pie.

Elysea se envolvió mejor el pañuelo alrededor de la cara. Aunque era cierto que todos me conocían, también conocían a

170

Elysea. Incluso más, si cabe. Antes de morir, ella bailaba en el mercado todas las noches.

Le quité el disfraz improvisado.

—¿Qué haces? —inquirió.

—Puede que tengamos enemigos aquí. —Hice un gesto hacia el guardia de Palindrómena mientras este recorría el mercado—. Pero también hay amigos.

—Como Daon. —Su voz sonaba bajita, dolida; como un puñetazo en el corazón.

—Sí, amigos que harían cualquier cosa por protegerte si supieran que estás viva.

Jugueteó con el pañuelo en las manos.

—¿Qué tienes en mente?

Los bailarines agitaban unas banderolas azules imitando el movimiento del mar. Llevaban las caras espolvoreadas con pintura azul y sus ojos relucían como piedras preciosas negras. Por turnos, saltaban sobre y fuera del escenario hundido y hacia la multitud. En el cielo, los rayos iluminaban sus salpicaduras cada vez que caían. Parecían criaturas de otro mundo. Parte del mismísimo océano. El océano que daba y quitaba la vida a placer, como había hecho con la de Elysea.

—Espera aquí —le indiqué—. Tengo una idea.

Elysea estaba justo donde la había dejado, escondida entre las sombras de un puestecillo que vendía brillantes bebidas alcohólicas: mezclas con coral espolvoreado. El dueño sostenía que beber dicho líquido te acercaba a los Dioses de abajo y te protegía de las fuertes tormentas y mareas.

—¿A dónde vamos? —me preguntó la joven bailarina mientras me seguía. Portaba una corona de conchas beis y perlas doradas que contrastaba con su pelo oscuro y su piel morena. No podía tener más de diez años y era más delgada que una hebra de alga, pero nos ayudaría. Lo único que tuve que hacer fue mencionar el nombre de Elysea y me siguió a través de la muchedumbre. Los estudiantes de Elysea eran leales incluso después de su muerte.

Señalé a donde mi hermana se encontraba en las sombras. La bailarina ahogó un grito cuando Elysea salió bajo la luz de la lámpara de coral.

—¡Estás viva! —Los ojos marrón oscuro de la chica destellaron como el mar bajo la luz de la luna.

Elysea extendió una mano.

—Necesitamos tu ayuda, Karnie.

Karnie nos miró a las dos antes de apretar la mandíbula.

—¿Qué hago?

—¿Tempe? —preguntó Elysea; ella no tenía ni idea del plan.

—Necesitamos ropa. —Hice un gesto hacia el traje de la niña—. Y maquillaje.

—Un disfraz —explicó Elysea con una sonrisa, para no asustarla.

La chica, sorprendida, cogió aire.

—¿Os habéis metido en un lío?

Elysea me miró antes de responder.

—Un poquito. Tenemos que salir de la Marea de Primavera, pero hay gente que nos busca.

—¿Quién? —indagó Karnie. Me dedicó una mirada mordaz, como si fuera culpa mía. Supongo que así era.

—No quieren que Elysea viva —repuse con voz neutra—. Piensan que debería estar muerta. Otra vez.

Karnie jadeó.

—Entonces *estabas* muerta. Pero ahora...

Elysea sonrió de medio lado.

—Estoy viva.

—Palindrómena. —La voz de Karnie fue apenas un susurro. Era evidente que la niña nunca había visto a nadie reanimado. Me alegraba.

—¿Nos ayudarás? —pregunté de golpe.

—Sí —respondió, y luego se marchó contoneándose, como si nunca hubiese salido de la actuación.

—Podrías haber sido más amable —me reprendió Elysea.

Resoplé.

—No tenemos tiempo para hacer amigos.

—La única razón por la que nos va a ayudar es porque es mi amiga.

Me giré, consciente de que tenía razón. Ser amable siempre había resultado fácil para Elysea. Siempre sabía qué decir, mientras que yo les daba mil vueltas a las cosas y continuamente parecía trastabillar con las palabras.

Cuando Karnie regresó unos instantes después, llevaba una faja azul alrededor de la cintura. Se desenganchó el material y reveló dos trajes.

—He hablado con las demás, Elysea —dijo con los ojos rebosantes de emoción—. Os ayudaremos a ti y a tu hermana como podamos.

Cogí uno de los trajes de su mano extendida.

—Gracias.

—Cualquier cosa por Elysea —replicó con firmeza.

—Gracias, Karnie —dijo Elysea—. ¿Lista? —me preguntó.

No me gustaba ser el centro de atención; tal vez hiciera algo que no debía. Pero ¿qué otro remedio nos quedaba?

—Sí.

En cuanto nuestros rostros estuvieron embadurnados de pintura azul, nos dirigimos hacia el escenario.

Elysea fue delante porque conocía los pasos de la coreografía; la había inventado ella, al fin y al cabo. Ondeé la banderola por encima de la cabeza a ritmo de los tambores, sintiéndome ridícula. Seguro que alguien en el público se percataba de mi incompetencia. Siempre se me había dado fatal bailar.

Esta idea era pésima.

Mientras que Elysea permanecía concentrada en la tarea, yo desvié los ojos hacia la marabunta. Algunos nos observaban con atención, mientras que otros dejaban el entretenimiento en un segundo plano, distraídos por el espectáculo de rayos en el cielo, o se quedaban mirando fijamente el fondo de sus vasos; un alivio temporal para cualquier dolencia o enfermedad.

La mirada de Elysea se cruzó con la mía y me percaté de que estaba sonriendo. Por primera vez desde que la habían reanimado, parecía feliz. Adoraba ser el centro de atención. Al menos una última vez. No la había traído hasta aquí para que se despidiera, pero así eran las cosas. Ver el lado positivo de la situación era muy propio de Elysea.

Giró las manos por encima de la cabeza antes de menear los hombros. Movía las extremidades como si estuviera sumergida en el agua. ¿Era mi imaginación o parecía moverse con más fluidez que antes? ¿Se habría convertido el océano en una parte de ella cuando este se llevó su último aliento?

¿Y era mi imaginación que todos los ojos se desviaran a ella, incapaces de apartarlos de su persona?

Hasta con el maquillaje azul su expresión radiaba calidez. Felicidad. Vida. Esta era la Elysea que conocía, no el cascarón tímido con el que había pasado estas últimas horas. Elysea nunca había sido la más valiente y aun así siempre estaba dispuesta a sobresalir entre la multitud.

Traté de imitar sus movimientos; su banderola se movía como el oleaje en el mar transparente. Recordaba todas las veces que Elysea había intentado enseñarme a bailar de pequeña. Y aunque ella nunca había dado su brazo a torcer, yo siempre había sido una causa perdida. Nadie podía superarla. Aunque el grupo de baile no fuera consciente del regreso de Elysea, la habrían reconocido. Su danza los llamaba. Gravitaban hacia ella y luego se separaban otra vez, imitando la magnética atracción de la marea.

Un relámpago restalló. El tiempo se detuvo. Todos los ojos estaban fijos en los bailarines.

Ahí fue cuando me di cuenta de lo estúpido que era mi plan.

Todos desviaron las miradas hacia Elysea conforme se movía hacia el escenario hundido. Incluidos Raylan y el guardia de Palindrómena. No sabía si la habían reconocido o si solo se sentían cautivados por su actuación.

Me bamboleé hacia mi hermana; mis pasos iban completamente a destiempo. Ella giraba en la sección hundida del escenario y salpicaba agua con los pies. Los otros bailarines permanecieron en el nivel superior, girando a su alrededor; una muralla azul. Me moví más deprisa, al compás de mi respiración acelerada.

Entonces hice contacto visual con Raylan. Él se sacudió, como saliendo del estupor.

«Por los Dioses de abajo».

La había jodido. Se suponía que íbamos a terminar el baile y luego retirarnos entre bambalinas con los demás, pero ahora estábamos atrapadas entre la multitud que rodeaba el escenario circular.

—Muévete —dije, empujando a una de las bailarinas para poder descender las escaleras hacia Elysea. La bailarina soltó un aullido, pero no perdió el equilibrio.

El público nos observaba desde arriba, bloqueando nuestra salida. El agua fría me bañaba los tobillos. Meneé la banderola, aunque la actuación cada vez me importaba menos.

—Elysea —siseé. Nos han encontrado.

Busqué a Raylan una vez más, pero no lo vi ni a él ni a su refuerzo. ¿Habrían llamado a más? ¿Cómo íbamos a salir de esta pecera?

Ella no dejó de bailar. Levantó la pierna por encima de la cabeza mientras giraba.

—Están bajando las escaleras —dijo a través de una amplia sonrisa.

Seguí su mirada. No habían desaparecido al final.

Se abrieron paso a través de los bailarines: nuestra única barricada.

—¿Qué hacemos?

Ella bajó la pierna y exclamó:

—¡Ahora toca el final!

—¿Qué? ¡Nos tienen rodeadas! ¡Estamos atrapadas! ¿A quién le importa el baile? —El sudor se arremolinaba entre mis omoplatos, por debajo del traje de submarinismo. Por mucho que en el agua me mantuviera caliente, me estaba ahogando.

—No te preocupes. —Su sonrisa no flaqueó—. El final siempre es lo mejor. Tengo un paso nuevo que quiero enseñar.

—¡Ahora no es el momento! —grité por encima del clamor de la gente, ¿o era la tormenta o mi corazón los que latían en mis oídos? El sudor resbaló por mi frente y se me metió en los ojos, nublándome la visión.

Los bailarines se movieron hacia nosotras con sus pasos al unísono y las banderolas izadas en el aire. Nos rodearon a Elysea y a mí, cada vez más y más cerca.

—¡Quitaos de en medio! —oí a alguien gritar por encima de la música. *Raylan.*

El aire chisporroteaba con humedad y anticipación.

—¿Llevas el regulador en el bolso? —preguntó Elysea, levantando los brazos hacia el techo.

—Sí. —Lo había llenado en el mercado después de vender la planta. Mamá nos había enseñado que nunca debíamos abandonar el Equinoccio sin oxígeno, ya que nunca se sabía lo que podía pasar en el agua—. ¿Por qué? —Sabía que ella no tenía ninguno. El miedo en mi estómago se transformó en toda una tormenta.

—Tú no te asustes.

El tempo de los tambores se incrementó. Más y más y más rápido. Los bailarines giraban a nuestro alrededor y pensé en los niños de la escuela.

«¡Bruja de agua, bruja de agua, bruja de agua!».

Y deseé serlo. Entonces quizás podría sacarnos de aquí.

Raylan se hallaba al borde del escenario. Sus ojos me fulminaban. El azul, que antes en Palindrómena me había parecido tranquilizador, ahora parecía arder desde dentro. Una llama azul.

No se rendiría hasta tener a Elysea.

Solté la banderola en el suelo. Estábamos perdidas.

Los bailarines rotaron como una nube de tormenta, con Elysea en el centro. Lanzaron las banderolas muy alto en el aire, hasta cubrir las lámparas de coral y apagar las luces. La multitud ahogó un grito al verse sumida en la oscuridad. Raylan gritó mi nombre. Los bailarines giraron. El polvo azul que manchaba su piel brillaba como el coral del que procedía.

Ante la ausencia de luz, se podía ver que el polvo no se había espolvoreado al alzar, sino que creaba unos diseños en su piel. Y conforme serpenteaban alrededor de nosotras, las líneas se desdibujaban como un banco de peces. En el centro, el rostro de Elysea relucía en contraste con sus dos pozos negros. Su sonrisa brillaba en la penumbra.

Los bailarines bajaron las banderolas y revelaron la presencia de Elysea al público. Ella levantó los brazos y dos relámpagos restallaron a cada lado del puente, como si ella misma los hubiera conjurado.

Y entonces desapareció.

CAPÍTULO VEINTIDÓS

TEMPEST

16h 30m

Lunes, 19:30.

Hacía un segundo Elysea estaba delante de mí y al siguiente había desaparecido. Como cuando se ahogó. Siempre había formado parte de mi vida hasta que, de repente, se fue.

Para siempre.

—¡Elysea! —chillé.

Sentí como si algo se me retorciera en el pecho.

Los bailarines continuaron girando por el escenario como si no hubiera pasado nada.

—¡Date prisa! —Alguien me dio un empujón en el hombro. Karnie—. Baja.

—¿Qué? ¿Adónde?

Entonces lo vi. En donde había estado Elysea hacía unos segundos había un agujero negro. No, no se trataba de un agujero, sino de una abertura. Para hundirse en el mar de abajo.

Ahora lo entendía todo.

Saqué el regulador del bolso de hule y me lo metí en la boca. No tenía tiempo para abrochar el domo. Asentí deprisa hacia Karnie en señal de agradecimiento, cerré los ojos y salté hacia la abertura.

El mar estaba frío y en calma; era un alivio después de sentir la humedad en el muelle. El ruido de los tambores prosiguió, resonando ahí arriba y enviando vibraciones al agua.

Chillé cuando dos ojos oscuros rodeados de un azul luminoso aparecieron delante de mí. Se me cayó el regulador de la boca.

Una mano devolvió el regulador a mis labios. Una mano cubierta de polvo luminoso, polvo que se estaba dispersando ahora en el agua. Elysea. Lucía como imaginaba que serían los Dioses de abajo: etérea, hermosa, poderosa y preparada.

Inhalé despacio gracias al regulador.

Elysea me hizo un gesto para que la siguiera. No sabía cómo podía ver; no había coral que iluminara el camino y resultaba imposible saber cuánta distancia habíamos recorrido. Y, sin embargo, siguió nadando, como si supiera adónde dirigirse.

Miré hacia arriba y vi que todavía se veía un poquito de luz a través del suelo de red. La Marea de Primavera seguía en pleno apogeo. ¿Nos estarían siguiendo? Solo oía el ruido rítmico y amortiguado de los tambores. ¿Se tiraría Raylan al agua en pos de nosotras? La directora había dicho que era pescador, así que no le daría miedo el agua a oscuras.

Elysea se giró; el polvo ya casi había desaparecido por completo de su piel. Con la poca luz que irradiaba su mano, señaló hacia arriba.

Volví a levantar la vista. Solo veía negro. Al desviar la mirada hacia ella, vi que había desaparecido.

Pateé deprisa hacia lo que esperaba que fuera la superficie. Cuando mi cabeza surgió del agua, me quité el regulador.

—Aquí arriba —me llamó Elysea. Bajo la luz de la luna parecía como si estuviese de pie en el agua. No podía ser. Se señaló los pies. Nadé hacia ella y mis manos chocaron con algo duro. Metal.

Era una rejilla. Ah. Ya sabía dónde estábamos: en la piscina infantil. Me subí al borde. Apenas se veía el enrejado rectangular de metal, que ayudaba a los niños a sentirse seguros a la hora de aprender a nadar en el mar y a la vez los protegía de las profundidades.

—Por todos los Dioses de abajo, ¿qué ha sido eso? —le pregunté al tiempo que me estrujaba el pelo y el traje de submarinismo para escurrir el agua.

Los dientes de Elysea relucían bajo la luz de la luna.

—Mi nueva actuación. ¿Te ha gustado?

—¿Que si me ha gustado? ¡Pensaba que habías desaparecido! Ella rompió a reír.

—Esa es la idea.

—¿Cuánto tiempo llevabas preparándolo antes de...? —me interrumpí a mí misma.

—¿Antes de morir? —No estaba segura de si me podía ver asentir con tan poca luz—. Esperaba enseñarla en verano.

—Cuando el agua está más caliente.

—Y no tan oscura.

Claro. En verano todavía se podía ver el puente y la piscina somera.

—Llevaba meses practicándola —me contó con tono melancólico—. Me costó lo suyo conseguir aguantar la respiración lo suficiente como para llegar hasta aquí.

Me froté los brazos, preocupada.

—Es peligroso. Te podrías haber ahogado.

Otra vez.

Ella me volvió a sonreír.

—Pero ha funcionado.

No parecía haber nadie cerca. Nadie traería a sus hijos a nadar por la noche. Lo cierto era que se trataba de una idea brillante.

—Se supone que debería esperar diez minutos y después volver a aparecer —dijo Elysea al tiempo que observaba la zona del agua donde se reflejaba la luz plateada de la luna.

—Bromeas, ¿verdad?

—Obviamente no lo haré esta noche.

Noté la tristeza en su voz a pesar de no poder vislumbrar su cara del todo.

Para Elysea no habría una próxima vez. Nunca podría terminar el espectáculo, ni vería la sorpresa de la gente al verla reaparecer, o incluso escuchar los aplausos atronadores. Lo único que le quedaba era esta noche. Una rutina inacabada y presentada fruto de la desesperación.

La desesperación por seguir viva unas cuantas horas más.

Marsa vivía en uno de los brazos más lejanos del Arrecife, no muy lejos de la Marea de Primavera. Raylan no tendría cómo rastrear nuestra pista hasta aquí. No sabían que estábamos intentando localizar el mapa con la ubicación de nuestros padres. Pero el Equinoccio no era tan grande. Y no estaba segura de cuántos guardias de Palindrómena nos habrían seguido hasta aquí. Teníamos que recuperar el mapa y marcharnos.

Al igual que el resto de los habitantes del Arrecife, a Marsa le habían asignado dos habitaciones diminutas. Como sus hijos habían crecido, ahora vivía sola. Cuando nos daba clase en la escuela, todos creían que era una mujer rara pero amable que recogía piedras de distintos colores en lugar de reliquias para vender o intercambiar.

—Las piedras son reliquias —solía decir—. Queda muy poca tierra, así que, ¿qué importa más que las piedras?

La gente solía decir que tenía la cabeza llena de piedras. Algunos opinaban que su colección y sus ideales del Antiguo Mundo solo hacían que el Equinoccio pesase más y que, dadas las leyes tan estrictas que había, hasta habían intentado expulsar a Marsa una vez. Sin embargo, los conservadores admiraban su apreciación por la tierra y, por el contrario, visitaban su casa a menudo para asegurarse de que sus pertenencias no superaran el peso permitido por casa.

Me gustaba oír a Marsa y sus historias. Eran historias que databan de la época de sus padres. Las contaba como si fueran capas en una piedra; cada palabra y frase se usaban para la siguiente. Lo valioso no eran las reliquias, sino sus historias.

Llamé a la puerta y esperé mientras Elysea se escondía por allí cerca.

Cuando abrió, Marsa sonrió y reveló una boca a la que le faltaban algunos dientes. Con una mano blanca y arrugada, se apartó unos mechones grises de la frente.

—Entra, llegas tarde —dijo.

Antes de que pudiera responder siquiera, dio media vuelta y se internó en su casa.

CAPÍTULO VEINTITRÉS

LOR

Lunes, 19:30.

Momentos después de que las hermanas Alerin desaparecieran, los bailarines quitaron las banderolas de las lámparas. Aun así, no vi a las chicas por ningún lado. En un momento estaban ahí y al siguiente no.

«Mierda. Mierda. Mierda. Mierda».

Me había dejado embelesar por la actuación. Me había permitido imaginar una vida distinta. En algún lugar como el Equinoccio, donde nadie me conociera. Una vida que podría labrarme por mí mismo y no a la enorme sombra de la Reina de la Muerte.

Una cosa era esconderse del pasado y no conocer el exterior y otra muy diferente tener ese mundo frente a las narices. Un recordatorio constante de lo que había perdido.

—¿A dónde han ido? —Una mano pesada aterrizó sobre mi hombro. Me encogí, pensando que era el tabernero con el cuchillo, pero solo era Ray.

No sabía cómo explicarle mi estupidez.

Después de huir de él, me había movido entre la multitud hacia un barullo de gente en el centro de la Marea de Primavera. Al principio, me había quedado embelesado por la chica en el escenario. Se movía con tanta elegancia como una hoja en el viento. Todos se habían detenido a observarla. No me extrañaba. La chica era preciosa, incluso más con todo ese polvo azul en la cara. Su larga cabellera ondeaba al compás de la música como otra extremidad más. Si alguna vez hubiera creído en la magia, habría sido entonces.

El público exclamó y gritó cuando dio un pisotón en el agua a la vez que dos relámpagos se abrían paso en el cielo. Ahí fue cuando me di cuenta de que esta actuación tenía algo distinto. Algo que la gente no había visto antes.

O *alguien* a quien no hubieran visto en mucho tiempo.

Pero había llegado demasiado tarde y las chicas habían desaparecido. Otra vez.

Al ver que no respondía de inmediato, Ray señaló la manga rasgada de mi camiseta y las gotas de sangre que manchaban mi antebrazo.

—¿Qué ha pasado?

—Tenemos que encontrarlas —dije, haciendo caso omiso de su pregunta—. ¿No has visto adónde han ido?

Negó con la cabeza.

—Nunca había visto nada igual y mira que he asistido a todas las Mareas de Primavera.

Pude ver cómo los recuerdos de su pasado aquí hacían mella en él. Ya no había ni rastro de su sonrisa característica. Qué mal. Una cosa era que yo atisbara la vida que nunca viviría, pero para Ray era peor. Él sí conocía esta vida. Demasiado bien, de hecho, pues una vez había sido la suya.

El grupo de bailarines bajó del escenario y continuó moviéndose entre la muchedumbre como si nada hubiera sucedido. Agarré a una de las bailarinas por el brazo. Un lazo de color zafiro estaba entretejido con su pelo rubio y tenía las pálidas mejillas espolvoreadas de azul.

—¿A dónde han ido? —rechiné los dientes. No podía contener la ira—. ¿Dónde las habéis escondido?

La joven bailarina me miró y sonrió.

—¿A quién?

—¡Ya sabes a quién!

Ray sacudió la cabeza.

—Déjala, colega. Tan solo es una niña.

Solté a la bailarina, avergonzado por mi arrebato. Oía los latidos de mi corazón tan fuerte como los tambores en los oídos. Pum pum pum pum.

Como el tic tac de un reloj.

El ecoenlace marcaba las siete y media. Nos quedaba una hora para encontrar a las chicas y salir del Equinoccio.

—¿Te da señal? —preguntó Ray.

—No. La tormenta sigue interfiriendo con el ecolocalizador.

—Tenemos tiempo. —Tenso, asintió como si estuviera tratando de convencerse a sí mismo tanto como a mí—. Lo conseguiremos.

Pero el tiempo volaba. Igual que las hermanas Alerin, al parecer. Se nos habían escapado de entre las manos.

Eran brujas de agua, no me cabía duda. Mi abuela solía contarme el cuento de unas preciosísimas mujeres morenas que vivían y respiraban bajo el agua. Por la noche salían del mar y entraban en tu cuarto para ahogarte con un beso.

De niño había jurado y perjurado que nunca besaría a una chica por si era una bruja de agua disfrazada. Esa promesa duró hasta que cumplí los quince, cuando una amiga de Calen vino de visita desde el Equinoccio.

—Tenemos que encontrarlas —repetí, desterrando los pensamientos de esas bellezas morenas de mi mente.

—Lo haremos. —Echó un vistazo al mercado atestado—. Estando nosotros aquí, no se quedarán en el Equinoccio.

—¿Y a dónde van a ir?

Se pasó una mano por el pelo al rape. Me había dicho que solía llevarlo largo, como mucha gente en el Arrecife, pero se lo había cortado tras el accidente. Borrón y cuenta nueva. O, al menos, esa había sido la idea.

—No lo sé —dijo—. Pero tenemos que detenerlas antes de que se vayan.

Deseé poder lanzar el ecoenlace al océano, pero eso no detendría la cuenta atrás. No devolvería a Elysea a Palindrómena. No salvaría a Ray.

Quedaban dieciséis horas y media.

Ya me había cansado de jugar.

CAPÍTULO VEINTICUATRO

TEMPEST

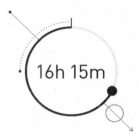

Lunes, 19:45.

¿Cómo sabía Marsa que iba a venir? ¿Acaso le habían avisado los Dioses de abajo?

Todo el mundo sabía que Marsa era una devota acérrima que pasaba los días buscando mensajes bajo el agua. Sobre qué, no tenía ni idea.

Marsa miró por encima del hombro y vio que me había quedado en el umbral, vacilante. Me instó a que la siguiese curvando uno de sus dedos pálidos.

Su hogar tenía el mismo tamaño y disposición que el mío, pero con pequeños peces colgados de un extremo del salón al otro. En las paredes había piedras de todo tipo y tamaño. Aparte de algunas sillas, no tenía mucho más. Seguro que era para no pasarse de los límites de peso. Escruté la sala en busca del cofre del tesoro.

—¿Quieres un poco de pezúcar deshidratado? —me ofreció Marsa al tiempo que señalaba a su alrededor con una mano huesuda—. ¿De hace una semana o un mes? —Señaló de izquierda a derecha—. Tengo todo entre medias. Cuanto más tiempo tenga el pez, más dulce sabe.

Arrugué la nariz.

—Ah, sí —murmuró con una sonrisa—. El olor. Perdí el sentido del olfato hace años. Es lo que suele pasar en los Arrecifes, ya sabes.

Era verdad. Tras años de dejar que la sal nos afectara a los sentidos, se podía llegar a perder el gusto y el olfato.

—¿Me esperaba? —No daba con el cofre del tesoro. Los tablones de madera clavados a la pared que hacían las veces de estanterías soportaban el peso de su colección de piedras. Ya veía por qué los conservadores se empeñaban en mantenerla vigilada.

Marsa sonrió; la punta de la lengua le sobresalía por el hueco de entre los dientes inferiores al hablar.

—Veo y oigo de todo. —Se volvió y dejó escapar una risita cansada que terminó convirtiéndose en un ataque de tos.

Estaba jugando conmigo.

No pensaba dejar que los juegos de esta mujer me distrajeran.

—Siéntate. —Marsa señaló una silla con varios pezúcares colgados encima. Apartó los peces para que me sentara.

—No, muchas gracias —respondí cuando me ofreció varios trozos de pescado deshidratado.

Marsa se sentó frente a mí y empezó a masticar la cola de uno.

—Pues más para mí. ¿Qué puedo hacer por ti, Tempest Alerin?

—¿Se acuerda de mí?

Fui su alumna hacía años.

Marsa tiró la cabeza del pezúcar por la ventana; más alimento para los peces.

—Conozco a todos los niños del Equinoccio.

—Ya.

La escuela despidió a Marsa el año pasado después de que un niño casi se ahogara bajo su supervisión. El director dijo que fue por negligencia, pero Marsa afirmaba haber visto algo que la había distraído mientras los niños aprendían a nadar: piedras que flotaban.

—¿Has venido a levar esas anclas? —preguntó Marsa ladeando la cabeza para analizarme.

—¿Qué?

—No eres una chica ligera —explicó, como si con eso la entendiese—. No eres una piedra pómez. —Volvió la cabeza para

190

contemplar su colección de piedras—. No, no eres una piedra pómez, seguro. Verás, son piedras ligeras y porosas. Pero tú llevas anclas en torno a los pies.

—Ajá —respondí como si lo que había dicho tuviese sentido—. Lo cierto es que quería...

—Sé muy bien lo que es el duelo —me interrumpió con los ojos entrecerrados—. Dioses si lo sé. Crees que te pesa, pero no; solo te convierte en una versión más fuerte de ti misma. Aunque esa fuerza a menudo es superficial. Con la presión y el ángulo perfectos, se puede romper como una piedra. —Y me preguntó con la cabeza ladeada—: ¿Qué te ha roto a ti, querida?

¿A qué se refería?

—Vengo en busca de algo —le dije, haciendo caso omiso de su pregunta—. Daon le vendió algo que pertenecía a mis padres. Un cofre del tesoro.

—¿Quieres que te lo devuelva?

La decepción tiñó su rostro demacrado.

—No, solo quiero verlo.

—¿Por qué? —inquirió Marsa, cruzándose de brazos.

—Era de mis padres. Quiero... verlo. Por última vez. —Me incliné hacia delante—. Por favor —añadí.

—Lo siento —contestó Marsa al tiempo que miraba en derredor—. No sé dónde lo puse.

No me miraba a los ojos. Ocultaba algo seguro. Pero ¿para qué querría un viejo cofre de madera medio derruido? A menos que creyese que las gemas incrustadas en la tapa fueran reales...

Entonces Marsa desvió la mirada hacia una caja metálica del tamaño de un barril de pescado tapada por una manta de algas entretejidas y en una esquina. Era una de las pocas piezas de mobiliario libre de pezúcares. Tenía que ser importante.

Me lancé hacia ella. No tenía tiempo que perder y era obvio que hacía tiempo que nadie visitaba a Marsa. Quería hablar con alguien. O que la escucharan.

Quité la manta y levanté la tapa.

—¡No! —exclamó Marsa, levantándose. Sus huesos crujieron en señal de protesta por el brusco movimiento.

Saqué un juguete hecho con ganchillo de la caja. Parecía algún tipo de animal terrestre del Antiguo Mundo caído en el olvido hacía tiempo; tenía orejas redondas y una cola peluda.

Seguí rebuscando en la caja mientras Marsa permanecía inmóvil en el centro de la estancia con la mano cubriéndose la boca.

Tenía que encontrar el cofre del tesoro. Debía estar aquí, en algún sitio. Y entonces vi lo que Marsa estaba ocultando.

Lo asimilé poco a poco. El color blanco como de una concha agrietada. Una pequeña falange. La calavera redonda y bulbosa. Me retiré hacia atrás, asustada.

—Dioses —susurré—. ¿Qué ha hecho?

—No se lo cuentes a nadie —suplicó Marsa, jadeando.

Solté el juguete. Ahora caía en lo que se trataba. La tumba de un bebé.

Marsa se movió por fin y yo me aparté de ella. Ocultó la caja abierta con la manta.

—No se lo cuentes a nadie, por favor —me rogó entre susurros otra vez.

Abrí la boca y la volví a cerrar. No sabía qué decir. ¿De quién era el bebé? ¿Por qué había conservado los huesos en su casa?

—No le hice daño —me contó Marsa con las manos juntas—. Era mi niña. Mi única niña.

—Yo... Yo...

Quería marcharme de allí. Era demasiado. No quería recordar lo que pasaba cuando moríamos. No quería que Marsa me hablara de su duelo cuando yo apenas era capaz de soportar el mío.

—Tengo dos hijos y una hija —dijo Marsa. Suspiró y cerró los ojos—. *Tenía* una hija.

Me sentía mal por estar allí. Por saber que Elysea volvería a estar muerta dentro de poco. Por los huesos que había visto; un recordatorio de en lo que nos convertiríamos algún día. Pero para Elysea ese día era mañana.

Me llevé la mano a la boca y retrocedí hacia la puerta.

—No tendría que haber hecho eso —dije.

—Pues no —respondió—. Verás, era ilegal. —No tenía por qué enterarme de los detalles, pero me descubrí quedándome inmóvil para escucharla—. Pero no quería marcharme del Equinoccio, y tampoco interrumpir el embarazo. —Cogió el juguete que yo había dejado caer y le acarició la orejita—. Creí poder ocultársela a todo el mundo.

No podía respirar. El ambiente estaba cargado de arrepentimiento y añoranza.

—Tuve un parto prematuro y no pude ir al hospital. —Sacudió la cabeza—. Di a luz aquí mismo.

Ahogué un grito. No me lo podía ni imaginar.

—Sobrevivió unas pocas semanas. —Marsa sonrió con tristeza—. La sal fue letal para sus pulmoncitos.

—Salitrosis —murmuré, atando cabos. Existía un riesgo alto de que los recién nacidos y los ancianos contrajesen la enfermedad. Sus pulmones débiles eran más vulnerables al ambiente cargado de sal en el que vivíamos—. Lo siento mucho, Marsa.

—Gracias. —Se puso de pie y se dirigió a su cuarto.

No sabía si regresaría. No tenía ni idea de qué hacer. Cuando volvió, traía el cofre consigo.

—Yo también lo siento —dijo—. No te debería haber mentido.

Quería quitárselo de las manos, pero me detuve por su expresión. Esta mujer estaba tan destrozada por la muerte de su hija como yo por perder a mis padres y a Elysea.

—No le contaré a nadie lo de su bebé, se lo prometo.

Ella sonrió y dejó a la vista los huecos de los dientes que le faltaban.

—Ya lo sé. Todos necesitamos tener algún vínculo con nuestros seres queridos y este es el tuyo.

Tomé el cofre de sus manos y abrí la tapa. Toqué el interior en busca del compartimento oculto. Había una ranura cerca de la bisagra. Apreté. El forro falso se abrió y de él salió una bolsita pequeña. Casi me eché a llorar de la alegría.

Me guardé la bolsita en el bolsillo rápidamente y le devolví el cofre.

—Gracias, Marsa.

—¿Seguro que no te lo quieres quedar?

Veía cómo miraba las piedras en la tapa. Significaban más para ella que para mí.

Ahora que había conseguido el mapa podía dejar el cofre del tesoro.

Me apresuré a regresar con Elysea con el mapa a buen recaudo.

Pero ¿y si nuestros padres habían muerto aquella noche y este mapa solo provocaba más dolor? ¿Y si había otra explicación para que Elysea encontrase el collar de mamá y el ecoenlace de papá?

—¿Lo tienes? —Elysea emergió de la oscuridad.

—Sí. —Levanté el saquito. Ella lo agarró como si se tratara de un salvavidas. Suponía que, para ella, era lo más parecido.

—¿Marsa te ha dado el cofre así sin más? —preguntó.

—Más o menos.

No quería hablar de lo que había visto en su casa. Se me revolvía el estómago solo de pensar en que tuvo que dar a luz y escuchar la respiración fatigosa del bebé sin poder pedir ayuda. Quiso tanto a esa pequeña que no había podido separarse de ella.

Miré a Elysea. Entendía cómo se tuvo que haber sentido.

Era evidente que la mujer había perdido el norte y recolectaba piedras para llenar el vacío en su pecho. Ojalá hubiera algo que pudiera decir para consolarla, pero después de tantos años... Era imposible que su bebé sobreviviera a la salitrosis. Los médicos todavía no habían hallado una cura.

De tener la oportunidad, ¿le habría gustado a Marsa pasar unas últimas veinticuatro horas con su bebé?

—¿No lo has abierto? —preguntó Elysea con el saquito bien aferrado.

—No, quería esperar a abrirlo contigo.

Ella me dio un apretón en la mano y aflojó la cuerda.

Tal y como me había dicho, dentro se encontraban el collar de mamá y el ecoenlace de papá. Nos quedamos mirando la pantalla apagada. Y con eso volvimos a ser las niñas pequeñas que se retaban constantemente a tocarlo. Elysea lo guardó enseguida. Sacó un trozo de papel doblado del saquito. El mapa. Lo sopesó en la mano.

—¿No vas a abrirlo? —pregunté.

—Sí...

Pero surgió una pregunta velada. ¿Y si su ubicación estaba más lejos que el tiempo que le quedaba? Seguro que eran cerca de las ocho de la tarde. Nos quedaban unas dieciséis horas.

Aguantamos la respiración mientras Elysea desplegaba el mapa.

—Las Islas Cavalcade —susurró, acariciando con el dedo los dibujos sin pulir de la forma en espiral.

—¿Nuestros padres se marcharon del Equinoccio para irse a vivir a las islas del desenfreno?

Mi madre era botánica y mi padre, vigilante jefe. Si habían huido, ¿por qué allí?

Elysea dejó caer la cabeza y ocultó su rostro con una cortina de pelo.

—Las islas están a varios días de camino.

Si nuestros padres seguían vivos, no llegaría a reunirse con ellos.

—No —rebatí. Deslicé el dedo por las líneas rojas que marcaban un pasaje estrecho de agua entre el Equinoccio y las Islas Cavalcade—. No si cruzamos el Mar Desatado.

Elysea se sobresaltó.

—No, Tempe. Es demasiado peligroso. La mayoría de los barcos y sus tripulaciones no sobreviven al viaje.

—Cruzando el Mar Desatado, las Islas Cavalcade están a solo seis horas. Nos daría tiempo suficiente para ver si mamá y papá están allí.

—No. Es demasiado arriesgado, no vale la pena.

Sí que valía la pena. Y me enfrentaría a los remoranos —los piratas de los mares— si hacía falta. Reuniría a mi familia antes de que fuera demasiado tarde.

—No queda más remedio, Ely. —Posé la mano en su brazo—. Quiero que veas a mamá y papá. Mereces saber la verdad tanto como yo.

Ella se me quedó mirando un momento y después me dio un abrazo.

—Gracias, Tempe —dijo contra mi pelo—. Ojalá recordase todos los detalles de la noche en que morí. Pero, pasara lo que pasase, lo siento. Debería haberte contado lo del collar y el ecoenlace en cuanto los encontré. No debería haber ido sin ti. Solo nos teníamos la una a la otra y te abandoné —dijo sorbiéndose la nariz—. Aunque ya no puedo cambiar lo que hice, podemos hacer esto juntas. Encontraremos a mamá y a papá y así no tendrás que volver a estar sola nunca más.

Lloré abiertamente y la estreché con fuerza contra mí.

Tal vez no supiera por qué nuestros padres se marcharon aquella noche, pero al menos tenía a mi hermana.

Y estábamos juntas en esto.

CAPÍTULO VEINTICINCO

LOR

16h 00m

Lunes, 20:00.

A las ocho, los cielos por fin se abrieron y la tormenta que prometían dio comienzo.

La lluvia caía furiosa mientras corríamos hacia el puerto, resbalándonos sobre las pasarelas de metal. Esperábamos poder interceptar a las hermanas Alerin en el paso. Nos quedaban treinta minutos antes de que la torre de control desamarrara el barco de Ray.

Incontables navíos abarrotaban el puerto; era imposible que pudiéramos encontrar el de las chicas sin el ecolocalizador.

Decidimos marcharnos y echar el ancla no muy lejos de la torre de control para esperarlas. Cualquiera que saliera del Equinoccio tendría que pasar por aquí.

—Para ya —murmuró Ray mientras yo paseaba por la cubierta, histérico—. Le abrirás un agujero al barco y no me puedo permitir otro más.

Estaba intentando usar el transmisor del barco para aumentar la señal del ecoenlace. Supuestamente, eso serviría para poder recibir mejor conexión en la tormenta, que no parecía que fuera a amainar pronto.

Tenía el pelo pegado a la frente; la lluvia caía sin tregua por mi rostro. Era como si el cielo estuviera llorando. Esperaba que no fuera un mal augurio. De creer en los Dioses, Antiguos o Nuevos, habría pensado que estaban tratando de advertirme. El día no iba a terminar bien.

Por suerte, yo solo creía en lo visible y lo tangible.

Debido a la humedad, el sol, que ya se había puesto, y la lluvia constante empecé a tener frío. La camiseta de Palindrómena se me pegaba al cuerpo como una segunda piel helada. Era una sensación extraña. Llevaba años sin sentir nada aparte de la temperatura moderada del Acuario. Mi cuerpo no sabía cómo reaccionar. Así que decidí hacerlo mal.

Pegué las manos a los costados.

—¿Tienes algo ya? —dije rechinando los dientes para evitar que me castañearan.

—No —respondió, toqueteando algo en la consola del barco. Debido a la incesante lluvia, él estaba tan empapado como yo, incluso bajo el estrecho timón. Pero el frío no parecía afectarle. Probablemente llevara uno de esos trajes de submarinismo por debajo de la ropa, como hacía la mayoría en el Arrecife aunque no tuvieran pensado salir a nadar.

—¿Cómo puedes estar tan tranquilo? —inquirí.

Él no se giró.

—¿Has oído hablar alguna vez de la resaca en el mar?

—Claro. —Que no fuera submarinista no significaba que no conociera los peligros. Mi abuelo odiaba el mar. Durante mi infancia, siempre me advertía sobre él, aunque nuestra casita tenía vistas a la playa. Me enseñó que el océano era una masa de agua maldita que solo causaba muerte y destrucción. Me aventuré por primera vez en las profundidades años después de su muerte. Aunque fue como si estuviera traicionando su memoria, necesitaba sentir otra cosa que no fuese el suelo sólido bajo mis pies. Necesitaba sentir que escapar de la isla era posible. Pero, en cuestión de segundos, las olas me derribaron.

Entonces, miré a los acantilados en busca de indulto.

—El mar —prosiguió Ray— parece estar tranquilo y en calma en la superficie, como una pausa entre las olas, hasta que te arrastra hacia el interior para matarte.

Ahí fue cuando percibí la tensión entre sus hombros. No estaba tranquilo en absoluto.

—Si me detengo y empiezo a preocuparme por eso ahora —dijo—, se acabó. Pierdo mi trabajo y mis padres, su casa. —Aunque no lo dijo, me preocupaba más que perdiera la esperanza. ¿A dónde iría Ray si no tenía al Equinoccio ni a Palindrómena?

—Bueno —dijo, aún tenemos...

—Como digas «tiempo», te tiro por la borda.

Ray se rio antes de quedarse callado.

—Lo que he dicho ha estado fuera de lugar —reculé. Llevaba desde el accidente sin meterse en el agua—. Lo siento. Soy lo peor.

—Cállate.

—Mira, Ray. Sé que ha pasado...

—¡Cállate un segundo! —se inclinó sobre la pantalla de la consola.

—¿Qué ves? —Cogí aire y, con los dedos cruzados, aguardé.

Él se giró y el corazón me dio un vuelco.

—Están aquí.

Me giré hacia el puerto. Un pequeño navío estaba acercándose a la torre de control. La botavara subió y el barco aceleró.

—¡Arranca! —dije.

Ray pisó el acelerador.

—Cuando tú vas, yo ya he vuelto.

El barco de las chicas surcó el agua y giró a la izquierda. En dirección contraria a Palindrómena.

—¿Adónde vas, Tempest? —susurré—. ¿Qué pretendes?

El barco de Ray oscilaba sobre las aguas revueltas y la lluvia nos empapaba la cara y nos complicaba la tarea de ver. Al menos teníamos el ecolocalizador. Si analizábamos el puntito intermitente de los latidos de Elysea, bien estaba muerta de miedo o emocionada por algo. ¿Sabía que las estábamos siguiendo?

Pero su barco era más pequeño, más rápido. Mientras que el *Del charco al barco* atravesaba el oleaje, el de ellas se deslizaba sobre la superficie.

—¡Se están alejando! —grité por encima del rugido del viento.

—Este es un barco pesquero. —Ray tenía el ceño fruncido y los ojos entornados. Nunca lo había visto tan serio—. Está hecho para soportar el peso de la pesca, no para correr.

Vi el barco de las Alerin elevarse unos cuantos centímetros del agua y planear sobre él.

—¿Cómo hacen eso? —pregunté.

—Está basado en aeronaves del Antiguo Mundo —dijo Ray. Su voz contenía un atisbo de nostalgia—. Tiene alas que le permite elevarse del agua a alta velocidad.

—¿Puede volar?

Se rio y sacudió la cabeza.

—No. Las alas siguen estando en el agua, pero cuando el barco coge velocidad, el aire lo eleva de la superficie. Le permite navegar a través de las olas sin impedimento ni retraso.

Eso a mí me sonaba a barco volador.

El viento hinchó las velas y ayudó a nuestro navío a coger algo de velocidad, pero no pudimos acortar distancias.

—Su barco es demasiado rápido —murmuró Ray.

—¿Qué hacemos? —No podíamos coger otro navío; tendríamos que contactar a Palindrómena para eso.

—Pesamos demasiado. Tengo demasiado equipamiento de pesca a bordo.

No podía pedirle a Ray que tirara sus cosas al fondo del mar. No le iba a pedir que sacrificara los ahorros de su vida por mí.

Yo era el que la había jodido. No él.

—En realidad... —dijo, puede haber una manera. —Desvió los ojos hacia el lateral del barco.

—¿Cuál? —Haría lo que sea.

—El explorador. Es más rápido y ligero. Podrías atraparlas en nada.

—Nunca he conducido un explorador.

—Iré yo, entonces. Tú quédate aquí.

—No. Yo las atraparé. —Había conducido fertilizadores toda mi vida. No podía ser muy diferente, ¿no?

—Vale. ¿Sigues teniendo la tableta? —preguntó. Se la lancé y él escribió algo en ella—. He introducido el número identificativo de mi barco para que puedas contactarme cuando las encuentres. Persíguelas, súbete a su barco y estropéales el motor. Yo iré a por vosotros. —Me dio una palmadita en la espalda—. Ten cuidado, ¿eh?

—Sí, no te preocupes. —Pero en mi mente se sucedieron imágenes de criaturas con los dientes afilados, aguardándome. Maldije a mi abuelo por enseñarme todas esas ilustraciones de animales marinos. Tanto reales como imaginarios. Ahora mismo mi mente no era capaz de ver la diferencia.

Ray enarcó una ceja.

—Tú solo preocúpate de no caerte.

Examiné el explorador.

—No es mi intención.

Me acomodé en el asiento y Ray lo soltó del lateral del barco

—Buena suerte —dijo, separando el vehículo con el pie derecho.

Roté el regulador y presioné el acelerador. El explorador rugió como una criatura insatisfecha antes de lanzarse a por su presa. Se me resbaló el pie, pero me sujeté al manillar. Volví a sentarme bien sobre la máquina.

Me equivocaba. La flotabilidad del explorador era completamente distinta a la de un fertilizador. Nada me ataba a la superficie del océano.

Y me encantaba.

Giré el acelerador al máximo y salí disparado entre las olas. Al poco, el barco de las Alerin apareció en el horizonte.

«Y ahora qué?». No pude evitar preguntármelo. «¿Vas a entregar a Elysea para que la vuelvan a matar?».

La chica ya había muerto. No era igual que con Calen. Yo no sería el responsable. Se suponía que Elysea debía pasar sus veinticuatro horas en Palindrómena, que su hermana la diría lo que necesitase y luego regresaría a su tanque sin saber qué había pasado. No debería ser un proceso doloroso. Esa era una de las razones por las que los vigilantes querían que los clientes ocultaran la verdad a los reanimados. Saber que iban a morir solo los torturaría.

Atajé ese pensamiento y volví a girar el acelerador. El sonido estridente del motor ahogó todas mis preocupaciones. Lo único que importaba era llevar a Elysea de vuelta a Palindrómena. Todo lo demás escapaba a mi control.

¿Y su hermana?

Bueno, no podía pensar en eso ahora. El duelo de Tempest no era culpa mía. Si no hubiera sacado a su hermana de Palindrómena, nada de esto estaría sucediendo.

Mientras me aproximaba a su barco, juré a los Dioses de abajo, a los Antiguos Dioses o a quienquiera que estuviera ahí que regresaría a Palindrómena con Elysea. Regresaría a la quietud del sótano. Ray mantendría su trabajo y yo estaría a salvo.

Sería egoísta una última vez.

CAPÍTULO VEINTISÉIS

TEMPEST

15h 45m

Lunes, 20:15.

En cuanto pasamos junto a la torre de control supimos que nos seguían. Incluso con la tormenta oíamos el rugido del motor siguiéndonos la pista. Pero ellos no tenían un azogue.

Raylan estaba a punto de ver lo rápido que podía navegar el *Amanecer*.

Nuestro barco se alzó en el mar tras un bote y sobrevoló el agua oscura.

—¡Ja! —Me reí al ver que el otro barco se quedaba atrás. Envolví un brazo en torno a Elysea—. Mamá y papá tenían razón sobre este barco. ¡Nadie puede superarnos!

Ella me lanzó una sonrisa tímida, recordándome que todavía era demasiado pronto para hablar de ellos. Aún no sabíamos si seguían vivos.

Volví al panel para comprobar que las coordenadas fueran las mismas que las del mapa. Dirigí el barco hacia la luna.

La noche enmudeció; habíamos dejado la tormenta atrás. Las estrellas titilaban como un banco de pececitos baliza.

Elysea se acurrucó en una esquina del barco con una mano dentro del agua. Después de todo lo que había pasado, todavía quería seguir conectada a ella.

—¿No te da miedo? —le pregunté.

Elysea levantó la vista con expresión demacrada.

—¿Si me da miedo qué, morir?

Sacudí la cabeza con vehemencia. No quería hablar de la muerte. Y menos, la suya.

—El mar.

Ella se encogió de hombros.

—No recuerdo ahogarme, sentir miedo ni saber que iba a morir y que el agua se llevaría mi último aliento. Es mi hogar. El agua corre por nuestras venas. ¿Cómo podría tenerle miedo?

Sacar el tema de ahogarse estaba provocando que me marease. Me senté a su lado para recordarme que Elysea seguía conmigo. Al menos durante casi dieciséis horas más.

—¿Tienes miedo entonces? —Esta vez sí que me refería a la muerte, y ella lo sabía.

—Sí. —Jugueteó con un mechón de pelo.

Sentí una opresión en el pecho que me impedía respirar. Era muy parecido a la sensación de ahogarse. Pero ahora que había empezado a preguntar, necesitaba saberlo todo. Algo que me hiciera más llevadero su segunda muerte. Para eso estaba Palindrómena, al fin y al cabo. Nos ofrecía tiempo para hablar de las cosas que se nos habían quedado en el tintero. Tiempo para sanar.

—¿Recuerdas algo de después de que te ahogaras? —le pregunté.

Los que creían en los Dioses de abajo decían que te reunías con tus seres queridos en un reino más allá del mar, donde se podía respirar bajo el agua. Y los que creían en los Antiguos Dioses afirmaban que acababas en el cielo. No sabía qué creer, pero esperaba que, fuera donde fuese, Elysea no estuviese sola. Que estuviese a salvo y feliz.

—No recuerdo nada —susurró—. Nada de nada.

Me picaban los ojos, así que me giré. ¿Acaso no había nada después de la muerte?

Un ruido mecánico interrumpió el silencio de la noche. Entrecerré los ojos para ver qué venía detrás de nosotras.

Un explorador.

Raylan.

¿Por qué no nos dejaba en paz?

—¡Coge las cuerdas! —exclamé a la vez que me ponía en marcha.

Elysea recorrió el casco y desató las cuerdas del mástil mientras yo hacía lo propio con las de mi lado. Las soltamos y dejamos que la vela se elevara en el cielo con un chasquido, aunque casi nos lanzó por la borda. El barco aceleró gracias a las velas.

Se encendió una luz detrás de nosotras. Alumbró la popa y nos volvió visibles.

—No va a desistir. —Elysea suspiró.

—Por lo visto no le enseñaron la palabra «no» de pequeño —rezongué—. Bueno, pues alguien debe hacerlo. Agarra el timón, Ely. Vamos a bailar con este tío.

Ella sonrió.

—Ya sabes que me encanta bailar.

El explorador llegó a nuestra altura.

—Parad —gritó Raylan por encima del ruido del motor y las olas. Le goteaba agua del pelo en la cara.

Elysea viró el barco a modo de respuesta, pero Raylan repitió el gesto con facilidad.

A continuación, mi hermana giró el timón y el barco dio una sacudida. Me agarré al mástil del *Amanecer*. Elysea era la mejor manejando barcos; había dejado tormentas atrás en embarcaciones peores.

Atravesamos el océano virando cada vez que el explorador de Raylan se nos acercaba. Elysea se reía. Le estaba gustando la experiencia. Normal. Aunque para ella no hubiera pasado el tiempo, añoraba el mar.

Raylan prosiguió imitando los mismos movimientos que nosotras; teníamos al explorador pisándonos los talones.

La risa de Elysea se interrumpió cuando Raylan colocó su vehículo delante de nosotras. A pesar de que el *Amanecer* era rápido, el explorador era aún más ligero. Y, aunque estábamos a oscuras, estaba segura de que había ira en los ojos del vigilante.

Tenía que haber alguna maniobra que él no supiera imitar.

—Muévete —le pedí a Elysea al tiempo que me hacía con el timón. Di la vuelta con el *Amanecer*.

—¿Qué haces? —inquirió—. No podemos volver.

—No pienso volver. Espera. —Ella se aferró al timón.

Viré hacia la izquierda de repente. Raylan hizo lo mismo. Después a la derecha. El *Amanecer* se puso en vertical con solo el ala derecha bajo el mar. Agarré con fuerza el timón mientras navegábamos junto a Raylan en un ángulo de casi noventa grados. Le cayó un chorro de agua encima gracias a la parte inferior de nuestro barco. Sonreí victoriosa ante su expresión perpleja.

Enderecé el timón y el *Amanecer* hizo lo propio. Apreté un botón en el panel y el barco dejó caer el casco al tiempo que las alas se replegaban y enviaban una ola de agua detrás de nosotras. Raylan trató de quitarse de en medio, pero su explorador quedó atrapado en el oleaje.

Volví a pulsar el botón y las alas volvieron a extenderse. Aceleramos en el agua y dejamos a Raylan atrás.

—Buena maniobra, Tempe —me felicitó Elysea.

Sonreí.

—Puede que no sepa bailar, pero sí sé cómo montar un buen número.

Al no escuchar el ruido del explorador detrás, Elysea redujo la velocidad del motor.

—¿Qué haces? —dije mientras trataba de apretar el acelerador. Ella me agarró el brazo sin apartar la mirada a nuestra espalda.

—No está —dijo.

—Sí. —Fruncí el ceño—. Ese era el plan, ¿no?

—No. Me refiero a que no está en el agua. Seguro que el explorador ha volcado por culpa de la ola.

—¿Y qué?

—No podemos dejarlo ahí.

—No le pasará nada. Nadará hasta que le encuentre el barco. La cosa era perderlo de vista, ¿no?

—No quiero que se ahogue —musitó.

—Vale —accedí con un suspiro.

Nos costó encontrar el explorador. La luz delantera se había fundido por culpa de la ola. Avanzamos con cuidado hasta que algo rozó el costado del *Amanecer*. Algo de metal.

—¡Ahí! —Elysea señaló algo a estribor.

Miré por la borda. El explorador se mecía en el agua, derecho y con el asiento vacío.

—No lo veo. Ahí no está.

—Se ha hundido —dijo Elysea con voz temblorosa.

Sentí una opresión en el pecho. No me gustaba lo que Raylan pretendía hacerle a mi hermana, pero tampoco quería que muriese.

—No vamos a poder encontrarlo a oscuras. Se acabó.

Pero Elysea había empezado a quitarse el traje de bailarina.

—Ni se te ocurra bajar —le advertí.

Ella hizo caso omiso.

La sacudí por los hombros.

—¡No te atrevas a arriesgar tu vida por él! —La acababa de recuperar. Necesitaba pasar todo el tiempo que pudiera con ella—. Yo llevo puesto el traje de submarinismo. Iré yo.

Me estaba subiendo la camiseta por la cabeza cuando escuché una voz.

—Supongo que debería daros las gracias.

Era Raylan. Se encontraba de pie en el extremo más alejado del *Amanecer*. Tenía el pelo y la ropa chorreando; se había apartado los mechones de pelo rubio más largos de la cara y tenía la mirada seria. Seguro que se había subido mientras lo buscábamos.

Nos la había jugado. El explorador abandonado solo había sido una distracción.

Se acercó y yo me interpuse entre Elysea y él.

—¡Quédate donde estás! —le grité.

Él levantó las manos.

—No llevo armas. No quiero haceros daño.

Solté una risita nasal.

—No, solo llevarte a mi hermana de vuelta a Palindrómena. ¡Vete de mi barco!

—El explorador no funciona; se le ha metido agua en el motor por vuestra culpa. —Señaló el mar con la cabeza—. No tengo adónde ir.

Me crucé de brazos.

—Y a mí qué. Vuelve a tu barco nadando. —Pero no había nada ni nadie a la vista. Seguro que moría antes de regresar.

—Elysea, por favor —empezó a decir Raylan—. Tienes que entenderlo. Yo…

—¡No le hables! —estallé.

Elysea pasó junto a mí.

—Puedes quedarte en nuestro barco —dijo—, pero no vamos a volver a Palindrómena contigo.

Se le hundieron un poco los hombros.

—Tenéis que hacerlo. Se os acaba el tiempo.

Lo señalé.

—No puedes obligarnos. El barco lo tenemos nosotras. Las coordenadas, también. Tú no tienes nada.

—Eso no es del todo cierto —respondió, y sus ojos se iluminaron—. Sé dónde estáis. Y tengo esto… —Hizo amago de coger algo detrás de él.

Conque sí que tenía un arma.

—¡No lo hagas, por favor! —chilló Elysea.

Antes de que pudiera usarla, me precipité hacia él y envolví los brazos en torno a su tronco.

—¡Uff! —gruñó. Le había tomado por sorpresa. Resbaló sobre el casco de metal y caímos a la cubierta. Fui a coger el arma que tenía bajo la espalda, pero sentía el brazo como un alga blanda.

Se había golpeado la cabeza con el mástil al caer y se había quedado inconsciente.

Tiré de su brazo y me encontré con una tableta digital como la que había usado Selna. No era un arma. La culpa me embargó.

—¿Está bien? —inquirió Elysea, aproximándose con pasos cautelosos.

Esperaba por los Dioses que sí.

Presioné su muñeca para comprobarle el pulso y solté una bocanada de aire.

—Está vivo, aunque inconsciente.

Elysea se quedó contemplando el ecoenlace sobre su otra muñeca.

—¿Se lo quitamos?

—No sé. —Pero ni ella ni yo nos movimos. No queríamos atraer más mala suerte.

En lugar de eso, Elysea cogió la tableta.

—¿Mandar coordenadas a Raylan Bassan? —Leyó en alto—. ¿Qué significa eso?

—¿Raylan? —repetí—. Pero él es...

Miré al chico tumbado junto al mástil. Si él no era Raylan, ¿quién era entonces? Debía de haber algún error.

Le arrebaté la tableta a Elysea.

Mensaje nuevo de Raylan, decía el aparato. Pulsé la pantalla para leerlo.

Lor, ¿les has roto el motor? ¿Dónde estás?

Borré el mensaje y eché un vistazo al chico inconsciente sobre la cubierta.

¿Quién era ese tal Lor y por qué pretendía llevarse a mi hermana de vuelta a Palindrómena?

CAPÍTULO VEINTISIETE

LOR

Lunes, 21:00.

Me desperté con el bamboleo de un barco y con un fuerte dolor de cabeza; posiblemente se tratase de una contusión. Lo último que recordaba era haberme enfrentado a las Alerin. Y la expresión furiosa de Tempest mientras corría hacia mí.

Gemí y traté de incorporarme. La imagen de una chica con el pelo largo y negro se me apareció delante. Lo primero que pensé fue que se trataba de una bruja de agua. Parpadeé varias veces. La chica sostenía una vara de acero como si fuera un bate.

—¿Qué me habéis hecho? —conseguí mascullar. Intenté moverme, pero me di cuenta de que estaba atado a un poste de metal a mi espalda—. ¿Me habéis retenido? —Quería reírme... El día de hoy estaba siendo absurdo, pero nada salió de mi garganta.

La chica giró la vara en la mano y, aunque se parecía a su hermana, sabía que se trataba de Tempest. Me habían atado en un compartimento estrecho lleno de un montón de equipo de submarinismo desperdigado. El camarote. A través del ojo de buey solo se veía negro; no sabía si era el cielo o el mar.

—Matarme no va a servir de nada —dije. ¿Por qué había dicho eso? Debería estar negociando por mi vida, no ofrecérsela en bandeja.

Se inclinó hacia adelante. Puso los ojos en blanco justo delante de mí. Pues sí que tenía una contusión.

—Más te vale empezar a decir la verdad, chavalote de Palindrómena —dijo.

—No me llames así. —Me aparté de ella. Aunque no fuera la persona con aspecto más peligroso del planeta, sí que tenía mi vida en sus manos. Y, ahora mismo, su odio iba dirigido a Palindrómena. Necesitaba distanciarme de ese sitio.

—¿Y cómo te llamo entonces? —Hizo una mueca mientras hablaba y se llevó una mano a la cadera—. ¿Raylan o Lor?

¿Cómo se había enterado? ¿Y dónde estaba Ray? ¿Me buscaría si averiguaba que el explorador había volcado o presupondría que me había ahogado?

—Puedo explicarlo.

Se dio varios golpecitos en la palma de la mano con la vara de metal.

—Por favor, no te cortes.

Suspiré y agaché la cabeza para que el pelo me cubriera los ojos. Me resultaba más sencillo hablar sin mirarla.

—Estaba ayudando a un amigo. Se llama Raylan.

—¿El guardia de Palindrómena que estaba en la Marea de Primavera?

—No es guardia, sino vigilante. Necesitaba que alguien lo cubriera, así que yo lo sustituí para la reanimación de tu hermana. Le estaba haciendo un favor.

—¿Pero tú eres un vigilante?

—No, yo cuido de los tanques en el Acuar... en el sótano de Palindrómena. —Lo que daría por volver allí ahora mismo...

—¿Entonces no tienes ni idea de cómo va esto? —Movió la mano en derredor—. Y aun así me dijiste que entendías por lo que estaba pasando. Me dijiste qué hacer con Elysea. Hiciste que confiara en ti.

—Lo siento. —Y lo decía de verdad. No solo deseaba que Ray se hubiese hecho cargo de esta cliente para que nada de esto hubiera ocurrido, sino que también deseaba que Tempest hubiese tenido un vigilante en condiciones. De haber tenido ese apoyo desde el principio, tal vez nunca se habría fugado con su hermana.

—¿Has pasado siquiera por el programa de reanimación o eso también era mentira? —inquirió, usando la vara para levantarme el mentón y así no poder evitar su escrutinio. No se creía que le estuviera contando la verdad, y no me extrañaba.

Algo suavizó su expresión. Estaba dolida. Había confiado en mí por la historia que había compartido con ella. Por Calen.

—Eso sí es verdad. —Ponderé la idea de hablarle sobre el vínculo que existía entre Elysea y yo, pero eso desembocaría en más preguntas. Preguntas que no estaba dispuesto a responder. Ahora mismo, ella me tenía por su enemigo y no estaba por la labor de creer nada que le dijera.

Me observó fijamente. Suspiró y luego retrocedió. No sabía si habría encontrado lo que estaba buscando.

—Lo siento —repetí. Hoy me estaba disculpando una barbaridad—. No quería mentirte, pero tenía que proteger a mi amigo. Lo entiendes, ¿verdad?

Emitió una dura carcajada y entonces aquella suavidad que había atisbado antes desapareció.

—Proteger a mi hermana moribunda y mentir por un amigo no se parecen en lo más mínimo.

—Puede que no, pero ambos haríamos lo que fuera por las personas que nos preocupan. —Ojalá Ray siguiera buscándome.

Apretó los labios antes de replicar.

—No hagas como si me conocieras.

Tenía razón. No la conocía. Solo había leído el informe de su hermana y cómo se había ahogado. Ni siquiera sabía por qué había sacado a Elysea de Palindrómena o adónde se dirigían ahora.

—¿Adónde vais? —pregunté.

Ella se llevó una mano a la cadera.

—Eso ni te va ni te viene. —En realidad, sí, ya que al parecer las acompañaría

Localicé la tableta enganchada en su cinturón.

La desenganchó.

—¿La quieres? —me preguntó, burlona. Antes de poder responder, la estampó contra el suelo.

A la mierda la oportunidad de mandarle un mensaje a Ray.

Solté un profundo suspiro.

—¿Qué vais a hacer conmigo?

Suavizó la expresión como si no lo hubiese sopesado mucho.

—No vamos a hacerte daño —dijo otra voz.

Elysea.

Bajó al camarote y le quitó la vara a su hermana. Tempest no protestó.

—Deja de asustarlo. No va a servir de nada.

Tempest se encogió de hombros como si no tuviera nada mejor que hacer.

—¿Adónde vamos? —le pregunté a Elysea con la esperanza de que entrara en razón y me dejara marchar.

Aunque que lo hiciera no resolvería ninguno de mis problemas; lo que necesitaba era que viniera conmigo.

—A las Islas Cavalcade —contestó.

Tempest levantó los brazos.

—¡Pero no se lo digas!

—¿Por qué no? —rebatió. Tampoco es que pueda irse a ninguna parte ni contárselo a nadie.

Era cierto. Sin la tableta no podía enviarle mi ubicación a Ray. Estaba atrapado aquí.

—¿Por qué vais a las islas del desenfreno? —pregunté. Tal vez alguien de allí pudiera ayudarme.

—Nuestros padres están allí —repuso Elysea, ganándose otra miradita de su hermana.

—¿Vuestros padres no habían muerto? —Eso era lo que ponía en el informe.

—Eso creíamos —respondió Tempest.

Ahora lo entendía. Querían volver a ser una familia antes de que Elysea muriera; antes de que se le agotara el tiempo.

Si me dejaban atado a este barco, entonces tal vez podrían conseguir lo que buscaban.

CAPÍTULO VEINTIOCHO

TEMPEST

14h 30m

Lunes, 21:30.

El chico de Palindrómena me incomodaba. No sabía por qué. Había algo en sus ojos azules y en la forma que tenía de observar todo lo que hacía que me daba mala espina. Era como si nos estuviese analizando. Analizándome *a mí*.

Elysea y yo regresamos a la cubierta.

—Son las nueve y media —dije—. Nos quedan catorce horas y media para encontrar a mamá y papá. Tiempo de sobra.

Siempre y cuando estuviesen en las islas del desenfreno.

—¿Cuánto queda para que lleguemos al Mar Desatado? —preguntó Elysea. Había empezado a llevarse el mapa consigo todo el tiempo y se había puesto el collar de mamá. Lo sorprendente era que no llevara también el ecoenlace en la muñeca.

—Unas horas —respondí al tiempo que comprobaba el ecolocalizador en el panel del barco. El Mar Desatado iba en diagonal del noroeste al sudeste. Apareció una advertencia en la pantalla cuando el barco se aproximó al límite de la jurisdicción de Palindrómena. Teníamos suerte de contar con un barco autorizado por Palindrómena, de esa forma podíamos movernos por donde nos diera la gana. ¿Sería esa la razón por la que nuestros padres nos dejaron el *Amanecer*?

En cuanto cruzamos el perímetro del sonar, nos quedamos solas y a nuestra suerte.

—El *Amanecer* es rápido —dijo Elysea oteando el horizonte, como si pudiera ver dónde empezaba el Mar Desatado y los cientos de barcos que poblaban el fondo marino—. Estaremos bien.

Aunque no sonaba muy convencida.

—¿Preferirías que no lo hubiera hecho? —La pregunta me ahogaba por dentro, como si hubiera tragado agua salada—. ¿Desearías no haber vuelto?

—No. —Me agarró la mano con fuerza—. Me alegro de volver a verte. De que estemos juntas. Pase lo que pase, estoy feliz.

Puse una mueca. Todavía no sabía cómo tomarme el cambio de planes. Llevaba años queriendo saber la verdad sobre la muerte de mamá y papá, y ahora estábamos cruzando el mar con la esperanza de encontrarlos. Debería sentirme pletórica, pero estaba aterrorizada porque todo se desmoronase a mi alrededor. Ahora entendía por qué me ocultó Elysea la verdad tras encontrar el collar de mamá. Me habría destrozado. Aunque todavía podía hacerlo.

Sentir la mano de mi hermana contra la mía era un consuelo. Estaba a mi lado. Al menos por ahora.

—¿Y tú? — le pregunté.

—¿Yo qué? —me devolvió con el ceño fruncido.

—Si pudieses hacer cualquier cosa ahora mismo, ¿qué sería? — Dudaba que su respuesta fuera atravesar el Mar Desatado.

Ella desvió la mirada.

—No quiero pensar en eso. Me resulta más fácil no hacerlo.

Lo entendía. Pensar en los «y si» no iba a ayudarla a sobrellevar mejor su muerte. Yo llevaba dos años creyendo que me la habían arrebatado demasiado pronto, pero ella justo acababa de enterarse de lo sucedido y de lo injusto que era. Obsesionarse con su antigua vida solo conseguiría complicar la situación.

—La tormenta se nos acerca —anunció Elysea al tiempo que señalaba una mancha negruzca en el horizonte—. ¿Podremos dejarla atrás?

—Lo intentaré —respondí mientras viraba contra el viento. El barco aceleró y se elevó sobre el agua. Nos movimos deprisa sobre la superficie del océano como los pájaros del Antiguo Mundo lo hacían por el cielo.

Al final no pudimos dejar atrás la tormenta.

—Tenemos que resguardarnos abajo —anunció Elysea a la vez que nos diluviaba encima—. Así solo conseguiremos coger una pulmonía.

—¿Y morir? —exclamé, arrepintiéndome de las palabras en cuanto las dije—. Una debe quedarse aquí arriba para controlar el barco. —Por mucho cariño que le tuviera al *Amanecer*, con mal tiempo no era el mejor. Mantenerlo erguida resultaría complicado, y para ello una tendría que quedarse en el timón; no valía usar el piloto automático.

—Yo me quedo —sentenció ella. Porque daba igual que se pusiera mala. Moriría de todas formas—. Tú baja al camarote y échale un vistazo a Lor.

Desvié la mirada hacia reloj del barco.

Catorce horas.

—No —respondí a la vez que la apartaba a un lado—. Las tormentas se me dan mejor a mí. Yo me quedo. Tú baja y descansa.

—Tempe, no pienso pasar mis últimas horas durmiendo. Me quedo aquí contigo.

Se me formó un nudo en la garganta que me impidió responder.

Ella posó una mano sobre mi hombro.

—Juntas hasta el final.

—Llegaremos a las islas. No están tan lejos.

Pero la tormenta jugaba en nuestra contra. Tuvimos que plegar la vela y el viento nos empujaba de costado. Estábamos perdiendo un tiempo muy valioso, aunque no quisiésemos admitirlo en voz alta.

—¿Recuerdas qué solía decir mamá sobre lo de viajar por el mundo? —preguntó Elysea. Cuanto más hablaba de nuestros padres, más alto lo hacía.

—Sí. Quería visitar el resto de las islas del sur y estudiar las plantas de allí.

Ella sacudió la cabeza.

—Y no solo eso; quería que tú vieses el Arrecife a medio sumergir. —Sonrió—. Siempre decía que donde más cómoda te sentías era en el agua.

Aunque ahora ya no podía pensar en bucear sin ver la cara pálida y sin vida de Elysea.

—Prométeme que irás —susurró tras un instante de silencio—. Ve con mamá a ese sitio al que siempre ha querido ir.

La lluvia aporreaba el barco con un constante plic plic plic, y mis lágrimas se entremezclaron con las gotas.

—¿Tempe? —me llamó.

Logré estabilizar la voz antes de contestar.

—Ni siquiera sabemos si siguen vivos. —Y, de estarlo, ¿era eso lo que de verdad quería? ¿Así sería mi futuro? ¿Me reuniría por fin con mi familia escasos momentos antes de tener que despedirme de mi hermana?

—Siguen vivos. —Apretó el collar de mamá sobre su pecho—. Estoy segura.

Ojalá yo me sintiera igual. Pero, en ese momento, no estaba segura de nada. Aferrarse a una esperanza era como tratar de agarrar el agua con las manos.

Sentí que perdía el control.

—Entonces, ¿por qué no regresaron a por mí? ¿Por qué no volvieron a dejarnos mensajes hace dos años?

Ella se giró hacia mí. Parecía tener los ojos casi negros debido a la oscuridad. Era como mirarse al espejo.

—Aquella noche huían de algo —respondió—. Tal vez desearan volver, pero ¿podían? Lo que sí sé es que querían que fuésemos con ellos. Nunca tendrían la intención de hacernos daño.

Apoyé una mano en el costado. Sentía como si me faltara el aire.

—¿Te hice daño yo? —Apenas pude pronunciar las palabras. Sabía que sí. La había reanimado y culpado de la muerte de nuestros padres para después esperar que volviese a la tumba sin dejarle poner un pie fuera de la sala de recuperación. Y ahora tenía que afrontar la muerte de cara.

Pues claro que le había hecho daño.

Ella negó con la cabeza y sonrió.

—En todo caso, me estás curando, Tempe.

Por los Dioses de abajo, me alegraba tanto de que estuviese lloviendo.

¿Cómo podía despedirme de mi hermana ahora que acababa de recuperarla? ¿Cómo iba a abandonarla?

La abracé.

—Me alegro tanto de que estés aquí —susurré—. Aunque solo sea durante veinticuatro horas.

—Yo también.

Seguimos abrazadas mientras el *Amanecer* batallaba contra la tormenta.

CAPÍTULO VEINTINUEVE

LOR

Lunes, 22:15.

La contusión se convirtió en el menor de mis problemas cuando la tormenta empezó a bambolear el barco de un lado a otro. Retiré toda palabra amable que le hubiera dedicado al mar estos años. Solo era un monstruo horrible deseoso de arrancarte la vida de cuajo. Esperaba que Ray se hubiese cobijado y no estuviera persiguiéndonos a ciegas en la tormenta.

Con las manos atadas a la espalda, no sabía qué hora era; sentía que había pasado una hora o así desde la última vez que había visto a Elysea o Tempest. Mientras tanto, había vomitado ocho veces. Y, mayormente, sobre mí mismo.

—Hola —dijo Tempest con vacilación a la vez que descendía los escalones que conducían al camarote. Parecía haber estado llorando; tenía la piel cetrina y los ojos y las mejillas rojos. O tal vez fuera por el viento y la lluvia.

Me moría por limpiarme la última tanda de vómito de la barbilla y de la camiseta.

—Hola —grazné.

Ella rodeó los charcos de bilis y comprobó las ataduras, preocupada por que se hubieran aflojado por culpa de los bandazos de la tormenta.

—¿Estás bien? —preguntó, echándose hacia atrás. No me miró a los ojos, pero agradecí su preocupación. Estaba cambiando.

Esperaba que fueran sus murallas viniéndose abajo, aunque tal vez solo fuera ella la que estuviera derrumbándose.

—De todas las situaciones en las que me han tenido de rehén, esta se lleva la palma.

Ladeó la cabeza y entrecerró los ojos.

—¿Ya te habían secuestrado antes?

Me reí.

—Era broma.

—Ah —fue lo único que dijo.

Traté de ocultar mi desesperación. Tenía que convencerla, aunque no sabía cómo, de que llevara de vuelta a su hermana y abandonara este intento de reunión familiar. Los científicos esperarían que Elysea estuviera en su habitación cuando terminaran las veinticuatro horas. Si no la veían allí, se percatarían de que algo había pasado. Investigarían lo sucedido y averiguarían que había sido yo, y no Ray, quien había actuado de vigilante con ellas. Ray lo perdería todo y los científicos descubrirían la verdad sobre mí.

Que era el hijo de Nessandra. Y los secretos que tanto mi madre como yo habíamos estado guardando saldrían a la luz. Ambos éramos unos asesinos.

Tal vez eso fuera lo que nos merecíamos, pero, aun con todo y con eso, quería seguir viviendo.

—¿Y tú? ¿Estás bien? —le devolví la pregunta.

Tempest puso los ojos en blanco.

—No preguntes.

—Vale —repuse. Ha sido una pregunta estúpida. Lo siento.

—¿Sientes querer llevarte a mi hermana de vuelta a Palindrómena? ¿O querer arrebatarle las horas que le quedan?

Solté un suspiro.

—Todo, la verdad. —No tendría que haber salido del Acuario.

—Para. —Se balanceó sobre los tobillos—. No quiero oír más mentiras.

—No voy a mentirte más, te lo prometo. —Pero no pude mirarla a los ojos.

Ella se acuclilló frente a mí.

—Entonces dime por qué es tan importante que Elysea vuelva a Palindrómena. ¿Por qué no puedes dejar que m-muera aquí conmigo? —Se trabó a la hora de pronunciar la palabra.

—Es mi trabajo —dije combando los hombros. Era la explicación más segura. Contarle lo del vínculo tan pronto era demasiado arriesgado.

Ladeó la cabeza otra vez y me miró fijamente.

—¿Tanto te importa tu trabajo?

Esta vez le sostuve la mirada.

—No, pero sí que me importa el de Raylan. Necesita el dinero. Tú no lo entiendes.

—¡Pues explícamelo! —Su voz resonó por todo el camarote.

—Raylan es mi amigo. —Mi único amigo—. Al dejaros escapar, puse su futuro en peligro. Y no se trata solo de un trabajo. Es dinero para intentar curarse el pie. Es seguridad para su familia y su hogar en el Equinoccio. Para él, dejaros escapar a Elysea y a ti significa perderlo todo.

—Tiene gracia —comentó, impávida—. Se supone que me tiene que importar tu amistad con Raylan cuando a ti te da igual mi hermana. Es la única persona que ha mirado por mí desde que mis padres murieron hace cinco años. Ella es la única familia que me queda.

¿Cómo podía conseguir que me entendiera?

—Sí que me importa tu hermana. Y, aunque me hayas secuestrado y amenazado con una vara de metal, también me importas tú. Pero tu hermana murió, Tempest. No tendría que haber vuelto. Está viviendo de más, y ese tiempo extra se le está agotando. —Apreté la mandíbula—. Siento que seas víctima de los tejemanejes de Palindrómena. De verdad.

—¿Me estás diciendo que no defiendes lo que hace Palindrómena? —insistió.

Cerré los ojos durante un momento. Ojalá supiera lo mucho que me molestaba lo que hacía mi madre. Con los años se había vuelto más y más desesperada. Ya no veía la línea entre la vida y la muerte como algo definitivo y, debido a eso, había perdido la perspectiva. Cuando mis abuelos murieron, perdió todo vínculo con la realidad. La isla era lo único que le quedaba de ellos, y haría lo que fuera por protegerla, tanto a ella como a su legado. No obstante, mientras que mis abuelos habían estado más centrados en los cultivos y usaban el programa de reanimación meramente como un medio para financiar su investigación, mi madre se había obsesionado con encontrar una «cura» para la muerte, para que así nadie tuviera que sufrir el duelo. Y estaba dispuesta a hacer lo que fuera por conseguirla.

—No —respondí al cabo—. No lo defiendo.

Tempest, confundida, parpadeó varias veces.

—Entonces, ¿por qué trabajas para ellos? —Abrí la boca, pero ella añadió—: Y no me digas que no lo entendería.

No pude evitarlo. Sonreí. Pero fue una sonrisa fugaz.

Me debatí si mentirle, pero necesitaba que lo viera desde mi punto de vista. Necesitaba que se preocupara por mi bienestar, y no solo por el de su hermana. En este caso, la verdad podría servirme de ventaja.

—Mi madre es la directora de Palindrómena —revelé—. Fue fácil encontrar trabajo allí. De hecho, era lo que esperaban que hiciera.

—¿Nessandra es tu madre? —Parecía sorprendida. Escrutó mi rostro como si estuviera buscando ver el parecido entre los dos.

—Sí.

—¿Cuánto tiempo llevas trabajando allí?

—Dos años. Antes solo era un chico más, como tú.

Ella resopló, como si dudara que existiera alguna similitud entre nosotros.

—¿No pudiste encontrar trabajo en ningún otro lado? ¿Haciendo *cualquier* otra cosa?

Sonreí con tristeza.

—La verdad es que no. Mi madre tendría que haberme obligado a ir a la escuela en el Equinoccio para poder adquirir una habilidad útil, o al menos para aprender sobre el mundo exterior, pero decidió que era mejor que aprendiera con ella. —Me removí, inquieto, contra las ataduras—. Yo no pensaba seguir sus pasos. No me gustaba estar atrapado. Siempre he querido explorar el mundo. —Y los acantilados eran lo más lejos que podía estar de mi madre sin abandonar la isla.

—A mí tampoco se me daba muy bien la escuela —confesó Tempest—. Cuando mis padres murieron, no le veía el sentido a aprender los distintos Arrecifes que existen, la historia de nuestro planeta o cómo se forjó el Nuevo Mundo. Nunca aprendemos de nuestros errores, así que... ¿qué sentido tiene conocer el pasado?

Esperaba que eso no fuera cierto. Quería ser mejor. Un mejor amigo. Aunque ahora mismo estaba atado a un poste, así que la cosa no iba muy bien que dijéramos.

—¿No crees que hayamos aprendido de las Grandes Olas? —pregunté.

Ella negó con la cabeza.

—La población del Equinoccio sigue creciendo hasta el punto de la insostenibilidad. Pescamos más de lo necesario y hemos desplumado el Antiguo Mundo. Y, aun así, nunca es suficiente. Somos como nuestros antepasados, siempre queriendo más de lo que tenemos. ¿Qué hemos aprendido? —Me devolvió la pregunta con una ceja enarcada.

Esperaba que hubiésemos aprendido a valorar lo que teníamos, como la poca tierra que nos quedaba, pero tal vez tuviera razón.

—Eres submarinista —afirmé; era evidente por el barco y todo el equipo—. Tú has participado en desmantelar el Antiguo Mundo. ¿No te parece hipócrita? —Quería que viera que nuestros trabajos no definían nuestras creencias.

Se encogió de hombros como si nada.

—Me encanta bucear... No es por lo que pueda encontrar ahí abajo, ni tampoco por los billetes que pueda sacar, sino por el mundo sumergido. El problema es que nadie se fija en lo que tienen delante. Solo les interesa lo que encuentren y los billetes que puedan conseguir. Puede que nuestros antepasados lo perdieran todo en las Grandes Olas, pero algo precioso ha ocupado su lugar.

Una sonrisa cruzó su rostro mientras hablaba de las ruinas de las profundidades. Esa expresión me hizo desear ver lo mismo que ella había visto allí abajo.

—Creo que sí que es importante —añadió—. Mientras todos lamentan no poder vivir en tierra e intentan traerla de vuelta —me dedicó una mirada incisiva, sin duda una pulla hacia mi madre—, a mí me gusta lo que tenemos. Me gusta el agua y el mundo submarino.

Sonreí ante su expresión meditabunda. Había vuelto a bajar la guardia y estaba preciosa.

Aparté ese pensamiento de mi mente. No serviría de nada. Necesitaba que no me viera como su enemigo. Tenía que comprender mi punto de vista. Entenderla y acercarme a ella no formaba parte del plan.

Tempest pareció reparar en mi cambio de actitud. Se sentó contra el casco del camarote, frente a mí.

—Si no te gusta lo que haces —dijo—, entonces, ¿qué? Aparte de arrastrar a gente inocente de vuelta a Palindrómena para morir en una camilla de metal en vez de rodeados de sus seres queridos, claro.

Me reí, sorprendiéndonos a los dos.

—Eres de lo que no hay, Tempe.

Ella curvó la comisura de la boca. No sabía si por mi reacción o por haberla llamado por su apelativo, pero odiaba querer que repitiera el gesto.

—¿Y bien? —insistió, y borró la sonrisa de su rostro.

—Antes escalaba los acantilados que rodean Palindrómena.

Me miró con los ojos entornados, preguntándose por qué había palidecido de repente. Ella no sabía que me había pasado los últimos dos años escondiéndome del mundo.

—La isla es muy pequeña —proseguí—, y quería más tierra de la que teníamos.

—Hay gente que diría que ya tienes mucha suerte de tener siquiera un trocito de tierra. La mayoría no la pisa en toda su vida.

—Pude deducir que eso no era crucial para ella. Al igual que a Ray, lo que a ella le encantaba era el mar.

—Lo sé. Sé que tengo suerte —dije. Pero quiero más. Quiero navegar, ver qué hay ahí fuera. Me detuve, porque caí en la cuenta de que había dicho «quiero» y no «quería», como si aquello aún fuese una opción plausible para mí—. En lo alto de los acantilados solía imaginarme que no estaba encerrado allí. Que podía elegir una vida distinta.

—¿Y qué te lo impide?

No podía hablarle de Calen; eso solo serviría para que me considerara un asesino.

—Mi madre era hija única —expliqué—. Ella creció en la isla sin niños con los que jugar. Sus padres lo eran todo para ella hasta que me tuvo a mí. Antes de que mis abuelos murieran, les prometí que no la abandonaría, porque yo era lo único que le quedaba. —Además de Palindrómena—. ¿Y tú qué?

—¿Yo qué?

—¿Te marcharías del Equinoccio si pudieras?

Negó con la cabeza.

—¿Por qué? Es mi hogar.

—¿Nunca has deseado algo diferente? ¿O has querido *más*? —le pregunté.

Clavó los ojos en los míos. La intensidad de su mirada provocó que me estremeciera. Me atraía sin pretenderlo siquiera, como si fuera una bruja de agua de verdad y yo, un pobre marinero.

—Deseo que mi hermana esté viva —dijo de golpe, rompiendo el hechizo—. Que nuestra familia pueda reunirse. Y que tú me dejes en paz.

Se movió hasta el extremo más alejado del camarote, se abrazó las piernas y ocultó su rostro.

Mientras la veía retraerse, me pregunté cómo narices iba a conseguir penetrar en sus defensas. Y también me preocupó lo que pudiera suceder una vez lo hiciera.

CAPÍTULO TREINTA

TEMPEST

Lunes, 23:00.

Bajo las aguas oscuras se hallaba un templo iluminado. Estaba fragmentado y agrietado debido a las Grandes Olas, pero de las grietas emanaban colores brillantes producto del coral que crecía en su interior. Como si el agua que separara la estructura le permitiese volverse más hermosa aún.

Nadé hacia el templo. Aunque no tenía regulador, era capaz de aguantar la respiración durante bastante tiempo.

Debí darme cuenta entonces de que se trataba de un sueño.

Lo había encontrado. El templo de los Dioses de abajo. En cuanto lo vi, lo supe.

Nadé hacia la entrada con el corazón acelerado. Les pediría más tiempo a los Dioses de abajo y que salvasen a mi hermana.

El templo era un laberinto de pasillos de piedra con las paredes de coral. El color que había visto fuera.

Al llegar a la sala principal, vi una figura entre las sombras sentada sobre un trono de oro.

Me acerqué nadando. La deidad oculta en las sombras me sobrepasaba en altura por mucho. Sus bordes se difuminaban en el agua, así que no pude ver del todo dónde empezaba o acababa. Como un borrón de tinta de calamar. Formaba parte del océano del mismo modo que el océano formaba parte de la deidad.

La luz se colaba a través de una abertura en el techo del templo, destacando una corona puntiaguda hecha de coral y perlas negras sobre una cabeza enorme.

De repente no había agua en el templo. Podía hablar con aquel dios. Me arrodillé a sus pies.

—Mi hermana —supliqué—. Por favor, no se la lleve.

La deidad gigante ladeó la cabeza hacia mí. En lugar de ojos tenía dos cuencas vacías, y en lugar de un rostro, un cráneo.

Abrió la boca para responder. Sin embargo, en vez de palabras, se inclinó hacia delante y me tragó.

Estaba rodeada de oscuridad. De la nada. De muerte.

Abrí la boca para gritar, pero la tenía llena de agua.

Me desperté justo cuando el barco dio una fuerte sacudida, como si lo hubieran empujado. ¿Había estallado otra tormenta?

Tenía los ojos pegados debido a la sal del viento y las lágrimas, por lo que no los abrí de inmediato. Seguía medio dormida, sin saber si la sacudida había sido real o parte del sueño.

—¿Qué ha sido eso? —preguntó Lor. Estaba sentado al otro lado del camarote. Unas cejas claras enmarcaban sus ojos azules.

No recordaba haberme quedado dormida. Llevaba sin dormir bien desde antes de encontrar la planta. El cansancio me pesaba tanto física como mentalmente. Ojalá hubiera otro sitio donde descansar. No quería estar aquí abajo con Lor.

—¿Cuánto tiempo he dormido? —inquirí.

Lor trató de mirarse las manos atadas, pero fue incapaz de atisbar el ecoenlace a su espalda, por lo que se encogió de hombros.

—Menos de una hora, creo.

El barco volvió a bambolearse y entonces se detuvo. La vibración del motor se apagó. Solo oía las olas romper contra el barco.

—Mierda —murmuré, frotándome los ojos mientras me ponía de pie.

—¿Qué pasa? —Lor, como pudo, se puso de rodillas pese a seguir atado al poste.

—Nos están abordando —murmuré.

Subí a la cubierta para ver cómo estaba Elysea y vi que sí, que otro barco se encontraba junto al nuestro. La tormenta había amainado hasta convertirse en una fina llovizna que desdibujaba la noche. Me aparté el pelo de la cara.

—¿Estás bien, Ely? —pregunté.

Antes de poder responder, una mujer pálida con los pómulos marcados y mirada desafiante puso un pie en nuestro casco y juntó ambos barcos. El tono de su pelo era de un sorprendente azul coral.

—Hola, amigas mías —saludó la mujer con voz suave y melódica—. Me llamo Qera. Lamento la visita a estas horas tan intempestivas.

Le enseñé los dientes, cabreada.

—Bájese. De. Nuestro. Barco.

—Tranquila, tranquila. —Extendió las manos—. ¿Así tratáis a las visitas?

—Así trato a los remoranos —rezongué.

Qera vestía una capa larga entretejida con algas gruesas y firmes. Iba ataviada con joyas y llevaba un pendiente circular en la nariz y una piedrecita en el labio superior. Se había recogido el pelo azul en un moño alto y, decorando sus cabellos, había espinas de pescado haciendo las veces de corona; esas que los soberanos del Antiguo Mundo solían llevar.

Detrás de Qera se encontraba su tripulación. Vestían ropajes desgastados; se entreveía su piel entre los agujeros de las camisas y pantalones. Era evidente que habían reusado la ropa de los barcos que habían atacado y después saqueado.

Remoranos. Los buitres del mar.

Seguro que habíamos entrado en el Mar Desatado mientras dormía.

—Menudo genio —dijo Qera con una sonrisa—. ¿Eres de un Arrecife? —Señaló mi traje de submarinismo—. A ver si lo adivino. El más cercano es el Equinoccio. ¿Tengo razón o no? Pues sí que os habéis alejado de casa, chicas.

Pronunció el «chicas» como si fuésemos presa fácil. Pero no si yo podía evitarlo. No habíamos llegado tan lejos para que ahora los remoranos nos impidieran seguir.

Los remoranos se negaban a vivir en los Arrecifes o en las pocas islas que quedaban en la superficie del mar. Vivían en el agua, rechazados por los gobiernos y aliándose unos con otros para saquear todo aquello que encontrasen. No se sumergían porque no les hacía falta.

A pesar del viento salado y frío, iban descalzos. Cada remorano sujetaba un arpón que apuntaban hacia nosotras. No eran una amenaza directa, más bien una advertencia para que obedeciésemos. Además, parecía que la punta estuviera teñida de sangre o de óxido, aunque yo me inclinaba más por la primera opción.

El *Amanecer* se bamboleó con el peso de la mujer al embarcar.

—Este barco solo soporta el peso de tres personas —dije al tiempo que colocaba a Elysea detrás de mí—. Como embarques, nos mandarás al fondo del océano. —En un intento por controlar el límite de peso en el Equinoccio, habían construido el barco de manera que, si le echaban peso de más, se hundiese. Nadie podía entrar sin que la torre de control se enterase.

Pero el barco de los remoranos era distinto. Estaba construido a partir de restos de barcos robados, seguramente procedentes de Arrecifes como el del Equinoccio, y de otros barcos remoranos. No mostraban piedad con nadie. Tenía paneles solares en la cubierta y a lo largo de las dos grandes alas. Su enorme tamaño le permitía cruzar el mar turbulento y atacar a cualquiera que se cruzase en su camino. La proa contaba con cientos de arpones enganchados. Era un barco letal.

—Yo solo veo a dos personas —respondió Qera, señalándonos a Elysea y a mí.

No pude evitar mirar a mi hermana. ¿Por qué se había quedado callado Lor? Era el momento de pedir ayuda. ¿Quería que los remoranos nos quitasen el barco? ¿Quería que naufragáramos y nos ahogásemos?

Aguanté la respiración. Había visto a barcos intentar meter a gente en el Equinoccio a hurtadillas y acabar hundiéndose antes de llegar siquiera al muelle. La torre de control nunca mandaba a nadie a ayudarlos. A veces la tripulación sobrevivía; Palindrómena se llevaba a los que no.

Nuestro barco se meció: el agua invadió la popa plateada.

Pero entonces el barco volvió a elevarse. Fruncí el ceño. Había cuatro personas a bordo. ¿Por qué no nos habíamos empezado a hundir?

—No perdamos el tiempo —le dijo al hombre que se encontraba detrás de ella en el barco—. Hay más gente y barcos que saquear. Subid.

Me clavé las uñas en las palmas.

—¡Ni te atrevas!

Hubo otro golpe y el barco remorano chocó contra el casco del *Amanecer*. Los arpones atravesaron el costado de nuestro barco. Si recibíamos más daño, nos hundiríamos.

—Yo siempre me atrevo, ¿verdad, muchachos? —exclamó Qera con una sonrisa. ¿Era cosa mía o se había afilado los dientes? Había oído rumores sobre que los remoranos recurrían a comer carne humana cuando no encontraban peces y se topaban con gente intentando cruzar el Mar Desatado.

Esperaba que solo fuera un efecto óptico causado por las sombras que estuviera corrompiendo mis pensamientos.

—Pues sí. Igual que yo —añadió un remorano con nariz aguileña—. Me atrevo a querer una camiseta nueva. —La suya estaba hecha jirones y dejaba a la vista trozos de piel pálida y curtida. Contemplaba mi ropa con deseo.

—Yo quiero cenar —apostilló otro remorano. Tenía una larga barba cobriza y la cara llena de pecas. Chasqueó los dientes hacia nosotras. La tripulación se rio a carcajadas.

Tal vez las historias sobre canibalismo no fueran más que rumores para evitar que los niños se alejaran demasiado en el agua.

—¿Qué queréis? —preguntó Elysea, a mi lado, irguiéndose.

—Es una lista bastante larga —replicó Qera, extendiendo los brazos. Tenía las muñecas llenas de pulseras parecidas a grilletes de metal—. Sería mejor que preguntaras qué *no* quiero. —Su tripulación volvió a estallar en carcajadas. Eran en torno a unos veinte. No teníamos nada que hacer.

Qera se acercó y yo retrocedí, asqueada. Apestaba a entrañas de pescado y algas.

—No tenemos muchos suministros —la informó Elysea—. No vamos muy lejos. —Era cierto, más o menos. Apenas habíamos tenido tiempo para guardar provisiones.

—Seguro que encontramos algo de valor. —Sonrió y de cerca vi que, sin lugar a duda, tenía los dientes afilados—. ¿Verdad, muchachos?

Estos soltaron una risita y apuntaron los arpones a nuestro pecho.

—Apártate, chica. —Qera trató de pasar por mi lado para llegar al camarote de abajo—. ¿Dónde está el generador?

No podía dejar que se lo llevasen. Sin el sol, nos hacía falta el de repuesto para llegar hasta las Islas Cavalcade. Si no, jamás encontraríamos a nuestros padres.

—¿No quieres el barco? —inquirió Elysea. Le chisté para que se quedara callada.

Qera volvió a enseñar sus dientes puntiagudos.

—¿Me lo estás ofreciendo?

—Moriremos —respondí, esperando que le quedase algo de compasión—. Si nos quitas el generador, nos condenarás a morir. No hay nada en kilómetros a la redonda.

—No es problema nuestro —replicó—. Si os metéis en territorio remorano, tenéis que pagar el precio. A veces es la vida. —Se encogió de hombros, como si eso no fuera gran cosa.

No deberíamos habernos arriesgado a cruzar el Mar Desatado.

Los remoranos sabían que no podían cruzar el perímetro de Palindrómena a menos que quisieran enfrentarse a su flota. No tenían nada que hacer contra los barcos de alta tecnología.

Aunque el *Amanecer* se construyese en Palindrómena, no contaba con armas.

La tripulación de Qera seguía riéndose. Otro remorano subió a bordo. Esta vez el barco sí que se ladeó. Nos quedaba una media hora, o quizá menos, para reunirnos con los muertos en el fondo del mar.

—Moveos —ordenó el de la camiseta hecha jirones, empujándome a un lado para alcanzar el panel del barco.

La tripulación de Qera desplegó un cable sobre el agua. El de la camiseta lo enchufó a nuestro cargador.

—No lo hagáis —supliqué—. Os daremos cualquier cosa menos eso.

Qera me miró entrecerrando los ojos.

—No necesito otra cosa. —Se volvió hacia el tripulante—. Dale al interruptor.

El corazón me dio un vuelco.

—Lleváoslo todo —ordenó con una sonrisa.

El barco emitió un zumbido cuando la transferencia de energía dio comienzo. La tripulación remorana golpeaba su barco con puños y pies.

—¡Diez minutos! —grito el remorano de la nariz aguileña y la camiseta hecha jirones por encima de la algarabía. Pulsó el calibrador al lado del timón—. Para entonces nos habremos cargado del todo y estaremos listos para partir.

Miré a Elysea. «¿Qué hacemos?».

—Venga, venga —dijo Qera—. Yo os daré mi regulador. ¿Os parece un intercambio justo?

—¿Justo? —estallé—. ¡No sobreviviremos! ¡Nos habéis condenado a morir!

—Llevas un traje de submarinismo —replicó ella.

—Serás... —Hice amago de lanzarme contra ella, pero Elysea me contuvo.

—No lo hagas, te matarán —me advirtió.

Me la quité de encima. Teníamos que hacer algo. Dentro de diez minutos moriríamos en el agua. Elysea echó una miradita al camarote, cosa que no le pasó desapercibida a la líder remorana.

—¿Qué guardáis ahí abajo? —inquirió Qera.

Elysea se movió para cortarle el paso.

—Nada que te interese.

¿Por qué protegía a Lor? Debería preocuparse por hallar la manera de sacarnos de aquí. No tenía traje de buceo; de hecho, aún llevaba puesto el disfraz de bailarina.

La cosa era que yo tampoco sabía qué hacer. Los remoranos iban armados, literalmente, hasta los dientes.

Qera sonrió.

—Respuesta equivocada, amiga mía.

Empujó a Elysea a un lado y ambas la seguimos.

—¡Detente! —le pidió Elysea—. No… —Pero no pudo acabar la frase.

Me detuve a mitad de las escaleras, confusa.

El camarote estaba vacío.

—¿No qué? —indagó Qera.

—Nada —respondió Elysea negando con la cabeza.

¿Cómo se había soltado Lor? Debería de haber imaginado que nos dejaría en la estacada. No tendríamos que haberlo mantenido a bordo.

La líder remorana avanzó un paso hacia nosotras.

—¿Qué pasa?

Elysea volvió a negar con la cabeza y subió las escaleras hasta chocar conmigo.

—¿Qué escondéis?

Los ojos de Qera brillaban; esperaba encontrar algo más que energía.

—Nada —repetí antes de asentir hacia Elysea—. Echa un vistazo y lo verás por ti misma.

—Eso pienso hacer —replicó Qera—. Gracias por la idea.

Se me ocurrió encerrarla en el camarote, pero seguía habiendo una tripulación entera de remoranos con los que lidiar. Y no quería cabrearlos aún más.

—¡Qera! —la llamaron desde la cubierta—. ¡Sube, ya!

—¡Estoy ocupada! —gritó a modo de respuesta—. Hombres. No saben hacer nada solos —nos dijo a modo de conversación. Sacudió la cabeza y suspiró.

—Pero es que nuestro barco... —gritó otro remorano—. ¡Está alejándose por el mar!

Elysea y yo nos miramos.

Lor.

CAPÍTULO TREINTA Y UNO

LOR

Lunes, 23:30.

Algo iba mal. Lo supe en cuanto el barco tembló.

Cuando Tempest me dijo que nos estaban abordando, esperaba que fuera Ray. Que, de alguna manera, me había encontrado a pesar de que las chicas hubiesen destrozado la tableta. Pero entonces algo chocó contra el casco.

Nos estaban embistiendo.

Ray nunca haría eso.

El barullo de voces provenía de la cubierta. Oí la palabra «remorano», y la sangre se me heló en las venas. Al haber vivido en Palindrómena toda mi vida, las historias de los remoranos me resultaban tan terroríficas como el mito de la criatura marina gigante que deambulaba por el océano, engullendo todo y a todos los que se cruzaran en su camino.

Los remoranos se las comerían vivas, y si los rumores eran ciertos puede que hasta literalmente.

Tenía que salir de aquí.

Forcejeé contra las ataduras, pero los nudos estaban demasiado apretados. Tempest era marinera, así que claro que sabía hacer buenos nudos. Aun así, yo era escalador y conocía las cuerdas como si fueran parte de mí, sobre todo sus debilidades.

Tiré una y otra vez hasta que me dolieron los hombros y se me quedaron las muñecas en carne viva. Tenía que haber otra manera.

Examiné el estrecho camarote. Había unos pocos suministros de buceo y artilugios de flotación en caso de que el barco fuese a hundirse, pero no mucho más. Estaba claro que el barco estaba diseñado para ser rápido; ni siquiera contaba con una cama donde dormir.

Volví a forcejear contra las ataduras.

—Joder. —Algo me cortó la muñeca. Me retorcí. Era el ecoenlace. Aunque los filos de la pulsera no estaban tan afilados, la presión había hundido el metal en mi piel, abriéndome una herida.

La sangre hizo que la cuerda se volviera resbaladiza, pero me dio una idea.

Retorcí la muñeca y presioné el filo de la banda de metal contra la cuerda. Meneé la muñeca varias veces arriba y abajo y entonces la cuerda empezó a raerse.

—¡Sí! —Moví la muñeca a más velocidad.

Cuando el grosor de la cuerda se había reducido a la mitad, respiré hondo y tiré de ella lo más fuerte que pude. La cuerda se rompió y me liberé.

Y parecía que justo a tiempo. Alguien había subido a bordo y el peso extra había hundido un poco el barco en el agua. Abrí el ojo de buey más cercano y eché un vistazo a la oscuridad del exterior. Se me pusieron los vellos de punta.

Nunca había sido un buen nadador. Tampoco me había hecho falta. Pero ahora no me quedaba de otra.

Me escurrí a través del ojo de buey y me sumergí en el agua.

No estaba demasiado fría, pero no veía nada. Me aferré al casco y maniobré hasta llegar al otro lado y ver contra qué nos enfrentábamos.

Un navío grande y con alas se había detenido junto al barco de las Alerin. O, mejor dicho, se había *incrustado* en el barco. Hasta sin luz pude ver el daño en el casco. La tripulación remorana alentaba a una mujer alta con el pelo azul y la piel pálida que había abordado el barco de las hermanas.

Intenté centrarme en los remoranos más que pensar en qué podría haber en el agua, conmigo. No pude evitar imaginarme una criatura con los dientes afilados y la boca abierta rozándome los tobillos.

Nunca me había gustado el mar por la noche. Ocultaba demasiados secretos. Nunca entendería por qué le encantaba a Ray, pero no tenía tiempo dejarme amilanar por el miedo.

Me alejé de la zona segura y me dirigí hacia la popa del barco remorano. La tripulación estaba alborotada y congregada en la proa, entusiasmada con su nueva captura. Era el momento perfecto para actuar sin que me vieran.

Me encaramé a la parte posterior del barco. Di gracias a los pesados suministros que había tenido que mover de un lado a otro en el Acuario esos dos años y que me habían mantenido en forma. Una vez a bordo, me agaché y me moví hacia el timón, lo único que se interponía entre la tripulación y yo. Me aproximé… tanto que era capaz de oler el pestazo a podrido y a tripas de pescado que emanaba de la ropa de los remoranos. Solo tenían que darse la vuelta para verme.

Oía mi respiración tan fuerte que me sorprendía que aún no me hubiesen descubierto.

Dentro del timón improvisado estaban los controles del navío. Parecían haberlos formado a partir de piezas de otras máquinas, incluidos fertilizadores. Aunque no tenía ni idea de cómo navegar en barco, sí que llevaba conduciendo y arreglando vehículos desde que los pies me llegaban a los pedales.

Desenrosqué el timón y rebusqué algo con lo que obstruir el contacto. Por suerte, el barco estaba hecho un desastre y tenía todo tipo de basura, incluidos huesos, desparramada por el suelo.

Reprimí un escalofrío y cogí algo. Esperaba que fueran espinas de pescado. Mientras las pise con el zapato para partirlas, la tripulación rugió. Eché un vistazo por encima de la ventana abierta del timón, pero nadie me estaba mirando.

Rápido, le di al contacto y luego introduje las espinas para que no pudiera apagarse. El motor cobró vida. No les quedaba demasiada energía, seguro que por eso habían abordado nuestro barco.

«El barco de las hermanas Alerin», me corregí mentalmente.

—¡Eh! —gritó uno de los remoranos que estaba cerca—. ¿Acaba de arrancarse el barco?

Salí de la cabina del timón y me dirigí deprisa hacia la parte trasera de la embarcación con la rueda del timón aún en la mano.

Mientras regresaba al barco de las chicas, los anteriores vítores de la tripulación se transformaron en gritos de auxilio.

Un remorano saltó sobre su barco antes de que este se alejara demasiado. Mientras me subía a la cubierta, oí un chasquido al partirse en dos el cable que conectaba ambos barcos.

—Hola —saludé.

Tres cabezas se giraron hacia mí. La de Tempest, la de Elysea y la de la mujer remorana de pelo azul. El barco se hundió debido a mi peso añadido. Tenía que deshacerme de la remorana. Ya.

Moví el timón en el aire.

—Creo que a tu barco le falta algo.

La remorana observó cómo su navío se alejaba a toda velocidad junto a toda su tripulación.

—¿Qué has hecho? —inquirió.

A modo de respuesta, lancé el timón al agua en la dirección opuesta a su barco.

—Te sugiero que vayas a por él antes de que sea demasiado tarde.

La líder remorana me enseñó sus dientes afilados antes de arrojarse al agua para ir a por el timón.

—Rápido —le urgió Tempest a Elysea, poniéndose manos a la obra—. Arranca el *Amanecer* antes de que vuelvan a por nosotros.

Elysea desenchufó el cable del panel y lo tiró al océano. Arrancó el barco y el casco se elevó sobre el agua.

Los remoranos ya no podrían alcanzarnos. Esperaba que Ray no nos estuviera siguiendo todavía; no quería que se topara, solo, con los remoranos.

—¿Cómo te has soltado? —me preguntó Tempest cuando ya estábamos a una distancia prudencial. Probablemente quisiera volverme a atar.

—¿Importa acaso? —repliqué—. Necesitabais ayuda.

Estaba seria. Aún no sabía si podía fiarse de mí.

—Supongo que quieres que te demos las gracias, ¿no?

—No si soy yo el que tiene que pedíroslo. —Me escurrí el agua de la ropa y el pelo y me froté las manos para generar algo de calor. Era la primera vez que pasaba tanto tiempo dentro y sobre el mar.

Elysea pasó junto a su hermana y me desabrochó las cuerdas ensangrentadas de las muñecas.

—Gracias, Lor. Abajo hay una camiseta de repuesto, por si quieres ponerte algo seco.

—Te lo agradezco —respondí.

Tempest no dijo nada, pero pude sentir sus ojos en la espalda mientras bajaba al camarote para cambiarme.

Media hora después, Tempest toqueteó el ecolocalizador del barco.

—Ya no estamos en el Mar Desatado. ¡Lo hemos conseguido!

Elysea sonrió y le dio una palmadita en la espalda a su hermana.

—Sí, lo hemos conseguido entre todos. —Y me miró.

Yo fui a responder, pero las palabras se me quedaron estancadas en la garganta.

—¿Qué es eso? —conseguí pronunciar, señalando al frente.

Unas luces multicolores aparecieron en el agua cual arcoíris fragmentado. Elysea ralentizó el barco.

—Coral —respondió Tempest con una sonrisa. Se movió hacia el borde para verlo mejor.

—Debe de haber unas ruinas debajo y bastante cerca de la superficie —supuso Elysea.

Me asomé junto a Tempest para echar un vistazo. Nunca había visto el Antiguo Mundo, pero me lo había imaginado multitud de veces rodeado de los tanques luminiscentes del Acuario. Incluso así, jamás me habría podido imaginar algo semejante.

Unas pocas luces en el agua se transformaron en miles conforme nos movíamos despacio sobre las ruinas. El coral era como manchas de pintura fluorescente en el agua. Si miraba en línea recta hacia abajo, podía ver la vasta forma de un edificio con cientos de arcos y torretas.

—A saber qué más habrá ahí abajo —dijo Tempest. Las luces rosas y azules se reflejaban en sus ojos. Me sonrió y el corazón se me encogió. Era demasiado guapa como para describirla con palabras.

—No hay tiempo para investigar —apostilló Elysea con tristeza en la voz—. Tendrá que seguir sin descubrir.

Tempest se separó del borde con un suspiro, pero yo fui incapaz de apartar la mirada.

El Antiguo Mundo era precioso. Tempest tenía razón. Y, aunque no se me daba muy bien nadar, deseé poder bajar y verlo con mis propios ojos.

Elysea apretó el acelerador.

Las luces se convirtieron en un borrón conforme cogíamos velocidad. Enseguida volvíamos a navegar sobre aguas oscuras y vacías. Lamenté la pérdida de un mundo que nunca podría explorar.

Al cabo de unos minutos, Tempest le quitó los controles a su hermana.

—Ve a descansar —le ordenó—. Deberíamos llegar a la isla dentro de unas horas.

—Estoy bien —respondió Elysea con un bostezo.

Tempest señaló el camarote.

—Ve.

Elysea se rio por lo bajo, derrotada.

—Gracias otra vez —me dijo mientras pasaba por mi lado—. Te debemos una.

Antes de descender los escalones que llevaban al camarote, se tropezó y las piernas le fallaron.

—¡Elysea! —chilló Tempest, abandonando su puesto.

Levanté a Elysea de la cubierta. Se le había desparramado el pelo moreno sobre la cara, como un halo. Y se le habían puesto los ojos blancos.

—Ay, Dioses... —exclamó Tempest—. Ay, Dios. ¿Está...?

No podía pronunciar las palabras. Coloqué un par de dedos sobre su muñeca. Sí que sentí un leve pulso en sus venas, mientras que el mío retumbaba en mis oídos.

—No —repuse—. Está bien. —Pero no parecía que su pulso fuese muy regular. Y tampoco el mío.

—Entonces, ¿por qué se ha desmayado? —La voz de Tempest sonaba un pelín histérica—. Ni siquiera ha pasado la mitad del tiempo. ¿Qué le pasa?

—No lo sé.

Miré el ecoenlace, pero el segundo círculo estaba parpadeando. Sacudí la muñeca. ¿Por qué no...?

Algo me atenazó el pecho. Los brazos se me aflojaron y Elysea se me cayó al suelo. De pronto solo veía negro, un negro tan oscuro como las profundidades del océano.

CAPÍTULO TREINTA Y DOS

TEMPEST

12h 00m

Lunes, medianoche.

No estaba preparada para que Elysea muriera. Para ver que la vida se extinguía en sus ojos. Esto era peor que antes. Mucho peor. No la había visto muerta, no había visto su cuerpo. Daon se había ofrecido a ir a identificarla en lugar de tener que hacerlo yo.

La había imaginado inerte muchas veces, pero verla fue muy distinto. No podía apartar la vista. La imagen me atormentaría para siempre.

—No, no, no, no, no. —La urgí a que se despertara, pero no lo hacía. Se suponía que teníamos doce horas más juntas. Se suponía que íbamos a reunirnos con nuestros padres.

Lor se encontraba inconsciente a su lado. ¿Qué había pasado, por el amor de los Dioses de abajo?

Coloqué la cabeza de Elysea en mi regazo. Mis lágrimas caían sobre su rostro inmóvil.

No recordaría a mi hermana viva. No recordaría los momentos preciosos que habíamos pasado juntas. No recordaría su risa, su voz, sus bailes. Solo recordaría su cuerpo sin vida.

Su muerte borraría todo lo que me encantaba de ella.

—Por favor —les susurré a ambos—. Por favor, despertad. No me dejéis aquí sola.

Siempre que había suplicado a los Dioses de abajo, nunca me habían escuchado. Rogué para que esta vez sí lo hicieran. Solo esta.

Lo único que podía oír aparte de mi respiración agitada era la vibración del motor del *Amanecer* y el barco al navegar por el mar en calma. Había dejado de llover, las nubes se habían dispersado y la luz de la luna iluminaba la cubierta y el rostro de Elysea. Quería apartar la vista. Quería bajarme del barco y sumergirme en el mar. Quería esconderme de ella y de todo.

Entonces, Elysea abrió los ojos y Lor gruñó.

Incorporé a Elysea.

—¿Estás bien? ¿Qué ha pasado?

Ella inspiró de forma agitada y alzó la mirada hacia el cielo estrellado.

—No lo sé. —Se llevó una mano al pecho—. Creo que... se me ha parado el corazón. —Sus ojos rebosaban miedo.

En cuanto me aseguré de que podía mantener el equilibrio, me acerqué a Lor. Se le movían los ojos bajo los párpados. Le temblaban los brazos. Se estaba despertando.

Uno de los círculos del ecoenlace desapareció y volvió a aparecer.

Lor se incorporó sobresaltado. Yo tropecé hacia atrás en la cubierta.

—¿Dónde estoy? —preguntó. El azul de sus ojos estaba descolorido y su piel, blanca como un fantasma. Parecía que se estuviera muriendo.

—Te has desmayado —le expliqué despacio. Un pensamiento merodeaba por mi mente que no terminaba de situar del todo—. Justo después de Elysea.

Lor se miró el ecoenlace y sacudió la muñeca. Me encogí al verlo.

—Debe de tener algún tipo de fallo —murmuró.

—¿Fallo? —repitió Elysea, intercambiando una mirada conmigo—. ¿Qué fallo?

Aunque no quería, me acerqué a él. La pantalla negra del ecoenlace me atraía.

—El vínculo debe de estar sobrecargado o algo —dijo, casi para sí mismo.

—¿Qué vínculo?

Él levantó la mirada del ecoenlace.

—¿El qué?

—Acabas de decirlo tú. ¿De qué vínculo hablas?

Él sacudió la cabeza, pero yo no pensaba dejar que nos volviera a mentir.

—¿Por qué te has desmayado justo después de Elysea? —inquirí.

—¿En solidaridad? —respondió con una risita a la vez que se encogía de hombros.

No tenía ni pizca de gracia.

—¿Pretendes que nos traguemos eso?

—Tempe. —Elysea tenía expresión seria—. Dale un poco de espacio. No está bien, ¿no lo ves?

—Sí que lo veo —contesté—, y quiero saber la razón. ¿Por qué pareces estar al borde de la muerte si es mi hermana la que morirá en menos de doce horas?

Él se pasó las manos por la cara.

—No os lo he contado todo —confesó con la cara entre las manos.

No me sorprendía.

—Pues desembucha —espeté. No pensaba dejar que Elysea volviera a desmayarse y que él siguiese ocultándonos sus secretos—. ¿Por qué acaba de quedarse Elysea inconsciente?

Él se apartó las manos de la cara y se me quedó mirando con la mandíbula apretada.

—No lo sé, y es verdad.

Sentí que había algo que se estaba guardando.

—¿Pero...? —insistí.

—Pero sí sé por qué me he desmayado yo —admitió.

Supe lo que iba a decir antes de que lo dijera en alto.

—Tu hermana y yo estamos conectados. —Señaló a Elysea—. Lo que le pase a ella me pasará a mí también. Si su corazón se detiene, el mío también lo hará.

Y jamás olvidaré su cara cuando añadió:

—Dentro de doce horas, uno de los dos morirá.

CAPÍTULO TREINTA Y TRES

LOR

Martes, 00:15.

Realmente no sabía por qué había fallado el corazón de Elysea; lo que sí sabía era que tenía que volver a Palindrómena ya. O tal vez los dos moriríamos.

—¿De qué estás hablando? —preguntó Tempe. No podía ver sus iris. El pelo negro se le arremolinaba alrededor de los hombros como si fuera algas, y sus ojos escondían tantas sombras como el océano en una noche sin luna. ¿Se trataba de la diosa de la muerte que había venido a por mí? ¿O una bruja de agua que buscaba arrastrarme hasta el fondo del océano?

—Tu hermana y yo estamos vinculados. —Me erguí. Volví a recuperar los sentidos. No estaba muerto. Aún no. Pero sí cansado. Agotado—. Lo que le pase a ella me pasará a mí.

Pero era todavía peor. No estábamos conectados sin más. Como no consiguiera llevar a Elysea de vuelta antes de que transcurrieran las veinticuatro horas, uno de los dos moriría. Y podría ser yo.

Solté un suspiro trémulo. Tendría que haberle hecho caso a Ray. Él quiso alertar a la seguridad de Palindrómena para cerciorarse de que Elysea regresaba a tiempo, aunque aquello implicara perder el trabajo. Solo quería salvarme la vida. Pero yo no le había hecho caso. Pensaba que podríamos encontrarla solos antes de que

Palindrómena reparara en su ausencia. Y tampoco había sido únicamente por Ray; en el fondo también quería preservar una pizca de la vida que tenía en el Acuario.

—¿A qué te refieres, Lor? —preguntó Elysea.

Ya había ocultado durante demasiado tiempo la verdadera razón por la que debíamos llevar a Elysea de vuelta a Palindrómena. Pensé que revelarles la verdad supondría ponerlas en mi contra. Hacerles atisbar un hilo de esperanza y que se aferraran a la posibilidad de que Elysea siguiera viva. Ahora ya no tenía elección.

—El proceso de reanimación no es unilateral —dije—. No se puede restaurar una vida sin tomarla prestada de otro lugar. Esa es la razón por la que Palindrómena no ha reanimado a tantas personas como pueden. Y por eso solo dura veinticuatro horas. Necesitan tomar prestada la vida de otra persona; o, mejor dicho, *compartirla*. —Señalé a Elysea—. Actualmente compartimos el pulso. *Mi* pulso. Yo soy tu vínculo con la vida.

—No lo entiendo. —Tempest arrugó todavía más el ceño—. Explícate.

—Antes de que te reanimaran —le dije a Elysea—, te hicieron una incisión para implantarte un sensor que estaría conectado a mi ecoenlace. —Aquello había formado parte del proceso previo a la reanimación que Ray había llevado a cabo con los científicos antes de darme el ecoenlace.

Elysea se arrancó la falsa pulserita médica de la muñeca; ahí estaba el bultito cuadrado bajo su piel.

—Luego, solo tuve que ponerme el ecoenlace y pulsar el botón de sincronización justo antes del mediodía. —Miré a Tempest. ¿Se daba cuenta ahora de que había estado conmigo justo cuando había revivido a su hermana?—. Mi latido arrancó el tuyo, como una corriente de electricidad a través del ecoenlace. Una vez reiniciado tu corazón, compartimos el mismo pulso. Los corazones laten a la misma velocidad. —Señalé uno de los circulitos azules en la pantalla del ecoenlace—. Esto no es solo para llevar la cuenta atrás; es un sensor que mantiene nuestros corazones sincronizados. Tú usas mi corazón como baipás y así te aseguras de que el tuyo bombee sangre por todo tu cuerpo. —Le di un golpecito al segundo círculo.

Elysea se llevó una mano al pecho.

—Como compartimos latido, lo que le ocurra a Elysea también me ocurrirá a mí —dije—. Por eso, cuando ella se ha desmayado, yo también lo he hecho. Cuando pasen las veinticuatro horas, el vínculo se romperá; el vigilante vuelve a su vida normal y el recipiente muere.

—¿Cómo se rompe el vínculo? —inquirió Tempest.

—Hay que desincronizar los latidos —expliqué—. Básicamente, Palindrómena detiene el corazón del paciente.

Tempest ahogó un grito.

—¿Los matáis?

Me crucé de brazos. No lo entendía.

—Si no detenemos el corazón del paciente a las veinticuatro horas, entonces uno de los dos muere igualmente.

—¿*Uno* de los dos? —Tempest entrecerró los ojos—. ¿No te refieres al paciente? ¿A Elysea?

—Puede que sí, o puede que no. No hay garantía. Hacia el final de las veinticuatro horas, nuestros corazones lucharán por el latido hasta que gane uno. —Evité mirar a Elysea a los ojos. Había permanecido callada todo este tiempo. Me preguntaba en qué estaría pensando. ¿Creía que el riesgo merecía la pena? ¿Un cincuenta por ciento de posibilidades de vivir? ¿Había hecho lo correcto al ocultarles esa información?

—¿Entonces lo de las veinticuatro horas es mentira? —me acusó Tempest, con las mejillas arreboladas y los ojos brillantes—. ¿Mi hermana puede seguir viviendo más de un día?

—No. Al estar los dos corazones vinculados, ambos sufren mucho desgaste. Uno de ellos terminará debilitándose y fallará. Palindrómena impone la regla de las veinticuatro horas para asegurarse de que sea el vigilante el que vive y el paciente el que regresa a su estado anterior.

—Te refieres a la muerte —repuso Tempest con desdén—. Por eso nadie puede salir del centro, y por eso nos has estado siguiendo. No te importa tu trabajo, ni tu amigo. ¡Solo estás intentando salvarte! Quieres llevarte a Elysea de vuelta a Palindrómena para asegurarte de que ella es la que muere y no tú.

—No quiero morir —afirmé—. ¿Tan malo es?

Ella resopló, pero no respondió.

—¿Por qué veinticuatro horas? —preguntó Elysea con voz queda—. ¿Por qué no se puede compartir el vínculo durante más tiempo?

—Tiene que ver con el ciclo del cuerpo llamado ritmo circadiano —dije—. El cuerpo básicamente se reinicia solo a las veinticuatro horas, lo cual altera el baipás y rompe el vínculo.

—¿Qué nos pasará cuando se acabe el tiempo? —inquirió Elysea con la mirada gacha—. ¿Y si no nos hemos desvinculado?

—Uno de los dos morirá. Al instante.

Elysea se apartó y se llevó una mano a la boca.

—No quiero que mueras.

«Gracias, gracias a quienquiera que nos observe, Dioses o no. Esta chica tiene conciencia».

Tempest se giró hacia su hermana.

—¿Qué estás insinuando?

—No puedo ser la responsable de su muerte, Tempe —dijo—. El riesgo no merece la pena.

—¿Por qué tiene que ser uno u otro? —Tempest cerró los ojos con fuerza—. No quiero que mueras si existe la posibilidad de seguir juntas.

Comprendía su dolor. Acababa de enterarse de que cabía la posibilidad de que su hermana regresara a su vida normal. De que se reuniera con su familia de forma permanente.

—No pienso matarlo —susurró Elysea—. No puedo ser la responsable de su muerte. Yo ya he muerto. Debería ser yo la que ofreciera su vida por él.

—¿No quieres vivir? —la voz de Tempest titubeó. Evitaba mirarme a los ojos.

—Sabes que no es eso —replicó Elysea—. Pero no está bien que otra persona muera para que las dos podamos estar juntas.

Tempest inspiró a duras penas. Era una situación imposible.

—No quiero dejarte marchar —confesó—. Otra vez no. Nunca más.

Elysea se acercó a su hermana para consolarla y le susurró algo antes de regresar junto a mí. Era preciosa y, aun así, lucía su belleza como una máscara incómoda, como si no quisiera que nadie se fijara en ella. Solo cuando estuvo bailando en la Marea de Primavera se la vio a gusto en su propia piel. ¿Sería porque sabía que tenía las horas contadas o siempre había sido así de insegura?

—Siento haber salido huyendo —me dijo con expresión suave y comprensiva—. No lo habría hecho de haber sabido que ponía en riesgo la vida de otra persona. Llévame de vuelta a Palindrómena. Lo arreglaremos.

No sabía muy bien qué era lo que quería arreglar. Su muerte era imposible de enmendar. Pero eso no era ni culpa ni responsabilidad mía. Mi única preocupación era llevarla de vuelta a Palindrómena.

O así había sido antes. Ahora que empezaba a conocer a las hermanas Alerin, no quería separarlas. Al menos, ahora mismo no.

—¿A qué distancia estamos de vuestros padres? —pregunté.

—¿Por qué? —me devolvió Tempest con un gruñido. Había vuelto a erigir sus murallas. En cuestión de minutos, había creído que volvería a perder a su hermana, le habían dado esperanzas de lo contrario y ahora debía enfrentarse a su pérdida otra vez. Yo también tendría ganas de gritarle a alguien.

—A lo mejor podemos hacer ambas cosas —respondí—. Podríamos viajar hasta las Islas Cavalcade y luego regresar a Palindrómena para desvincularnos.

Eso les daría a las hermanas Alerin unas cuantas horas con sus padres. Era lo mínimo que podía hacer después de todos los problemas en los que las había metido, persiguiéndolas por el océano y arruinándoles sus últimas horas juntas. Y lo que estaba por venir, con todo el proceso de desvinculación, sería mucho peor. Tendrían que despedirse para siempre. Ahí era cuando empezaba el verdadero dolor. Algo de lo que Palindrómena no avisaba en ningún sitio.

Elysea levantó la mirada y serenó la expresión.

—¿Me dejarías hacer eso?

—Para eso está el programa de reanimación —dije—. Para decir adiós.

—Nos quedan once horas y media, y aún estamos a dos y media de las islas del desenfreno —comentó Elysea con la mirada desenfocada—. Quedándonos unas pocas horas en la isla y luego tardando otras cuatro en volver a Palindrómena, yo diría que da el tiempo justo.

Sí, pero era factible. Ya estábamos muy cerca de la isla y de que las hermanas se reunieran con sus padres. No podía arrebatarles eso, ni aun poniendo mi vida en riesgo.

Eché un vistazo al ecoenlace y recé por que no terminásemos los dos muertos.

—Da tiempo de sobra —convine.

—¿Tempe? —preguntó Elysea con voz suave—. ¿Tú qué dices?

Tempest sacudió la cabeza.

—¿Qué puedo decir? Vayamos en la dirección que vayamos, nos enfrentamos a la muerte. No hay escapatoria.

Elysea le dedicó a su hermana una sonrisa cargada de tristeza.

—Eso ya lo sabíamos desde el principio. Cuando lleguemos a la isla, obtendremos respuestas.

Tempest combó los hombros. Pensé que se iba a desmayar cuando añadió:

—Pero no a ti.

Quise darme la vuelta. No quería presenciar el dolor entre ellas. Odiaba saber que era yo quien se lo estaba causando, pero era mi vida o la de Elysea.

—Al final todos debemos decir adiós —repuso Elysea, apartándole las manos de la cara a su hermana—. Por mucho que queramos, no podemos seguirnos la una a la otra en la oscuridad. Yo solo quiero lo mejor para ti.

—¿Y tú qué? —le rebatió Tempest—. ¿Qué hay de lo que es mejor para ti?

—Mi tiempo ya pasó. Estas veinticuatro horas son solo un regalo.

—Eso no lo hace más fácil —respondió Tempest. Y yo sabía que ahora, de hecho, todo se complicaría más, sabiendo encima que Elysea *podría* vivir y que yo era lo único que se interponía entre ellas.

Tempest tenía razón. Por mucho que prometiera Palindrómena, veinticuatro horas con tu ser querido no conseguían que despedirse fuera más fácil.

No te daba paz mental. No lo haría nunca.

CAPÍTULO TREINTA Y CUATRO

TEMPEST

11h 00m

Martes, 01:00.

Contemplé la espuma del mar que se formaba detrás mientras navegábamos por el océano oscuro.

Había pasado una hora desde que Elysea se desmayara y a mí todavía me temblaban las manos. Quedaban once horas. ¿Cómo iba a despedirme de ella ahora que sabía que podía vivir? Vivir de verdad. Pero ella no estaba dispuesta a correr el riesgo y a arrebatarle la vida a otra persona.

¿Podía yo?

Me costaba creer que papá hubiera arriesgado su vida todos los días para reanimar a pacientes. ¿Qué pasó para tener que huir del Equinoccio y no volver jamás?

Escuché las pisadas suaves de Elysea a mi espalda y cerré los ojos con fuerza.

—No me puedo creer que, después de todo lo que hemos pasado, quieras tirar la toalla —la acusé. ¿Cuántas veces tendría que despedirme de ella?

—Sabes que eso no es verdad. Yo ya estaba muerta, Tempe. No sufría. —Me di la vuelta y ella se encogió de hombros—. No estaba... nada. Lor no debería sacrificarse por mí.

—¿Crees que él merece vivir más que tú? —No lo conocía mucho, pero sí sabía que mi hermana no se merecía acabar así.

Había estado rehuyendo la pena y, en vez de enfrentarla, me había enfocado en la rabia. Mi manera de afrontar las cosas fue creer que Elysea nos había hecho daño a mí y a mis padres. Fue una forma de convencerme a mí misma que ni quería ni necesitaba a mi hermana. Así lidiar con el duelo me había costado menos.

Pero ahora ya sabía la verdad. La había querido reanimar porque la echaba de menos. Quería que volviera conmigo. Durante casi dos años había fingido que era por venganza y me había estado mintiendo a mí misma.

Eso se acabó.

Elysea se mostró más brusca.

—¿Y eso quién lo decide, Tempe? ¿Quién decide quién vive y quién muere? ¿Quién decide qué vida importa más? Todos tenemos familia y amigos. Alguien que nos quiere. ¿Quién dice que yo sea más importante que Lor?

—Yo.

Reprimiendo las lágrimas, me giré hacia el viento y dejé que el aire fresco me enfriase la cara encendida.

—No te preocupes —dijo—. Cuando vuelvas con mamá y papá, todo irá bien.

—¡Ni siquiera sabemos con certeza que estén ahí! —Se me quebró la voz—. Y, aunque estén, no quiero perderte. — Ya bastaba de fingir que la muerte de Elysea no me había destrozado por dentro. La necesitaba. Ella había sido mi brújula, mi ancla. Sin ella, la marea me arrastraría consigo—. ¿Qué voy a hacer sin ti?

Ella me giró por los hombros para mirarme a los ojos.

—Lo que has estado haciendo estos dos años. Seguir viviendo.

—¿Viviendo? —resoplé—. No he estado viviendo, sino más bien sobreviviendo. Día tras día. Hasta que llegara el momento en que nos volviéramos a ver. Eso no es vivir.

Elysea me dio un apretón en el brazo.

—Entonces tendrás que esforzarte más. Por mí. —Se sentó en el borde del barco y tiró de mí consigo—. Tenemos la suerte de pasar estas horas juntas. Que haya vuelto no es lo natural, y lo sabes.

Apreté los dientes para intentar reprimir las lágrimas. Sentía su mano cálida y fuerte. La sentía real, viva. Ojalá bastasen mis ganas para que se quedara. Si los Dioses de abajo escuchasen mis súplicas...

—Tenemos que centrarnos —dijo—. No podemos perder el tiempo con conversaciones como esta. Necesito que seas fuerte. Por mí.

Me di cuenta entonces de que estaba temblando. Cuanto más la presionaba, cuanto peor me ponía y cuanto más me cabreaba, más le costaba a ella.

Elysea me necesitaba. Siempre había pensado que había sido al revés; que ella era mi pilar, mi fuerza, mi motor. Pero al final yo sería su destrucción. Si no le demostraba que podía ser fuerte, no moriría en paz. Temía morir porque le daba miedo dejarme sola.

Pero ya no. Si necesitaba que yo fuera fuerte para salir adelante, lo sería. Por ella.

Sabía fingir. Llevaba dos años haciéndolo. Fingiría ser fuerte hasta el último momento, antes de que fuera demasiado tarde. Antes de no poder hacer nada más.

Fingiría hasta su último aliento.

Lor se había retirado abajo. No lo habíamos vuelto a atar. No hacía falta. Ahora sabíamos que él nos necesitaba más que nosotras a él. No iba a marcharse a ninguna parte.

—¿Va todo bien? —preguntó cuando me acerqué a él. Esbozó una mueca—. A ver, sé que no, pero...

Le hice un gesto desdeñoso con la mano.

—Sí.

—Lo siento, Tempe, de verdad —dijo, usando mi apodo. Y aunque me había presentado como Tempe en vez de Tempest, no esperaba que lo usase conmigo. Me hacía sentir incómoda.

—Toma —le di una barrita de pescado prensado y una cantimplora de agua.

Él se la bebió y desenvolvió la barrita.

Me senté contra el casco con las piernas abiertas. El ruido regular de las olas me relajaba. Podía hacerlo. Podía centrarme. Podía ser fuerte. Por Elysea.

Una vez dio buena cuenta de la barrita y el agua, se recostó. Se lo veía menos pálido.

—Gracias —repuso—. Te mentí, sí, pero es verdad que sé lo duro que es.

—Hoy ha sido el mejor y el peor día de mi vida. —Jamás había sido tan consciente del aire que entraba y salía de mi cuerpo. De estar viva—. Volver a estar con Elysea es increíble y horrible a la vez.

—No hay forma fácil de afrontar la muerte.

—Si fueses yo, ¿qué harías? —le pregunté.

Curvó la comisura de la boca.

—Seguramente me lanzaría al agua. —Enseguida volvió a ponerse serio al ver que no me reía—. Pero agradezco que no lo hagas. Tú no eres una asesina.

Apreté los labios. Tan amargada como estaba, me había portado fatal con Lor desde que escapamos de Palindrómena. En la sala de espera creía que podía confiar en él. Que buscaba lo mejor para mí. Tenía una cara amable que te instaba a abrirte con él. Pero me había mentido.

Incluso ahora, que sabía la verdad y por qué me había mentido, me resultaba complicado bajar la guardia. Pero quería. Después de tantísimo tiempo, era la primera persona que parecía preocuparse por mi hermana y por mí, aunque fuera a arrebatarle la vida a Elysea.

Mis sentimientos eran confusos. Y, sin embargo, siempre volvía a buscarlo. Era consciente de que eso significaba algo, por mucho que no quisiese admitirlo.

—No soy una asesina, no —respondí—, pero siento que estoy matando a Elysea. La rescaté de un lugar en el que no sufría y ahora sabe que su vida está a punto de acabarse. La que tiene la culpa de eso soy yo.

Lor estiró las piernas e imitó mi postura.

—¿A ti no te gustaría saber cuándo vas a morir?

Puse una mueca.

—Para nada.

Me miró.

—Pero entonces podrías disfrutar al máximo de lo que te queda de vida.

—Ser consciente del tiempo que te queda es una maldición. Mancha todo lo que haces y dices. Cada momento de tu vida.

—¿Elysea lo considera una maldición?

—Claro que no —contesté—. Lo ve como un regalo; no me culpa. Es buena persona.

—Y tú piensas que tú no lo eres —afirmó.

—¿Y tú? —Se la devolví. Era más fácil eso que responder.

Él suspiró y se atusó el pelo rubio.

—Quiero serlo.

Me confundía. A veces parecía seguro de sí mismo, pero ahora era todo lo contrario. ¿Cuál era el Lor de verdad? ¿Seguía fingiendo ser otra persona? ¿Cómo podía descubrir la verdad?

—¿Cuándo viste a tus padres por última vez? —preguntó, cambiando de tema.

—No quiero estar de cháchara contigo —mentí al tiempo que me cruzaba de brazos.

Ojalá dejara de mirarme. Era como si pudiese leerme los pensamientos. Me incomodaba. Ocultar lo que sentía también suponía poder apartarlos de mi mente. No quería desvelarle cómo me sentía en realidad. Ahora mismo era incapaz de gestionarlo.

—Entonces, ¿por qué sigues aquí? —preguntó, sonriendo lentamente. Era todo contrastes; pelo y tez claros contra el azul claro de sus ojos y los labios rojos. Odiaba admitirlo, pero era guapo. Sobre todo cuando sonreía.

Me mordí el labio.

—He venido a vigilarte. —Otra mentira.

—Aaaaaah —respondió con un suspiro exagerado antes de asentir—. Ya veo.

—¿Qué?

—Estás evitando a Elysea.

Recogí las piernas y me senté sobre ellas. No podía estarme quieta.

—No. Es mi hermana y solo le quedan diez horas de vida. ¿Por qué iba a querer evitarla?

Me dedicó una sonrisa cargada de tristeza.

—Acuérdate de que trabajo en Palindrómena.

—¿Y qué?

¿Qué sabía de mí o de lo que yo sentía?

—A veces es más fácil rehuir lo que nos hace daño y, ahora mismo, ver a Elysea te recuerda que la vas a volver a perder pronto.

Me lo quedé mirando con los dientes apretados. Ojalá tuviera el poder que creían los demás niños del colegio. Ojalá fuera una bruja de agua. Ojalá pudiese controlar el mar, volver a hace dos años y vaciar los pulmones de mi hermana.

Esperaba que se removiera, incómodo, bajo el peso de mi mirada, pero ni se inmutó.

—Sé que no soy vigilante de verdad, pero si quieres hablar de esto, podemos.

—¿De esto? —estallé—. ¿Te refieres a lo de arrebatarle el último aliento a mi hermana? —Se me encendieron las mejillas.

Me sorprendió verle los ojos llorosos.

—¿Sacrificarías tú tu vida por otra persona? —No era una provocación, sino una pregunta fruto de la curiosidad.

Creía que no sabría responder, pero lo hice sin pensar.

—¿Por mi hermana? Sí.

—¿Aunque eso significara dejar a tus seres queridos? ¿A tu madre y a tu padre?

—Si es que siguen vivos siquiera, vaya. No sabemos lo que pasó la noche en que supuestamente murieron. Y si siguen vivos, no sabemos por qué no volvieron. Tal vez prefieran su nueva vida. —Sentía las palabras como algas amargas. No quería creer que fuese cierto, pero no entendía por qué habían dejado de mandarnos pistas hacía dos años.

—Si eso piensas de ellos, ¿por qué los buscas?

—Porque es la pregunta más importante que tengo de la cual no sé la respuesta. Murieron cuando yo solo tenía doce años. Eso me ha convertido en quien soy hoy. Pero si es verdad que no murieron, lo que he vivido durante estos cinco años ha sido una mentira. —Enarqué una ceja—. ¿Tú no cruzarías el mar para descubrir la verdad, para averiguar la verdad del momento que te definió?

Sin el dolor y la ira de perder a mis padres, ¿quién era? Lo único que seguía manteniéndome a flote era esa pregunta. La incógnita.

Ya me preocuparía por el futuro más tarde.

Lor no desvió la mirada de mi rostro, pero sus ojos registraron una miríada de sensaciones. ¿En qué estaría pensando? ¿Qué me ocultaba?

—Sí —respondió simplemente—. Lo haría.

Salí del camarote siendo plenamente consciente de otra verdad que era imposible de ignorar.

Lor seguía mintiendo.

CAPÍTULO TREINTA Y CINCO

LOR

10h 00m

Martes, 02:00.

Tempest regresó arriba con su hermana. Traté de ignorar la cuenta atrás en mi muñeca.

«Diez horas».

Más valía que diera tiempo a volver a Palindrómena para quitarme esta cosa.

Tenía suerte de que Elysea hubiese accedido a regresar. Podría haberse arriesgado y aferrado a la posibilidad de seguir viviendo. Por primera vez en la vida, sentí como si alguien —o algo— estuviera mirando por mí. Algo distinto a la muerte.

No sabía lo que estaría haciendo Ray ahora mismo. ¿Habría respetado mi deseo de no involucrar a la seguridad de Palindrómena? ¿O estaría viniendo toda la flota en mi busca? ¿Habría perdido definitivamente el trabajo?

Elysea bajó a hacerme una visita un rato después. Sus movimientos eran gráciles, fluidos. Como si ya estuviera sumergida bajo el agua. Como lo estaría pronto.

—No nos queda mucha agua —dijo, tendiéndome la cantimplora rellenada—. ¿Cómo estás? —Se dio unos golpecitos en el pecho, sobre el corazón.

—Bien —respondí. El ecoenlace mostraba dos círculos brillantes en la pantallita. Volvíamos a estar sincronizados. Por ahora.

Seguía sin estar seguro de que pudiéramos llegar a las islas del desenfreno, al igual que tampoco sabía qué había causado el fallo en el vínculo. No quería volver a perder la conexión. La próxima vez bien podría ser para siempre.

Vacilante, di un sorbo.

—Gracias.

Se sentó a mi lado, aunque dejó una distancia prudencial entre nosotros. ¿Me tenía miedo? No me extrañaría, sabiendo que su vida prestada al final terminaría regresando a mí.

—¿En serio? —Insistió.

Esta chica estaba dispuesta a renunciar a una segunda oportunidad; se merecía la verdad.

—He estado mejor.

Sentía el cuerpo débil y apagado. Ojalá Ray estuviera aquí para poder preguntarle si él se había sentido así alguna vez durante una reanimación.

Elysea acercó una mano a mi frente sudorosa.

—Estás más pálido que un muerto. —Al darse cuenta de lo que había dicho, apartó la mano corriendo.

—Tranquila, no es contagioso —dije, riéndome.

Ella curvó la boca en una media sonrisa.

—Al final, sí.

Nunca pensé que podría odiar a Palindrómena y lo que hacía mi madre más que en este momento. No quería arrebatarle la vida a Elysea. Pero ¿qué elección tenía?

Elysea se apartó y echó la cabeza hacia atrás hasta apoyarla contra el casco.

—Tempe dice que en menos de una hora llegaremos a la isla. Jugueteó con algo que tenía en la mano. Un pedazo de papel. ¿Un mapa? Siempre parecía llevarlo consigo.

No sabía cómo responderle, así que me decanté por un:

—Qué bien.

—¿Siempre has vivido en la isla? —me preguntó tras unos instantes de silencio.

—Sí. Nací y crecí allí.

Sonrió. Era innegable lo guapísima que era. Como su herma-na. Pero donde Tempest era tormentosa y fuerte, Elysea era más etérea y delicada. Otro tipo distinto de bruja de agua. Pero igual de peligrosa.

—¿Cómo es? —inquirió.

—¿Vivir en la isla?

Suspiró.

—No me imagino vivir en un lugar que no se mueve; que no cambia según el tiempo que haga. Sin oír el constante romper de las olas y el zumbido de los motores de los barcos. Sin el persisten-te sabor a sal en la boca. Sin despertarte con los labios cortados por su culpa.

—Es lo único que conozco —repuse, acordándome de la vida a la que había querido regresar. Pegué una mano al casco y sentí el zumbido del motor y la vibración de la corriente a nuestro alrede-dor. Pero mis deseos y necesidades estaban cambiando. Después de esto, ¿cómo podía volver al Acuario? ¿Cómo iba a volver a recluirme?

Desde que me había puesto el endemoniado ecoenlace, ha-bía estado pensando más en mi futuro. Quería vivir más allá de hoy, pero ahora cada vez que me imaginaba esa vida, las hermanas Alerin nublaban mis pensamientos. Sobre todo Tempest.

Elysea se me quedó mirando con sus grandes ojos, ansiando saber más.

—La vida en la isla es tranquila, supongo, al menos comparada con lo que he visto del Equinoccio. En Palindrómena la gente se mueve más despacio. Aprecian la naturaleza a su alrededor. No van tan ajetreados. Ni tampoco llevan tanta prisa. —Lo cual era irónico, teniendo en cuenta lo importante que era el tiempo allí.

Fijó la vista en el ojo de buey a mi espalda.

—¿Adónde crees que vamos cuando morimos? ¿Crees que vol-vemos a la tierra de nuestros antepasados o flotamos en un vasto y oscuro océano de la nada?

No me sentía preparado para hablar de la muerte. No con Elysea. No cuando ella tendría que enfrentarse a esa realidad demasiado pronto.

—No lo sé.

—¿Me dolerá? —preguntó al cabo de un momento. Cuando muera, me refiero.

No quería explicárselo. Se suponía que los reanimados no debían saber la verdad.

—No. —No sabía muy bien a qué estaba diciéndole que no. No a todo. No a esta situación. Pero no había salida, para ninguno de los dos.

—¿No? —Ni parpadeó ni se encogió. Quería saber la verdad.

Me tragué la bilis que estaba empezando a subir por mi garganta. El miedo.

—Palindrómena se ocupará de ti. —Quería aliviar su incertidumbre.

—¿Qué pasa al final? No se me escapó el temblor de su labio inferior.

—Te sentirás débil y mareada. —Clavé la mirada en el extremo más alejado del casco, incapaz de mirarla—. Tu cuerpo notará el cansancio cuando solo quede una hora, ya que tu corazón se habrá debilitado. Los científicos de Palindrómena intervendrán antes de que se acabe el tiempo. —No podía ni tragar saliva. Carraspeé—. Ellos detendrán tu corazón. Es indoloro; no sabrás siquiera lo que está pasando.

No podía seguir hablando. Mi voz amenazaba con quebrarse.

Elysea me tocó y yo pegué un bote. Me dio un apretón en el brazo.

—Gracias por ser sincero. —Su mirada estaba completamente despejada. Pensé que a lo mejor lloraría, gritaría o se retractaría del trato, pero se la veía bastante comprensiva.

—Lo siento —susurré—. Ojalá no tuviera que ser así.

Ella medio sonrió.

—Y yo siento haber huido y haberte causado todos esos problemas.

—Entiendo por qué lo has hecho.

—No todo es malo. —Debí de haber puesto mala cara, porque añadió—: Es decir, sí es malo, pero al menos puedo pasar más tiempo con mi hermana. Y volveré a ver a mis padres. O eso espero.

Deseé poder ver el lado bueno de la situación. Nunca olvidaría mi participación en la muerte de Elysea. El dolor que había causado me atormentaría por siempre.

Y, por encima de todo, recordaría a su hermana. A Tempest. Aquella chica tormentosa que había logrado atisbar una vida más tranquila y a quien se la volverían a arrebatar.

Tempe jamás me olvidaría, y yo tampoco la olvidaría a ella.

CAPÍTULO TREINTA Y SEIS

TEMPEST

09h 00m

Martes, 03:00.

Me desperté y solo vi oscuridad, así que parpadeé, confusa.

Todo estaba negro.

¿Nos habíamos hundido en el fondo del océano?

Pero hacía calor, como cuando te daban un abrazo.

El pelo de alguien me hizo cosquillas en la piel. Solté un suspiro al comprender lo que había pasado. No estaba inconsciente, y Elysea tampoco.

Aún no.

—Elysea —dije—. Tu pelo.

Un gruñido retumbó contra mi mejilla al tiempo que Elysea se movía.

—Lo siento —respondió, quitándome sus rizos de la cara.

Por fin veía.

Ambas nos habíamos quedado dormidas en la cubierta, de espaldas a los mandos del barco. No creía que pudiera dormir con todo lo que había pasado, pero estaba física y psicológicamente exhausta.

Giré el cuello para tratar de deshacerme de la rigidez y el sueño.

—¿Cómo te encuentras? —le pregunté.

—Bien —replicó. Tenía los ojos brillantes y los labios rosados, y la piel había regresado a su cálido tono oliváceo de siempre. El descanso le había sentado bien. Tragué saliva, incapaz de quedar-me mirándola durante mucho tiempo.

Comprobé qué hora era en el panel del barco.

Las tres de la madrugada.

Habíamos dormido durante media hora.

—Debería mirar dónde estamos —declaré. Había puesto el pi-loto automático antes de sentarnos.

Las estrellas habían salido mientras dormíamos y la luna ilumi-naba el agua como lo haría una torre de control. Brillaba contra el quebrantado horizonte. Una masa borrosa yacía al frente.

—Las Islas Cavalcade —susurré. Solo pensar en mis padres vi-vos y respirando sobre ese trozo de tierra bastaba para dejarme sin aliento.

—¿Dónde? —Elysea se incorporó para echar un vistazo.

Señalé a la tierra que se intuía a lo lejos.

Elysea me apretó la mano.

—Lo hemos conseguido, Tempe.

Dirigí el barco hacia la isla de en medio —la más grande—, tal y como sugería el mapa. Elysea se aferraba al collar de mamá que pendía de su cuello con los ojos cerrados y los labios temblorosos. No me hacía falta oír las palabras para saber que estaba rezándoles a los Dioses de abajo.

«Que nuestros padres estén aquí. Que estén vivos. Por favor, dejadnos estar juntos».

Aunque solo fuera durante unas horas.

Guie el barco hacia el muelle que rodeaba la isla. A diferencia de Palindrómena, no había otros barcos en la zona salvo por un mon-tón de balsas de aspecto complejo. Había oído que la gente que vivía en las Islas Cavalcade no se aventuraba más allá de su archipiélago.

La proa del *Amanecer* tocó el embarcadero de ladrillo conforme nos deteníamos. No recibimos ninguna voz a través del intercomunicador. ¿No les importaba cuánta gente iba y venía? Suponía que, como era una isla, tampoco les hacía falta imponer restricciones de peso. No se podía mandar la tierra al fondo del mar.

Me preguntaba por qué nadie había privatizado estas islas. ¿Cómo hacían para guardarse los cultivos para ellos mismos? Las demás islas tenían la obligación de compartirlos con los Arrecifes más cercanos.

Siguieran estando aquí o no, no pude evitar pensar en por qué nuestros padres habían elegido este lugar como destino.

Había incontables luces incrustadas a la roca de la isla. Y aunque aún quedaba para que el sol saliera por el horizonte, podíamos distinguir la forma de esta, que era extrañamente redonda y estaba cubierta de musgo purpúreo. La música resonaba en algún lugar del centro de la isla.

Sobre un muro alto y circular había un mogollón de tiendas de campaña coloridas. Brillaban como el coral y tenían antorchas encendidas entre ellas. ¿De dónde habrían sacado esas telas de tantísimos colores? ¿Serían del Antiguo Mundo?

—Qué bonito —murmuré, levantando la vista hacia el escarpado acantilado.

—Las Islas Cavalcade —pronunció Lor, entrecerrando los ojos—. Una fiesta continua para todos los que viven aquí.

Hice caso omiso de su comentario. Aún dudaba que fuera buena idea traer a Lor con nosotras; había algo en su presencia que cada vez me inquietaba más. Pero Elysea había insistido.

—¿Por dónde empezamos? —preguntó Elysea. Se había recogido el pelo en dos trenzas y luego en un moño, como cuando practicaba para una actuación.

—Busquemos de dónde viene la música —sugerí. El viaje de vuelta a Palindrómena nos llevará cuatro horas. —Asentí en dirección a Lor—. Lo cual nos deja con cinco aquí.

—Cuatro —corrigió Elysea, sonriéndole a Lor—. Por si acaso.

—Entonces de aquí salimos a las siete, antes de que salga el sol. —Los miré a los dos de forma intermitente—. ¿De acuerdo?

—De acuerdo —repitió Lor.

Bajé de la cubierta y amarré el barco a uno de los puertos libres.

—Pues no perdamos más el tiempo.

Rodeamos el muro circular cubierto de musgo hasta que hallamos un pasaje estrecho que llevaba hasta el interior de la isla. La música provenía del fondo del abismo.

—Por aquí —dije, tambaleándome levemente. Me apoyé contra el lateral de un acantilado.

—¿Estás bien? —se preocupó Elysea, estrechándome contra sí.

—Claro —repuse, deseando tener equilibrantes que estabilizasen mi cuerpo y mi mente. Elysea y Lor no parecían verse afectados. Estaban acostumbrados a la estabilidad de Palindrómena.

Me agarró de la mano como si fuera yo la que necesitara protección.

Mientras atravesábamos la fisura, mantuve contacto visual con Elysea. Estaba negando con la cabeza.

—¿Qué pasa? —inquirí.

—¿No te resulta familiar esto? No apartó la mirada de un lateral del acantilado. Mirar hacia arriba me mareaba. Ojalá tuviéramos tiempo de sentarnos y descansar.

—¿Has estado aquí antes? —preguntó Lor.

Elysea sacudió la cabeza.

—Solo he estado en el Equinoccio.

—Y en Palindrómena —le recordé.

Ella pegó los labios.

—Eso me recuerda a algo…

Observé los alrededores. Había menos vegetación en el pasaje que llevaba al centro de la isla, probablemente debido a las sombras provocadas por los acantilados. Divisé una flor rosa. Me recordó a las flores que mamá cogía de sus campos y se traía a casa para colocármelas tras la oreja. Arranqué la planta del acantilado y me llevé media enredadera conmigo.

—¿Qué narices es eso? —susurré.

Detrás de la enredadera había una pared. Una pared de cemento. Iguales que las del Antiguo Mundo. Alcé la vista y reparé en que los acantilados no eran de roca en absoluto.

—¡Es un edificio! —concluí ahogando un grito—. Esto no es una isla.

Las paredes de los acantilados a ambos lados eran de cemento. Clavé los talones en la arena bajo mis pies. No tardé mucho en tocar algo más duro. Más cemento.

—Por las profundidades —susurró Elysea, mirando en derredor—. Tienes razón. Pero eso significa que este archipiélago...

—Son los restos de una ciudad fantasma —terminé la frase con un suspiro. Las Islas Cavalcade eran otras ruinas que se habían adjudicado y reconvertido. Ahora tenía sentido que no tuvieran la obligación de compartir sus cultivos. Porque no podían crecer en los restos del Antiguo Mundo.

—¿Cómo ha podido permanecer intacto? —preguntó Lor, inspeccionando la pared—. ¿No deberían haber destruido este edificio las Grandes Olas al igual que hicieron con las demás estructuras del Antiguo Mundo?

—¿Importa acaso? —rebatí, con la acidez revolviéndoseme en el estómago.

Elysea arrugó el ceño.

—Esperaba que hubiera más cosas en el mundo.

—¿Más que la muerte? —me entrometí—. El planeta entero es un maldito cementerio. —Tamborileé los dedos sobre mis muslos—. Venga. Esa no es la razón por la que estamos aquí.

Seguimos atravesando el hueco hasta alcanzar una abertura circular enorme. Era un campo de césped, probablemente creado por las semillas que traían los pájaros del Antiguo Mundo antes de extinguirse. En torno al terreno había una serie de escalones de piedra que conducían a las tiendas de campaña en lo alto, que se veían desde el mar. Una hoguera ardía en el campo y cientos de antorchas enfilaban los escalones, envolviendo al edificio en una neblina ambarina.

La forma circular de repente cobró sentido.

—Es un anfiteatro del Antiguo Mundo —comenté—. Donde la gente actuaba. Debió de derrumbarse con las Grandes Olas.

Una tienda de campaña grande y roja se erigía en el centro del campo. Parecía estar sujeta por la caja torácica de una criatura marina muerta. Y aunque eran las tres y media de la mañana, la gente salía de la tienda con vasos y comida en las manos. Los que no estaban comiendo o bebiendo nada se movían al ritmo de la música.

Tardé un rato en localizar de dónde procedía la música, puesto que el sonido reverberaba en todo el edificio. Había decenas de personas sentadas en los escalones del anfiteatro cantando en ritmos de *staccato* mientras que otros tocaban tambores improvisados con viejas pieles encordeladas entre un círculo de huesos de animales.

—Es una especie de festival —apuntó Elysea a mi lado.

—O no —musité—. Esta es la isla del desenfreno. ¿No es lo que hacen siempre?

—¿De dónde sacan todas las cosas? —preguntó Lor—. ¿Cómo sobreviven sin una isla, una isla de verdad, que los provea de alimentos?

—No sabría decirte —respondí. La gente no parecía estar pasándolo mal. Charlaban animadamente y hasta gesticulaban mientras lo hacían. Algunos llevaban conchas entrelazadas en sus cabellos gruesos, negros y rizados; otros los llevaban rubios con las puntas teñidas de rosa. Y todos los niños que correteaban por allí tenían las barrigas redondeadas. Este lugar era claramente próspero.

Algo dulce impregnaba el aire entremezclado con la sal, siempre presente. Al igual que en Palindrómena, era un alivio oler algo distinto. Me ayudó a aplacar el mareo que sentía.

—¿Qué están quemando? —preguntó Lor.

Vi que unas columnas de humo de color magenta ascendían al cielo.

—Karpas —repuse, refiriéndome al pez de aguas profundas—. Al comerlo sabe amargo, pero huele dulce cuando se cocina.

—Y crean unos polvos —añadió Elysea, señalando con el mentón los hilillos rosados que emanaban de la pira y cubrían a los niños mientras estos chillaban de júbilo—. Se usan para pintar o dar color a la ropa en el Equinoccio.

Lor se miró la camiseta roja prestada que llevaba puesta. Tal vez no le viera el sentido a tener ropa colorida, pero eran esos pequeños detalles los que mantenían viva nuestra cultura. Era un vínculo con el Antiguo Mundo. Pese a haber renunciado a mucho de lo que antaño perteneció a nuestros antepasados, no podíamos dejar que todas las tradiciones desaparecieran.

Los niños metían las manos en las cenizas frías y se las embadurnaban. Perseguían a otros niños que gritaban cuando les manchaban el pelo o la cara.

—Parece divertido —comentó Elysea llevándose una mano al pecho. Percibí un balanceo sutil en sus movimientos que no tenía nada que ver con encontrarse en tierra firme. Sentía la música llamándola. Quería unirse a la fiesta.

—¿Vamos? —preguntó Lor, asintiendo hacia los cientos de personas congregadas alrededor de la tienda. Como seguíamos en las sombras, aún no nos habían visto.

Le agarré la muñeca y comprobé su ecoenlace. Él se encogió bajo mi contacto.

—Nos quedan ocho horas y media —dije—. No hay tiempo para buscar a mamá y papá entre la multitud. Tenemos que averiguar si están aquí. Ya.

Elysea se giró hacia mí.

—¿Qué sugieres?

Señalé los tambores.

—No tenemos por qué ser nosotros los que demos con ellos. Que sean *ellos* los que nos encuentren.

CAPÍTULO TREINTA Y SIETE

LOR

08h 30m

Martes, 03:30.

Elysea y yo apenas pudimos seguirle el ritmo a Tempest cuando se precipitó hacia las escaleras más próximas y empezó a subir adonde estaban tocando los músicos en el balcón. Estaba furiosa; bueno, Tempest estaba furiosa por defecto. Esta vez entendía su frustración. Durante los días que pasaba en lo alto de los acantilados en Palindrómena soñaba con todas las islas que algún día visitaría. Me decepcionaba saber que lo único que había aquí eran más ruinas. Esperaba, por el bien de todos, que sus padres estuvieran aquí.

La única persona que no parecía decepcionada era Elysea. Desde que habíamos pisado el césped y había oído la música, no se le quitaba la sonrisa de la cara. La recordaba bailando en la Marea de Primavera. Había estado tan despreocupada, incluso con nosotros persiguiéndolas. Incluso sabiendo que solo le quedaban unas cuantas horas de vida.

Esta chica sabía cómo sacar el máximo partido al tiempo del que disponía. Vivir la vida. No quería decirle para qué serviría su sacrificio. Para la vida que tenía. Tendría que regresar al Acuario, a mis libros y a los muertos. No volvería a ver el sol. No viajaría por el océano. El mundo no era algo que yo pudiera explorar.

Entonces, ¿por qué no podía dejar de seguir a estas chicas? ¿Por qué me resultaba tan difícil imaginarme despidiéndome de ellas en poco más de ocho horas? Sobre todo de Tempest. Me tenía obnubilado y la seguiría allá adonde fuese.

—¡Venga, Lor! —me gritó Elysea—. Estás retrasándonos.

Aunque sabía que no debería formar parte de su pequeña reunión familiar, ascendí las escaleras.

Cuando llegamos hasta los músicos, Tempest no perdió el tiempo y empezó a aporrear uno de los tambores hechos con piel y huesos. No seguía ritmo ninguno, pero tuve que reconocérselo; no se dejaba afectar por los demás. Decía y hacía justo lo que quería. Era una libertad de la que yo nunca había disfrutado, incluso cuando no me escondía en el Acuario. Siempre me había incomodado ser el centro de atención y estar a la sombra de mi madre. Antes de la muerte de Calen, hacía todo lo que mi madre quería. No me marché de Palindrómena. La escalada había sido mi único acto de rebeldía. Algo que mi madre no quería que hiciera, pero igualmente seguía encerrado en la isla.

Ahora quería más.

Mi curiosidad por el mundo no murió conmigo aquel día en los acantilados. Solo había estado suprimiendo el deseo durante estos dos años. Y ahora ese deseo había regresado con más fuerza que nunca.

Quería vivir. Vivir de verdad.

Cogí aire para serenarme y me detuve junto a Tempest. La multitud no tardó en reparar en su entusiasta y furiosa incorporación a la canción. Los músicos junto a Tempest dejaron de tocar, preguntándose qué estaba haciendo. Enseguida el anfiteatro se sumió en el silencio. Sin embargo, Tempest siguió aporreando el tambor.

Dio tres golpes secos para llamar la atención de la muchedumbre. Todos levantaron la mirada para ver qué estaba pasando.

—Por favor, que estén aquí —susurró. Su voz sonó trémula—. Por favor.

Elysea se había tensado mientras escudriñaba los rostros de la multitud. Contuve el aliento. Quería que pudieran pasar página.

Mientras que la mayoría de los allí presentes volvía a lo que estuvieran haciendo antes, dos figuras permanecieron inmóviles. Un hombre alto y esbelto con el pelo canoso y la piel olivácea y una mujer más bajita con el cabello rizado y castaño que enmarcaba su tez del color de la arena. Incluso desde lejos, se podían ver sus expresiones estupefactas.

—¡Mamá! —gritó Elysea de repente—. ¡Papá!

Los habíamos encontrado.

Tempest y Elysea empezaron a bajar los escalones. Yo las seguía de cerca sin saber muy bien a dónde más ir; necesitaba oír las razones por las que estas personas abandonaron a sus hijas, dos chicas impresionantes.

En cuanto llegamos a la base de las escaleras, Elysea salió corriendo. No fue la única; sus padres también hicieron lo propio hacia nosotros.

El encuentro de Elysea con su madre fue una ráfaga de brazos, pelo y risas. Tempest permaneció un poco más alejada, contemplando la escena con cautela.

—¡Estás viva! —aulló su madre—. ¡Gracias a los Dioses de abajo!

Tempest intercambió una mirada sorprendida conmigo. Sacudí la cabeza con perplejidad.

—Lo has encontrado —comentó su madre, agarrando algo que llevaba Elysea al cuello—. Por fin habéis venido.

—¡Elysea! —la llamó su padre—. ¡Ven aquí! —Tenía lágrimas resbalándole por las mejillas mientras miraba a sus dos hijas, ya hechas unas mujeres. Elysea se separó del abrazo de su madre y luego se lanzó sobre su padre. Él la atrapó con una carcajada.

—¡Te he echado de menos! —confesó Elysea. Sus hombros temblaban por llorar de felicidad.

—Tempe. —La madre de las chicas se giró hacia la más joven—. No sabes cuánto me alegro de verte después de todos estos años. —Llevaba un vestido morado intenso con un montón de collares de conchas que tintineaban conforme se movía. Vista de cerca, era innegable que fuera su madre. Las hijas habían heredado sus ojos grandes, los labios arqueados y el cabello grueso y oscuro.

Pero Tempest no se movió ni un ápice.

—¿A qué te refieres con lo de «estás viva»? —No fue hacia los brazos abiertos de su madre. Entendía su recelo. Quería saber qué había pasado antes de crearse esperanzas—. ¿Cómo podías saber que Elysea había muerto cuando habéis estado aquí «todos estos años»?

Su madre volvió a mirar a Elysea.

—No —negó, sacudiendo la cabeza con vehemencia—. No, no, no. Por favor, dime que estás bien, Ely.

Elysea se soltó del abrazo de su padre.

—Lo siento, mama. Pero ahora estoy aquí. Gracias a Lor. Él me ha reanimado.

De pronto, todas las miradas recayeron sobre mí. La música de los tambores quedó relegada a un segundo plano. Hasta podría haber oído caer una gota en el océano.

—¿Lor *Ritter*? —preguntó el señor Alerin. Entrecerró los ojos. ¿El hijo de Nessandra?

Rechiné los dientes y asentí. Este momento no tenía nada que ver conmigo. Era como volver a Palindrómena. Ver las despedidas de los demás.

—Soy el vigilante de Elysea —dije.

—Oh, Dioses —susurró la señora Alerin. Esperaba que hubieras sobrevivido, Ely. No pude encontrarte en el agua, así que esperaba que... —Se desplomó sobre el césped, se llevó las manos a la cara y empezó a sollozar.

—¿Sobrevivido a qué? —inquirió Tempest—. ¿Qué está pasando?

—A lo mejor deberíamos volver a la tienda —sugirió su padre con la voz temblorosa debido a la revelación de la muerte de Elysea. Se agarraba los bordes de la camiseta como si necesitara algo a lo que aferrarse—. Dadle un momento a vuestra madre.

—¿Un momento? —Tempest levantó las manos en el aire—. No tenemos tiempo, ¿no lo entendéis? Elysea murió, y pronto volverá a estar muerta. Hemos venido para averiguar lo que pasó la noche en la que desaparecisteis. ¡Pensábamos que llevabais años muertos! ¿Por qué no volvisteis a por nosotras? ¿Por qué nos abandonasteis? ¿Por qué no...? —Le empezó a temblar el labio. Se giró con un hipido.

Elysea se alejó de su padre y rodeó a su hermana con un brazo.

—No pasa nada, Tempe.

Estaba acostumbrado a la ira de Tempest, pero ahora, de repente, era yo el que estaba enfadado en su lugar. ¿Por qué habían permanecido lejos de sus hijas? ¿Por qué no les habían contado la verdad desde el principio? ¿Qué podrían estar ocultándoles?

—No queríamos que pensarais que estábamos muertos. —Su madre se secó las lágrimas y miró a sus hijas—. La noche en que nos fuimos, Elysea nos dijo que era demasiado trasiego y que ella no quería venir. Creíamos que las dos habíais decidido quedaros en el Equinoccio y queríamos respetar vuestra decisión.

Las mejillas de Elysea se colorearon.

—Lo siento, mamá. Estaba confundida. Tendría que...

—No es culpa tuya —la interrumpió el señor Alerin. Te pusimos en una situación difícil al pediros que lo dejarais todo sin daros la información que necesitabais para tomar una decisión en condiciones.

—¿Qué información? —preguntó Elysea.

—La razón de tener que irnos del Equinoccio esa noche y no volver jamás —respondió.

—¿Y por qué fue? —inquirió Tempest. Había dejado de llorar y tenía los puños apretados en los costados. El fuego en sus ojos había regresado; era una bruja de agua en busca de venganza—. ¡Decídnoslo!

La señora Alerin consiguió ponerse de pie y agarró a su hija por los hombros. Le dedicó una sonrisa cargada de tristeza antes de responder.

—Nos marchamos para salvaros la vida.

CAPÍTULO TREINTA Y OCHO

TEMPEST

08h 15m

Martes, 03:45.

¿Nuestros padres se marcharon para salvarnos? ¿De qué?

—¿A qué te refieres? —inquirí.

Mamá se irguió un poco más en el césped.

—Vuestro padre y yo nos metimos en problemas.

Sus ojos se clavaron en los míos. Lucía exactamente como la recordaba, tal vez un poco más curtida por el sol y llena de collares de conchas, pero aparte de eso estaba igual. Hice uso de todo mi autocontrol para no lanzarme a sus brazos cuando cruzó corriendo el campo. Mi yo de doce años, la que se pasó años cada noche llorando por su muerte, quería que su madre la abrazase. La yo de diecisiete y la parte más lógica de mi cerebro me aconsejaron no bajar aún la guardia.

No podía dar otro paso más hasta saber la verdad.

—A ambos nos encantaba trabajar en Palindrómena —explicó mamá—. Deren ayudaba a consolar a las familias y yo a nutrir los cultivos para proveer de alimentos a los Arrecifes. Lo que hacíamos merecía la pena y ayudaba al mundo. Lo poquito que podíamos.

Aferrándose al collar de mamá, Elysea miraba a nuestros padres con tanta esperanza...; como si sus palabras arrastrasen consigo el dolor de los últimos cinco años. Me mordí la parte interna del carrillo. Ojalá yo fuera tan comprensiva.

Papá posó una mano en el hombro de mamá.

—Vuestra madre era la jefa de los botánicos y la que tomaba las decisiones sobre los cultivos. Nos pagaban bien. Nunca tendríais que preocuparos por vuestro futuro. Pero le habíamos hecho promesas a Nessandra. —Desvió los ojos hacia Lor—. Le prometimos proteger Palindrómena por encima de todo. Incluso de nuestras familias. Era su política de seguridad para que nadie rompiera las reglas que garantizaban la supervivencia de Palindrómena.

Sentí como si me tambaleara, pero esta vez no se debió a que estuviese en tierra firme. Me encontraba tan cerca de la verdad.

—¿Qué reglas? —pregunté.

—No contarle a un paciente que ha muerto —respondió mamá—. No permitir que un paciente abandone la sala de recuperación o las instalaciones. Y jamás desvelarle a nadie cómo funciona el proceso de reanimación. —Se me pasaron por la mente los recuerdos de mis padres susurrando a altas horas de la madrugada, hablando sobre lo que hacían en Palindrómena.

—Durante veinte años nunca rompimos esas reglas —siguió papá—. Hace cinco, me quedé hasta tarde con algo de papeleo. Solo había una reanimación activa. En mitad de la noche, la clienta vino a verme y me gritó que su marido estaba muriendo y que no encontraba a su vigilante. El marido apenas llevaba doce horas reanimado y debería haberle quedado aún bastante tiempo. Algo había ido mal. —Papá inspiró hondo como si el recuerdo fuese reciente y doloroso para él—. Estaba en paro cardíaco. Me enteré después de que, a medianoche, el vigilante se había ido a nadar y la corriente lo arrastró. Cuando el corazón le dejó de funcionar, al paciente le sucedió lo mismo. Por aquel entonces, no supe qué hacer, así que fui en busca de Nessandra.

»Pero no di con ella. A pesar de ser el vigilante jefe, solo tenía acceso a ciertas zonas de las instalaciones. Sin embargo, esto era una emergencia. El trabajo de los vigilantes era asegurar que las veinticuatro horas de la reanimación de un paciente transcurriesen sin incidentes. —Se pasó una mano por el pelo entrecano. Al contrario que mamá, él si estaba distinto. Más delgado y menos animado. Afligido.

»Los de seguridad me dieron acceso a los laboratorios para buscar a Nessandra. Nunca había estado allí. Nunca había hecho falta. —Inspiró hondo de nuevo—. Cuando la encontré, estaba desvinculando a un paciente. O eso parecía al principio. El hombre estaba vivo, pero después de tocar el ecoenlace, dejó de estarlo. —Eso era lo que le esperaba a Elysea, pero mi hermana ni se inmutó—. Entonces reparé en que había otros dos hombres en tanques. Le pregunté qué estaba pasando.

—Nessandra estaba probando una teoría —intervino mamá—. Había intentado vincular al paciente con dos hombres, con doce horas de diferencia entre uno y otro, para ver si el cuerpo se reiniciaba más tarde de las veinticuatro horas. Esperaba revivir a un paciente de forma permanente y mantener, a la vez, a los otros hombres vivos. Quería «curar» la muerte. —Curvó la comisura de la boca en un gesto de desdén—. Aunque ninguno sobrevivió.

—¿Murieron tanto los vigilantes como el paciente? —preguntó Elysea. Clavó la vista en Lor, pero este no le devolvió la mirada.

—No —respondió papá—. Peor. No reconocía a esos hombres. Le pregunté a Nessandra quiénes eran y ella me dijo que eran tres pescadores cuyo barco había volcado cerca de la isla. Uno se había ahogado, y se convirtió en su sujeto, pero los otros dos seguían respirando. Como los había rescatado Palindrómena, ella defendía que eran de su propiedad. Nadie vendría a buscarlos. Sus familias pensarían que se habían ahogado al igual que muchos otros.

Toda la gente que desaparecía en el mar. Aquellos rumores de que una hambrienta criatura marina se los llevaba... ¿Cuántos habrían sido por culpa de Nessandra? ¿Cuántos habría usado como energía para los fallecidos? ¿A cuántos habría matado por querer vencer a la muerte?

Elysea se tapó la boca con la mano. A mí me temblaban las rodillas y me sentí mareada. Esa era la empresa a la que le confiábamos nuestro futuro. A la que le pagábamos los impuestos. A la que le confiábamos nuestros difuntos cuando morían.

—Nessandra trató de convencerme de que el sacrificio merecía la pena —apostilló papá. Miré a Lor, el cual se encogió al oír el nombre de su madre—, pero no era *ella* la que hacía los sacrificios. Había matado a dos hombres inocentes. Hombres que habían caído al mar y necesitaban que los rescatasen, no que experimentaran con ellos. Pero estaba tan obcecada en su objetivo de erradicar la muerte que decidió que el fin bien justificaba los medios.

—La Reina de la Muerte —murmuró Lor tan bajito que casi ni lo oí. ¿Lo sabía? ¿Era ese el secreto que me ocultaba?—. No quería que nadie pasase por lo mismo que ella cuando murieron sus padres.

Papá negó con la cabeza.

—Le dije a Nessandra que no quería tener nada que ver. Que tenía que parar. Que estaba mal. —Su risa fue cruel—. Ella me respondió que tenía que obedecer las reglas. Que mi trabajo no me daba derecho a opinar sobre su investigación. Así que le dije que le contaría a todo el mundo la verdad sobre lo que Palindrómena hacía con los rescates. Que lo perdería todo. Pero entonces envió a los de seguridad a por mí.

—Ordenó que lo mataran —explicó mamá. Ahogué un grito.

—Me reuní con vuestra madre y huimos de Palindrómena, pero nos siguieron. Tomamos una decisión sin pensar. No podíamos volver al Equinoccio. Sabíamos que esa noche Elysea se sumergiría para buscarte algo por tu cumpleaños, Tempe, así que nos dirigimos a la ubicación del *Amanecer*.

Elysea miró el papel en sus manos.

—Me disteis este mapa y me dijisteis que recogiese a Tempe y nos fuéramos de allí. Pero no me revelasteis la razón.

—Estaba tan nervioso que no pensaba con claridad —contestó papá—. Sabía que teníamos a la flota de Palindrómena pisándonos los talones y que teníamos que alejarlos de donde estabas. No queríamos que te hicieran daño. —Sacudió la cabeza—. Si pudiera volver atrás, haría las cosas de otra manera.

Mamá envolvió un brazo en torno a él.

—Era lo único que podíamos hacer en ese momento.

Él asintió, vacilante.

—Cuando Ely se marchó, la flota se nos acercó. Nessandra ordenó a los barcos que disparasen los cañones y nos destrozaron el barco. Creyó que habíamos muerto, pero conseguimos saltar del barco antes de que este explotara. Nos sujetamos a los restos durante varias horas hasta que un barco pesquero nos encontró. Les dimos miles de billetes para que guardasen el secreto y nos trajeran aquí. —Papá señaló el anfiteatro—. Está cerca del Equinoccio, pero fuera de la jurisdicción de Palindrómena. Quisimos esperar a que llegaseis antes de mudarnos a otro Arrecife, pero nunca vinisteis.

—Como ya os hemos dicho, pensábamos que era decisión vuestra —dijo mamá—, pero después de esperaros durante medio año, empezamos a preocuparnos de que algo hubiera salido mal. Queríamos que supieseis que estábamos vivos y que os esperábamos.

—Así que usamos una balsa para acercarnos al Arrecife más cercano y tomamos prestado un barco para ir al Equinoccio —nos contó papá—. Pero en cuanto cruzamos el perímetro de Palindrómena, los informaron de que había un barco desconocido y vinieron a investigar. Esperábamos poder dar con vosotras, pero la flota de Nessandra era demasiado rápida. Cuando vio que éramos nosotros, disparó los cañones sin importar quién la oyera. Pero por la noche los cañones sonaban como truenos, así que no vino nadie en nuestra ayuda. Tuvimos que replegarnos.

Tragué saliva. ¿Habría oído yo los disparos pensando que solo era otra tormenta?

—¿Y esto? —Elysea mostró el collar de mamá en la palma de su mano.

—Durante los años siguientes, tratamos de cruzar el perímetro, pero nunca conseguimos llegar al Equinoccio antes de que los barcos de Nessandra nos encontraran —explicó mamá—. Una vez estuvimos a punto. —Le colocó a Elysea el pelo detrás de la oreja—. Vimos el *Amanecer* en el horizonte, cerca de una zona de inmersión, pero Nessandra no nos dejó acercarnos. La noche siguiente, dejé caer el collar sobre las ruinas con la esperanza de que lo encontraras y supieses que seguíamos vivos. Y que queríamos que usaseis el mapa para dar con nosotros.

—Al ver que no veníais, unos meses después volvimos y yo arrojé el ecoenlace por allí —añadió papá.

Cerré los ojos con fuerza. Nuestros padres habían querido que estuviésemos juntos, pero Nessandra nos había mantenido separados todos estos años. La misma mujer que me había consolado en Palindrómena diciendo que me acompañaba en el sentimiento.

Elysea abrazó a mamá por la cintura.

—¿Es verdad? —le preguntó a Lor con una mueca—. ¿Rescatáis a la gente del mar para vuestros experimentos? ¿A gente viva?

Lor se cruzó de brazos.

—No son mis experimentos, sino de mi madre. Y yo no estoy de acuerdo con lo que ella hace en Palindrómena.

—¿Sabías todo esto? —inquirió Elysea, quebrándosele la voz.

Él tragó saliva.

—Eh… todo no.

—Deja de mentir —intervine. Antes me había ocultado algo en el *Amanecer* y lo seguía haciendo.

Vi un destello en sus ojos. Rabia.

—No miento.

No quería seguir mirándolo. ¿Cuántas veces tenía que mentir para darme cuenta de que no podía confiar en él?

—¿Por qué dejasteis de darnos pistas? —pregunté a mis padres—. Yo nunca encontré nada vuestro.

Mamá enterró la cara en el hombro de Elysea.

—Dejamos de ir hace dos años.

Sentí un hormigueo en el cuero cabelludo en señal de advertencia.

—¿Hace dos años? —repetí.

Pero mamá no quiso explicarse. Respiraba de forma entrecortada y resbalaban lágrimas por su mejilla.

—Varias semanas después de dejar el ecoenlace y ver que seguíais sin venir, volvimos una última vez —respondió papá con el ceño arrugado y los ojos enrojecidos.

Intercambié una mirada con Elysea y vi que se había puesto pálida. Tenía la mirada nublada.

—Ahora me acuerdo. —Lo dijo tan bajito que casi ni la oí—. Después de encontrar el ecoenlace, estuve casi dos semanas vigilando la zona por la noche. No se lo conté a Tempe por si me había equivocado. —Elysea cerró los ojos, como si se imaginara la escena—. Cuando aparecisteis, no estabais solos.

—Nessandra —respondió papá con expresión colérica—. Le avisaron, como siempre que cruzábamos el perímetro. Esperábamos llegar a la zona antes que ella, pero el barco que cogimos prestado no podía competir con uno de los de Palindrómena.

—Estaba furiosa porque no dejábamos de regresar —explicó mamá, temblando—. Le dijimos que solo queríamos estar con vosotras, pero pensaba que planeábamos destruir Palindrómena. Quería convencernos de que nos mantuviéramos alejados de allí de una vez por todas. Pero entonces divisó el *Amanecer*.

—No —dije, imaginando lo que estaban a punto de decir.

—Tratamos de detenerla —dijo papá—, pero su barco era más rápido que el nuestro. Embistió el *Amanecer* y lanzó a Elysea al agua. —Posó las manos sobre los hombros de Elysea—. Mamá se sumergió para buscarte, pero no te encontró. —Ahora mamá era un mar de lágrimas—. Nessandra dijo que, si no nos marchábamos de inmediato, iría a por Tempe.

No podía moverme ni respirar.

—Tuvimos que marcharnos. —Papá se frotó el puente de la nariz—. Teníamos que protegerte, Tempe. Teníamos que dejar que Nessandra ganara.

Ahora entendía por qué mis padres habían reaccionado así al ver a Elysea. Creían que había sobrevivido al accidente.

Ni siquiera podía mirar a Lor. Su madre había destruido a mi familia.

Quería hacerme un ovillo y llorar. Mis padres habían estado a punto de reunirse con Elysea. ¿Cómo podían permitir algo así los Dioses de abajo?

Elysea no se movía. Estaba en *shock*.

Pero yo recordaba mi promesa. La de ser fuerte. Por ella.

Di un paso hacia mis padres.

—Tiene que haber algo que podamos hacer para salvar a Elysea. Papá, tú fuiste vigilante… ¿no hay alguna manera de prolongarle la vida?

Papá sacudió la cabeza.

—Ojalá. Si supiera cómo, lo haría.

—¿Cuánto te queda, Ely? —preguntó mamá entre sollozos.

Elysea sonrió a Lor con tristeza. Él echó un vistazo al ecoenlace y dijo:

—Menos de ocho horas.

—¿Y qué hacemos? —Los miré a todos—. ¿Aceptamos sin más que a Elysea le quedan unas pocas horas? ¿Os parece bien? ¿Después de todo lo que habéis hecho por protegernos de Nessandra?

Papá sacudió la cabeza.

—Claro que no. Pero no podemos arriesgarnos a que mueras, Tempe. A Elysea solo le quedan unas horas de vida por culpa de lo que hicimos nosotros.

—Es culpa de Nessandra —rugí—. Pero ahora estamos juntos; podemos luchar todos contra ella.

—Es demasiado arriesgado —intervino mamá—. Deberíamos aprovechar el tiempo que nos queda juntos. —Sonaba igual que mi hermana.

—¿Ely? —la llamé. Vi en su cara que había tirado la toalla. El recuerdo de esa noche la había agotado.

—Tempe, cielo. —Mamá estiró la mano hacia mí, pero yo no quería que me consolaran. Quería que todos se pusieran en marcha.

—Necesito tiempo a solas —dije antes de alejarme.

Debería haber dicho espacio, porque tiempo era lo único de lo que no podía disponer.

CAPÍTULO TREINTA Y NUEVE

LOR

07h 50m

Martes, 04:10.

La Reina de la Muerte. Así llamaban los empleados a mi madre. Antes de empezar a trabajar en el sótano, creía que mi madre seguía las directrices de mis abuelos. Una vida se prestaba solamente durante veinticuatro horas. Pero, al cabo de unos meses trabajando en el Acuario, noté un patrón. Mi madre traía cuerpos por las puertas traseras del Acuario, pero estos no acababan en tanques. Presuponía que esas personas estaban muertas, pero, en el fondo, sabía que no. Nunca le pregunté porque me daba miedo su respuesta, pero ahora que lo sabía, no podía huir de la verdad. Estaba experimentando con los vivos.

¿Era esa la verdadera razón por la que mi madre les daban algo a los pacientes para que olvidaran sus recuerdos más recientes? ¿Porque había intervenido en todas sus muertes?

Todavía nos quedaban siete horas y cincuenta minutos y, aun así, me sentía exhausto, como si estuviera en la última hora. Mi madre había matado a Elysea. Una chica maravillosa con una familia encantadora. No me extrañaría que me odiaran solo por estar emparentado con ella.

—Lo siento —me disculpé con los Alerin mientras Tempest se alejaba—. Ojalá pudiera hacer algo. Para ayudar a Elysea y a ustedes.

Elysea sonrió.

295

—Lo sé, Lor. —Se giró hacia sus padres—. Iré tras ella.

—¿Debería ir yo? —sugirió la señora Alerin contemplando la espalda de Tempest mientras esta se encaminaba hacia la entrada del anfiteatro.

Elysea negó con la cabeza.

—Tengo que ser yo.

Salió pitando tras su hermana. Incluso sin pretenderlo, parecía que estuviera bailando.

Y entonces me quedé a solas con el señor y la señora Alerin. Justo cuando creía que las cosas no podían ponerse peor.

—Siento lo que les hizo mi madre. —Sentirlo se quedaba corto. ¿Qué podía decir a unos padres que se habían visto obligados a abandonar a su hija, vivir en el exilio y presenciar cómo mataban a su hija? Y todo por culpa de mi madre.

El señor Alerin me dio un apretón en el hombro con la mirada gacha.

—Yo conocía algunos de los secretos que ocultaba Palindrómena, incluso a sus propios empleados, y no hice nada —dijo.

Sentí como si me dieran una patada en el estómago. Yo jamás había hecho nada. Sabía desde hacía dos años que mi madre había cruzado el límite, y aun así no la había detenido. Había permitido que mi madre guardara sus secretos. Y ella había hecho lo mismo conmigo.

¿Tan diferentes éramos en realidad? Al fin y al cabo, ella no era la única asesina de la familia.

El señor Alerin soltó un prolongado suspiro.

—¿Bebes ragar, Lor?

No, pero en esta ocasión, lo haría.

Minda y Deren, como se presentaron, me condujeron al interior de la amplia tienda de campaña roja. Había mesas y sillas con suficiente comida como para alimentar, como poco, a cientos de personas en la isla. La gente bebía, comía y hablaba a voces. El ambiente estaba caldeado y pegajoso y no podría haber sido más distinto del Acuario.

—¿De dónde sale tanta comida? —pregunté, viendo cómo la gente sorbía almejas, masticaba colas de peces asados y daban buena cuenta de cuencos de sopa de algas—. No tenéis cultivos con los que comercializar.

—Solo comemos lo que nos ofrece el océano —respondió Minda—. Como hay muy pocos barcos en la zona, la vida marina no sale espantada.

—¿Y es sostenible? —inquirí.

Minda sonrió.

—Nos damos festines así cada pocos meses, pero también pasamos hambre para asegurarnos de no sobreexplotar el océano y dejar que las especies vuelvan a repoblarse. Tenemos cuidado de no pescar más de lo necesario.

—Y todo lo demás que usamos —Deren señaló a los alrededores— lo encontramos aquí. Construyeron este anfiteatro del Antiguo Mundo en lo alto de un edificio altísimo, años antes de que se produjeran las Grandes Olas. Como la ropa, las tiendas de campaña y los instrumentos de cocina no estaban sumergidos, han durado mucho más.

—¿Y qué es lo que estáis celebrando exactamente? —pregunté.

Minda se rio. Aquel sonido se parecía mucho al de sus hijas.

—Que estamos vivos.

Deren me tendió una jarra de ragar humeante. Di un sorbito vacilante. La bebida fermentada me quemó la lengua y me hizo lagrimear. El fuego se trasladó a algún lugar de mi pecho y me incliné hacia adelante antes de toser.

Deren me dio una palmada en la espalda.

—¿Es tu primer trago de ragar?

Asentí a la vez que intentaba recuperar el aliento. De estar aquí, Ray se estaría partiendo el culo ahora mismo. Aquello me hizo echarlo de menos. A él le encantaría este lugar. Esperaba que no estuviese demasiado preocupado por mí, aunque sabía que sí lo estaría.

—¿Siempre es así de fuerte? —pregunté.

Deren sonrió con ironía.

—Este en realidad está rebajado.

—No le hagas caso —me dijo Minda, pasándome un plato de pescado blanco asado con un poco de sopa de algas—. Come. Se te ve hambriento.

—Gracias. —No sabía por qué me merecía su amabilidad. Me senté en una de las mesas vacías. Deren y Minda lo hicieron frente a mí.

Me puse a comer para evitar entablar una conversación incómoda.

—Te pareces mucho a tu madre —comentó Minda, aunque luego se llevó la mano al pecho—. Lo siento, seguro que te lo dicen mucho.

Me tragué el pescado. La comida me ayudó a asentar el estómago.

—Lo cierto es que no. —Nadie me había visto en dos años, así que no llegaron a hacer esa asociación.

—¿Cómo siguen las cosas allí? —quiso saber Deren con expresión cauta.

—Igual —repuse. Hace dos años, cuando me di cuenta de que mi madre hacía más mal que bien, dejé de hablar con ella. Desde entonces, me había retraído incluso más.

Seguí dejando que le hiciera daño a la gente.

—Entonces está fracasando —concluyó Minda. No hizo falta que especificara a quién se refería.

—Sí. —Odiaba pensar qué haría mi madre ahora.

Deren me dio unas palmaditas en el brazo.

—Ser vigilante no es fácil. No sabes lo mucho que te agradecemos que hayas dejado a Elysea venir a vernos durante sus últimas horas.

—No fue cosa mía. —No podía dejar que estas amables personas creyeran que sus hijas estaban aquí por mí—. Tempest fue la que sacó a Elysea de Palindrómena. Yo las seguí. Y entonces me capturaron. —Me reí, porque ¿qué otra cosa podía hacer a estas alturas?—. Cuando se enteraron de que uno de los dos moriría pasadas las veinticuatro horas, Elysea quiso regresar a Palindrómena de inmediato, pero yo quería que se reunieran con ustedes.

Minda se me quedó mirando un buen rato. Creí haber dicho algo malo, pero luego se vino abajo y las lágrimas empezaron a resbalar por su rostro.

Sí que había dicho algo malo. Todavía no recordaba bien cómo hablar ni tratar con los vivos.

—Lo siento mucho. —Pero solo eran palabras. Ojalá pudiera serles de más ayuda.

—No —replicó Minda a pesar de las lágrimas—. Gracias por contármelo. Me alegra saber que Tempest protegió a su hermana.

Sí que lo hizo, pero ¿quién protegía a Tempest?

Dejé que Deren y Minda hablaran entre susurros durante un rato y yo comí en silencio. Cuanto más ragar bebía, menos me quemaba en la garganta.

Elysea nos encontró en la mesa poco después.

—Tempe necesita tiempo —dijo con una sonrisa triste—. Lo siente.

Me preguntaba si Tempest lo sentía de verdad o si había sido cosa de Elysea para no molestar a sus padres.

—Lo entiendo —repuso Minda.

—Ah, antes de que se me olvide —Elysea se sacó algo del bolsillo y se lo entregó a su padre. Un ecoenlace. Esto es tuyo.

El ecoenlace osciló en los dedos temblorosos de Deren. Representaba justamente lo que le había arrebatado a su familia y lo que terminaría llevándose la vida de Elysea.

—Gracias, Ely. —Escondió las manos debajo de la mesa y quitó el ecoenlace de la vista de todos. ¿Lo destruiría como yo deseaba hacer con el mío?

Elysea asintió y se sentó junto a su madre. Apoyó la cabeza en su hombro. Las dos se parecían mucho; tenían el pelo castaño, los ojos verdes, la piel olivácea y las mejillas redondeadas.

Sintiéndome culpable, aparté la mirada y me serví otra jarra de ragar. Esperaba que el líquido ardiente atenuara el dolor que se me estaba instalando en el pecho.

El anfiteatro era un estadio de estrellas. Al menos, eso era lo que parecía cuando se me emborronó la visión. Solo llevábamos dos horas en las Islas Cavalcade, pero yo ya lamentaba tener que abandonar este lugar. Las vistas, la música, la comida, la gente... la vida. Me recordaba a la Marea de Primavera. A lo que era vivir de verdad.

Di otro sorbo de ragar.

Solo me había tomado dos jarras, pero era suficiente. Sentía la ligereza de mi mente. Casi como si flotara. Quería cerrar los ojos y dejar que las olas me arrastraran. Quería olvidar. Quería olvidar el Acuario.

—¡Lor! —me llamó Elysea mientras me alejaba, tambaleante, de la tienda en dirección a la pira—. ¿Estás borracho?

Se había atado varias bufandas coloridas en la cintura a modo de falda y había estado bailando con los niños más pequeños junto a la pira. Me alegraba que se lo estuviera pasando bien durante sus últimas horas.

Levanté dos dedos casi pegados.

—Un poquito. ¿Dónde está Tempest? —Había pasado casi una hora y aún no había reaparecido. Ya eran las cinco de la mañana; solo nos quedaban dos horas en la isla—. ¿No quiere disfrutar de la fiesta?

—No —replicó Elysea—. La verdad es que no.

—Qué pena; la echo de menos.

Elysea se rio entre dientes.

No me había dado cuenta de que había dicho eso último en voz alta.

—Creo que debería dejar de beber. —Dejé la jarra en una mesa cercana. Necesitaba tener más control sobre lo que decía. Era demasiado fácil sentirse cómodo con estas chicas.

Deren y Minda nunca se alejaban demasiado. Mientras pudieran, no querían perder la oportunidad de cuidar de Elysea. Cuanto más tiempo pasaba con ellos, mejor me caían. Y no era el ragar el que hablaba.

—Sigue por ahí, sola —habló Elysea. Tardé un momento caer en que estaba respondiendo a la primera pregunta que le había hecho, sobre dónde estaba de Tempest—. No quiere unirse a la celebración. Dice que no hay nada que celebrar.

—Estás viva —dije, señalándola de pies a cabeza con la mano—. Y hace un día no. Esa es razón más que suficiente para celebrar.

Se volvió a reír.

—Creo que deberías comer algo y sentarte un rato. —No hacía falta que lo dijera. Tenía que despejarme.

Me alejé de la hoguera. Debería haber regresado a la tienda, pero quería sentarme en la oscuridad; la pira radiante me estaba dando dolor de cabeza. O tal vez fuera el ragar.

Entonces la vi. Estaba más alejada en el claro, abrazándose las rodillas y observando a Elysea retomar la danza con los niños alrededor de las llamas.

—¡Tempest! —la llamé a gritos—. ¡Estás aquí!

—Vete. —Ni siquiera me miró.

—No.

—No quiero que estés aquí —dijo—. ¿Es que no lo entiendes?

Sí, lo entendía. Sabía que me parecía a mi madre, y que se la recordara era lo que menos necesitaba Tempest ahora mismo. De no ser por ella, no estaríamos metidos en este lío. Pero estar sola tampoco le hacía bien.

—Entonces cierra los ojos —repliqué, desplomándome a su lado.

Ella se giró y me dedicó una miradita extraña.

—Estás raro.

Me encogí de hombros.

—Tú no me conoces.

Me refería al antiguo yo, pero ella respondió:

—Supongo que no.

—Ojalá pudiera compensar todo lo que ha hecho mi madre. Ojalá la hubiera detenido.

Me miró, perpleja.

—¿Podrías haberlo hecho?

—No, probablemente no.

Suspiró y apartó la mirada.

—Nos quedan poco menos de dos horas —le dije, echándole un vistazo al ecoenlace—. ¿No quieres estar con tu hermana? ¿Pasártelo bien?

—¿Antes de que tengas que matarla? —Negó con la cabeza—. Es una oferta muy tentadora.

Me pasé las manos por la cara con un gemido.

—No lo vas a dejar pasar, ¿verdad?

—¿La muerte de mi hermana? —Su expresión era dura—. No. Nunca.

—Pues tu hermana lo ha hecho. —Señalé a Elysea, que brincaba alrededor de la pira. Parecía como si desapareciera y emergiera de una nube—. ¿No es eso lo que importa?

—Mi hermana y yo somos muy distintas —repuso Tempest. Se estaba mordiendo el labio inferior y tenía la mirada clavada en Elysea—. Y ella no tiene que preocuparse de lo que pase después de su muerte. Yo sí.

—Créeme. No es fácil saber que vas a morir.

Entonces me miró.

—¿Te encuentras bien?

Era la primera vez que atisbaba preocupación real en sus ojos.

—Sí.

Sus mejillas enrojecieron como si se acabara de percatar de lo que me había preguntado. Había bajado la guardia un instante.

—Elysea quiere disfrutar del tiempo que le queda. Y quiere que estés con ella.

Tempest se pasó una mano por el pelo negro.

—Elysea debería querer más que eso. Debería querer vivir. Y debería querer venganza.

—¿No es más fácil que acepte lo que le va a pasar?

Enarcó una ceja.

—Más fácil para ti.

Solté un suspiro exagerado.

—¿No te cansas de no bajar nunca la guardia, Tempe?

Parpadeó.

—¿De qué estás hablando?

Hice un gesto hacia la celebración.

—Podrías formar parte de esto si quisieras.

—¿Y qué te hace pensar que quiero formar parte, eh, Lor *Ritter*? —El modo en que pronunció mi apellido fue como si me estuviera maldiciendo. De veras esperaba que al final no fuese una bruja de agua de verdad.

—Todos queremos vivir. Pero lo que tú estás haciendo ahora mismo no es vivir. Estás en modo —giré las manos en círculos— cabreo y odio y frustración. Eso no es vivir. —Yo lo sabía bien. Así vivía mi vida yo también.

—Tú no me conoces. —Repitió mis mismas palabras de antes. Era cierto, realmente no nos conocíamos. Pero quería.

—¿Recuerdas cuando te dije que no malgastaras el tiempo o te arrepentirías? —Ella no respondió—. Pues te lo estoy recordando ahora. Como vigilante. —Tenía que ver la verdad antes de que fuera demasiado tarde.

—¡Pero tú no eres vigilante! —Golpeó el césped con las manos—. ¿Qué más te da lo que haga? Después del mediodía volverás a tu vida normal con la asesina de tu madre y yo perderé a mi hermana. Para siempre.

—No volveré con ella —dije, refiriéndome a mi madre.

—Ah, ¿no?

Negué con la cabeza, un pelín demasiado entusiasta, y sentí un mareo.

—He pasado muchísimo tiempo en fase de negación. Ya no puedo seguir escondiéndome.

—¿Y a dónde irás, entonces?

Aunque volvería con Elysea a Palindrómena antes de que nadie se enterara de lo que había sucedido, no podía regresar al Acuario. Ya no. Estaba luchando por una vida que no estaba viviendo de verdad.

—Me gusta tu familia —dije, cambiando de tema—. Sois buena gente. No os merecéis lo que mi madre os ha hecho. Y, mucho menos, tu hermana. Pero, sobre todo, *tú* no te lo mereces. La pena siempre es peor para los que siguen aquí. —Eso lo sabía muy bien.

Cogió aire de forma temblorosa, como si estuviese a punto de llorar.

—Gracias —repuso, afianzando la voz.

No nos dijimos nada en los minutos posteriores.

Pese a que el silencio era cómodo, el ragar no quiso que mantuviese la boca cerrada.

—Si no supieras que hoy es su último día, ¿qué harías? —pregunté.

Echó un vistazo a la pira con una sonrisilla en los labios.

—Bailaría con ella, aunque se me da fatal.

—Lo recuerdo —dije, pensando en la actuación de la Marea de Primavera.

Ella me dedicó una mirada furiosa y yo sonreí.

—Dejando tu habilidad para bailar aparte, deberías ir con ella. Palindrómena no se equivoca del todo en lo que están intentando hacer. Mis abuelos lo empezaron, ¿lo sabías? —Ella negó con la cabeza—. Cuando descubrieron cómo reanimar algo vivo durante veinticuatro horas, vieron la oportunidad de ayudar a la gente. Pero lo malo es que el cliente sabe que son sus últimas horas con su ser querido. No se puede disfrutar plenamente de la reanimación sabiendo que la despedida es inevitable.

—¿Estás sugiriendo que finja que no va a perder la vida dentro de unas horas? —Se echó el pelo sobre el hombro, que cayó como una cascada negra. Mis dedos hormigueaban con la necesidad de tocarlo.

—¿Qué tienes que perder? Puedes pasarte lo que queda de tiempo aquí, conmigo, o sacar el máximo partido del tiempo que te queda con tu hermana.

—Bueno, lo que tengo claro es que no quiero pasar más tiempo contigo.

Creía que lo decía en serio, pero luego vi un brillo travieso en sus ojos. Me lanzó una sonrisa vacilante.

—Pues entonces ve. —Sacudí una mano hacia la pira y le devolví la sonrisa.

No me gustó nada lo mucho que la eché de menos en cuanto se marchó.

CAPÍTULO CUARENTA

TEMPEST

06h 30m

Martes, 05:30.

El tiempo. Todo se reducía al tiempo.

Por mucho que no quisiera hacerle caso, tenía razón. Era lo único que me quedaba. Solo una hora y media de mi familia reunida al completo. ¿Para qué desperdiciarla?

Quería seguir enfadada con él y odiarlo por lo que había hecho su madre, pero no podía. Era obvio que se sentía tan afectado como nosotros por lo que había hecho. Si volvía a ver a Nessandra, le diría lo que pensaba, y mi puño también se lo haría saber.

Antes de regresar junto a Elysea en la pira busqué a mis padres. Estaban sentados en una pequeña mesa con la mirada fija en mi hermana mientras bailaba.

—Hemos vivido felices —les dije—. Nos cuidábamos la una a la otra.

Mamá se giró en la silla.

—¡Tempe! —Abrió los brazos—. Ven y siéntate con nosotros.

Arrastré una silla hasta su mesa. Me había percatado de que, al igual que los tambores, los muebles estaban hechos de huesos de pez. Eso sí que era algo que abundaba en este mundo; la muerte. Y, sin embargo, la gente a nuestro alrededor celebraba la vida. Habían construido algo a partir del Antiguo Mundo. Algo próspero.

—No vivíamos tristes —apostillé—. Os echábamos de menos, sí, pero Elysea me obligó a pasar página. A vivir. ¿Esperabais algo distinto? —Me reí cuando mi hermana saltó como si no pesase nada. Un corrillo de niños la seguía y trataba de imitarla.

Papá estiró el brazo alrededor de mi madre y me tomó de la mano.

—No nos cabe duda de que hicisteis lo mejor para las dos.

—No sabes lo mucho que lo sentimos —dijo mamá. Le brillaban los ojos—. Nunca quisimos que las cosas acabaran así.

—Ahora sí que lo entiendo. —Me froté el puente de la nariz al tiempo que trataba de reprimir las lágrimas—. La echaré de menos, ya sabéis.

Mamá me envolvió en un abrazo. Olía igual. Incluso sin las plantas de Palindrómena, olía a tierra y a dulzura.

—Lo sé, cariño. Nosotros también. Ya lo hemos hecho todos estos años. Podemos vivir aquí, juntos.

Miré el anfiteatro e imaginé mi vida como una gran celebración constante. No encajaba con quien era y en quien me había convertido. No era la misma niña que se escondía tras las piernas de su madre cuando era pequeña. Y tampoco la adolescente que prefería la compañía de los esqueletos submarinos. Ahora era más fuerte. Cuando el momento llegara, ya me preocuparía del después.

Antes de dirigirme a la hoguera le di un apretón a mi madre y a papá un beso en la mejilla.

Elysea les estaba enseñando los pasos a los niños.

—¡Tempe! —gritó cuando me vio. Dejó a la tropa tan dispar y me tomó de las manos—. ¿Bailas conmigo?

—Ya sabes que no lo hago tan bien como tú.

Ella sonrió.

—¡Pues baila como te apetezca!

Me entraron ganas de gritar o llorar, pero ni una cosa ni la otra iban a ayudar a Elysea ahora, así que traté de bailar al son del ritmo lo mejor que pude.

Obviamente lo hice fatal, pero ella sonrió como si fuese la mejor alumna que hubiera tenido. Aquello me subió la autoestima. Le sujeté la mano e intenté imitar sus movimientos.

Varios minutos después me olvidé de lo mal que lo hacía en comparación con Elysea. Por un momento, me olvidé todo. Y fue liberador. Como sumergirme en el agua. Con el control absoluto de todo y a la vez abandonándome por completo a la sensación.

—¡Lor! —gritó Elysea, y volví en mí—. ¡Ven a bailar con nosotras!

—¡No! —exclamé, soltándome de Elysea, pero ella no me dejó.

Lor apareció de entre las sombras. Estaba más sobrio que la última vez que lo había visto, pero sus movimientos denotaban una relajación que me hacía pensar que aún seguía bajo los efectos del ragar.

—No —repetí.

—No seas borde —susurró ella.

Lor se acercó despacio a nosotras, como si yo mordiese. Ojalá siguiera queriendo hacerlo, pero ya no estaba cabreada. Así funcionaba la magia de Elysea.

—Yo no bailo —dijo él.

Elysea sonrió.

—¡Genial! Tempe tampoco. Así los dos podréis «no bailar» juntos.

Juntó mi mano con la de él y yo me encogí como si hubiese tocado fuego. Su piel era suave, delicada. No mostraba signos de haber trabajado en un barco, rebuscado en zonas de inmersión o escalado los acantilados de Palindrómena.

¿O también había mentido sobre eso?

—Hola —saludó él.

—Hola. —Me quedé quieta.

Elysea se alejó bailando.

—Lo siento. —Dejé caer la mano de Lor—. Yo no bailo.

La expresión de Lor era sombría.

—Yo tampoco.

Nos quedamos así durante un momento, mirándonos, con la música y los bailarines danzando en torno a nosotros mientras el fuego crepitaba cerca. Me acordé de la Marea de Primavera. De cómo la tormenta nos había atrapado. Y me volví a sentir igual. Con la música latiéndome en la cabeza y los ojos de Lor, de un tono azul vívido, contra la luz del fuego.

Pero esta vez todo era distinto. No quería escapar. No realmente.

No estaba acostumbrada a hacer amigos, pero traté de imaginar haber conocido a Lor bajo otras circunstancias. Si no fuera el hijo de Nessandra o el vínculo de Elysea, ¿cómo me sentiría? ¿Querría bailar con él?

Mientras seguíamos allí sin movernos, me lanzó una sonrisa vacilante. Sea cual fuere la razón, él también quería estar cerca de mí. Y, por primera vez desde la reanimación de Elysea, me sentí conectada. A este mundo. Y muy consciente de cada vez que respirábamos.

Él dio un paso hacia mí y su mano buscó la mía. Abrió la boca.

—Tempe —empezó—. Yo… —Pero no acabó la frase.

Todos desaparecieron en ese momento y al único al que vi fue a Lor. Al verdadero Lor. Había dejado de disculparse y de tratar de ser mi vigilante. Había dejado de intentarlo. Era solo él.

Estaba de pie, con la mano extendida hacia mí, la mirada penetrante y una pregunta en los labios. Exudaba seguridad en sí mismo y a la vez desesperación para que me abriese a él. No conocía a este chico.

Y era arrebatador.

Retrocedí. Intuí lo que estaba intentando hacer Elysea. No quería que viese a Lor como el enemigo. Quería que comprendiese que él también se había visto involucrado en esta horrible situación.

Ojalá fuese todo tan fácil y pudiera perdonarlo por lo que sí dependía de él, pero seguía teniendo la vida de Elysea en sus manos. Y, dentro de unas horas, la extinguiría.

Me di la vuelta, pero Lor estiró el brazo y sus dedos rozaron el mío.

—Espera —me pidió.

Me detuve, pero no volví la vista atrás.

—¿Qué?

—¿Puedo hacer algo por ti? —pronunció con suavidad, y casi no lo oí con la música.

Estuve a punto de responder que podía morir para que mi hermana viviera, pero no iba en serio. Ahora que había visto al verdadero Lor, no podía olvidarme de él. No le deseaba ningún daño a ese chico.

Me giré para mirarlo de frente.

—Quiero que me prometas que mi hermana no sufrirá.

Él apretó los labios.

—Claro.

—Bien. Y cuando ya no esté, no quiero volver a verte.

Aguantó la respiración, pero pareció entenderlo. Siempre me recordaría a mi hermana.

—Lo siento —me disculpé.

Y era verdad. Sentía lo que podría haber sido y ya nunca sería.

Lo dejé junto al fuego. Me quedaba una hora con mi familia; ahora ellos eran lo único que importaba.

CAPÍTULO CUARENTA Y UNO

LOR

06h 00m

Martes, 06:00.

Observé a Tempest alejarse. Me dolía el corazón por sus palabras.

A partir de hoy, ya no volvería a verla. Aunque no la culpaba, deseaba que hubiera algo —cualquier cosa— que pudiera hacer.

Por mucho que no hubiera sido yo el que manejaba el barco que mi madre usó para chocar contra Elysea, me sentía igualmente responsable. Yo sabía que mi madre estaba experimentando con personas vivas en su temeraria búsqueda por curar la mortalidad. ¿Había mucha diferencia en que hubiese empezado a asesinar a los que la rodeaban para evitar que hablasen de más? Tenía diecinueve años; yo ya no era un niñito indefenso. Tenía poder, ¿verdad?

Mi madre siempre había afirmado que los Arrecifes necesitaban los cultivos de Palindrómena para sobrevivir, pero después de visitar las islas del desenfreno y lo autosuficientes que eran, sabía que no era cierto. No recibían medicinas ni vitaminas. Y, aun así, sobrevivían perfectamente.

No. No solo sobrevivían. Prosperaban. Pasaban los días con amigos y familiares, celebrando que estaban vivos. Sí, al final terminabas harto de marisco y sopa de algas, pero era mejor que nada. Y todos parecían estar sanos y felices.

Todos menos Tempe.

Había estado contemplándola bailar con su hermana antes de acercarme a la pira y, por un brevísimo instante, atisbé felicidad en su cara. Verla me dejó sin aliento. Estaba más que preciosa. Y no porque estuviera sonriendo, sino porque había bajado la guardia; se había permitido disfrutar del momento, de la música y de la compañía de su hermana. Vi a la verdadera Tempest. Quien debía de haber sido antes de perder a todos los que quería.

Pero fue un momento fugaz.

Ya había vuelto a ser la chica curtida por el dolor. La entendía. Yo también estaba enfadado. Con mi madre, con Palindrómena, conmigo mismo.

Atravesé la multitud para coger un poco de aire. El humo se me estaba acumulando en los pulmones y me estaba dificultando el respirar.

Me senté en el césped, agotado de pronto. No veía a dónde había ido Tempest, pero sí que divisaba la silueta de Elysea junto al fuego. Ojalá pudiera ayudar a las hermanas Alerin, de verdad. No quería sentir el peso de la muerte de otra persona en mis manos, aunque yo no fuera el responsable directo. Cerré los ojos e intenté imaginarme a Elysea dando su último aliento. Traté de imaginarme a Tempe pronunciando su último adiós. Pero no pude.

Tal vez fuera porque no era vigilante de verdad. No sabía cómo gestionar el final de un proceso de reanimación, pero sabía que era horrible. Me preocupaba que Elysea fuera a morir. Me preocupaba que Tempe volviera a pasarlo mal.

Veía la desesperación en el rostro de Tempe conforme transcurrían las últimas horas. Ella sabía que ya nunca volvería a ser la misma. Que llevaba sin ser la misma desde que su hermana murió. Y yo sabía lo que se sentía. No quería que pasara por lo mismo que yo. No quería que viera a su hermana morir.

Puede que no creyera en los Dioses de abajo, pero en el fondo sentía que el vínculo con Elysea y el conocer a Tempe y a su familia había sido cosa del destino. Era mi destino ayudarlos, porque le había fallado a Calen.

Hoy, me habían brindado la oportunidad de hacer algo bueno. Nunca sanaría la brecha que había abierto en la familia de Calen, pero sí podía intentar curar a las Alerin.

Pero ¿cómo? Reanimar a un paciente significaba arrebatar la vida de otra persona. Y ese era el problema. Siempre requeriría un sacrificio. Una vida por otra vida. Ojalá hubiera alguien que no estuviese aprovechando la suya.

«Como yo».

Me reí. Qué estupidez de pensamiento. Tal vez los efectos del ragar aún no se me hubieran pasado del todo como creía.

O quizá no fuera ninguna estupidez...

Tenía que haber alguien que estuviera vivo, pero no del todo. Alguien que tuviera un latido, pero que no viviese de verdad. Por muchos cuerpos que hubiese en Palindrómena, todos estaban muertos. Salvo... salvo los *Durmientes*. Personas que habían sufrido un accidente de barco, pero que nunca habían llegado a despertar. Ni tampoco se les había parado el corazón. Aunque técnicamente estuvieran en muerte cerebral, seguían teniendo pulso. Mi madre conservaba los cuerpos en caso de necesitar más sujetos con los que experimentar.

Con todo y con eso, a un paciente no se le podía reanimar dos veces. En cuanto el corazón de Elysea se detuviera, ya no podría reiniciarse. A menos que cambiáramos el vínculo de mi pulso al de un Durmiente antes de que el corazón de Elysea dejara de latir. Entonces podríamos parar el corazón del Durmiente para que Elysea pudiera seguir viviendo. Podría usar su vida para algo bueno. Y el Durmiente por fin descansaría y estaría libre de las garras de mi madre.

Algo me hormigueó bajo la piel. Emoción. Esperanza.

Podía salvar a Elysea.

Lo único que necesitaba era alguien que llevara a cabo el proceso de vinculación. Y justo conocía a la persona adecuada.

Pero primero tenía que regresar a Palindrómena.

Aunque el amanecer estaba al caer, la fiesta no mostró signos de decaer. Busqué a Tempest y a sus padres, pero no divisé ninguna cara conocida. Me tendieron jarras de ragar conforme atravesaba la multitud, pero las rechacé. Necesitaba permanecer sobrio.

Me encaminé hacia la pira y me escurrí entre los anillos de bailarines hasta encontrar a Elysea en el centro.

—Elysea —la llamé por encima de la música—. Necesito hablar contigo. —Ella sonrió e intentó arrastrarme a la danza, pero yo sacudí la cabeza—. ¡Es importante!

Se señaló las orejas para indicarme que no oía nada de lo que le estaba diciendo. Pero debió de percibir la seriedad en mi rostro, porque se me acercó.

—¿Va todo bien? —me preguntó—. ¿Tenemos que irnos ya?

Eché un vistazo al ecoenlace.

Las 6:15.

—Casi. Pero ven conmigo, tengo una idea.

Era más fácil explicarles el plan a todos a la vez.

Nos abrimos paso entre los bailarines. Mi altura me permitía ver por encima de la mayor parte de la muchedumbre.

—Tenemos que encontrar a tu familia —le dije. Tuve que inclinarme hacia ella para que me oyera—. ¿Sabes dónde están?

—Tempe dijo que iba a por algo de comida. —Apenas fui capaz de oír sus palabras.

Dentro, la tienda estaba ahora más tranquila. La mayor parte de la comida había desaparecido. Tempest estaba sentada con sus padres en una de las mesas. Tenían las cabezas muy juntas y hablaban en susurros apresurados, pero levantaron la vista en cuanto Elysea y yo nos acercamos.

Respiré hondo. Esperaba que quisieran escucharme.

—Creo que puedo salvar a Elysea.

CAPÍTULO CUARENTA Y DOS

TEMPEST

05h 30m

Martes, 06:30.

Aguanté la respiración mientras Lor nos explicaba el plan. Estaba a punto de amanecer y teníamos que marcharnos, pero yo me había quedado de piedra. Para cuando hubo acabado de hablar, yo ya estaba llorando. Elysea permanecía tan quieta como el mar en calma. Me daban ganas de abrazarla y decirle que no iba a morir, pero sus ojos transmitían duda.

—Es la primera vez que oigo algo así —comentó papá. Antes de que Lor nos encontrara, habíamos estado haciendo planes para mudarme aquí. Ahora esos planes podían incluir a Elysea.

—Yo los llamo Durmientes —explicó Lor. Parecía sobrio del todo, con los ojos claros y enfocados y la tez pálida sonrojada—. Se guardan en una de las salas traseras del sótano. Están en muerte cerebral, pero siguen vivos. Podemos vincular su pulso al de Elysea y luego pararles el corazón para que Elysea viva.

¿Se consideraría asesinato matar a alguien que no podía despertar? ¿Querrían que usaran su pulso para ayudar a vivir a otra persona? Yo sí.

—Elysea, ¿qué te parece? —le pregunté.

—Has dicho que no estás seguro de si funcionará —le dijo a Lor con cautela.

—No se ha hecho nunca, pero tengo un amigo que ha estado estudiando el proceso de reanimación. Es la mejor opción que tenemos.

Elysea intercambió una mirada con mamá y papá.

—No sé —respondió—. No quiero que nadie cargue con esto.

—Y no lo harán. Están prácticamente muertos. Lo único que les sigue funcionando es el corazón. Seguirán metidos en tanques hasta que mi madre decida deshacerse de ellos o usarlos para otro experimento. Así su muerte valdrá para algo bueno. Por fin estarán en paz.

—Piénsalo —añadí—. Todos, juntos. —Veía el futuro y, por una vez, no era una tormenta en el horizonte, sino un amanecer.

Elysea se frotó las sienes.

—No quiero pensar en eso. —Tenía mechones rosados debido a la ceniza de la pira—. No quiero hacerme ilusiones.

—Estás cansada —dijo mamá al tiempo que acercaba una silla—. Deberías descansar.

—No hay tiempo para descansar —dije, de pie junto a Lor—. Tenemos que llevar a Elysea de vuelta a Palindrómena lo antes posible. ¿Verdad, Lor?

Él parpadeó, atónito porque por fin estuviera de su lado.

—Así es.

Elysea ya había accedido a volver a Palindrómena; Lor no tenía por qué mentir a estas alturas. Sentí una calidez en el pecho al mirarlo. Podía confiar en él.

—¿Te dejará tu madre hacerlo? —inquirió papá. Se mostraba escéptico, y con razón, después de lo que Nessandra había hecho.

—No tenía pensado pedirle permiso —contestó Lor, decidido. Era evidente que quería desvincularse de lo que había hecho su madre. Revivir a Elysea de forma permanente era el primer paso.

—¿Por qué dudáis? —pregunté—. ¡Este era el milagro que buscábamos! Lo han mandado los mismos Dioses de abajo, y parece que un familpez os haya dado un sopapo en la cara.

—Tempe —empezó a decir papá. Pero por su tono intuí que estaba a punto de decir algo malo. Por una vez no quería centrarme en lo negativo. Lor nos había lanzado un salvavidas e íbamos a agarrarlo.

—¿No vale la pena correr el riesgo? —dije.

—Ya lo hicimos dejándoos aquella noche hace cinco años. Y cuando volvimos hace dos —respondió mamá al tiempo que sacudía la cabeza—. Y mira lo que pasó.

—No es lo mismo. —No entendía por qué no aprovechaban la oportunidad de cabeza—. Elysea ya está muerta. No tenemos nada que perder.

—A ti —contestó mamá bruscamente.

Aguanté la respiración.

—¿A qué te refieres?

—Tenemos que protegerte —explicó—. Si Nessandra se entera de que hemos hablado, temerá por su negocio. Ya ha hecho daño a Elysea; a saber de qué más es capaz.

—¡Entonces venid con nosotros! —Cuanto más tiempo pasásemos hablando, menos nos quedaba para establecer el vínculo nuevo.

—El *Amanecer* solo soporta el peso de tres personas —intervino papá—. Una más y se hundirá al fondo del mar. Podríamos ir al Arrecife más cercano en nuestra balsa para tomar prestado un barco, pero necesitaríamos más de las cinco horas que quedan.

—Yo las protegeré —le aseguró Lor a mi padre—. Me aseguraré de que no les pase nada a ninguna de las dos. Se lo prometo.

Mamá y papá se miraron. Entendía que no quisieran que nos fuéramos, pero era la única oportunidad que teníamos de volver a estar todos juntos.

Dudé si ofrecer mi puesto en el *Amanecer* a alguno de los dos, pero necesitaba cerciorarme de que Elysea llegaba sana y salva a Palindrómena y el amigo de Lor establecía el vínculo. Había sido yo la que había reanimado a Elysea y tenía que ser yo la que llegase hasta el final.

—Promételo —dijo mamá al final. Se puso de pie y le ofreció la mano a Lor.

—Se lo prometo con mi vida —respondió él.

Cuando Lor estrechó la mano de mi madre, esta lo atrajo hacia sí y lo abrazó.

—Cuida de mis niñas.

CAPÍTULO CUARENTA Y TRES

LOR

05h 00m

Martes, 07:00.

Lo arreglaría. Lo haría. Haría lo que fuera necesario para salvar a Elysea. Tenía el poder de deshacer uno de los errores de mi madre.

Incluso con las mentiras, el dolor y la pena de haber pasado cinco años separados, pude ver lo que fueron los Alerin. Y lo que podrían volver a ser. Verlos juntos era como entrar en el agua salada con una herida abierta. Tenía que arreglarlo.

Me quedaban cinco horas.

Los Alerin me habían hecho darme cuenta de que yo nunca había tenido lo que ellos sí. Mi madre era distinta. Ella anteponía su investigación a todo, yo incluido. Al esforzarse por asegurar que nadie más lamentara la pérdida de un ser querido, había provocado una insalvable cantidad de sufrimiento en familias inocentes. Hoy yo acabaría con todo eso.

Elysea y Tempest estaban abrazadas a sus padres en el muelle mientras yo subía a bordo del barco. Aparté la mirada cuando se susurraron palabras de amor y se despidieron... por si las cosas no salían acordes al plan.

Tecleé la numeración identificativa de *Del charco al barco* en el sistema de comunicación del *Amanecer* y redacté un mensaje.

¿Dónde estás, Ray?

Contuve la respiración y presioné «enviar». Esperaba que estuviera a bordo.

Recibí un mensaje casi al instante.

¡TÍO! ¿Que dónde estoy?, rezaba su mensaje. *¿Dónde estás tú? ¡Creía que estabas muerto!*

Aún no, respondí. No tenía gracia, pero Ray agradecería mi pobre intento de humor.

¿Has encontrado a Elysea?

Sí. Estaremos de vuelta en Palindrómena a las 11.

ESO ES JUGÁRSELA MUCHO, me escribió.

Lo sé. Pero tengo una idea. Necesito que estés en la entrada trasera al Acuario a esa hora. Trae el equipo de reanimación.

Me da miedo preguntarte por qué.

Pues no lo hagas, respondí. *Tú estate allí y asegúrate de que nadie te vea.*

Me desconecté del sistema de comunicación.

Tempe se separó de sus padres la primera y se encaminó hacia el timón.

—¿Estará allí Raylan? —preguntó con la mandíbula apretada y los ojos brillantes. Había cambiado desde que le había contado el plan. Algo había cambiado en ella. Por primera vez en dos años, le había dado esperanzas. Y, a cambio, ella me las había dado a mí.

—Sí —le dije.

—Entonces, vamos.

Elysea se secó los ojos y se separó de mala gana de sus padres.

—Tened cuidado, niñas —pronunció Minda mirándome brevemente.

Asentí en su dirección.

Haría todo lo que estuviera en mi mano por protegerlas.

322

Tempe capitaneó el barco durante la primera hora antes de bajar a echarse un sueñecito. Con el poco viento que hacía, estábamos cruzando el Mar Desatado a buen ritmo. Lo conseguiríamos. Estaba seguro de ello.

Me encontraba junto a Elysea, haciendo guardia por si veíamos más remoranos. No hablábamos. ¿Qué más quedaba por decir?

El sol se asomaba por el horizonte; era como si estuviéramos navegando directamente hacia él.

Levanté la mano para cubrirme del resplandor.

—Ve a descansar —dijo Elysea—. Tienes cara de...

—¿Muerto? —le ofrecí con una risotada.

Ella curvó los labios en una sonrisa.

—Sí.

Solté un profundo suspiro.

—Solo media hora.

Ella meneó la mano en mi dirección.

—Anda, ve.

Tempe se había hecho un ovillo en el suelo del camarote, de cara a la pared. Murmuró algo en sueños y luego se dio la vuelta hacia el otro lado.

Retrocedí, sorprendido. Se la veía completamente diferente. Tenía el ceño y el mentón relajados. Parecía más joven. Más feliz.

Siempre parecía acarrear una tormenta con ella. Y entraba en los sitios como lo haría un viento huracanado. No obstante, al dormir revelaba algo más tierno. No se escondía detrás de una máscara de furia. Aparté la mirada. No me parecía bien que estuviera allí tumbada, toda vulnerable, sin saber que yo estaba allí.

Me tumbé en el lado opuesto del barco, junto a donde me habían atado al principio, y me quedé mirando al techo. Esperaba que el plan funcionara, pero... ¿y si no? ¿Qué haría entonces?

Aparté aquel pensamiento de mi mente. No podía pensar así. Aún no. Todavía teníamos tiempo para arreglar este desastre. Ray lo conseguiría. Llevaba estudiando los procesos de reanimación desde que se lesionó el pie. Tenía que confiar en que todo esto había sucedido por una razón. Y no era para que Tempest pudiera ver morir a su hermana y luego saliera de mi vida para siempre.

También tenía que alejar los pensamientos sobre Tempest. No podía pensar en lo preciosa que era. Lo que me dolía verla llorar. Cada vez pensaba más en ella, y eso no me haría ningún bien.

Tenía que centrarme en conseguirle a Elysea un nuevo vínculo.

Por primera vez en la vida recé a los Dioses de abajo sin saber si existían o no, si me escuchaban o si les importaba siquiera lo que estuviera diciéndoles. Pero ¿no era así como rezaban todos? ¿Creyendo no estar solos y sin pruebas con que demostrarlo?

—Por favor, no permitáis que muera —les pedí—. Dejadla vivir. Aliviad su dolor.

Y aunque no oí respuesta por su parte ni vi señal alguna de los Dioses de abajo, una voz en el fondo de mi mente me recordó que, al final, la muerte siempre acudía a por todos.

CAPÍTULO CUARENTA Y CUATRO

TEMPEST

03h 00m

Martes, 09:00.

Me desperté con la vibración del *Amanecer* contra la mejilla. No había querido quedarme dormida, pero el ruido del motor y el cansancio emocional dejaron atrás el entusiasmo y la aprensión.

Al otro lado del camarote, Lor estaba dormido bocarriba y con un brazo sobre la tripa. Le temblaban los párpados.

Me senté y me froté la cara. No había dormido tanto como para que se me pegara sal a los párpados. Me acerqué a él y eché un vistazo a su ecoenlace.

Las nueve de la mañana.

Nos quedaban dos horas para llegar a Palindrómena y una para revincular a Elysea. Esperaba que confiar en él no fuese una estupidez.

Lor empezó a revolverse a mi lado; movía los brazos y las piernas.

—¡Calen! —gritó, irguiéndose y estirando la mano hacia algo que no estaba ahí.

Retrocedí.

—¿Estás bien?

Su pecho se hinchaba y deshinchaba a toda prisa. Miró en derredor como si tratara de recordar dónde estaba.

—Sí.

Era evidente que no. Sus ojos azules parecían atormentados. ¿Por qué?

—¿Quién es Calen? —le pregunté acercándome.

Él se tapó la cara con las manos.

—Mi mejor amigo.

—¿El que murió? —Parecía que hubieran pasado semanas desde que Lor me contó su experiencia con una reanimación.

Él asintió con la cara todavía oculta, pero se le estaba regulando la respiración.

—¿Cómo murió? —indagué.

Él me miró por entre los dedos.

—Estábamos escalando un acantilado... —Soltó un ruidito de agonía y sacudió la cabeza—. Murió por mi culpa.

—¿Quieres que hablemos del tema? —le sugerí—. Sé que no soy vigilante, pero tú tampoco.

Él dejó caer las manos y sonrió.

—Gracias, Tempe.

—¿Por?

—Por estar ahí —respondió—. Y por no odiarme por lo que mi madre le hizo a tu familia.

—Mucho supones tú. —Pero lo dije con tono juguetón para que viera que bromeaba.

Él me tomo de la mano y le dio un apretón.

—Trataré de salvarla. Lo sabes, ¿no?

Por su expresión intensa supe que lo decía en serio. Pero eso no significaba que el plan fuera a funcionar. Si fallaba, sabía que Elysea se sacrificaría a sí misma.

No quería tener esa conversación. Quería aferrarme a la esperanza de que todo iría bien.

—Debería ir a ver cómo está Elysea.

—Quédate un momento. —Me instó a que no me moviese con la mirada—. Por favor. No quiero quedarme solo.

Sentí una punzada en las costillas.

—Yo tampoco —susurré.

Él se tumbó bocarriba con la cara hacia el techo y mi mano contra la suya.

—Cuéntame algo. —Se le quebró la voz—. Algo bueno.

—¿Algo bueno?

—Que no sea de este sitio. —Señaló el camarote—. Algo que me... que nos ayude a olvidar.

Pero, sin contar este sitio, no había ningún otro. Solo agua. Siempre había sido así y siempre lo sería. Sentía su mirada clavada en mi rostro mientras rumiaba. ¿Qué era bueno? ¿Qué me hacía feliz? ¿Por qué llevaba tanto tiempo sin pensar en eso?

Había sido feliz en las Islas Cavalcade. En el poco tiempo que había bailado con Elysea. Y, pese a haber llorado, al ver a mis padres. Al sentir el abrazo de mi madre. Pero ahora no podía hablar de ellos. El hecho de saber que tal vez los cuatro nunca pudiéramos volver a estar juntos seguía estando muy reciente, así que respondí:

—Hay un lugar en el Arrecife al que Elysea y yo solíamos ir de más pequeñas cuando queríamos escapar de todo. Lo descubrimos poco después de que mis padres desaparecieran.

Lor cerró los ojos.

—Cuéntame más cosas.

Observé cómo las pestañas rubias golpeaban su tez pálida.

—Por la noche nadábamos bajo el Equinoccio y aguantábamos la respiración hasta que nos quemaba el pecho y sentíamos los brazos y las piernas de gelatina. Fingíamos ser peces de colores —dije, recordando el traje de buceo de color arcoíris que solía adorar de pequeña—. Salíamos a la superficie cuando no podíamos más. Subíamos al Equinoccio escalando por el lateral del consistorio de los conservadores hasta llegar al tejado, donde está el pararrayos. Es el lugar más alto. Desde ahí se puede ver todo.

—Ah —dijo, entendiéndolo—. Os imaginabais qué había más allá del Equinoccio.

—No.

Frunció el ceño. Yo nunca había querido marcharme del Equinoccio. Era mi hogar. Siempre lo sería. Quería que las cosas volviesen a como eran antes. Quería que mis padres volviesen. Y Elysea también. Quería volver a la época en la que era feliz.

—Sigue —me instó.

Inspiré hondo.

—Desde el tejado hay unas vistas increíbles. —Cerré los ojos y recordé todas las veces en las que Elysea y yo habíamos escalado hasta allí—. El Equinoccio está cerca de muchas ciudades sumergidas, y si miras hacia las ruinas bajo el mar y dejas que se te nuble la vista, el mar parece el cielo de noche y el coral las estrellas. Es como si esas ciudades no se hubiesen destruido nunca. Como si hubiese vida bajo el mar. Es precioso.

Noté que Lor se movía para incorporarse y sentí su calidez contra mí. Abrí los ojos. Me observaba con una pequeña sonrisa.

—¿Qué? —Quise soltarlo a malas, pero salió ahogado.

Estaba demasiado cerca. Sus ojos me cautivaban. Cada anillo era de un color diferente, el más oscuro estaba en torno al centro. Me sentía atrapada por su mirada; no quería moverme de allí.

—Ves la belleza de este mundo sumergido —dijo. Enarqué una ceja, pero él prosiguió entre susurros—. Haces de este mundo un lugar precioso.

El aire se me quedó atascado en el pecho al tiempo que sus ojos viajaban a mis labios.

—No —susurré—. No creo que este mundo sea precioso. —Oscuro y letal sí, pero precioso no. Lo hermoso era fácil, tranquilo y cautivador; algo que se ansiaba. Nuestro mundo no era así.

—Tú has vivido muchas más cosas que yo —dijo—, cosas que yo no viviré nunca.

¿Hablaba de morirse? ¿Creía que íbamos a fracasar?

—Lor, yo...

Pero no sabía qué decir. Me había portado fatal con él. Lo había apartado de mi lado y lo había llamado mentiroso, y cuando estaba más baja deseé que muriese para que Elysea siguiera viva. Pero me miraba como solo lo hacía mi familia, como si yo le importase.

—No pasa nada —dijo al tiempo que me apartaba el pelo de la cara.

Pero sí que pasaba. Si fracasaba, uno de los dos moriría. Y no soportaría perder a ninguno.

—Todo irá bien —dijo, acercándose a mí—. Puede que no todas las brujas de agua sean malas —susurró lo último como para sí mismo.

¿Brujas de agua? Lo había dicho como si eso fuese algo bonito en lugar de a lo que temer.

Me miró como pidiéndome permiso.

Me daba miedo decir que sí, pero había algo en mi interior que, como la marea, me atraía hacia sus labios.

Me quemó la piel en cuanto me tocó, aunque no estaba segura de quién hacía arder a quién. Sabía a mar y a humo.

Hundió las manos en mi pelo. Yo me obligué a respirar entre besos, porque lo necesitaba; necesitaba esto y necesitaba *vivir*.

Entonces me acordé de quién era y el control que ejercía sobre mi hermana y sobre mi futuro. Me separé de su calidez y hui por las escaleras sin mirar atrás.

Se me formó un nudo en la garganta cuando la isla de Palindrómena se alzó en el horizonte.

Habíamos conseguido cruzar el Mar Desatado sin toparnos con Qera o sus amigos. Tal vez aún estuviera persiguiendo su barco. Al pensarlo, sonreí.

Según el reloj del *Amanecer* todavía nos quedaba una hora y cuarto.

¿Y si Lor fracasaba? Solo lo conocía desde ayer, pero había fraguado una conexión con él yo solita. La primera en toda mi vida. Y, cuando me miraba, me sentía viva. No quería romperla.

Siempre había sido una persona reservada. Era insegura, ansiosa, le daba muchas vueltas a todo y siempre me preocupaba por el qué dirían los demás. Había aprendido que era mejor mantener las distancias con la gente que tratar de hacerme amiga de alguien y que luego me diera la espalda.

Cuando mis padres desaparecieron, me volví más dura contra todo y todos con tal de sobrevivir. Todos salvo con Elysea. No quería que conocieran a mi verdadero yo. El yo vulnerable. El que no soportaría perder a nadie más que le importase. Y, entonces, perdí a Elysea.

Entonces, ¿por qué era tan distinto con Lor? ¿Porque veía mi dolor reflejado en sus ojos? ¿O porque no se mantenía alejado de mí? ¿O era porque parecía siempre querer pasar más tiempo conmigo?

Fuera lo que fuese, incluso en esta situación tan imposible, sentía como si pudiese respirar. Albergaba esperanza. Y todo gracias a él.

—¿Estás bien? —me preguntó Elysea. Rozó mi hombro con el suyo y yo me obligué a apoyarme en su calor. ¿Cómo me preguntaba algo así en un momento como este? Yo en su lugar estaría hecha un manojo de nervios. Sin embargo, ahí estaba ella tan tranquila. Los ojos, eso sí, los había abierto mucho debido a su preocupación por mí.

—Estoy... —No había respuesta más sincera que «estoy fatal», pero no quería agobiarla—. Bien.

—Tempe, conmigo no hace falta que finjas —respondió.

Pero sí que hacía falta.

—Ya casi estamos. Todo irá bien. Ya queda poco.

Asintió levemente, pero se la veía tan vacilante como un cumulonimbo.

—¿Qué vas a hacer mañana? —le pregunté, tratando de convencerla de que viviría para hacerlo.

Ella se giró de la isla en el horizonte hacia el Equinoccio. Aunque era imposible verlo en el agua, sentíamos su magnetismo. La tentación de nuestro hogar. Del consuelo. De la felicidad.

—¿Qué harás tú? —me devolvió.

—No evites mi pregunta.

Ella se atusó las puntas de su cabello largo.

—Estaré contigo, tonta.

Reprimí el miedo.

—¿Y qué haremos?

Ensanchó la sonrisa.

—Lo que tú quieras.

—Te quiero, Ely. —Aferré su mano con fuerza—. Ya lo sabes. Pero ¿no crees que te preocupas demasiado por mí?

—¿Demasiado? —Frunció el ceño—. Eres mi hermana pequeña.

—Lo era. Ahora soy mayor que tú. He vivido dos años sola y he sobrevivido. —Ella se encogió cuando se lo recordé—. Quiero que me digas qué quieres hacer tú. No quiero que te limites a preocuparte por mí. Quiero que vivas tu segunda vida. Quiero que hagas lo que quieras.

—Si sale bien... —empezó a decir.

—Saldrá —la interrumpí. Ahora no podía pensar lo contrario.

Elysea suspiró y se sentó en el borde del barco. Dejé el piloto automático puesto y me senté a su lado.

—Quiero recuperar mi vida —dijo—. Pero llevo dos años muerta. ¿Me aceptarán los demás así sin más?

—Pues claro —respondí—. Ya lo viste en la Marea de Primavera con Daon y Karnie. Todos te echan de menos; estarán encantados de que vuelvas a formar parte de sus vidas.

—Pobre Daon —musitó—. Debería haberle confesado lo que sentía realmente antes de morir.

—¡Deja de preocuparte por los demás! —La agarré de los hombros. Me daban ganas de sacudirla—. ¡Y mira más por tu propio corazón!

Se llevó una mano al pecho. No tenía que haber dicho eso.

Antes de poder retractarme, dijo:

—Quiero a Daon, de verdad. Pero lo quiero igual que a ti. Y eso no cambiará. Ni por él ni por nadie más. —Sonrió—. Veo cómo os miráis Lor y tú y me doy cuenta de que no me veo sintiendo algo así por nadie.

Quería negar lo que sentía por Lor, pero estaría mintiéndole a mi hermana y también a mí misma.

—No pasa nada, Ely. Es tu vida.

—Os tengo a ti, a mamá y a papá, y también al baile y la amistad de Daon. —Alzó la barbilla—. Y eso es lo único que quiero.

Pasé un brazo en torno a ella.

—Todos te adoramos, Ely. Hemos estado destrozados sin ti. Cuando vuelvas al Equinoccio —enarqué la ceja para dejar claro que era «cuando» y no «si»—, todo el mundo se alegrará de verte. Pero, por una vez, priorízate. Deja que sea yo la que cuide de ti. —Señalé su corazón.

Ella alzó la mirada con los ojos anegados en lágrimas.

—Siempre has cuidado de mí. Sé que no te lo parece, pero cuando mamá y papá se fueron, te necesitaba. Eres mi mejor amiga, Tempe, y no habría sobrevivido todos esos años sin ti. Pase lo que pase, recuérdalo.

Abrí la boca para responder, pero Lor apareció.

Elysea se subió al timón.

—Ya casi estamos —le dijo.

—Ánclalo a la parte trasera de la isla —dijo—. Será mejor que no nos vean entrar por el muelle principal.

—¿Hay otra entrada? —pregunté al tiempo que me colocaba junto a mi hermana.

—A través de las cuevas. Los barcos de rescate van allí cuando recogen algún cuerpo del agua —respondió Lor sin mirarme.

Se me revolvió el estómago. Allí se habría llevado Nessandra a Elysea después de matarla.

Elysea siguió las indicaciones de Lor y manejó el barco para que rodeara un gran peñasco. Detrás había una abertura estrecha a una cueva que se adentraba en la isla. Una entrada oculta al mar abierto.

El *Amanecer* se introdujo en la grieta cual pez entre las rocas. Elysea giró la cabeza para mirarme con una sonrisa tensa. Sabía lo que estaba tratando de decirme. «Todo irá bien». Pero yo ya no tenía ni idea de lo que englobaba esa palabra. ¿Salvar a Elysea? ¿Encontrar un nuevo vínculo? ¿Volver al lado de mamá y papá? ¿O al Equinoccio? ¿O ver esa mirada de Lor y sentir sus labios contra los míos?

¿Qué era lo que quería realmente?

Tiempo.

¿Por qué nunca había suficiente para hallar una solución?

Elysea encendió las luces e iluminó la cueva. El motor rugía y resonaba entre los tramos sinuosos de la grieta. El techo rocoso apenas se elevaba unos centímetros por encima del mástil del *Amanecer*. La roca rozaba y arañaba los laterales del barco y a mí se me encogió el pecho al oírlo.

Una vez llegamos a un banco de arena gris, Lor saltó del barco y Elysea encalló el ancla.

—Vamos —dijo él al tiempo que señalaba una puerta tallada en las entrañas pedregosas de la isla. Iba con prisa. Sentía la muerte llamándole a la puerta.

Aferré con fuerza la mano de Elysea hasta que nuestros nudillos se tornaron blancos.

—No hay nadie más aquí abajo —añadió Lor malinterpretando nuestra vacilación—. El Acuario es donde yo trabajaba. Mi madre ya está acostumbrada a que la evite, así que no estará aquí. —Volvió a echar una miradita a la puerta incrustada en la piedra—. Podremos entrar y salir sin que nadie se entere. Confiad en mí.

Ese era el problema. Confiaba en él, pero hacerlo no significaba que lo fuéramos a conseguir.

CAPÍTULO CUARENTA Y CINCO

LOR

01h 00m

Martes, 11:00.

Solo teníamos una hora para encontrar a alguien con quien vincular a Elysea. Hasta sin mirar a la pantallita del ecoenlace sentía el tiempo correr. Cada latido era un segundo perdido.

Ya no podía mirar a Tempe a los ojos. No quería que viera que estaba asustado. No de morir. Conocía la muerte demasiado bien. Había crecido alrededor de ella. Algunas personas tenían amigos y familia. Yo tenía a mi madre y a los muertos.

Pero sí tenía miedo por ella y por lo que pasaría si fracasaba.

Mientras cruzábamos la puerta de la cueva y entrábamos en el Acuario, quise darme la vuelta. Ahora odiaba este sitio más que nunca. Ya sabía lo que tenía que hacer. En cuanto Elysea estuviera vinculada a un Durmiente, acabaría con el programa de reanimación para siempre.

—Por las profundidades —susurró Tempe—. ¿Qué sitio es este?

Los tanques brillaban bajo la luz tenue, iluminando los cadáveres. Era deshumanizador. ¿Cómo había podido pasar un solo segundo aquí, ya no digamos dos años? ¿Cómo pude considerar esto «vida»?

—Aquí es donde almacenamos a los muertos. —Carraspeé—. Es decir, aquí es donde conservamos a los clientes antes de la reanimación.

Elysea abrió los ojos como platos.

—¿*Yo* he estado aquí?

Asentí, incapaz de hablar. No pensaba devolverla a este lugar. Y yo tampoco regresaría.

Quería más. Quería ver el mundo exterior, quería aprender a navegar, quería escalar acantilados en otras islas y seguir conociendo a las hermanas Alerin. Quería que Tempe me mirara como lo había hecho cuando la había besado.

Y ella también quería más de la vida. Estaba seguro de ello. Así que quería asegurarme de formar parte de esa vida. Quería darle ese *más*.

Y quería tener una vida propia. Quería que Ray lo supiera todo. Quería ser para él el amigo que no había sido para Calen. Y, para hacer eso, tenía que estar vivo.

—¿Se quedarán aquí abajo para siempre? —preguntó Elysea. Le temblaban las manos.

—No —repuse, hallando la voz por fin—. Conservamos los cuerpos durante diez años y, si nadie viene a reanimarlos, entonces los enterramos en el templo bajo el océano, o... —Pero no quería hablar del horno. Ahí era donde iría Elysea si fallábamos—. Venga, vamos —dije, en cambio. No teníamos tiempo para discutir sobre las formas adecuadas de tratar a los muertos.

—¿Adónde? —preguntó Tempe.

—Hay que encontrar un vínculo compatible —respondí.

—¿Y qué requisitos hay para hacerlo compatible? —indagó Elysea, pasando la mano por el lateral de un tanque. La chica del interior tenía la mirada hacia el techo, como si estuviese sumida en sus pensamientos.

—Tiene que ser alguien de edad similar —expliqué—. Los familiares también son buenos vínculos, ya que comparten un pulso parecido, lo cual es beneficioso.

—Por eso te eligieron como mi vigilante —concluyó Elysea—. Porque tenemos más o menos la misma edad.

—Y por eso pude cubrir a Ray; él solo tiene un año menos que yo —repuse—. Seguidme.

Abrí la puerta a la sala al fondo del Acuario donde se encontraban los Durmientes. Solo había cuatro tanques. Cuatro personas. Dos eran hombres mayores y los otros dos un hombre y una mujer más jóvenes. Sus tanques estaban uno al lado del otro, y sus dedos flotaban hacia el cristal como si estuvieran intentando cogerse de la mano.

Elysea contempló sus rostros con mirada triste.

—¿Qué les pasó?

Pulsé la pantalla bajo el tanque del hombre joven.

—Accidente de barco. Lesiones graves en la cabeza —leí las palabras que aparecieron—. Latido irregular e inestable. —Este no serviría.

—¿Y ella? —preguntó Elysea, apoyando la mano contra el cristal del tanque.

La mujer no era mucho mayor que Elysea.

Mientras me acercaba al tanque, sentí una opresión en el pecho y que se me nublaba la visión. Caí de rodillas. Elysea se desplomó a mi lado.

—¡Ely! —gritó Tempest. Apoyó a su hermana contra el hombro.

Elysea abrió los ojos.

—Estoy bien —dijo con voz débil.

—¿Qué está pasando, Lor? —inquirió Tempest.

—No lo sé. —Pese a lo pesado que lo sentía, levanté el brazo para echar un vistazo al ecoenlace. Ambos anillos azules estaban desapareciendo. Si Elysea siguiera en la sala de recuperación como se suponía, no tardarían mucho en llevársela y detener su corazón—. Aún deberían quedarnos más de cuarenta minutos.

Otra cosa se me paró en el pecho, y no fue mi corazón. Fue la expresión en la cara de Tempest, que estaba preocupada por mí.

¿Dónde estaba Ray? ¿Habían descubierto ya los científicos que Elysea no estaba y lo habían arrestado? No podía hacer esto solo.

Me incorporé para leer las notas en el tanque.

—Ahogada —leí—. Latido regular, pero la paciente no recupera la consciencia.

¡Esta era nuestra oportunidad!

Pegué la frente contra el cristal.

—Por favor —susurré—. Por favor, que funcione.

—¿Lor? —preguntó Tempe, con la voz irregular y baja.

Traté de asentir, pero sentía la cabeza demasiado pesada.

No podía defraudarlas… Intentaría…

—¡Lor! —gritó alguien.

Raylan.

Pero antes de poder responderle, un gemido brotó de mi garganta. Las piernas me fallaron y me escurrí hacia el suelo.

La cabeza se me cayó hacia atrás y se oyó un fuerte golpetazo.

CAPÍTULO CUARENTA Y SEIS

TEMPEST

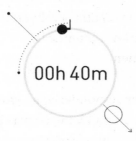

00h 40m

Martes, 11:20.

Se me encogió el corazón cuando Lor se cayó. El otro chico, al que había visto en el Equinoccio por última vez, se apresuró a llegar hasta él. Tenía que ser Raylan. Arrojó la bolsa de primeros auxilios al suelo y levantó a Lor por los hombros hasta sentarlo.

—¿Está muerto? —me preguntó.

—¡No lo sé! Solo son las once y veinte. Se supone que aún quedan cuarenta minutos.

—¡Mierda, mierda, mierda! —exclamó Raylan al tiempo que tiraba del brazo de Lor para echarle un vistazo al ecoenlace—. Se le está ralentizando el pulso.

—¿Qué? ¿Por qué? —pregunté.

Raylan sacudió la cabeza.

—No sé. Debe de ser cosa del corazón de Lor.

Pero era su corazón lo que mantenía viva a Elysea. Eso significaba que...

—Tempe —Elysea me llamó en voz baja y con la cara enterrada en las manos.

—¿Estás bien? —pregunté.

Ella apartó las manos y yo ahogué un grito.

Le salía agua por los ojos, la nariz y la boca. El olor era inconfundible. Sal.

—¿Qué está pasando? —le pregunté a Raylan.

—Sus pulmones están regresando a su estado dañado anterior —repuso Raylan—. Morirá igual que ya lo hizo en su día. Se ahogará. Pero no debería pasar tan pronto. Deberíamos tener más tiempo.

Elysea se desplomó en el suelo con un suspiro.

Me acuclillé a su lado y coloqué su cabeza en mi regazo. Cada vez que trataba de respirar, sonaba como si tuviese los pulmones encharcados.

«Ay, Dioses. Se está muriendo. Va a morirse en mis brazos».

—¡Se supone que aún quedan cuarenta minutos! —No sabía a quién le estaba gritando. No estaba preparada. Nunca lo estaría.

Lor gruñó. Se le abrieron los ojos.

—¿Qué ha pasado? —murmuró.

Raylan volvió a mirar el ecoenlace de Lor.

—Tu pulso se está ralentizando. No podemos manteneros vinculados. Hay que avisar a tu madre. Ella sabrá qué hacer.

Lor se agarró a la camiseta de Raylan para incorporarse más.

—No. Ella no puede enterarse.

—Estás cavándote tu propia tumba —Raylan puso una mueca—. Perdón, no lo he dicho con segundas.

Aparté las trenzas de Elysea de su cara al tiempo que ella expectoraba agua de mar.

—Todo irá bien, Ely. Aguanta.

—Tengo una idea —dijo Lor con suavidad. Raylan se agachó para escucharlo mejor—. Hay que vincular a Elysea a un pulso distinto. —Señaló con un dedo tembloroso a una mujer joven en el tanque—. A ella. Antes de que entre en paro cardíaco. O lo haga yo. —Le lanzó una sonrisa irónica a Raylan.

—No —respondió Raylan—. Es demasiado peligroso. No estoy entrenado para hacerlo. ¡No soy científico! —Se pasó las manos por el pelo corto—. De todas formas, cuando no vean a Elysea en la sala de recuperación, se darán cuenta de que algo va mal. Ya está, tío. Deja que yo cargue con la culpa y que vaya a buscar a tu madre. Por favor.

—No. —Lor agarró con fuerza la mano de su amigo—. Confío en ti. Tú puedes.

Raylan se lo quedó mirando durante un momento antes de volverse hacia mí.

—Tú —espetó—. Ayúdame a sacar a esa mujer de ahí. Yo estableceré el vínculo con otro ecoenlace.

—Ve —graznó Elysea, apartándome de ella—. Ayúdalo.

Tuve que meterme en el tanque para sacar a la mujer del agua. Estaba helada. No quería tocarla, no me parecía apropiado. Pero tenía a Elysea tosiendo agua de mar y a Lor medio inconsciente, así que no me quedó de otra.

—Elévala por el borde —me indicó Raylan al tiempo que se estiraba junto al tanque.

Puse a la mujer de pie. El agua hacía que flotase. La levanté en brazos para que, con la ayuda de Raylan, la pudiéramos sacar de allí. Él la dejó sobre una camilla y la movió hasta donde tenía la bolsa. Dentro había muchos ecoenlaces. Sacó uno y empezó a programarlo, deslizando los dedos por la pantalla con destreza. A continuación, lo enganchó a la muñeca de la mujer. Apareció un circulito azul.

—Ya tengo su pulso sincronizado —me avisó Raylan—. Pero hay que darse prisa. Lo que la mantenía con vida es el coral triturado, así que no durará mucho fuera del agua.

—Espero que sepas lo que estás haciendo —murmuré.

—Yo también. —Señaló a Elysea—. Ahora trae a tu hermana.

Me arrodillé para levantar a Elysea. Me resbalé con el agua a su alrededor y caí al suelo. Raylan apareció a mi lado y me ayudó a llevar a Elysea junto a Lor.

Acuné la cara de mi hermana y ella abrió los ojos.

—Mi corazón… —dijo en voz baja y las manos agitándose sobre su pecho.

—Lo sé, lo sé. —Me obligué a no llorar—. Estamos buscando una solución. Aguanta, ¿vale?

Ojalá pudiera transmitirle mi fuerza y mi pulso.

Raylan ayudó a Lor a apoyarse contra uno de los tanques y apretó algo en su ecoenlace.

—¡Queda media hora! —Le tembló la voz al anunciarlo.

Había llegado el momento. O nos despedíamos o este plan ridículo funcionaba.

Elysea se revolvió contra mí.

—Lo siento mucho, Tempe —dijo.

Le apreté la mano.

—¿Qué sientes?

—Volver a dejarte. —Esbozó una sonrisa triste. Al principio creí que volvía a salirle agua de mar de los ojos, pero solo eran lágrimas.

—No seas tonta. Todo irá bien, ya verás.

Pero solo eran palabras vacías. Estábamos lidiando con cosas que escapaban a nuestro control, o que deberían escapar a nuestro control, pero nadie vacilaba. Si alguien te daba la clave de cómo seguir viviendo, ¿le dabas la espalda? No estábamos hablando de cualquier persona, sino de mi hermana.

Esperaba que los Dioses de abajo nos perdonasen por inmiscuirnos en sus asuntos. Les suplicaba que dejasen vivir a mi hermana.

Raylan colocó el ecoenlace en la muñeca de Elysea, en la zona donde le habían insertado el chip. Apareció un círculo azul apenas visible en la pantalla. Su pulso y el de Lor. A continuación, pasó un cable del ecoenlace de Elysea al de la mujer en la camilla a nuestro lado.

—Apártate —me dijo—. No quiero confundir a los sensores con qué pulso hay que sincronizar.

Le di un beso en la mejilla a Elysea y retrocedí. Los ojos azules de Lor se clavaron en los míos. Me lanzó una sonrisa tensa. Tenía mejor aspecto que Elysea. Era evidente quién iba a sobrevivir. Y él lo sabía.

Cerré los ojos y solté un largo suspiro. Tenía que creer en que funcionaría. Debía hacerlo.

—Preparado —dijo Raylan al tiempo que levantaba la muñeca de la mujer—. Empezaré el proceso de vinculación. Lor, colega, aguanta.

Pero Lor no respondió. Tanto él como Elysea se quedaron inconscientes.

—¡Ely! —Me precipité hacia ella.

—¡No la toques! —gritó Raylan—. A menos que quieras morir.

Vi que le temblaban los párpados. Antes de poder preguntar qué había pasado, un chillido resonó en la estancia.

A nuestro lado, la mujer en la camilla se incorporó. Tenía los ojos y la boca abiertos.

Estaba viva.

—¡No! —grité al ver a Lor y Elysea sin vida mientras la mujer se revolvía y gritaba.

—Para, para, para —rogó la mujer al tiempo que tiraba del ecoenlace en su muñeca—. Para, por favor. —Trató de bajarse de la camilla, pero se cayó al suelo.

¿Cuánto llevaba sin usar los músculos del cuerpo? ¿Años?

Ayudándose con los brazos, se arrastró hacia nosotros. Raylan corrió hacia ella y le quitó el ecoenlace del brazo. Se le cerraron los ojos y volvió a quedarse inerte, pero su pecho se elevaba y deshinchaba. Ahora estaba viva del todo.

—¿Qué has hecho? —Me acerqué a Raylan, que estaba inspeccionando el ecoenlace de la mujer.

—No lo sé —murmuró.

—Está claro que lo has hecho mal.

—No —rebatió—. No lo he hecho mal.

—¡No tenía muerte cerebral! —señalé a la mujer desplomada en el suelo—. No podemos robarle el pulso ni pararle el corazón.

—Tengo que ir a buscar a Nessandra —comentó Raylan—. La proteína del coral ha debido de reparar el daño cerebral de la mujer. Por eso se ha recuperado. Nessandra es la única que puede ayudarnos.

—No —me negué.

Nessandra había intentado matar a mi padre. Había matado a mi hermana. Jamás nos ayudaría.

—¿Qué otra opción hay? —Los ojos de Raylan se anegaron en lágrimas. El cariño que le profesaba a Lor era innegable—. Es la única forma de salvarlos a los dos.

Al ver que yo no respondía, añadió:

—En cuanto los científicos vean la sala de recuperación de Elysea vacía, aislarán las instalaciones y no podremos hacer nada. ¡Necesitamos a Nessandra!

—De acuerdo —cedí—. Yo iré a por ella. Tú asegúrate de que sigan vivos para cuando vuelva.

—Date prisa, ¡tienes quince minutos!

Arriba transcurría un día normal en Palindrómena. El sol me cegó en contraste con la oscuridad del Acuario.

El árbol en mitad del vestíbulo resplandecía debido a la luz. ¿Cómo podía la gente caminar como si nada mientras jugaban con la vida y la muerte todos los días?

Al igual que en las Islas Cavalcade, no disponía de mucho tiempo para encontrar a Nessandra. Tendría que ser ella la que viniese a mí.

Fui corriendo al cortez negro y me encaramé a sus ramas.

—¡Oye! —dijo alguien en el suelo. Era un guarda de seguridad.

En cuestión de segundos reuní a una buena multitud.

—¡Que venga Nessandra! —grité desde la cima del árbol, lejos de las porras de los guardias—. Decidle que es sobre su hijo, Lor.

—¡Baja! —me gruñó el guardia.

—No pienso hacerlo hasta que venga Nessandra.

—Tranquila, tranquila —dijo una voz calmada a mis espaldas. Me giré y vi que la directora había llegado. La mismísima Reina de la Muerte—. No hace falta que montes un numerito, Tempest. Ya estoy aquí. ¿Por qué no bajas y me cuentas qué te pasa?

Al mirarla, me costó imaginarla como la causante de la muerte de mi hermana y el motivo por el que mis padres se vieron obligados a huir. Se la veía tan íntegra, tan amistosa y comprensiva.

Aquella sonrisa escondía un millón de secretos.

Uf, qué ganas de borrársela de la cara.

—Es sobre tu hijo —repetí, negándome a moverme hasta que fuese consciente de la gravedad de la situación. Si bajaba ahora, los de seguridad me sacarían antes de poder decir nada—. Lor se está muriendo.

La expresión de su rostro se tornó rara.

—Creo estás confundida —dijo al tiempo que me tendía una mano con la manicura perfecta—. Baja antes de que te hagas daño.

—No, no hasta que vengas y ayudes a Lor.

—Me temo que eso no es posible —dijo Nessandra, mirando a la gente que nos escuchaba—. Mi hijo murió hace más de dos años.

Casi me caí del árbol.

CAPÍTULO CUARENTA Y SIETE

LOR

00h 10m

Martes. 11:50.

Me desperté y vi la cara preocupada de Ray mirándome desde arriba. Me incorporé.

—¿Cómo te encuentras, Lor?

—Estoy bien. ¿Ya lo has hecho? —pregunté. Ray apartó la mirada. Giré la cara a un lado. Elysea estaba desplomada en el suelo.

«Mierda». ¿Habíamos fracasado?

Ray negó con la cabeza.

—No he podido volver a establecer el vínculo. Y esa muchacha señaló a la mujer que habíamos seleccionado de los Durmientes—, no está en estado vegetativo. De hecho, tiene un buen par de pulmones y no le da miedo usarlos.

La mujer se encontraba sentada en una silla de ruedas con la cabeza descolgada hacia adelante.

—Le he dado un tranquilizante —explicó Ray—. Iba a hacerse daño. La buena noticia es que está viva y así se va a quedar. Pero eso es lo único bueno.

—¿Qué quieres decir? —pregunté. ¿Se había acabado?—. ¿Dónde está Tempest?

Algo cálido se me arremolinó en el estómago. Miedo.

—Te quedan diez minutos. En realidad —giró el mentón hacia Elysea—, a *ella* le quedan diez minutos. Tus constantes vitales están mucho más estables. —Señaló el circulito azul en el ecoenlace—. Has ganado.

—Mierda.

—Sí. —Se pasó una mano por la cara. Nunca lo había visto tan preocupado—. Lo siento mucho, Lor. Sé que no querías que sufriera. Pero recuerda que, al fin y al cabo, es tu latido. Solo lo estabas compartiendo con ella.

—¿Y Tempest? —No me entraba en la cabeza que fuera a dejar sola a su hermana cuando solo le quedaban unos minutos.

Me dedicó una sonrisa avergonzada.

—Necesitábamos ayuda.

—¿A qué te refieres?

No hizo falta que respondiera. Mi madre entró echa una furia con Tempe detrás de ella.

—¡Lor! —gritó mi madre, corriendo hacia mí. Me envolvió en sus brazos—. ¿Qué demonios estabas haciendo? ¡Vincularte con alguien! ¿Cómo has podido poner en riesgo tu segunda oportunidad?

—¿Su segunda oportunidad? —repitió Ray, frunciendo el ceño—. ¿De qué está hablando?

—Lor está muerto —repuso Tempe—. O, al menos, eso es lo que se supone que debe pensar todo el mundo. Murió hace dos años mientras escalaba con sus amigos. Su mejor amigo, Calen, fue a quien vincularon para reanimarlo. Nessandra no podía despedirse para siempre de su hijo y mató a Calen para que Lor pudiera seguir viviendo. ¿Me he saltado algo, Lor?

Había vuelto a erigir muros a su alrededor. Toda aquella calidez y suavidad que había atisbado en ella habían desaparecido.

—Lo siento. —Miré a Ray—. Quise contártelo...

—¿Por eso te escondes aquí abajo? —Enarcó mucho las cejas—. ¿Se supone que estás muerto?

Asentí.

—Tanto Calen como yo caímos del acantilado al agua, pero solo Calen sobrevivió. Nuestros amigos nos trajeron aquí y pidieron ayuda a mi madre. Pero ella me revivió usando el pulso de Calen y luego lo mató.

—Por eso esto —mi madre hizo un gesto entre Elysea y yo— ha sido un error desde el principio. El latido de Lor es más débil porque lo reanimaron una vez. Me sorprende que los dos hayan aguantado tanto.

—No me lo creo —dijo Ray—. Sabía que ocultabas algo, ¿pero esto? ¿Por qué no me lo contaste, eh? ¡Jamás te habría pedido que me cubrieras!

—¡Lo siento, Ray! Quería contártelo, pero no sabía cómo. —Enterré la cabeza en las manos—. Le robé la vida a mi mejor amigo y he estado escondido aquí abajo para que nadie me reconozca; mis amigos me vieron morir a mí, no a Calen. Si hiciera como si nada hubiese ocurrido, entonces sabrían lo que he hecho.

Mi madre suspiró.

—Lo que he hecho yo, Lor. ¿Por eso accediste a este sinsentido? —Señaló a Elysea, inconsciente—. ¿Para castigarme? Reanimarte fue decisión mía. Yo decidí detener el corazón de Calen. Han pasado dos años; ¿cuándo lo vas a superar?

Ojalá fuera tan fácil deshacerme de la culpa, pero no lo era. Tenía que enfrentarme a lo que había hecho. Por una vez.

—No, mamá. —Se me anegaron los ojos en lágrimas. Cuando desperté, supe lo que planeabas hacer. Lo vi en tus ojos. La determinación. Y vi el miedo en los de Calen. Los dos lo sabíamos. —Me limpié el agüilla de la nariz con el dorso de la mano—. No te detuve. Y cuando le dijiste a la madre de Calen que murió más tarde debido a las complicaciones de haberse casi ahogado, no te contradije. Simplemente me escondí del mundo. —Me escondí de todo.

Después de que me reanimara, me negué a hablar con mi madre. Unos meses después de la muerte de Calen, pensó en inventar una historia sobre un nuevo procedimiento que me había revivido para que nadie lo relacionara, pero, al cabo de un tiempo, fui yo el que no quiso irse. No me lo merecía.

—Ahora todo eso no importa —repuso mi madre, alargando el brazo hacia mi mano, hacia el ecoenlace—. Hay que asegurarse de que vivas.

—¡Tú mataste a Elysea! —rugió Tempe—. ¡No pienso dejar que vuelvas a tocarla!

Nessandra sacudió la cabeza.

—No tienes ni idea de lo que estás hablando.

—He visto a mis padres —dijo—. ¡Me han contado la verdad!

Nessandra volvió a negar con la cabeza.

—Fue un accidente. Solo quería espantar a tus padres. Tu hermana no debió morir. No soy tan cruel. Lor, díselo.

Pero ya no pensaba seguir justificando las acciones de mi madre.

—¡No hay tiempo para esto!

—No podemos usar a la otra chica —interrumpió Ray, el agotamiento evidente en su voz—. He intentado conectar el pulso de Elysea al suyo, y se ha despertado. Sin otro vínculo, no hay nada que hacer.

Tempe se giró hacia él.

—¿Entonces dejamos morir a mi hermana, sin más?

—Ya estaba muerta —pronunció Nessandra—. Así es como debería ser. Como lleva siendo en Palindrómena durante cincuenta años.

—¿Me estás vacilando? —La rabia coloreó las mejillas de Tempe—. Lor también estaba muerto, ¡y míralo ahora! Rompiste las reglas por tu familia. ¿Por qué no podemos hacer lo mismo por la mía? ¡Me lo debes! Después de todo lo que les has hecho a mis padres. Después de lo que le hiciste a mi hermana, accidente o no. ¡Me arruinaste la vida! ¡Arréglala! ¡Ya!

Mi corazón se estremeció al oír sus palabras.

La expresión en el rostro de mi madre, no obstante, no varió. Estaba acostumbrada a mostrarse serena bajo presión.

—No hay nada que hacer. Lo siento, pero te estoy diciendo la verdad.

Logré ponerme de pie y di, cauteloso, un paso hacia Tempe. Cuanto más tiempo pasaba, más fuerte me volvía. Elysea estaría muerta en cuestión de minutos.

Yo nunca quise esto. Quería proteger a Tempe de la pena que yo había sentido por la muerte de Calen.

—Lo siento mucho, Tempe —me disculpé.

Ella negó con la cabeza.

—No, no. No quiero las disculpas de nadie. Lo que quiero es una solución. La rabia en su voz se había enfriado. Había combado los hombros, como para protegerse.

Quise abrazarla, solo por un instante. Pero no creía que fuera a dejarme. Así que, en cambio, apoyé una mano en su codo.

—Ojalá la hubiera.

Tempe nos miró a los ojos a todos. Nadie dijo nada.

—¡Por qué estáis todos mirándome! ¡Haced algo! ¡Lo que sea!

El ecoenlace vibró contra mi piel.

Quedaban cinco minutos.

—¡Tú mataste a mi hermana! —exclamó Tempe, lanzándose contra mi madre.

Mi madre retrocedió y levantó las manos.

—Hice lo necesario para proteger a Palindrómena. Para proteger el futuro de nuestra sociedad. Una vida por cientos de miles. No había elección.

Pero habíamos visto un estilo de vida distinto en las Islas Cavalcade. No teníamos por qué abusar de los muertos para seguir viviendo. ¿No veía mi madre que había perdido toda humanidad en su intento inútil por frustrar la muerte y el duelo?

Los hombros de Tempe empezaron a temblar.

—Quedan cinco minutos, Tempe —le dije, sin querer decírselo—. Deberías despedirte mientras todavía puedas.

Tempe se desplomó junto a su hermana y levantó la cabeza.

—Está inconsciente —señaló—. Ni siquiera puedo hacer eso.

—Aún no se ha ido —rebatí—. Puede oírte.

Tempe aferró la mano de su hermana.

—Ely, tú eres la única que le daba sentido a mi vida. Siempre he sido como un pez fuera del agua esbozó una media sonrisa—, pero, contigo, nunca me sentí sola. —Las lágrimas le caían por las mejillas, pero no se las limpió—. Te echaré de menos siempre, pero te prometo ser mejor. Te prometo vivir mi vida como tendría que haberlo hecho cuando moriste hace dos años. Sin temor, sin rabia y sin arrepentimientos. Porque así es como me enseñaste que fuera, y no hacerlo sería un insulto a tu memoria. Siempre formarás parte de mí. Siempre serás mi camino de coral, guiándome a través de la oscuridad.

Se me cerró la garganta y la respiración se me cortó.

Tempe tenía razón. No sacar el máximo provecho de la vida era un insulto a todos los difuntos.

Yo le había quitado la vida a Calen y la había derrochado. Creía estar haciendo lo correcto al no salir al mundo, pero tendría que haber aprovechado el tiempo al máximo. Por él. Porque él no podía.

Los minutos continuaron pasando en mi muñeca. Ya había llegado la hora.

Me agaché detrás de Tempe y le puse una mano en el hombro, preparado para que me la quitara de un manotazo, pero no lo hizo.

—No conocía mucho a tu hermana, pero fue una de las personas más generosas y cariñosas que he conocido nunca. Te quería muchísimo y estoy seguro de que, si pudiera, ella querría que lo supieras.

—Gracias —me dijo, y luego se dio la vuelta para esconder el rostro en mi hombro y llorar.

La abracé con la esperanza de poder brindarle algo de consuelo.

Nunca había visto un amor como el que Tempe profesaba a su hermana y sus padres. Mi madre amaba de un modo confuso y retorcido. Posesivo. Su duelo era egoísta. No pudo dejarme ir el día que morí.

Pero yo no sería egoísta. Ya no.

Aunque nunca hubiera sentido un amor como el de las hermanas Alerin, podía imaginármelo. Podía imaginarme viviendo en el

Equinoccio, asistiendo a la Marea de Primavera con Ray y viendo bailar a Elysea. Me podía imaginar abrazando a Tempe mientras *no* bailábamos a ritmo de la música en las Islas Cavalcade. Me podía imaginar el calor de la pira reflejado en sus ojos, y en mi corazón.

Y, aun así, siempre sería el chico que se ahogó y robó la vida de otra persona. Ya había tenido mi oportunidad de vivir y había sido imprudente. Y Calen había pagado el precio.

Ya era hora de arreglar las cosas.

Elysea podía ofrecerle al mundo muchísimo más que yo. Ella podría vivir su vida de verdad. Sin remordimientos. Estar con sus amigos y con su familia. Me lo había demostrado durante estas últimas veinticuatro horas. De los dos, *ella* era la que se merecía vivir.

—Me alegro mucho de haberte conocido, mi preciosa bruja de agua —susurré contra el pelo de Tempe—. Ojalá tuviéramos miles de mañanas juntos. Ojalá no tuviéramos que decirnos adiós.

Ella se echó hacia atrás con los ojos rojos y preocupados.

—¿De qué estás hablando?

Le sequé las lágrimas de las mejillas.

—Voy a hacer lo correcto. —Arreglaría el error de mi madre—. Sé feliz, Tempe.

Miré por encima del hombro hacia Ray y mi madre.

—He estado viviendo de más —les dije—. Y ya es hora de regresar.

En cuanto llegó el último segundo, presioné el círculo azul del ecoenlace.

«¿Detener corazón?», preguntó la pantallita.

Solté un largo suspiro pensando en todos los mañanas que ya nunca tendría y pulsé *sí*.

CAPÍTULO CUARENTA Y OCHO

TEMPEST

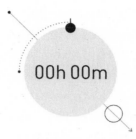

00h 00m

Martes, mediodía.

Sonó una alarma en el ecoenlace de Lor y él se desplomó contra mí.

—¿Lor? —lo llamé—. ¡Lor! Ay, no, no, no.

«Por favor, que no esté muerto».

—¡Lor! —gritó Nessandra. Lo apartó de mí y lo sacudió por los hombros, pero no se movió. Ni parpadeó. No respiraba.

Nessandra le quitó el ecoenlace, que dejó dos agujeritos en su piel. Presionó dos dedos contra su muñeca.

—¡Lor! —lo volvió a llamar, esta vez más para sí misma—. Se ha ido.

Me incliné hacia delante con las manos en el pecho. No podía respirar.

Raylan se acercó arrastrando los pies.

—¿Por qué haría algo así? —preguntó con voz ronca.

Nessandra se volvió para mirarme con odio.

—Tú le has hecho esto a mi niño.

Me crucé de brazos para dejar de temblar.

—Yo no le he obligado ni le he pedido que deje de vivir por Elysea. —Al principio sí que quería, pero no pude.

¿Por qué habría hecho algo así? Había pasado los dos últimos años aquí abajo, en esta especie de purgatorio. Se merecía vivir.

—¿Qué ha pasado? —preguntó Elysea, que parpadeaba mientras nos miraba y empezaba a tener mejor color.

Aunque me dolía lo de Lor, me abalancé sobre ella y la abracé. Estaba viva. Y así iba a seguir.

Al final Lor había mantenido su problema.

Nessandra lloraba mientras acunaba la cabeza de Lor en su regazo. Los ojos de él miraban al techo, pero no veían nada.

Me giré, llorando. A juzgar por la expresión de Elysea, vi que entendió lo que pasaba. Escondió la cara en mi cuello.

—¿Por qué, Lor? —susurró.

«Por nosotras», pensé. «Por nosotras».

No levantó la cabeza. Sentí sus lágrimas contra mi piel.

Ojalá pudiera dejar de oír los sollozos de Nessandra, pero no podía. Y no debería. Lor se merecía que lo llorásemos. Había muerto para que Elysea viviese.

Un rato después, me aparté de Elysea. Teníamos que salir de aquí y alejarnos de Nessandra. Este sitio estaba maldito.

La ayudé a ponerse de pie.

—¿Lista para volver a casa? —le pregunté.

Ella asintió, pero Nessandra dijo:

—Está muerta. No podéis volver al Equinoccio.

Nessandra no nos miraba; estaba centrada en su hijo. Desvié la vista de Lor. No podía mirarlo con los ojos desenfocados y la piel pálida. Quería recordarlo como antes.

—Volveremos con nuestros padres —dije, sin desvelar dónde estaban—. Lejos de aquí.

Nessandra sacudió la cabeza y alzó la mirada. Tenía rastros de rímel en las mejillas.

—No os vais a marchar.

—Nessandra —suplicó Raylan con la voz tomada por culpa del llanto—. Deja que se vayan. Ya basta de sufrimiento por hoy. Ya basta de muertes.

—No. —Volvió a sacudir la cabeza—. No hasta que hagáis algo por mí. Por Lor.

Vacilé. ¿Nos quería engatusar?

—¿Hacer qué?

—Tenéis que salvarlo. —Su voz, antes dura, se tornó suplicante—. Por favor. Salvadlo.

—No podemos hacer nada —respondió Raylan con la mano cerca del hombro de Nessandra—. Siempre has dicho que una persona no puede revivir dos veces.

—Es verdad —admitió—. El corazón no lo soporta. Intentamos crear el vínculo con otro vigilante, pero el corazón no responde. No se vuelve a vincular.

Sentí una opresión en el pecho. ¿A qué venía eso? ¿Cómo íbamos a ayudarlo?

—Pero es culpa del corazón, no de la tecnología —prosiguió, a la defensiva—. De ser más fuerte el corazón, o si nunca se hubiera usado en una reanimación, no habría problema. —Entonces, se llevó la mano al pecho y ahogó un grito.

—¿Qué pasa? —inquirió Raylan.

Le brillaron los ojos cuando sonrió.

—Si Lor tuviese otro corazón, podríamos reanimarlo.

Me interpuse delante de Elysea.

—¿Qué estás sugiriendo?

Ella hizo un gesto desdeñoso con la mano.

—No voy a hacerle daño a tu hermana. Pero necesitamos un corazón nuevo. Uno que no se haya reanimado.

—No —me negué—. Lor no querría que nadie sacrificase su vida por él.

¿Cuándo acabaría este sufrimiento? Este ciclo de la muerte.

Nessandra entrecerró los ojos en mi dirección.

—Conoces a mi hijo desde hace un día. No sabes lo que piensa de verdad. Estaba confuso. Quería ayudaros. —Bajó la vista hacia el cuerpo inerte de Lor y le apartó el pelo de la frente—. Pero prefiere vivir. Se lo merece.

—¿Y esta vez quién dará su vida por él? ¿A quién le arrebatará el corazón?

Al final todo desembocaba en eso. Una vida por otra. Elysea tenía razón. ¿Quiénes éramos nosotros para decidir quién vivía y quién moría? Eso es lo que había estado haciendo Palindrómena durante décadas. Habían jugado a ser Dios. Y ya era hora de que dejaran a los muertos en paz.

—Se usará el mío —dijo Nessandra—. Yo me sacrificaré. Le donaré mi corazón a mi hijo.

Contuve la respiración. Habría dudado de no ser por el amor que sentía por Lor. Aunque su modo de querer fuese distinto al mío, por cómo lo miraba era evidente que haría cualquier cosa por resucitarlo. Pero nadie preguntó en voz alta si deberíamos.

—Esto es absurdo —dije—. ¡La muerte no es un juego!

—¿Un juego? —Nessandra clavó los ojos en mí con tal fiereza que me encogí—. Mi hijo, mi único hijo, la única persona que me queda en este mundo hundido ha muerto. Por tu culpa. Porque decidiste reanimar a tu hermana. Tú fuiste la primera en jugar, Tempest. ¿Y ahora me pides que lo abandone?

—Quiero que viva —contesté evitando mirar su cuerpo inerte—, pero no podemos matarte, Nessandra. —Por mucho que se lo mereciera—. No es lo correcto.

—Una madre no debería vivir más que su hijo —musitó.

Permanecimos inmóviles y sin saber qué decir. ¿Qué se le decía a una madre dispuesta a dar su vida por la de su hijo?

Raylan fue quien rompió el silencio.

—Por lo que he aprendido sobre el corazón —explicó—, este no empieza a latir por su propia cuenta. En cuanto se trasplanta, hay que reiniciarlo con algún tipo de baipás.

—Sí —dijo Nessandra, feliz de que alguien estuviera de acuerdo con ella—. Hará falta una descarga eléctrica para que el corazón vuelva a latir.

—¿Te refieres a otro vínculo? —inquirió Raylan.

—No necesariamente —dijo Nessandra—. No si podemos revivirlo con un pulso familiar tanto para el corazón como para el cuerpo.

—¿Y cómo lo hacemos? Lor ya no tiene pulso.

—Ya, pero otra persona sí que lo tiene.

—¿A qué te refieres?

—Calen —explicó ella—. Ya estuvo vinculado a Lor con un ecoenlace. Los ecoenlaces funcionan gracias a la electricidad que genera el corazón y pueden permanecer cargados bastante tiempo después de que la persona muera o se desvincule. El ecoenlace de Calen aún guardará en su memoria el pulso de Lor, y podemos usarlo para conseguir que su corazón nuevo se reinicie con su antiguo pulso. La probabilidad de que su cuerpo acepte el órgano trasplantado se incrementará exponencialmente.

—No soy cirujano, no puedo hacerlo —dijo Raylan. Y a juzgar por su cara era evidente que, aunque lo fuera, no quería hacerlo.

—Lo entiendo —respondió Nessandra—. Aquí tenemos a muchos científicos familiarizados con el corazón. Yo me ocuparé de conseguir la operación.

Pero ¿iba en serio con lo de sacrificarse a sí misma? ¿Podíamos confiar en que no se volviese en nuestra contra? ¿O en contra de Elysea?

Miré a mi hermana, pero ella no respondió. Tenía la vista fija en Lor. Se le estaban poniendo los labios azules. Un sollozo pugnó por salir de mi pecho al exterior.

Pero no podía. Había sido fuerte para Elysea y también lo sería para Lor.

Elysea estiró el brazo y me apretó la mano. Todavía estábamos juntas. Ahora teníamos que salvar a Lor, al igual que él nos había salvado a nosotras.

—De acuerdo —dijo Raylan—. ¿Dónde está el ecoenlace? Iniciaré el proceso de vinculación ya.

Nessandra descolgó la cabeza hacia adelante y los mechones cortos y rubios le cubrieron la cara. Le empezaron a temblar los hombros. Al principio pensé que estaba llorando. ¿Sería consciente de la locura que era su plan? Pero entonces caí en que no se trataba de eso.

Se estaba riendo.

—En este mundo no hay nada fácil —repuso al tiempo que levantaba la vista del cuerpo de Lor a Raylan—. Enterramos el ecoenlace con Calen para que nadie descubriera lo que pasó con Lor.

—¿Que lo enterrasteis? —repetí.

Ella me miró.

—En el cementerio marino. A más de mil quinientos metros de profundidad.

Tenía razón. En este mundo no había nada fácil.

CAPÍTULO CUARENTA Y NUEVE

TEMPEST

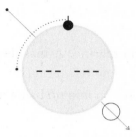

Martes, 12:30.

Tras meter a Lor en un tanque para preservar su cuerpo, Nessandra nos condujo por una serie de pasillos construidos bajo la isla. Me centré en el rugir de las olas al chocar contra los acantilados para evitar pensar en la imagen del cuerpo sin vida de Lor permaneciendo en aquel lugar del que tanto había querido librarse.

Nessandra desbloqueó una puerta de metal oxidada y nos instó a que la siguiéramos. Sabía que a mis padres no les haría gracia que estuviéramos confiando en Nessandra, pero merecía la pena aprovechar la oportunidad para salvar a Lor. Aunque no lo conocía desde hace mucho, quería que tuviera *más*.

Elysea, Raylan y yo entramos en una estancia con forma de cúpula y las paredes abarrotadas de equipos de submarinismo. En mitad del suelo había una abertura que daba al oscuro océano de abajo.

—¿Y la entrada al templo? —pregunté.

—Si nadas en línea recta hacia abajo, lo encontrarás —respondió Nessandra señalando con la cabeza a la abertura.

—¿Nadar? —repitió Raylan. Se lo veía inquieto—. ¿No hay alguna máquina que transporte a los muertos?

Nessandra lo miró. Tenías las mejillas enrojecidas de tanto llorar.

—Normalmente hay que bucear hasta allí con un ataúd. Suerte tenéis de no tener que hacer lo mismo —replicó Nessandra con dureza. Señaló los equipos de buceo—. Ahí encontraréis todo.

—¿Por qué no vas tú? —inquirí—. Sabes dónde está enterrado Calen. ¿No sería más rápido así? —¿Podíamos confiar en ella después de todo lo que había hecho? ¿Y si sellaba la entrada y nos encerraba allí abajo junto al secreto de Palindrómena?

—No sé nadar —respondió.

—Estarás de coña, ¿no? —Nuestro mundo estaba prácticamente rodeado de agua. Saber nadar era imprescindible.

—He vivido toda la vida aquí en la isla —dijo encogiéndose de hombros levemente—. Mis padres me advirtieron que no me acercara al mar. Es un lugar peligroso.

—Y tú decidiste hacerlo peor —Solté una risa áspera—. Sacando a la gente del agua para resucitarlos y que sirvieran a tus experimentos. ¿Y si Lor hubiese sido una de esas personas que sacaste del océano, eh?

Ella me dio la espalda.

—Nadad en línea recta hacia abajo y encontraréis el templo.

Elysea me tocó el hombro.

—Venga, Tempe. Tenemos que hacerlo. —Se colocó uno de los trajes de buceo negros que colgaban de la pared.

—¿Dónde está enterrado Calen? —pregunté, poniéndome las aletas de metal. A diferencia de las viejas de mi madre, estas estaban hechas de metal afilado, no de cuchillas romas.

—En una tumba sin nombre —repuso Nessandra. Me pasó un regulador de oxígeno—. Lo enterré para reconocer su sacrificio en favor de mi hijo, pero no quería identificar la tumba en caso de que su madre pidiera que se le hiciera una autopsia. No sé exactamente dónde está porque no lo transporté yo misma.

Casi le pregunté cuántas tumbas sin nombre habría allí abajo. ¿A quién más habría escondido? Me mordí la lengua. Nessandra estaba dispuesta a entregarle su corazón a su hijo. La necesitábamos de nuestro lado.

Me senté con las piernas en el agua. Pude sentir el frío penetrar levemente mi traje de buceo. Elysea se sentó a mi lado.

—¿Seguro que quieres hacerlo? —le pregunté—. Puedo ir sola.

—No pienso separarme de ti —respondió—. Nunca más.

Le di un apretón en la mano.

—Nunca —coincidí.

—Yo también voy.

Me giré y vi a Raylan ponerse unas aletas de metal y coger otro regulador. Llevaba un ecoenlace en la muñeca.

—Nos servirá para controlar el tiempo —dijo al ver mi expresión interrogante. Después de hoy, no quería volver a ver una de esas cosas nunca más.

—¿Crees que es buena idea? —preguntó Nessandra—. No has vuelto a nadar desde…

—Voy a ir —repuso, cortándola—. Lor está en este lío por mi culpa. Me cubrió para que pudiera ir al Equinoccio a ver a una doctora por lo de mi pie. Necesita mi ayuda.

Nessandra posó una mano en el hombro de Raylan.

—Gracias, Ray. Hay un radioenlace en el casco para que todos podamos estar en contacto. Tendréis dos horas de oxígeno. No lo malgastéis.

Elysea arrugó el ceño.

—Estoy harta de las cuentas atrás.

Le dediqué una sonrisa triste. Desde el momento en que nacemos, el tiempo era nuestro señor.

—Aguanta un poquito más —le dije. Después podríamos seguir con nuestra vida.

Nessandra nos tendió a cada uno una linterna.

—Ahí abajo está oscuro —nos explicó. Algo en su mirada me hizo pensar que no hablaba solo de la falta de luz—. No hay coral.

Saqué unas cuantas piedrecitas azules e iridiscentes de mi bolso de hule. Las hice repiquetear en la mano.

—¿Sigues haciéndolo? —preguntó Elysea con una sonrisa.

—Pues claro. —Para mí no era un ritual infantil. Le presentaba mis respetos al océano, a los Dioses y a lo que sea que hubiera bajo la superficie.

Asentí en dirección a Elysea. Podíamos hacerlo.

Dejé caer las piedras al agua.

Una última inmersión.

CAPÍTULO CINCUENTA

TEMPEST

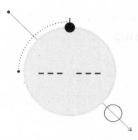

Martes, 13:00.

Aunque había pasado poco más de un día desde que me sumergí por última vez, me parecía una eternidad. No había estado tanto tiempo fuera del agua desde que cumplí los doce años, cuando mis padres desaparecieron y Elysea y yo empezamos a encargarnos de ganar billetes.

Dejé que el oxígeno llenase mis pulmones y que el peso del agua me tranquilizase.

Todavía no habíamos perdido a Lor.

Las pesadas aletas nos ayudaron a bajar al fondo del océano.

—¿Estás bien, Elysea? —le pregunté, hablando a través del regulador.

—Sí —me respondió—. Sigue nadando.

—¿Raylan? —pregunté, apuntando la linterna hacia él.

Se impulsaba más con una pierna que con la otra y trataba de mantener el equilibrio mientras descendíamos.

—Estoy bien —resopló.

Ojalá supiese lo que le había pasado, pero ahora no era momento de preguntar.

Seguimos descendiendo en silencio, con las linternas iluminando apenas unos metros de distancia frente a nosotros. Nessandra nos había dicho que tardaríamos una media hora en llegar al fondo.

Y que usáramos el aire restante para el trayecto de vuelta. Dijo que no nos haría falta usar el oxígeno en el templo. No tenía sentido, pero me obligué a confiar en ella. Por Lor.

Seguimos descendiendo.

Entonces, nuestros pies dieron con algo duro. Se levantó una nube de arena en torno a nosotros, cegándonos. Una vez se dispersó, Elysea ahogó un grito.

—El templo —dijo.

Iluminamos con las linternas las distintas partes de la estructura.

Pilares de mármol. Un tejado escalonado, inclinado. Grabados del Antiguo Mundo sobre una puerta dorada. Un bosque de árboles. Una montaña. Una bestia con cuernos.

Todo cuanto habíamos perdido.

El templo me recordaba al sueño que había tenido sobre los Dioses de abajo. Aunque aquí no había coral que iluminara el camino; era como si los Dioses hubiesen abandonado este sitio y cualquier otra cosa que tuviera relación con Palindrómena, a pesar de lo que dijera el centro.

Nadamos en paralelo al fondo y empecé a respirar más deprisa conforme nos acercamos a la entrada.

—¿Cómo abrimos la puerta? —inquirió Raylan.

Por un momento me dio la impresión de que me lo preguntaba a mí, pero una voz resonó en nuestros domos.

—Veréis un cuadrado a la izquierda de la puerta —explicó Nessandra.

—Ahí. —Elysea señaló un panel de cristal del color de las conchas sobre las paredes de mármol.

Raylan lo presionó y las puertas doradas se abrieron. Nos vimos succionados hacia una sala y a continuación las puertas se cerraron automáticamente detrás de nosotros y el agua empezó a vaciarse a través de un desagüe en la pared. En cuanto apenas quedó un charco en el suelo, nos quitamos los domos y los reguladores. Plegué el mío y lo colgué del cinturón.

Cuando Raylan se quitó las aletas, pude ver que tenía un pie enrojecido e hinchado. Estaba pálido como la ceniza, como la madera de deriva en el mar.

—¿Seguro que vas a estar bien? —insistió Elysea. Se arrodilló para echarle un vistazo, pero él se marchó, cojeando, hacia un segundo conjunto de puertas.

Se dio un toquecito en la muñeca.

—Es la una y media. Busquemos a Calen.

El interior del templo estaba seco y olía a moho.

Por lo que podíamos ver gracias a las linternas, el edificio se componía de una gran estancia con el techo abovedado. Había filas y filas de sarcófagos de piedra en el suelo y también en las paredes a distintas alturas. Ahora veía por qué costaba tanto que te enterrasen aquí. Se habían quedado sin espacio.

Al principio pensé que habían pintado el techo de negro, hasta que vi un banco de peces baliza pasar nadando. Era como vivir bajo el agua; una sugerencia que había interpuesto el gobierno del Antiguo Mundo cuando impactaron las primeras olas. Pero aquí abajo era imposible crear el oxígeno suficiente para albergar a toda una sociedad.

Ya sentía la falta de aire en los pulmones. Quería volver a ponerme el regulador, pero necesitábamos el oxígeno que nos quedaba para regresar a la superficie.

—Encontrad la tumba sin nombre —les indiqué al tiempo que empezaba con la hilera más cercana.

Elysea se dirigió a la pared de atrás y Raylan a los laterales mientras yo me centraba en las del centro. La cojera de Raylan se volvió más pronunciada. Apretó los dientes con determinación. Era un buen amigo.

Los sarcófagos tenían el nombre, la fecha de la muerte de la persona y un mensaje grabados en la piedra. Traté de buscar alguno que no lo tuviera, pero todo estaba oscuro; me vi obligada a alumbrar las tumbas una por una con la linterna.

—¡Aquí! —gritó Elysea—. ¡Esta no tiene nombre!

Señaló una en la zona inferior de una repisa y yo me acerqué corriendo. No había nada grabado en ella.

—Yo también tengo otra —avisó Raylan—. ¡Por aquí!

—Por las profundidades —escupí. Me lo temía. ¿A cuánta gente había matado Nessandra para sus experimentos y había ocultado aquí abajo? La única manera de encontrar a Calen y el ecoenlace era abriéndolas todas.

Empezamos con el sarcófago de Raylan.

Recé a los Dioses, estuvieran donde estuviesen, por que fuera el de Calen para que pudiésemos salir de aquí. Había demasiado silencio. Y estaba demasiado oscuro. Sin embargo, me parecía menos lúgubre que el Acuario.

Donde Lor había pasado sus últimos dos años.

«No pienses en eso. Ahora no».

—Esto está mal —dijo Elysea al tiempo que se tiraba de las trenzas—. Deberíamos dejar en paz a estas personas. Por eso están aquí.

—También está mal reanimar a los muertos y experimentar con ellos —murmuré mientras apartábamos la tapa de piedra a un lado—. No nos queda de otra.

La tapa resonó por la enorme sala.

Raylan alumbró el ataúd abierto con la linterna.

—Tierra —murmuró, sorprendido—. ¿Por qué hay tierra?

Cogí un puñado y me encogí de hombros.

—Puede que se trate de una muestra de respeto.

Hundí más la mano en un intento por buscar algo. Huesos, esperaba. Lidiar con algo así sería más fácil. No quería pensar en qué otras cosas podría encontrarme allí dentro. Algo que no se hubiese terminado de descomponer...

Pero no. Solo había tierra.

La tumba estaba vacía.

—Aquí no hay nada —dije mientras movía la mano a los lados para cerciorarme del todo.

—Puede que siempre haya estado vacía —sugirió Elysea—. Y por eso no tiene nombre.

368

—Seguro. Comprobemos el sarcófago que has encontrado tú, Ely.

Nos dirigimos a la pared del fondo y, entre los tres, sacamos el ataúd para poder abrir la tapa.

—Espero que sea este —dijo Raylan con desesperación y mordiéndose el labio inferior. Ninguno queríamos pasarnos horas aquí mirando ataúdes.

Inspiré hondo.

—¿Preparados? —pregunté.

Elysea y Raylan asintieron, y apartamos la tapa para revelar…

Más tierra.

Hundí la mano en ella y palpé. La saqué enseguida, como si algo me hubiese picado.

—También está vacío.

—¿Será otro ataúd sin dueño? —insistió Elysea con un hálito de esperanza.

—Nessandra —la llamó Raylan—. ¡No damos con él!

Volvimos a oír su tono de voz suave y controlado.

—Seguid buscando. Tiene que estar ahí.

Tenía una sensación rara en el estómago. Algo iba mal.

Me acerqué al féretro más cercano y con un nombre grabado.

KIYA BERCE

CUARENTA AÑOS

AMADA MADRE Y HERMANA

—Raylan, ayúdame —le pedí señalando la tapa.

—¿Por qué? —preguntó.

—Ayúdame y ya, ¿vale? —No quería explicar mi pálpito en alto. Quería equivocarme.

Desplazó la pesada tapa a un lado. Sentí la mirada de Elysea clavada en mi espalda mientras hundía la mano en la tierra.

—¿Qué pasa, Tempe?

Eché la cabeza hacia atrás y gruñí.

—Esta también está vacía.

—No, no puede ser. —Raylan también metió la mano y rebuscó. Luego arrojó la tierra a un lado—. ¿Dónde están los cadáveres?

—En un lugar mejor.

Oímos una voz familiar a nuestras espaldas, cerca de la entrada.

Nos dimos la vuelta y movimos las linternas hasta dar con una persona vestida con un largo abrigo de algas.

Qera. La remorana.

La flanqueaban otros dos, apuntándonos con arpones.

—O, mejor dicho, en un lugar más *útil*. —Sonrió, enseñando los dientes afilados—. Me alegro de volver a veros, chicas. Bienvenidas a mi templo de la infamia.

CAPÍTULO CINCUENTA Y UNO

TEMPEST

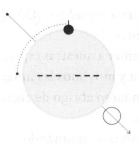

Martes, 13:45.

La punta de metal del arpón de Qera relucía bajo la luz de nuestras linternas. Casi sacaba una cabeza a los dos hombres a su lado. Reconocí a uno de ellos como el hombre barbudo con muchas pecas y al otro como el hombre con media camiseta que subió a bordo de nuestro barco.

—¿Quién demonios eres tú? —inquirió Raylan. Levantó el mentón en dirección a Qera.

—Mis disculpas —respondió ella con una reverencia—. Soy Qera, reina de los remoranos. —Hizo un gesto hacia los hombres que la flanqueaban—. Y ellos son Teyva y Arnyx. —Ellos menearon sus arpones con sonrisillas feroces.

—¿Remoranos? —repitió Raylan, quebrándosele la voz—. ¿Qué estáis haciendo aquí? Esto es territorio de Palindrómena.

—Lo que mejor se nos da —repuso ella—. Coger lo que ya no sirve para nada. Pero ¿dónde está el otro chico con el que estabais? —Su obligada cordialidad flaqueó un instante—. El pálido. Me gustaría darle las gracias por su bromita.

Los dos guardias emitieron una risilla cruel. Se la tenían jurada. Rechiné los dientes.

—¿Dónde están los cadáveres? ¿Qué habéis hecho con ellos?

Qera se encogió de hombros y sus collares repiquetearon.

—¿Qué más os da?

—Este lugar es sagrado —espeté—. No deberíais estar aquí.

—Y, aun así, sois vosotros a quienes hemos pillado con las manos en los ataúdes, querida.

—Estamos buscando a alguien —dijo Elysea.

—Bueno, pues aquí no encontraréis a nadie. —Qera extendió los brazos a los lados.

Ahora tenía sentido por qué habíamos cruzado el Mar Desatado sin problemas. Los remoranos estaban *bajo* el agua, no encima de ella.

—¿Por qué os habéis llevado los cuerpos? —pregunté, apretando los puños—. ¿Qué sentido tiene?

Ella apoyó la cadera contra una tumba y se miró las uñas.

—Si tanta curiosidad tienes, cada vez es más difícil obtener materiales del Antiguo Mundo. Ya han saqueado casi todas las zonas de inmersión y casi nadie se arriesga a entrar en nuestro territorio. Y aunque no podamos cruzar el perímetro de Palindrómena en la superficie, nadie ha dicho nada de que no podamos cruzarlo por debajo. —Sonrió con suficiencia—. Aquí abajo hemos encontrado un montón de materiales para un nuevo tipo de navío. —Sus ojos eran negros como la noche.

Elysea ahogó un grito.

—¿Estáis usando huesos para construir un barco?

Sonrió.

—Todos hacemos lo necesario para sobrevivir, ¿verdad? —repuso Qera, señalando con la cabeza al ataúd junto a nosotros—. Vosotros debéis de estar aquí por una razón parecida.

—Para nada —dije—. Estamos aquí para ayudar a alguien, no por avaricia.

—La avaricia me ayuda —respondió—. Y yo soy alguien. —Su tripulación se rio al oír aquel chiste tan malo.

—¿Desde hace cuánto lleváis saqueando el templo? —pregunté. ¿Hacía cuánto que se había llevado el cuerpo de Calen? ¿Habría encontrado el ecoenlace?

—Saquear es una palabra muy fea —dijo Arnyx mientras se rascaba la barriga a través del agujero de su camiseta rasgada.

—Muy cierto —terció Qera—. Yo prefiero «agenciar». Y ha pasado mucho desde la última vez que pudimos agenciarnos algo nuevo. Como no quisisteis darnos la energía de vuestro barco, ¿qué tal si nos ofrecéis algo ahora?

Cuando dio un paso el frente, los hombres hicieron lo propio. Era claramente una amenaza, no una sugerencia.

Traté de no achantarme.

—No tenemos nada. No hemos encontrado lo que estábamos buscando.

Qera negó con la cabeza y los huesos traquetearon en su pelo azul.

—Hemos limpiado este sitio, pero creo que sí que tenéis algo más. ¿Oxígeno, quizás?

—A mi regulador le vendría de lujo —musitó Teyva, pensativo, dándose unos golpecitos en el mentón barbudo.

Por instinto, me llevé la mano al cinturón, donde me había enganchado el regulador.

—No podremos volver a la superficie —dije.

Ella giró el arpón.

—Tal y como yo lo veo, nos debéis algo. Yo os ofrecí mi regulador por vuestro barco, pero, en cambio, me traicionasteis. Y vuestro amiguito dañó bastante mi navío.

—¡No te debemos nada! —La rabia encendió mis mejillas. Teníamos que salir de aquí, pero ¿cómo?

—Yo soy una persona indulgente, ¿no es verdad, chicos? —mencionó Qera. Los remoranos asintieron casi con reverencia—. Si tenéis algo mejor que ofrecer, dejaré que os quedéis con el oxígeno. Esta vez.

Miré a Raylan y a Elysea, pero sus expresiones no delataban nada. No teníamos nada que no necesitáramos para volver a la superficie.

—¿Tenéis el ecoenlace? —La voz de Nessandra se oyó a través del altavoz de los cascos, sorprendiéndonos a todos—. Ya lleváis treinta minutos en el templo.

Nos quedamos inmóviles. Ni nos atrevimos a respirar.

Entonces Qera se dio una palmada en el muslo y se empezó a reír.

—Vaya, menuda buena noticia, ¿verdad, chicos? —Reparó en el ecoenlace que llevaba Ray en la muñeca—. Me encantan los ecoenlaces.

—Acercaos más y avisaremos a Nessandra —dije—. Ella os echará la flota entera de Palindrómena encima.

Qera ladeó la cabeza antes de atreverse a dar un paso al frente.

—Tocaos los cascos y os ensarto a los tres y os como para cenar. —Teyva y Arnyx también se acercaron. Unos cuantos pasos más y podrían alcanzarnos y tocarnos con los arpones.

Miré a Raylan y él sacudió la cabeza. No merecía la pena correr el riesgo.

—¿Para qué queréis vosotros un ecoenlace? —pregunté para ganar tiempo. No estarían los remoranos reanimando a gente, ¿verdad?

—Siempre viene bien saber qué hora es —dijo—, sobre todo para planear los viajes al templo. En Palindrómena todos suelen estar ocupados al mediodía con las reanimaciones. Aunque nos alegramos muchísimo de habernos topado con vosotros.

Sonrió con fiereza

—Venga. —Extendió las manos y los dos guardias se acercaron para asegurarse de que hacíamos lo que nos decía—. Entregadnos el ecoenlace.

En realidad, no necesitábamos el ecoenlace de Raylan, sino el de Calen.

Señalé el ecoenlace de Raylan.

—¿Nos dejaréis marchar si te lo damos?

—Tenéis mi palabra —repuso Qera con una reverencia.

—La palabra de una remorana no vale nada —espetó Raylan—. Como las lágrimas en el océano.

Ella enarcó las cejas.

—O me dais el ecoenlace o se lo arranco a tu cadáver. Vosotros decidís.

Los remoranos apuntaron los arpones a nuestros pechos para mostrarnos exactamente cómo íbamos a morir.

—Hasta os meteré en ataúdes. —Su sonrisa era terrorífica.

—¿Hola? —La voz de Nessandra volvió a oírse en el casco—. ¿Qué está pasando ahí abajo?

—Ni lo pienses siquiera —amenazó Qera enseñando los dientes.

No quería morir aquí abajo y tampoco que mi cuerpo formara parte de la nueva y horripilante flota que estaba construyendo.

—Además, irá fenomenal con el mío —dijo Qera.

—¿Qué acabas de decir? —pregunté, aguantando la respiración. No podía ser.

Qera meneó una de sus muñecas en mi dirección y, efectivamente, bajo todas aquellas pulseras de oro y plata, yacía un ecoenlace plateado.

Tenía que ser el de Calen. ¿Dónde, si no, habría podido hacerse con la tecnología de Palindrómena?

Reparé en que Elysea se había dado cuenta de lo mismo al ver que levantaba las cejas. Teníamos que conseguir ese ecoenlace.

—¿El tuyo todavía funciona? —pregunté con tiento.

Qera asintió.

—Los mismos Dioses me lo enviaron.

«Vale. Vale, piensa, Tempe, piensa». Tenía que haber una forma de salir de este templo con el ecoenlace de Calen. Y sin que nos ensartaran los arpones de los remoranos.

—¿Y si tú me das tu viejo ecoenlace y yo te doy el nuestro, que está nuevo? —le sugerí.

Qera resopló.

—¿Y por qué iba a darte el mío cuando puedo tener los dos?

Habíamos fracasado. No teníamos nada más que darle, y ella claramente no quería deshacerse del suyo, del de Calen. Pensé en quitárselo de la muñeca, pero me ensartarían antes de poder acercarme a ella siquiera. Nos habíamos quedado sin opciones.

Ojalá pudiéramos distraerlos.

Pero no teníamos armas. Y tampoco podíamos escapar mientras estuvieran bloqueando la entrada. Por lo que veía, esa era la única salida. Aparte del techo de cristal...

¡Eso es!

Si rompíamos el cristal, eso nos proporcionaría una distracción y podríamos coger el ecoenlace y escapar por el techo. Pero ¿cómo?

—Vamos, rápido —nos ordenó Qera con la mano extendida—. Lanzadme el ecoenlace y os dejaremos en paz.

Miré en derredor. Había varias piedras en el suelo; seguramente debieron de desprenderse de los ataúdes a lo largo de los años. Aunque pudieran romper el cristal, era imposible que yo consiguiera lanzarlas tan fuerte. Ni tampoco Elysea.

—¡Raylan! —La voz de Nessandra sonaba frenética y enfadada a partes iguales—. ¡Respóndeme! ¡Ya!

¡Eso era! Antes de la reanimación de Elysea, Nessandra me había dicho que Raylan había sido pescador submarino en el Equinoccio. Era musculoso y de constitución ancha.

Era nuestra única oportunidad.

—Raylan —le dije—, dales el ecoenlace.

Él me dedicó una mirada incrédula.

—Vale. Yo lo haré. —Le agarré el brazo y me incliné hacia él—. Rompe el techo le susurré mientras tiraba del frontal del ecoenlace. Los alfileres se retrajeron y dejaron dos perforaciones en su piel.

—¿Qué? —jadeó.

No había tiempo para explicaciones.

—Toma —dije y lancé el ecoenlace de Raylan por encima del hombro de Qera.

—Eso no ha sido muy amable —gruñó. Mientras se giró para recogerlo, yo corrí a por las piedras.

—¡Raylan! —grité antes de arrojarle la roca—. ¡Toma!

—¿Qué te crees que estás haciendo? —preguntó Teyva, avanzando hacia nosotros.

Pero ya era demasiado tarde. Raylan tenía la roca en la mano. Echó el brazo hacia atrás y la lanzó al aire.

Se estrelló contra el techo con un golpetazo. Al principio no pasó nada, pero luego el techo se resquebrajó y crujió.

Segundos después, nos vimos bañados en agua y cristal.

CAPÍTULO CINCUENTA Y DOS

TEMPEST

Martes, 14:15.

El agua cayó en cascada hacia el interior del templo, llenándolo casi al instante. ¿Sentirían lo mismo nuestros antepasados con las Grandes Olas?

—¡Poneos los reguladores! —les grité a Elysea y Raylan al tiempo que nos movíamos de allá para acá, como hojas en un remolino.

En cuanto me coloqué el domo y el regulador, me permití respirar bien.

El agua había arrastrado a los remoranos, pero no debían de estar muy lejos. Con suerte, la ola habría dejado inconsciente a Qera.

—Nessandra —la llamé por el radioenlace—. Los remoranos están aquí y tienen el ecoenlace de Calen. Necesitamos ayuda.

—¿Remoranos? No es posible —dijo antes de maldecir—. No importa, mandaré a los de seguridad, pero tardarán una media hora en llegar hasta vosotros.

Raylan frunció el ceño.

—Se habrán ido mucho antes. Con el ecoenlace de Calen.

—Entonces nosotros nos ocuparemos de ellos —atajé al tiempo que asentía en dirección a Elysea. Ella apretó los labios.

—Cuento con vosotros —respondió Nessandra. Era la primera vez que notaba cierta duda en su voz, pero podíamos hacerlo.

El templo se había llenado de agua. Ya me preocuparía luego por lo que le habíamos hecho a este lugar sagrado. La tierra de los sarcófagos que habíamos abierto ensuciaba el agua e incluso con las linternas nos costaba ver, pero los remoranos debían de estar por aquí cerca.

Algo plateado se movió junto a mi hombro, rasgándome el traje de buceo y la piel. Ahogué un grito de dolor.

Un arpón.

La sangre flotó a mi alrededor.

Miré hacia atrás para comprobar que Elysea y Raylan seguían ilesos antes de moverme en la dirección del arpón.

Sin ese quedaban otros dos.

El corazón me martilleaba en los oídos y, sin embargo, me sentía más segura que cuando me enfrenté a Qera en el barco. Me había pasado casi todos los días de estos cinco años en la oscuridad del mar buscando cualquier cosa en el interior de edificios sumergidos. Puede que los remoranos fuesen los dueños de la superficie, pero ahora estábamos en mis dominios.

Nadé hasta ocultarme detrás de un ataúd y Raylan y Elysea me siguieron.

—Apagad las linternas —les indiqué—. Tenemos que separarnos. Ely, tú ve a la izquierda. Raylan, tú la derecha. Yo nadaré por el centro. —Con suerte daría con Qera y el ecoenlace—. Y apagad el radioenlace; si no, los remoranos nos oirán.

Ambos asintieron y después lo único que pude oír fue mi propia respiración.

Elysea me dio un apretón en el hombro. Lo conseguiríamos. Apagamos las linternas.

Nadar a oscuras me desorientaba. Esperaba estar dirigiéndome a la entrada, pero no había forma de saberlo. Lo único que oía era mi respiración entrecortada. Por mucho que nos beneficiase estar a oscuras, echaba de menos el brillo del coral.

Algo pasó zumbando cerca. Otra arma menos. ¿Habría herido a Raylan o a Elysea? Quería encender la linterna para averiguarlo, pero no tenía intención de revelarles mi ubicación.

Casi me ahogué cuando una cara pálida apareció frente a mí.

Qera. Tenía un regulador, pero ni domo ni armas. Seguro que lo que había lanzado antes era su arpón. Trató de agarrarme, pero yo la esquivé.

«Mira cómo bailo», pensé. Elysea se sentiría orgullosa de mí.

Le di una patada en la cadera. No le hizo daño porque el agua ralentizaba mis movimientos.

Ella me agarró la pierna y me quitó la aleta, que cayó al suelo de piedra. Traté de enderezarme, pero con una aleta era más difícil.

Me acordé de Raylan y pateé más fuerte con la otra pierna para seguir manteniendo el equilibrio. Traté de alcanzar la muñeca de Qera. Ella me dio un codazo en la cara con la intención de desprender mi domo.

¿Dónde estaban Elysea y Raylan? ¿Estarían bien o también peleando?

Qera cambió de expresión; esperaba que pensase que no merecía la pena. Se dio la vuelta en el agua y nadó hacia la entrada.

Pero no podía permitir que escapara.

Nadé todo lo rápido que pude y me abalancé sobre ella, envolviendo los brazos en torno a sus hombros. Traté de aferrar el ecoenlace en su muñeca.

¡Ahí! Ya lo tenía.

Antes de alejarlo de la piel de Qera, mi regulador empezó a pitar.

No me quedaba oxígeno.

«¿Qué?».

Llevé las manos a mi domo y solté a Qera y el ecoenlace.

La remorana tenía mi pequeño tanque de oxígeno en la mano.

Fingió soplarme un beso y me asestó una patada en el estómago.

Escupí el regulador e inspiré el poco aire que quedaba en el domo. No sería suficiente para volver a la superficie. Estaba muerta. Y Lor, también.

Alguien me agarró del hombro. Elysea. Ella señaló el domo y yo encendí el radioenlace.

—¿Adónde ha ido Qera? —me preguntó.

Señalé hacia la entrada. Hablar consumiría más oxígeno.

Elysea me agarró de la mano y trató de tirar de mí. Negué con la cabeza y le enseñé que me habían quitado el tanque de oxígeno. No pudo ocultar el miedo en el rostro.

En lugar de arrastrarme hacia la entrada, me dirigió hacia arriba, hacia el agujero en el techo. Yo me solté y señalé la zona por donde Qera había desaparecido.

«El ecoenlace», articulé sin voz.

—No —respondió—. Te voy a llevar arriba.

Volví a sacudir la cabeza. «No llegaré».

Ella se me quedó mirando un buen rato con la mirada vidriosa. Si iba en busca de Qera para recuperar el ecoenlace de Calen, yo moriría aquí abajo. O bien podría tirar de mí hacia la superficie y tratar de salvarme. Pero no había tiempo para hacer las dos cosas.

Ya sentía la presión en el pecho. El poco oxígeno que quedaba en el domo se estaba agotando.

—Lo siento mucho —le dije, sin importarme estar usando lo poco que quedaba—. Te quiero.

—No —dijo, y se alejó nadando.

Encendí la linterna. Llegados a este punto, era mejor ver bien antes de que la oscuridad me embargara por completo.

Me acordé de Lor. ¿Lo vería cuando muriese? ¿Los Dioses de abajo existían de verdad? ¿Por qué no me habían protegido?

Dos figuras oscuras se me acercaron nadando. Encendieron las linternas. Elysea había encontrado a Raylan.

—Vamos a llevarte arriba —me dijo mi hermana.

—No. —Si Elysea no quería, Raylan tendría que ir en busca de Quera. Antes de poder hacerle gestos a Raylan, Elysea me tomó de un brazo y él del otro. Patalearon hacia el techo roto.

Quise revolverme. Decirles que no lo lograríamos. Pero no quería morir sola.

Pataleé con ellos.

—Toma —dijo Elysea, dándome unos toquecitos en el domo para llamar mi atención. Se desenganchó el tanque y lo conectó a mi regulador. Mis pulmones se expandieron, aliviados.

Aire. Bendito aire.

La miré, confusa. ¿Se estaba sacrificando? Pero vi que Raylan le pasaba el suyo a Elysea y lo entendí. Aunque yo no tuviese suficiente oxígeno para llegar a la superficie, si los tres compartíamos los dos tanques restantes y respirábamos poco, llegaríamos justos.

Pero eso significaba no poder perseguir a Qera, y no recuperar el ecoenlace de Calen.

No salvaríamos a Lor.

CAPÍTULO CINCUENTA Y TRES

TEMPEST

Martes, 15:00.

A los quince minutos de ascenso, nos cruzamos con los guardias de seguridad de Palindrómena. Nos ayudaron a alcanzar la superficie, donde Nessandra aguardaba nuestro regreso. Su pelo, antes impecable, ahora señalaba en todas direcciones, y había estado llorando. Raylan la había informado de lo que había sucedido de camino a la superficie.

Los guardias de seguridad nos sacaron del agua. Todos estábamos faltos de oxígeno, mareados y nos dolían los pulmones. Rodé sobre un costado y cerré los ojos. Había demasiada luz aquí arriba. Quería dormir. Quería llorar. Pero, por primera vez, no quería gritar ni chillar. Toda la rabia había desaparecido de mi cuerpo.

Habíamos hecho todo lo posible para salvar a Lor. Y casi habíamos muerto en el intento. A veces los Dioses de abajo no estaban de tu parte. A veces no se podía dar marcha atrás a la marea.

Apenas conocía a Lor, pero sabía, al igual que él, que podríamos haber significado algo el uno para el otro. Ya fuera el destino o la suerte lo que nos hubiese conectado, ya no estaba vivo. Se había ido de verdad.

Debería haber estado enfadada, pero eso no traería a Lor de vuelta. La ira no me había ayudado a llorar a Elysea. No me había ayudado a pasar página. La ira había sido mi ancla. Me había atado a la oscuridad del mundo, a las cosas que no podía controlar. Me había escondido del duelo. Había sido más fácil así. Pero no más sano.

Al igual que Lor, no había estado viviendo de verdad.

Eso me recordó a cuando le dije a Lor que la gran mayoría de las personas ignoraban la belleza que había surgido de las Grandes Olas. Hasta en los tiempos más oscuros, el coral iluminaba el camino. Y podía fijarme bien en la penumbra o moverme hacia la luz. Los Dioses de abajo no iban a girarme la cara ni a sujetarme la mano. Era decisión mía. Era mi vida.

Y aunque no fuera a tener a Lor a mi lado para ayudarme, sí que tendría a Elysea. Y a mis padres. Ya no estaba sola.

Por mucho que no quisiera pasar otro minuto más en las instalaciones de Palindrómena, necesitaba que me miraran el hombro herido. Nessandra me condujo a una de las salas de recuperación y envió al médico para que me dieran puntos.

Elysea me esperó en el rincón de la habitación para asegurarse de que no me iba a ninguna parte.

En algún momento después de que me trataran la herida, me quedé dormida. Me desperté cuando Elysea me tocó el hombro sano.

—Tienes visita —dijo con una sonrisa. El color había regresado a sus mejillas.

—¿Visita?

Elysea se apartó y vi a nuestros padres en la puerta.

Quise saltar de la cama, pero estaba demasiado grogui, así que solamente extendí una mano.

—¡Mamá! ¡Papá! —La voz me tembló.

Mi madre se apresuró a llegar a mi lado. Las lágrimas le resbalaban por la cara cuando me envolvió entre sus brazos.

Mi padre se aproximó al otro lado de la cama. Me acarició el pelo hacia atrás.

—¿Cómo estás, Tempe?

Fue un cúmulo de sensaciones. Había intentado ser fuerte desde que murió Lor; desde que muriera Elysea, en realidad. Pero ya no podía aguantarlo más. No quería. Me había pasado como a aquel techo de cristal fracturado. Con la suficiente presión, me había roto.

Sollocé contra el abrazo de mi madre mientras mi padre me acariciaba la espalda.

—Estás a salvo —me susurró ella—. Estamos aquí, y no nos vamos a marchar nunca más.

Eso me hizo llorar con más ganas. Por mucho que quisiera disfrutar de este momento, estaba contaminado por la tristeza. Lor ya nunca tendría una reunión feliz con su madre; que se lo mereciera ella o no era otra cuestión. Pero él sí se la había merecido.

—Siento lo de Lor —dijo mi madre. Debió de haberse enterado por Elysea—. Era un buen chico.

—No he podido ayudarlo.

Elysea me dio unas palmaditas en la mano.

—Hicimos todo lo que pudimos.

Yo no lo sentía así. Había muchísimos momentos que podrían haber transcurrido de forma distinta, y, de haberlo hecho, Lor seguiría vivo.

—¿Cómo habéis venido hasta aquí? —pregunté a mis padres. Me limpié las lágrimas con el dorso de la mano.

—Cuando os marchasteis, cogimos la balsa y fuimos hasta uno de los Arrecifes cercanos, donde nos prestaron un barco para cruzar el Mar Desatado —explicó mi padre—. Ya no podíamos quedarnos en las Islas Cavalcade. Habíamos dejado que nuestros miedos nos anclaran allí. —Intercambió una mirada con mi madre. Y teníamos que enfrentarnos a Nessandra por lo que le hizo a Elysea. Teníamos que asegurarnos de que ya no hiciera daño a nadie más.

—¿Y qué ha pasado? —pregunté.

Mi madre juntó las dos manos.

—Se ha ido.

—¿Qué? —Aferré la sábana con los puños—. Si hace una hora estaba aquí.

—Cogió uno de los barcos de Palindrómena —comentó mi padre—. Los de seguridad encontraron el rastreador integrado en el muelle. Lo arrancó. No quiere que nadie sepa dónde está.

—Lor —pronunció Elysea, comprendiéndolo—. No podía enfrentarse a lo que había hecho aquí... a él o a cualquiera. —Yo no estaba tan segura de eso. Nessandra parecía ser de las mujeres que luchaban y no se rendían, no de las que huiría a la primera de cambio.

—No —dije, percatándome de la verdad—. Ha ido a por Qera. Sigue queriendo salvar a Lor.

Papá sacudió la cabeza.

—Él ya no está, Tempe. Lo siento. No hay forma de traerlo de vuelta.

—Lo sé. —Aun así, podía sentirme identificada con Nessandra. No era fácil dejar marchar a las personas que amas. No era fácil superar el duelo. Pero sabía que, si Nessandra seguía huyendo, aquello solo le causaría más dolor al final.

—¿Y qué significa eso para Palindrómena? —pregunté.

Mi madre pegó los labios.

—De ahora en adelante, tu padre y yo nos encargaremos de las operaciones.

—¿Y con operaciones te refieres a...? —dejé la pregunta en el aire.

Mi madre entrelazó sus dedos con los míos.

—Cerraremos el programa de reanimación de inmediato. Ya no se volverá a experimentar con pacientes. Pero seguiremos ocupándonos de los cultivos.

—¿Y a todos les parece bien? —inquirí.

—Tu madre era la jefa de botánicos, y yo el vigilante jefe —dijo mi padre—. Como Nessandra ya no está y se ha corrido la voz de lo que le hizo a Elysea y también de sus otros experimentos, la compañía necesita empezar de cero. Palindrómena emplea a cientos de personas. Nadie quiere perder su trabajo. Encontraremos otra manera de ganar billetes y de mantener los cultivos vivos.

—¿Y qué hay de Nessandra? —preguntó Elysea—. ¿Y lo que estaba haciendo?

Mi madre se pasó una mano por el pelo.

—Queremos llevarla ante la justicia y que responda a las familias que ha destrozado, pero sin el rastreador del barco es imposible saber dónde está.

—Tiene que haber ido a algún sitio —supuse—. No puede vivir en el océano sin suministros ni nada. Ni siquiera sabe nadar.

—Lo importante es que el programa de reanimación de Palindrómena ya no existe —concluyó mi padre—. Trabajaremos en buscar algo para compensar a las familias que salieron perjudicadas. Como una empresa.

Era un comienzo. Y, a veces, eso era lo único que hacía falta.

CAPÍTULO CINCUENTA Y CUATRO

TEMPEST

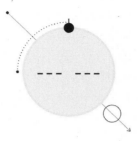

Viernes, 18:00.

Habían pasado tres días desde que Elysea y yo volvimos al Equinoccio para vivir en nuestra antigua casa. Papá y mamá se pasaron casi todo el tiempo en Palindrómena, planeando la restructuración del centro desde cero. Todavía no podían regresar al Equinoccio de forma permanente debido a las restricciones de peso. Los conservadores buscaban una solución respecto al plan de mis padres de crear una relación más equilibrada entre la isla y el Arrecife. Cuando la gente de este último se enteró de que habían reemplazado a Nessandra, se alegraron.

Teníamos planes de pasar el fin de semana juntos en familia, pero esta noche era solo para Elysea y para mí.

Explicar la vuelta de mis padres y mi hermana a la gente del Equinoccio fue más fácil de lo que creía. Se mostraron notablemente entusiasmados al creer que Palindrómena por fin había logrado la manera de revivir a alguien para siempre, pero les contamos la verdad sobre la reanimación de Elysea y que nuestros padres habían estado todo este tiempo ocultándose de Nessandra. Hablar del sacrificio de Lor fue una manera de mantener vivo su recuerdo. Y una forma de asegurarnos de no dar por sentado lo que había hecho.

Todo el mundo se alegró de que Elysea volviera.

La reunión de mi hermana con Daon fue algo más complicada. Le preocupaba que Daon rompiese con su nueva novia ahora que ella había vuelto, así que se sentó con él y le explicó que no sentía lo mismo que él. Y que jamás lo sentiría por nadie.

Al principio fue muy incómodo porque quería que yo estuviese ahí cuando se lo dijera. Pero cuando se lo explicó, me sentí feliz; tenía otra oportunidad para ser quien era de verdad.

A Elysea siempre se le había dado bien disfrutar de la vida, pero a menudo ocultaba su verdadero yo. Si no estaba bailando, estaba protegiéndome, preocupándose o encargándose de mí. Nunca había pensado en su futuro. Ahora que teníamos la misma edad, podía tener más libertad. Y todo gracias a Lor.

Lloraba siempre que pensaba en él o me imaginaba su cara. De no ser por Lor, no tendría a Elysea. Siempre estaría en mi corazón.

Al atardecer me dirigí al bar de Daon. Me senté en la misma banqueta donde Lor me había encontrado hacía unos días y, sin embargo, me sentía totalmente distinta. Más liviana. Más feliz. La vida de Elysea no fue lo único que salvó Lor.

Deseé que hubiese conocido esta versión de mí.

Daon dio un toquecito al cartel tras la barra.

—¿Se me ha vuelto a olvidar tu edad o qué? —dijo con una sonrisa, interrumpiendo mis pensamientos.

Me removí en la silla para acomodarme.

—Solo queda un día para mi cumpleaños, Daon, ya lo sabes.

—Ya, pero las reglas son las reglas —respondió con un suspiro de lo más dramático.

Puse los ojos en blanco.

—Vale. Pues ponme un cuenco de ceviche.

Me señaló.

—Eso sí que puedo, cariño.

Mientras me preparaba la cena, miré hacia el mar. Apenas se distinguía el coral de los edificios hundidos del Antiguo Mundo. Lor nunca pudo verlo con sus propios ojos, pero mis padres habían accedido a enterrarlo en el templo una vez arreglasen el techo y hubiera mejor seguridad contra la gente como Qera. Aunque en vida Lor no pudo visitar el Antiguo Mundo, reposaría allí en su muerte.

Era el mayor honor que podíamos darle, aunque se merecía mucho más.

—¿Está libre esta silla? —preguntó una voz familiar.

Raylan.

Se lo veía bien. Ahora mostraba una expresión más cálida en el rostro.

Me limpié una lágrima de la mejilla.

—Hola.

Él me sonrió avergonzado.

—Siento haber desaparecido y haberos dejado solas. Debería haberme quedado, pero no podía soportar ese sitio después de lo sucedido. No me hacía a la idea de no ver a Lor ahí. Estaba…

Hice un gesto desdeñoso con la mano al oír la disculpa.

—Siéntate conmigo, anda.

Lo hizo y suspiró.

—Es duro, ¿verdad?

—¿Volver aquí? —pregunté.

—Todo —respondió—. Pasar página.

—Lo haremos antes o después.

—Debería tener ganas, pero no me parece bien olvidarlo —explicó.

—Ya —convine—. Nunca lo olvidaremos.

Me fijé en que tenía una tobillera de metal en torno al pie izquierdo.

—¿Qué tal con eso?

Después de salir a la superficie lo había pasado mal.

—Ayuda —contestó con una sonrisa—. Algo que aprendí ahí abajo es que nadar no es imposible. —No quería mencionar el templo, y no lo culpaba—. Aunque no pueda volver a pescar, al menos sí que planeo regresar al mar. Ya no tengo por qué tenerle miedo.

Me alegraba por él. Y seguro que Lor también.

—¿Qué vas a hacer ahora? —le pregunté.

Me hacía la misma pregunta respecto a mi futuro. Solía sumergirme todos los días para ahorrar para el programa de reanimación, y aunque todavía me quedaban billetes suficientes para que Elysea y yo viviéramos cómodamente durante un tiempo, echaba de menos el agua.

—Todavía no lo sé —respondió—. Necesito trabajar para ayudar a mis padres y al Equinoccio.

Daon le sirvió un chupito de ragar a Raylan y medio a mí.

—Un regalo de cumpleaños adelantado. —Me guiñó el ojo—. No sé lo digas a tu hermana. —Y siguió preparando el ceviche.

—Tal vez abra un puesto aquí —dijo Raylan al tiempo que señalaba alrededor—. Me salen unas croquetas de pescado increíbles. O al menos eso es lo que decía Lor. —Se vino abajo—. Lo echo de menos. Todos los días.

Asentí. No podía hablar debido a las lágrimas.

—¿Y tú? —pregunto al tiempo que se secaba las suyas.

Di un sorbito al ragar. Me quemó la lengua y la garganta. Estaba asqueroso. Empujé el vasito hacia Raylan. Por el rabillo del ojo lo vi riéndose de mí. Qué capullo.

Elysea subiría al escenario dentro de poco. Era su primera actuación desde que volvimos al Equinoccio. Por un momento, me imaginé que todo había vuelto a como era hace cinco años. Con mis padres sanos y salvos y mi hermana viva.

¿No era eso lo que siempre había querido?

Me encogí de hombros ante la pregunta de Raylan antes de hacerlo de dolor. Si hacía movimientos bruscos, los puntos me tiraban.

—Me apetece viajar —respondí.

Raylan enarcó las cejas.

—¿En serio? Creía que querrías quedarte con tu familia.

A mí también me sorprendía. Lo había dicho sin pensar.

—No lo haré todavía, pero un día sí. Quiero vivir más. Irme del Equinoccio y ver qué hay más allá.

Más.

Eso me había preguntado Lor. Y tenía razón. Quería *más*.

Solo se vivía una vez, y aunque hubiese muchos peligros en nuestro mundo inundado, una ventaja era no estar atado a un sitio en concreto. Tenía el *Amanecer*; podía ir a donde quisiera cuando estuviera preparada. Pero primero disfrutaría de estar con mi familia y de tener más tiempo.

Los tambores empezaron a resonar por el espacio, acallando mis pensamientos. La multitud se quedó en silencio. Los susurros se esparcieron como una ola al romper contra la arena.

Aunque no era la Marea de Primavera, el lugar estaba a rebosar. Habían venido a verla.

Durante estos últimos días, se había corrido la voz del regreso de Elysea. Su reaparición estaba rodeada de rumores y misterio. La chica que había muerto había vuelto para bailar. Había oído que los niños la llamaban bruja de agua, cosa que me recordó a Lor.

«Ojalá tuviéramos mil mañanas juntos», había dicho. «Ojalá no tuviéramos que decirnos adiós».

Cerré los ojos con fuerza y aparté esos pensamientos, que amenazaban con abrumarme.

No me imaginaba la presión que debía de sentir por actuar frente a toda esta gente, pero cuando vi a Elysea entrar al mercado, lucía sonriente. La multitud se apartó para su diosa del mar.

Esa tarde le habíamos rizado el pelo y le habíamos teñido las puntas de azul con polvo de coral. La había ayudado a entrelazar cientos de perlas entre sus mechones castaños. Su vestido estaba hecho de algas enlazadas y conchas. Cuando se movía, parecía que el mar hubiese cobrado vida.

Sí que era una diosa del mar.

La gente aplaudió y la vitoreó al tiempo que ella caminaba hacia el centro del mercado.

Sonreí ante la reacción que había provocado.

—Está preciosa —dijo Raylan a mi lado—. Su sitio está en el escenario.

La música cogió ritmo mientras Elysea se internaba entre la multitud. Esta noche el escenario estaba elevado, no hundido en el agua. Era lo apropiado para la chica que había resurgido del océano.

En cuanto se empezó a mover, Elysea tuvo al público comiendo de la palma de su mano. No eran solo los chismes sobre su vuelta. Era su presencia. Su ser. Atraía a la gente.

—Pues sí —coincidí mientras la miraba, llorando de felicidad. Me alegraba tanto de tenerla conmigo. De haber luchado por ella. Habría hecho cualquier cosa por ella. Lo normal por la gente a quien más queríamos.

Se cruzaban océanos. Se buscaba en el mar. Se sacrificaba todo.

Mientras Elysea movía las manos sobre la cabeza, sus ojos encontraron los míos.

Sonrió y yo le devolví el gesto.

Tenía a mi hermana gracias a Lor. Pero nada era para siempre. Ni el Antiguo Mundo, ni la luz de los corales, ni la gente que más queríamos. Uno tenía que aferrarse a cada momento. Respirar. Porque nunca sabíamos cuándo podría ser la última vez que lo hiciéramos.

Y no anclarse en el dolor.

Tal vez hoy no. Ni mañana. Pero un día sí. Un día yo también pasaría página sobre lo de Lor. Me desahogaría y lloraría; me desprendería del dolor, el arrepentimiento y la pena, y dejaría que todo aquello acabase en el fondo del océano.

AGRADECIMIENTOS

El profundo desvanecer comenzó como una pequeña idea allá por 2015, y desde entonces el libro se ha transformado en algo de lo que me siento especialmente orgullosa. Y eso se debe a las siguientes personas:

A mi editora, Stacey Barney; gracias por presionarme para ser una escritora mejor y por ayudarme a encontrar la verdad y el corazón de mis personajes. Esta historia sería bastante distinta, y peor, de no ser por ti.

Le estoy enormemente agradecida mi maravillosa agente Hillary Jacobson. Sin ti, aún seguiría cuestionando, esperando y soñando con convertirme en escritora. También quiero agradecerle a mi agente de derechos audiovisuales, Lia Chan de ICM, y al equipo de derechos internacionales, Roxanne Edouard y Savanna Wicks de Curtis Brown UK.

Un gigantesco gracias a los increíbles profesionales de Penguin Teen: Jennifer, Klonsky, Felicity Vallence, Caitlin Tutterow, Caitlin Whalen, Tessa Meischeid, Alex Garber, Kara Brammer y el resto del equipo con el que he tenido el placer de trabajar. ¡Tengo mucha suerte de pertenecer a Penguin Random House!

Gracias a mi fabulosa editorial australiana, Allen & Unwin, por hacer realidad mi sueño de toda la vida de ver mi libro publicado y en librerías. Un agradecimiento especial a Jodie Webster, Sucheta Raj y Sophie Eaton.

A Andrew; este libro no solo va dedicado a ti por arreglar *ese* problemilla en la trama, sino porque eres calmado como el océano y tan fuerte como la marea. Gracias por tu apoyo y paciencia infinitos, y por los preciosos inicios de capítulo.

A mis padres; gracias por apoyar siempre todos mis sueños. Me encanta como habéis acogido mi carrera como escritora, ¡aunque desearía que no mirarais tanto Goodreads! ¡Es un lugar escalofriante!

¡Muchos abrazos a todos los Angelz! Gracias por estar ahí en los momentos buenos y en los estresantes. ¡No podría pedir mejores compañeros de agencia! A ver si nos ponemos al día pronto, ¿eh?

A mi queridísima Amie Kaufman; me alegro mucho de conocerte. Gracias por tu sabiduría y tus amables palabras. Gracias a Sarah Glenn Marsh, Beth Revis y Kerri Maniscalco por vuestras increíbles citas para *La muerte de las cuatro reinas*.

Estoy enormemente agradecida a *The YA Room, What Lucie's Reading, A Cup of Imagination, Claire Eva Reads,* OwlCrate, Midnight Pages, The YA Chronicles, Cre8tive Inspir8ions, @life_books_me, *Reading Anonymous,* y al Australian Writers' Centre, por nombrar a unos cuantos. Muchísimas gracias a Jay Kristoff, Stephanie Garber, Adrienne Young y Dill Werner por vuestro apoyo. Y a mis compañeras de novela juvenil aquí en Australia: Katya, Ella y Sophie, ¡gracias por los vinitos de celebración al mediodía!

La reacción de mis amigos y familiares sigue recordándome lo afortunada que soy de teneros a todos en mi vida. Una mención especial a las chicas TC y a mi séquito en Estados Unidos, Jessica Ponte Thomas y Shannon Thomas, que son las mejores animadoras y amigas.

Abrazos y besos a mis preciosos gatos, Lilo y Mickey, que me hacen compañía con cada manuscrito, revisión y fecha de entrega. Un día escribiré un libro para vosotros.

En mis agradecimientos para *La muerte de las cuatro reinas*, agradecí a Walt Disney por inspirarme. Esta vez me gustaría mencionar Disneyland, que ha sido una fuente de inspiración constante desde que fui allí de bebé. Curiosamente acabó siendo la localización de mi segunda ronda de correcciones. ¡Estoy segura de que una parte de la magia de Disney ha quedado grabada en estas páginas!

Por último, quiero darte las gracias *a ti*, lector. No estaría escribiendo estos agradecimientos de no ser por el apoyo espectacular que recibió *La muerte de las cuatro reinas*. Siempre he querido ser escritora, y saber que hay gente a la que no conozco que tiene ahora mismo este libro en sus manos nunca deja de sorprenderme y, a menudo, de aterrorizarme. Gracias por permitir que mi sueño de toda la vida se convierta en realidad. Te debo una. A cambio, planeo seguir escribiendo historias durante muchísimos años más.

Espero que este viaje te haya resultado emocionante, doloroso, aterrador y bonito a partes iguales. Vaya, ¡como el proceso de escritura de un libro!

¡Hasta la próxima!